I0573534

UN SOUTIEN POUR ALASKA

LE REFUGE, TOME 1

SUSAN STOKER

Copyright © 2022 par Susan Stoker
Traduit de l'anglais (U.S.) par Greta O'Keefe et Valentin Translation
Titre original : *Deserving Alaska (The Refuge, book 1)*

Correction de la version originale par Kelli Collins
Couverture par AURA Design Group
Fabriqué aux USA

DU MÊME AUTEUR

<u>Autres livres de Susan Stoker</u>

<u>Le Refuge</u>

Un soutien pour Alaska

Un soutien pour Henley (3 Jan 2023)

Un soutien pour Reese

Un soutien pour Cora

Un soutien pour Lara

Un soutien pour Maisy

Un soutien pour Ryleigh

<u>Sauvetage à Eagle Point</u>

Un sauveteur pour Lilly

Un sauveteur pour Elsie

Un sauveteur pour Bristol (15 Nov)

Un sauveteur pour Caryn

Un sauveteur pour Finley

Un sauveteur pour Heather

Un sauveteur pour Khloe

<u>Delta Force Deux</u>

Un refuge pour Gillian

Un refuge pour Kinley

Un refuge pour Aspen

Un refuge pour Jayme

Un refuge pour Riley (15 Sept)

Un refuge pour Devyn

Un refuge pour Ember

Un refuge pour Sierra

Hawaï : Soldats d'élite

Un paradis pour Élodie

Un paradis pour Lexie

Un paradis pour Kenna

Un paradis pour Monica

Un paradis pour Carly (11 Oct)

Un paradis pour Ashlyn

Un paradis pour Jodelle

Mercenaires Rebelles

Un Défenseur pour Allye

Un Défenseur pour Chloé

Un Défenseur pour Morgan

Un Défenseur pour Harlow

Un Défenseur pour Everly

Un Défenseur pour Zara

Un Défenseur pour Raven

Ace Sécurité

Au Secours de Grace

Au Secours d'Alexis

Au Secours de Bailey

Au Secours de Felicity

Au Secours de Sarah

Forces Très Spéciales Series

Un Protecteur Pour Caroline

Un Protecteur Pour Alabama

Un Protecteur Pour Fiona

Un Mari Pour Caroline

Un Protecteur Pour Summer

Un Protecteur Pour Cheyenne

Un Protecteur Pour Jessyka

Un Protecteur Pour Julie

Un Protecteur Pour Melody

Un Protecteur pour l'avenir

Un Protecteur Pour Les Enfants de Alabama

Un Protecteur Pour Kiera

Un Protecteur Pour Dakota

Forces Très Spéciales : L'Héritage

Un Sanctuaire pour Caite

Un Sanctuaire pour Brenae

Un Sanctuaire pour Sidney

Un Sanctuaire pour Piper

Un Sanctuaire pour Zoey

Un Sanctuaire pour Avery

Un Sanctuaire pour Kalee

Un Sanctuaire pour Jane

Delta Force Heroes Series

Un héros pour Rayne

Un héros pour Emily

Un héros pour Harley

Un mari pour Emily

Un héros pour Kassie

Un héros pour Bryn

Un héros pour Casey

Un héros pour Wendy

Un héros pour Mary

Un héros pour Macie

Un héros pour Sadie

Un héros pour Annie

Autre

Un moment suspendu : Recueil de nouvelles

AUDIO

Un paradis pour Élodie

PROLOGUE

Trente et un ans plus tôt.

— Salut, tu es nouvelle ?

Alaska Stein leva les yeux, surprise, vers le garçon qui se tenait à côté de son siège dans le bus scolaire.

— Oui.

— Cool. Je m'appelle Drake. Et toi ?

— Alaska.

— C'est un nom bizarre, constata le garçon.

— Drake aussi, répliqua-t-elle en haussant les épaules.

À sa grande surprise, au lieu de se mettre en colère, il sourit.

— Possible. Tu as emménagé ici quand ?

— La semaine dernière, répondit Alaska.

Elle avait vu ce garçon à l'école et savait qu'il était en CM1, une année au-dessus d'elle.

— C'est la première fois que tu prends le bus ?

Alaska secoua la tête. Cette semaine, il était passé quatre fois devant elle dans le bus, évidemment sans la voir, ce qui était déjà l'histoire de sa jeune vie. Sa mère disait toujours qu'elle aurait dû l'appeler Jane... Jane tout court. Elle prétendait que sa fille pouvait se fondre dans les murs. Être invisible n'avait jamais dérangé Alaska. Elle était timide et n'aimait pas que les gens la dévisagent.

— Oh, attends ! Tu as emménagé dans la caravane à deux pas de la mienne. La marron et blanche ? demanda Drake.

Alaska hocha la tête.

— Cool ! Tu veux venir cet après-midi ? Avec mes copains, on va jouer à la guerre. (Alaska grimaça.) C'est amusant, insista Drake. On se divise en deux camps et le camping tout entier devient notre zone de guerre. On essaie d'aller de la caravane de M. Markle jusqu'à celle de Mme Benedict sans se faire tirer dessus.

— Tirer dessus ? demanda-t-elle.

Drake hocha la tête avec enthousiasme.

— Pas *vraiment*, mais on fait semblant. Tu peux être dans mon équipe. Je t'apprendrai les meilleures astuces pour échapper aux autres. Je suis plutôt doué pour ça.

Alaska se retrouva à hocher la tête. Elle n'était pas sûre d'aimer jouer à la guerre, mais c'était la première fois de sa vie qu'on lui demandait de faire partie d'une équipe. D'habitude, elle était choisie en dernier.

— Cool ! répéta son nouvel ami.

Après quoi, il l'interrogea sur sa maîtresse, sur l'endroit d'où elle venait, sur sa nouvelle école et lui posa une centaine d'autres questions. Il continua même après qu'ils furent descendus à leur arrêt de bus, bavardant en continu et, au moment où ils se séparèrent pour gagner leurs caravanes respectives, Alaska se sentait rougir d'excitation. Elle ne se souvenait pas de la dernière fois où elle avait eu un ami.

Sa mère et elle déménageaient constamment et elle

n'était pas le genre de fille à se lier facilement. Mais sa mère avait promis que, cette fois, elles étaient là pour rester. Alaska ne pouvait qu'espérer qu'elle ne mentait pas. Elle avait un bon pressentiment concernant cette école, cette ville. Cela ne faisait même pas une semaine et elle était déjà invitée à jouer !

Vingt-sept ans plus tôt.

Alaska se tenait seule sur le bord du terrain de basket, à regarder ses camarades de classe danser et rire entre eux. Elle détestait tout dans ce collège. Si elle avait cru se fondre dans le décor auparavant, ce n'était rien comparé à cette période, maintenant que les garçons s'intéressaient aux filles. Mais pas à Alaska. Ses longs cheveux bruns, banals n'étaient ni bouclés et brillants, ni raides et lisses. Aucune des coiffures à la mode ne lui allait, alors elle les gardait tous à la même longueur. Elle n'avait aucune idée de la façon de se maquiller comme les autres filles et, pour couronner le tout, elle était plutôt ronde.

Tout cela mis ensemble, Alaska était plus ignorée que jamais. Elle avait quelques amies ; pour ainsi dire, des condisciples avec qui elle s'asseyait au déjeuner et à qui elle parlait entre les cours. Mais personne avec qui bavarder tard le soir au téléphone, avec qui traîner le week-end ou partager ses plus grands secrets.

Elle était venue au bal ce soir-là simplement pour faire comme tout le monde. Personne n'avait demandé à Alaska d'être sa cavalière, c'est-à-dire aucun garçon. Elle avait retrouvé quelques filles de l'école et elles avaient traîné au bord de la cour pendant un moment, à bavarder et reluquer les garçons. Quand un slow avait retenti dans les haut-parleurs, les garçons, venus seuls au bal, prirent leur courage à deux mains pour inviter les filles célibataires à danser... et Alaska était restée seule.

— Eh, Al ! lança une voix familière sur sa gauche.

Alaska sursauta, puis se retourna pour découvrir Drake appuyé contre le mur à côté d'elle. Il plia un genou, posa son pied à plat contre les briques derrière eux.

— Pourquoi tu ne danses pas ? demanda-t-il.

C'était le truc avec Drake. Depuis quatre ans qu'elle le connaissait, il ne l'avait jamais traitée en paria. Il n'avait jamais laissé entendre qu'il était conscient de son invisibilité, même s'il ne la remarquait pas comme elle l'aurait souhaité.

Ils traînaient encore parfois après l'école, mais ce n'était plus pour jouer à la guerre dans le quartier. Maintenant, c'était pour des jeux vidéo dans sa caravane. Parfois, il recevait aussi d'autres amis, mais il la choisissait toujours comme coéquipière. Elle était devenue bonne aux jeux militaires qu'il aimait. C'était agréable d'être bonne dans quelque chose... et d'être désirée.

Alaska haussa les épaules.

— Ouais, c'est plutôt nul, convint Drake.

— Tu n'es pas venu avec Bev ?

— Si, mais dès qu'on est arrivés, elle a vu Miles et Courtney se disputer et elle s'est précipitée. Elle l'a toujours préféré à moi, conclut-il en haussant les épaules.

— Tu t'en fiches ? demanda Alaska, sincèrement curieuse.

— Non. Je veux dire, ces filles sont correctes, je suppose, mais quand j'aurai mon bac, je m'engagerai dans la Marine. Je vais être un SEAL. Je n'aurai pas de temps pour les filles.

— Vraiment ? demanda Alaska. Ce n'est pas super dangereux ?

— Si. Mais ça m'est égal. Je vais être le meilleur SEAL

que la Marine n'ait jamais eu. Je vais botter le cul des terroristes, dit-il avant d'ajouter en baissant la voix : Tim prétend que je suis trop petit. Que seuls les hommes grands et forts peuvent être des SEAL, mais je vais lui montrer.

Alaska posa une main sur le bras de Drake.

— Tu vas être génial. Tu es le seul qui ne se faisait jamais prendre quand on jouait à la guerre. Tu arrivais toujours à te faufiler devant tout le monde sans qu'on te voie. Et personne n'a la moindre chance quand on joue aux jeux vidéo contre toi.

Il se redressa et sourit.

— Je sais. Je suis génial.

Alaska s'esclaffa. L'une des raisons pour lesquelles elle aimait tant Drake, c'était qu'il se montrait toujours très confiant. En tout : école, filles, athlétisme... Comme s'il était évident qu'il excellerait dans tout ce qu'il entreprendrait.

— Tu veux danser ? demanda-t-il l'air de rien.

Le cœur d'Alaska se mit à battre plus vite dans sa poitrine. Elle ne savait pas exactement quand ni pourquoi ses sentiments envers son ami et voisin avaient changé. Mais un jour, chez lui, alors qu'il criait devant sa télévision tout en essayant frénétiquement de se sortir d'une situation délicate dans le jeu auquel ils jouaient, Alaska lui avait jeté un coup d'œil... et réalisé qu'elle aimait Drake plus que comme un ami.

Cela dit, elle n'avait jamais espéré qu'il lui rende ses sentiments. Elle voyait les filles du collège se pâmer devant lui. Il était populaire et elle était... juste là. Pas impopulaire, mais pas non plus l'une des filles cool.

— Bien sûr, lâcha-t-elle après une longue hésitation.

Il sourit et s'écarta du mur. Alaska le suivit, sans savoir si elle était censée lui tenir la main.

Au moment où il se retourna pour la rejoindre, il y eut des cris derrière lui.

Michael Jones hurlait sur Miranda Brotherton. Ils étaient ensemble depuis le début de l'année scolaire, mais Alaska ne comprenait pas pourquoi. Ils ne semblaient même pas s'apprécier particulièrement.

— Je t'ai vue regarder Julio ! gronda Michael.

Il poussa Miranda qui pleurait, la faisant reculer de quelques pas chancelants.

— Je suis désolé, il faut que je... commença Drake avant de s'interrompre en désignant le couple.

Alaska acquiesça et resta plantée au beau milieu de la piste de danse tandis que Drake se dirigeait vers le couple. Il se campa devant Michael et lui lança que ce n'était pas cool de pousser Miranda. Alaska crut qu'ils allaient se battre, mais Michael finit par se retourner et quitter la piste de danse.

Drake se dirigea aussitôt vers Miranda pour lui passer un bras autour des épaules et l'entraîner à l'écart.

Réalisant qu'elle se tenait au milieu de tous les couples qui dansaient, Alaska se mordit la lèvre et se replia vers le mur devant lequel elle s'était tenue plus tôt, pleine de regrets. C'était probablement sa seule et unique chance d'avoir les bras de Drake autour de sa taille. Elle n'était pas surprise qu'il ait défendu Miranda, c'était son genre. Et l'une des centaines de raisons pour lesquelles il ferait un excellent SEAL.

Personne d'autre n'invita Alaska à danser ce soir-là. Elle souriait et bavardait avec ses amis, mais tout au fond, elle ne pouvait échapper à l'étrange sentiment que quelque chose de précieux lui échappait. Drake allait passer au lycée l'année prochaine et elle ne le verrait plus que dans le bus. Elle était triste pour elle-même, mais heureuse pour son ami.

· · ·

Vingt-trois ans plus tôt.

Le cœur d'Alaska souffrait. Drake s'engageait dans la Marine le lendemain. Il était non seulement intelligent, mais il avait aussi terminé sa carrière de joueur de baseball au lycée avec le plus grand nombre de *runs* en une saison *et* en tant que capitaine. Il serait un SEAL tout aussi brillant. L'attention qu'il recevait des professeurs, des filles et de tous ses amis n'avait fait qu'augmenter : les gens gravitaient naturellement vers lui.

Pourtant, il n'oubliait jamais Alaska. Ils ne se voyaient plus aussi souvent qu'avant mais, de temps en temps, il l'invitait dans sa caravane, ils dînaient ensemble et jouaient à un jeu vidéo en souvenir du bon vieux temps.

La mère de Drake avait organisé pour son fils une fête en l'honneur de son bac, plus tôt dans la journée, avant qu'il ne parte au camp d'entraînement. Tous ses amis étaient là, garçons et filles. Il y avait des ballons, un gâteau et chacun avait apporté un cadeau. Alaska, qui se sentait mal à l'aise de lui offrir le sien devant tout le monde, attendit que la fête se termine pour courir à sa caravane et récupérer ce qu'elle avait préparé pour lui.

Sa mère était ivre – encore une fois – et Alaska dut prendre le temps de la mettre au lit. Sa consommation d'alcool était devenue incontrôlable et, si Alaska n'avait pas été là, sa mère serait probablement morte de faim à l'heure qu'il était. La jeune fille avait pris sur elle de s'assurer que sa mère dîne tous les soirs, puisque celle-ci s'était mise à boire dès son retour du travail.

Lorsqu'elle put quitter la caravane pour retourner chez Drake, il était plus tard que prévu. Son cœur se serra à l'approche de sa maison. Il n'y avait plus personne dehors ; la fête était manifestement terminée. Alaska frappa à la porte et retint sa respiration.

La mère de Drake ouvrit.

— Coucou, ma belle. Tu as oublié quelque chose ?

— Non, j'étais retournée chercher le cadeau de Drake, mais ma mère a eu besoin de moi un moment. Il est ici ?

— Non, je suis vraiment désolée. Ses amis et lui sont sortis une dernière fois avant son départ demain matin.

Alaska fit de son mieux pour refouler ses larmes. Elle l'avait manqué. Il partait très tôt le lendemain et elle ne le verrait pas avant son départ.

— Oh, ma belle… Je suis sûre qu'il ne rentrera pas trop tard, dit la mère de Drake, remarquant manifestement la détresse d'Alaska.

Mais celle-ci savait qu'il en irait tout autrement. Elle avait entendu ses copains déclarer qu'ils ne le laisseraient pas rentrer chez lui avant qu'il ne doive partir… C'était leur façon à eux de « l'endurcir ». Ainsi l'avaient-ils formulé.

— C'est bon, répliqua-t-elle avec un petit haussement d'épaules.

— Tu veux que je lui donne ça pour toi ? demanda sa mère en désignant le cadeau.

En regardant le paquet mal emballé, Alaska se sentit soudain ridicule. Elle avait vu certains des présents qu'il avait reçus : vêtements, appareils électroniques, argent. Comme elle n'avait pas les moyens de lui acheter un cadeau, elle l'avait fabriqué elle-même, mais elle était bien consciente que le résultat avait l'air horrible. L'idée de l'offrir maintenant à Drake la faisait reculer.

Elle secoua donc la tête.

— Non. Ce n'est pas grave. Si vous pouviez lui dire que je lui souhaite le meilleur, ajouta-t-elle.

Ses phrases étaient aussi boiteuses que son cadeau. Il y

avait beaucoup de choses qu'elle voulait dire à Drake, mais pas par l'intermédiaire de sa mère.

— Je n'y manquerai pas. Je suis sûre qu'il voudra rester en contact.

Alaska sourit et acquiesça une fois de plus. Drake avait promis de lui envoyer son adresse une fois arrivé au camp d'entraînement, mais elle avait le sentiment qu'il allait être bien trop occupé pour écrire des lettres.

Il était son meilleur ami depuis des années, même s'il ne s'en rendait pas compte... et le perdre lui donnait l'impression de perdre une partie vitale d'elle-même. Elle avait toujours su que ce jour viendrait. Où il partirait sans se retourner.

Il était destiné à de grandes choses, tandis qu'elle...

Alaska ignorait à quoi elle était vouée. À la médiocrité ? Elle avait des notes moyennes, un physique tout à fait moyen et elle était nulle en sport. Elle n'avait aucune idée de ce qu'elle voulait faire quand elle aurait son bac. Elle resterait probablement ici et s'occuperait de sa mère. Peut-être prendrait-elle des cours à l'université locale, trouverait-elle un travail de bureau ennuyeux, dans un box, et se fondrait-elle lentement dans la masse ?

Elle s'éloigna de la mère de Drake, lui faisant un dernier signe de la main avant de retourner à sa propre caravane. En chemin, elle s'arrêta devant la poubelle située au bout de l'allée de Drake, qui attendait d'être ramassée le lendemain matin. Jetant un coup d'œil derrière elle pour s'assurer que sa mère n'était plus dans l'embrasure de la porte, Alaska ouvrit la poubelle et y jeta le cadeau ridicule sur lequel elle avait pourtant travaillé pendant des semaines, avant de retourner à sa propre caravane.

Plus tard, allongée sur son lit et les yeux fixés au plafond, elle murmura :

— Bonne chance, Drake. Mais tu n'en as pas besoin. Tu

vas être l'un des meilleurs SEAL que la Marine n'ait jamais eus. Je le sais.

Quinze ans plus tôt.

Drake n'était pas le genre d'homme à s'attarder beaucoup sur le passé. Il avait de bons souvenirs du lycée, mais il était un homme complètement différent de celui qu'il avait été à dix-huit ans. Il avait vu et fait beaucoup de choses depuis. Réussi l'entraînement pour devenir un SEAL, effectué des missions harassantes, perdu des coéquipiers.

Mais ce soir-là, après avoir assisté aux funérailles d'un autre ami qui avait perdu la vie trop tôt, il se sentait nostalgique. Le SEAL qui avait été tué lors d'une mission était un père de famille qui laissait une femme dévastée et une petite fille trop jeune pour conserver de vrais souvenirs de lui.

C'était cette petite fille qui était assise sur une chaise bien trop haute pour elle au service funéraire, balançant ses jambes et ne prêtant aucune attention à ce qui se passait... Elle avait rappelé à Drake une amie d'enfance du parc à caravanes dans lequel il avait grandi. Il repensait régulièrement à Alaska Stein, mais cela faisait des années qu'il ne s'était pas attardé aussi intensément sur son souvenir. Ce soir, il ne semblait pas pouvoir la chasser de son esprit.

La culpabilité et le chagrin que lui inspirait cette amitié perdue le faisaient inexplicablement souffrir. Il avait promis de lui écrire mais, après son arrivée au camp d'entraînement, il avait été trop occupé à survivre au jour le jour pour en prendre le temps. Il avait été jeune, excité par la vie, pensant qu'il aurait le loisir de la contacter plus tard.

C'était seulement une fois devenu un SEAL, après avoir

reçu son insigne Budweiser, qu'il s'était assis et lui avait écrit une lettre. Mais elle lui était revenue sans avoir été ouverte.

Il avait alors éprouvé un sentiment de perte qu'il ne parvenait pas à expliquer. C'était stupide. Il aurait probablement pu la retrouver sur les réseaux sociaux, mais c'était trop... impersonnel. Il n'aimait pas l'idée d'être mélangé à ses innombrables pseudo-amis en ligne.

La vie était bien remplie : réunions, missions, entraînements. Mais de temps en temps, comme ce soir-là, sa vieille amie s'imposait dans ses pensées, poussant Drake à se demander où elle était, ce qu'elle faisait. Était-elle mariée ? Avait-elle des enfants ?

Repensait-elle parfois à son ami d'enfance ?

Il demanderait peut-être à sa mère si elle savait quelque chose sur Alaska, comment la contacter. Sa mère l'avait toujours appréciée et, contrairement à Drake, elle était en permanence sur les réseaux sociaux. Si quelqu'un pouvait retrouver son ancienne amie, c'était bien sa mère. Il regrettait d'avoir perdu le contact avec Alaska et espérait qu'elle allait bien.

Soupirant, Drake fit de son mieux pour s'extraire de ses idées noires. La Marine et le monde avaient perdu quelqu'un de bien aujourd'hui. Il devait oublier le passé et se concentrer sur l'avenir. Il faudrait s'entraîner plus dur pour s'assurer que les hommes de son équipe et lui ne finissent pas comme son ami.

— Où que tu sois, Alaska, j'espère que tu es heureuse, chuchota Drake avant d'ouvrir le dossier sur la table devant lui.

Il devait préparer sa prochaine mission, pas penser à ce qu'il avait perdu.

CHAPITRE 1

Quatre ans plus tôt.

Le chaos. Ce fut la première chose qui apparut à Drake « Brick » Vandine quand il ouvrit les yeux. La dernière chose dont il se souvenait, c'était que son équipe de SEAL et lui étaient sur le point de pénétrer dans une maison censée contenir une demi-douzaine de CHV (cibles de haute valeur).

Il était maintenant allongé sous ce qui semblait être une demi-tonne de briques et de parpaings.

Il ne sentait plus ses jambes, mais il entendait Vador et Monster crier. En revanche, le bourdonnement dans ses oreilles rendait indiscernable ce qu'ils disaient.

Brick essaya de libérer ses jambes, sans succès. Cependant, réalisant qu'il n'entendait pas les voix de ses autres coéquipiers – Os, Rain et Mad Dog –, il lutta plus fort.

Cette mission craignait depuis le début. Ils s'étaient rendu compte, au beau milieu de l'opération, que les informations reçues étaient fausses. Que la zone qu'ils exploraient n'était pas favorable aux Américains ! Soit quelque chose avait changé au cours de la nuit, soit la personne qui recueillait les informations était complètement bourrée.

Les civils vivant dans cette partie de la ville n'étaient pas amicaux, de toute évidence. À chaque seconde qu'il passait dans la zone, le curseur qui lui servait à mesurer les problèmes grimpait de plus en plus haut. Il avait envoyé un message radio à la base pour demander l'arrêt de la mission, seulement on le lui avait refusé parce qu'ils étaient pratiquement sur le toit du bâtiment où les CHV étaient censés se trouver.

Brick était le dernier sur la liste pour entrer dans la maison, mais il n'en eut jamais l'occasion. Mad Dog avait pris la tête avec Rain. Bones, Vador et Monster étaient sur leurs talons, Brick fermait la marche.

Il n'avait pas fait un seul pas dans la maison avant que tout n'explose.

En regardant autour de lui, Brick se rendit compte qu'il avait été débarrassé de la plupart des débris, mais pas de tous. Il battit des paupières pour chasser le sang et la poussière qui lui obstruaient les yeux tout en cherchant à donner un sens à ce qu'il voyait. Vador et Monster essayaient de sortir quelque chose des décombres...

Mad Dog. Il reconnut son ami et compagnon de combat grâce à la photo sur son casque. Sa femme avait peint le célèbre berger allemand grognant et bavant sur le Kevlar et Mad Dog le portait avec fierté. Pendant que Brick regardait, Vador attrapa un bras qui pointait du tas de briques et tira.

Il tomba aussitôt en arrière avec le bras toujours dans la main... Un bras non relié à un corps.

Brick ferma les yeux quand la nausée tourbillonna dans ses tripes. Puis un son attira son attention. Sans équivoque.

Le sifflement d'un obus de mortier à l'approche.

Il ouvrit la bouche pour lancer un avertissement, pour

crier à Vador et à Monster de dégager de là, mais rien n'en sortit. Il ne pouvait pas parler ni appeler ses coéquipiers pour leur indiquer où il se trouvait.

Il voyait ses camarades SEAL tenter de sauver leurs camarades de combat et, dans la seconde qui suivait, tout ce qu'il avait sous les yeux, c'étaient des morceaux de corps volant dans les airs, ainsi que des briques, de la terre et des débris. Brick ouvrit la bouche pour crier mais, une fois de plus, aucun son ne sortit de sa gorge serrée et brûlante.

Tout s'était passé en quelques secondes, depuis l'instant où ses amis avaient été pulvérisés devant lui jusqu'au gros morceau de béton qui avait volé dans les airs avant de revenir le frapper en plein visage.

Il perdit connaissance sur le coup.

* * *

Tout lui faisait mal.

Son visage. Sa tête. Ses jambes.

Bon sang, même ses cheveux lui faisaient mal.

Brick avait reçu son lot de blessures au combat pendant son séjour chez les SEAL, mais rien n'avait jamais été aussi douloureux que ce qu'il vivait en ce moment.

Le simple fait de respirer le faisait souffrir jusque sous les ongles. Il n'avait aucune idée de l'endroit où il se trouvait ou de ce qui s'était passé. La dernière chose dont il se souvenait, c'était de Vador sortant Mad Dog d'un tas de...

Merde.

La mémoire lui revint avec brutalité et Brick n'eut plus qu'une envie : appeler ses copains. Il essaya d'ouvrir les yeux mais ne vit que du noir. Quand il voulut parler, rien ne sortit. Le bip régulier dans la pièce s'accéléra alors qu'il paniquait.

— Calmez-vous, tout va bien, vous êtes en sécurité, ordonna une voix féminine à proximité.

Brick sentit que quelqu'un le touchait, mais il repoussa ce bras, faute de savoir si la personne était alliée ou non.

— Il panique, constata la femme. Sédatez-le.

Brick tenta de s'y opposer mais, encore une fois, aucun son ne sortit de sa bouche. Il ne s'était jamais senti aussi impuissant de toute sa vie.

Percevant l'effet de la drogue qu'on lui avait administrée, il tenta une dernière fois de trouver ses coéquipiers et de s'enfuir. Il n'avait jamais été prisonnier de guerre et n'avait pas l'intention de le devenir maintenant. Mais son corps le trahit. Il avait l'impression de peser une tonne. Il ne pouvait pas lever la tête. Il ne pouvait pas bouger les bras. Il ne pouvait pas parler.

Il succomba à l'engourdissement et, en quelques secondes, il était de nouveau inconscient.

* * *

Lorsque Brick ressortit des ténèbres de son esprit, il demeura allongé aussi calmement que possible pour que personne ne sache qu'il avait repris conscience. Il écouta attentivement, mais tout ce qu'il entendit, ce fut le bip de la machine à laquelle il était branché. Au bout de quelques instants, il entrouvrit les yeux et ne vit que l'obscurité. Il avait les yeux bandés.

Quand il essaya de bouger les bras, il réalisa qu'ils étaient attachés.

Putain !

Il s'était fait capturer par l'ennemi. Bones allait être furax. Sa femme venait d'accoucher de leur troisième enfant et tout ce dont il parlait, c'était de son impatience de rentrer chez eux et de voir son bébé. Et maintenant, il était un putain de prisonnier de guerre.

La détermination de Brick s'en trouva renforcée. Il ferait tout ce qu'il faudrait pour ramener Bones et ses coéquipiers à leur famille. Il était le seul célibataire du lot, mais il savait que sa mère prendrait mal sa capture. Depuis la mort de son père, toute la vie de sa mère tournait autour de lui, Brick. Elle faisait de son mieux pour ne pas ennuyer ses amis avec le récit de ses faits d'armes, mais il était presque impossible pour elle de ne pas se vanter.

Entendant une porte s'ouvrir, Brick essaya de calmer sa respiration, de ralentir son rythme cardiaque. Il avait besoin d'informations, de savoir où il était, qui les retenait, son équipe et lui, et de commencer à bâtir un plan pour se tirer de là.

— Ses constantes semblent bonnes ce matin, constata un homme... en anglais.

Brick aurait bien froncé les sourcils, mais bouger les muscles de son visage le faisait souffrir et il ne voulait pas que le nouvel arrivant sache qu'il était déjà réveillé.

— Il devrait bientôt se réveiller. Nous avons suffisamment diminué la dose de médicaments pour que ce soit imminent.

C'était la voix de femme qu'il avait déjà entendue auparavant. Elle parlait sans accent... Étaient-ce des Américains passés à l'ennemi ? Qui travaillaient pour les terroristes ?

— Comment respire-t-il ?

— Incroyablement bien. Le chirurgien plasticien a fait un travail remarquable en remettant son visage en place, mais il faudra du temps avant qu'on puisse lui retirer ses bandages et que le gonflement diminue.

— Et vous dites qu'il n'a pas parlé la dernière fois qu'il s'est réveillé ?

— Non. Il a ouvert la bouche comme s'il en avait l'intention, mais il est possible que nous ne lui ayons pas laissé assez de temps parce qu'il s'est mis à paniquer et que nous avons dû l'endormir à nouveau, déclara la femme.

— Il est aussi possible qu'il ne puisse pas le faire avant un bon moment. Il a pris un sacré coup à la gorge.

— Naturellement. J'espère qu'une fois le gonflement résorbé, il pourra parler.

— Et ses autres blessures ?

Brick comprit enfin que les deux personnes dans sa chambre, qui parlaient de lui comme s'il n'était pas là, étaient des médecins. Ils s'entretenaient dans un anglais parfait, sans accent. Il nageait en pleine confusion. Où était-il ? Était-il possible qu'il ne soit pas prisonnier de guerre ? Où étaient ses amis ?

— Une cheville et quelques doigts cassés, des côtes fêlées et une pneumonie due à tous les produits irritants qu'il a inhalés quand il était sous ce tas de décombres.

— Une infection ? demanda l'homme.

— Oui, répondit la femme sans entrer dans les détails.

— Bien. Sa famille a-t-elle été prévenue ?

— Sa mère, oui. Mais on lui a conseillé d'attendre qu'il soit transféré aux États-Unis pour lui rendre visite.

Minute... Sa mère avait été prévenue ?

Brick se sentit paniquer à nouveau. Il fit de son mieux pour se détendre. Trop tard. La machine infernale à laquelle il était relié commença à émettre des bips plus rapides.

Il sentit une main sur son épaule et comprit que quelqu'un était penché sur lui.

— Vous m'entendez ? Drake ? Je suis le Dr Benjamin Green, l'un des nombreux médecins qui s'occupent de vous. Vous êtes en sécurité. Vous comprenez ? Vous êtes dans un hôpital militaire en Allemagne.

Le soulagement se répandit dans tout son corps. Mais pas pour longtemps. La panique menaça une fois de plus de le submerger. Il voulut demander des nouvelles de ses coéquipiers, s'ils allaient bien, mais aucun mot ne sortit de ses lèvres.

— N'essayez pas de parler. Votre gorge a été endommagée. Votre visage a également pris un sacré coup. Vos yeux devraient aller bien, mais les paupières sont gonflées à cause des opérations que nous avons dû pratiquer. Vous êtes vivant, mon gars, c'est ce qui compte.

Cet homme était-il stupide ? Ce qui comptait, c'étaient ses amis. Ses coéquipiers. C'étaient eux qui avaient femme et enfants.

Au fond de lui, Brick savait qu'ils étaient morts.

Les souvenirs lui revinrent alors, quand il gisait dans un tas de décombres. Des morceaux de corps. Du chaos. Des hommes qui avaient assuré ses arrières plus de fois qu'il ne pouvait en compter, anéantis.

Son esprit s'éteignit. Il ne pouvait pas envisager de ne plus les voir. De ne plus jamais entendre le rire ridicule de Rain. De ne plus jamais voir le sourire de Mad Dog quand il parlait de ses enfants. Adieu les blagues ringardes de Monster ou les histoires exagérées de Vador. La capacité de Bones à sortir l'équipe d'à peu près toutes les situations foireuses dans lesquelles ils s'étaient trouvés.

Sauf celle-là.

Un sanglot s'échappa avant que Brick ne puisse l'étouffer. Pourquoi était-il en vie ici et pas ses amis ? Il aurait dû prendre le commandement et entrer dans cette maison en premier. C'était lui qui aurait dû être réduit en miettes.

— C'est bon, mon gars, ça va aller, le réconforta l'homme.

Mais non, ça n'irait pas bien. Rien n'irait plus jamais bien.

Brick commença à se débattre, sachant ce qui se passerait s'il le faisait.

Comme il le pensait, dès qu'il repoussa la main de l'homme, la femme ordonna qu'il soit mis sous sédatif.

Tant mieux. Il ne voulait pas ressentir. Il ne voulait pas penser.

Cette fois, quand il sentit la drogue envahir son esprit, il accueillit bien volontiers cette sensation. Il voulait s'endormir et ne plus jamais se réveiller.

* * *

Le temps n'avait aucun sens pour Brick. Il se réveillait confus et souffrant, réalisait où il était et ce qui s'était passé et s'arrangeait pour que les infirmières lui donnent la dose d'analgésiques qui lui ferait perdre à nouveau connaissance. Il voulait leur dire de ne pas prendre toute cette peine pour lui quand elles lui donnaient un bain à l'éponge. Ou quand elles le retournaient sur le lit.

Brick savait que des discussions avaient lieu pour savoir quand le renvoyer aux États-Unis, mais il s'en fichait. Il voulait juste qu'on le laisse tranquille. Il n'avait pas réussi à sauver ses coéquipiers et rien ne pourrait jamais apaiser la culpabilité qui le submergeait.

S'il était rapatrié aux USA, il devrait faire face à sa mère. Peut-être même aux femmes de ses amis. Il en était incapable. Il ne pourrait pas les regarder dans les yeux et voir leur déception et peut-être leur colère parce qu'il s'en était sorti vivant alors que leurs proches non.

On lui avait ôté les bandages de sur les yeux, ce qui était un énorme soulagement. Il pouvait maintenant regarder les médecins et les infirmières s'affairer autour de lui. Toutefois, il se sentait toujours mort à l'intérieur. Il percevait la douleur de ses blessures, mais comme s'il ne les enregistrait pas complètement. Comme si elles concernaient quelqu'un d'autre.

Un jour, un psychologue était venu lui parler et lui avait raconté tout ce qui s'était passé. Les terroristes avaient fait sauter la maison et il s'était retrouvé enterré sous les décombres. Apparemment, il est resté là pendant plus de vingt-quatre heures avant d'être repéré. Un civil local avait prévenu la base américaine et il avait été secouru. Ses coéquipiers n'avaient pas eu autant de chance. Ils avaient tous été tués dans l'explosion ou par le souffle du mortier.

Brick n'avait pas besoin du psychologue pour savoir qu'il souffrait de la culpabilité du survivant. Il avait envie de se tourner vers l'homme et de lui dire : « Sans déconner, Sherlock », mais il s'en abstenait. Il ne savait même pas s'il en était capable puisqu'il refusait de parler. Sa voix lui avait fait défaut quand il en avait eu le plus besoin et Brick n'avait aucune envie de l'utiliser maintenant.

Il avait l'impression d'être couché là, noyé dans son propre chagrin, sa culpabilité et sa misère depuis des semaines, quand, un après-midi, le Dr Green entra dans sa chambre avec un sourire. Brick voulait lui demander pourquoi il était si heureux, lui reprocher de sourire alors que cinq des meilleurs hommes qu'il n'ait jamais connus étaient morts.

Morts.

Mais comme d'habitude, il ne pipa mot.

— Vous avez une visite, annonça le docteur avec un sourire encore plus grand.

Brick fronça les sourcils. Une visite ? Il n'avait pas envie de voir qui que ce soit. Si un énième volontaire passait pour tenter de lui faire la lecture, il allait exploser.

— Votre fiancée est une femme extrêmement têtue. Elle n'a pas accepté nos objections pour vous rendre visite. Même si on lui a répété plusieurs fois qu'elle n'était pas autorisée à vous voir, puisqu'elle n'est pas un membre de la famille répertorié dans nos dossiers, elle a insisté. Sans relâche.

Brick fixa le docteur. Sa fiancée ? Il n'était pas fiancé. Il n'avait pas eu de petite amie depuis une éternité. Qui pourrait mentir ainsi pour venir le voir ?

— Nous avons besoin de votre accord pour la laisser entrer, ajouta le médecin.

Pendant un moment, Brick envisagea de refuser. Qui pouvait bien insister pour le voir, et en Allemagne par-dessus le marché ? Il avait fait très attention à ne pas mettre enceintes ses quelques conquêtes au fil des ans, donc ça ne pouvait pas être une femme désireuse de profiter de la gloire militaire. Il avait beau se creuser la tête, il ne parvenait pas à deviner de qui il pouvait bien s'agir.

Assez curieux pour vouloir en savoir davantage, il adressa un signe de tête au médecin.

— Super ! s'exclama le Dr Green avec un autre grand sourire.

Brick savait ce qu'il pensait, qu'avoir un visiteur lui remonterait probablement le moral. L'aiderait à guérir plus vite. Ça le ferait parler.

Cet homme se faisait des illusions. Rien ni personne ne pourrait aider Brick à surmonter ce qui s'était passé.

— Je vais la faire enregistrer et vous l'envoyer. Si vous avez besoin de quelque chose, appuyez juste sur le bouton. On va vous laisser de l'espace.

Sur quoi le docteur tourna les talons et partit. Brick demeura là à se demander qui était sur le point d'entrer dans sa chambre.

CHAPITRE 2

Alaska était exaspérée que cela prenne autant de temps pour recevoir les autorisations voulues. Depuis qu'elle avait reçu l'e-mail de la mère de Drake lui apprenant qu'il avait été blessé et envoyé en Allemagne pour y être opéré et soigné, elle s'était donné pour mission de le rejoindre.

Cela faisait des années qu'elle avait quitté les États-Unis. Elle avait obtenu en deux ans un diplôme de commerce à l'université publique locale et immédiatement commencé à chercher des emplois à l'étranger. Elle n'était peut-être pas faite pour l'armée, mais elle voulait quand même voir le monde. Elle avait donc accepté le premier emploi proposé : du secrétariat dans une petite entreprise en France. Depuis, elle avait vécu et travaillé dans plusieurs pays différents.

Elle s'était vite rendu compte qu'être invisible n'était pas seulement un truc américain. Où qu'elle vive, elle avait tendance à se fondre dans le décor. Elle n'avait pas la beauté d'un mannequin, ses cheveux n'avaient rien qui attire l'œil de tous les hommes, elle n'était pas grande ou svelte. Elle était tout simplement trop banale pour se faire remarquer, où qu'elle vive.

Peut-être serait-elle moins facile à oublier en Asie. Mais même dans ce cas, elle avait le sentiment qu'elle trouverait un moyen de se fondre dans la masse.

Au fil des années, elle était restée en contact avec la mère de Drake. Sa propre mère n'avait même pas sourcillé quand Alaska lui avait dit qu'elle quittait le pays. Bon, ce n'était pas tout à fait vrai. En fait, elle avait râlé au motif qu'Alaska était ingrate et s'était lamentée de ne pas pouvoir payer le loyer de la caravane sans son aide.

Aux dernières nouvelles, sa mère avait déménagé en Californie. Alaska avait essayé de la joindre plusieurs fois, mais son ancien numéro de téléphone était déconnecté et tous les e-mails qu'elle lui avait envoyés avaient été rejetés.

Elle voulait être triste d'être séparée de sa mère, mais n'y parvenait pas. À chaque année qui passait, sa mère devenait moins une mère et plus un fardeau. Une fois qu'Alaska avait décroché son bac, sa mère avait sombré plus profondément que jamais dans la drogue et l'alcool. C'était principalement pour cette raison qu'Alaska avait accepté avec plaisir son premier poste à l'étranger. Elle avait besoin de s'éloigner avant que sa mère ne l'entraîne dans sa chute.

Elle vivait actuellement en Allemagne, ce qui expliquait sans doute pourquoi la mère de Drake l'avait contactée. Au fil des ans, c'était à la fois une bénédiction et une malédiction d'entendre tout ce que Drake faisait de la bouche de sa mère qui l'idolâtrait. Il était devenu un SEAL, comme Alaska l'avait toujours su. Et par-dessus le marché, il excellait apparemment dans son domaine. Sa mère ne connaissait pas les détails de ses missions, juste qu'il était constamment envoyé partout dans le monde.

Quelques années auparavant, elle avait eu le courage d'envoyer un e-mail à Drake. Sa mère lui avait communiqué son adresse, insistant sur le fait que Drake serait ravi de recevoir de ses nouvelles. Alaska n'en était pas si sûre puisqu'ils ne s'étaient pas parlé depuis des lustres, mais elle s'était sentie assez seule pour tenter sa chance.

Étonnamment, Drake avait bel et bien semblé heureux de recevoir son e-mail. Depuis, ils se contactaient régulièrement pour se dire bonjour et se donner des nouvelles, mais pas plus de deux fois par an. Les e-mails de Drake étaient toujours pleins de points d'exclamation et de considérations sur les différents endroits où il était envoyé pour des missions, des bribes d'informations sur ses coéquipiers, la manière dont il s'occupait pendant les temps morts. Et il lui posait beaucoup de questions sur sa vie, auxquelles Alaska répondait rarement.

Que pouvait-elle vraiment en dire ? Qu'elle était une employée anonyme dans une grande entreprise parmi tant d'autres ? Une modeste secrétaire gagnant le salaire le plus bas de n'importe quel pays ? Sa vie était si ennuyeuse comparée à la sienne que ce n'était même pas drôle.

Elle aurait dû arrêter de lui envoyer ces e-mails, mais elle n'y parvenait pas. Même après toutes ces années, elle craquait toujours pour cet homme. Bon, à trente-cinq ans, elle ne pouvait plus vraiment appeler ça craquer, mais peu importait.

Elle ne cessait de s'étonner de ne pas recevoir un e-mail de la mère de Drake lui annonçant le mariage imminent de son fils ou lui racontant qu'elle adorait sa future belle-fille, que ses petits-enfants étaient merveilleux. Alaska avait toujours supposé que ces messages finiraient par arriver. Mais si Drake s'était marié au cours des vingt dernières années, elle n'était pas au courant.

Lorsqu'elle avait reçu le dernier message de sa mère, trois jours plus tôt, elle avait supposé qu'il s'agissait des derniers potins de la ville et de nouvelles considérations enthousiastes sur les mérites de son fils. Au lieu de quoi, ses mots avaient fait basculer le monde d'Alaska.

Drake avait été blessé. Presque tué. Il était hospitalisé en Allemagne et la Marine lui avait recommandé de ne pas faire le voyage pour le voir, mais d'attendre son transfert aux États-Unis.

Sa mère voulait savoir si ce serait trop demander à Alaska que de rendre visite à son fils. Pourrait-elle ensuite lui envoyer un message pour lui dépeindre l'état de santé de son bébé ?

Alaska avait à peine fini de lire l'e-mail qu'elle était déjà en route. Sans même prendre la peine de demander une autorisation à son patron, elle avait acheté un billet de train et s'était mise en route pour le centre médical régional de Landstuhl, soit le plus grand hôpital militaire américain du pays. Avant d'arriver, elle avait concocté toute une histoire à propos de Drake et elle, histoire d'augmenter ses chances de le voir. Elle avait même menti en prétendant être sa fiancée.

Cela n'avait pas été facile et Alaska avait le sentiment que personne ne la croyait, mais enfin, miraculeusement, on la conduisait vers sa chambre. Elle n'avait pas dormi depuis un jour et demi, pourtant elle se sentait débordée d'une énergie étrange. Cela faisait des années qu'elle n'avait pas vu et parlé à Drake et, même si les circonstances étaient désastreuses, elle était la proie d'une impatience qu'elle ne comprenait pas. Pourvu seulement qu'il ne fasse pas voler en éclats sa couverture à la seconde où elle le verrait.

— Votre fiancé a subi plusieurs blessures graves, lui annonça le médecin dans l'ascenseur. Des os cassés, des infections. Il a subi des opérations au visage et en subira probablement plusieurs autres une fois de retour aux États-Unis. Les débris qui ont touché son visage ont causé de graves dégâts.

Alaska grimaça. L'idée de la souffrance de Drake lui était insupportable.

— Mais ce que vous devez vraiment comprendre, c'est

qu'il n'a pas parlé depuis qu'il est ici. Au début, son mutisme était dû à un coup qu'il a reçu à la gorge, mais comme l'enflure a diminué, nous nous attendions à ce qu'il reparle. Or, ce n'est pas le cas. Il souffre d'un cas extrême de culpabilité du survivant et le psychologue pense que ce mutisme est le résultat d'une punition qu'il s'auto-inflige pour ce qui s'est passé.

Alaska n'avait aucune idée de ce qui s'était passé, si ce n'était que toute l'équipe de Drake avait été tuée. En dépit de son envie de lever les yeux au ciel et de demander au docteur comment il se sentirait s'il était blessé et que tous ses meilleurs amis avaient été tués, elle se contenta de hocher la tête.

— Ne paniquez pas quand vous le verrez. Il sera probablement plus beau quand les chirurgiens plastiques en auront fini avec lui.

Alaska serra les dents en entendant ce commentaire insensible. Comme si elle se souciait de l'apparence de Drake ! Elle était juste reconnaissante qu'il soit en vie.

— Et s'il ne vous parle pas, ne le prenez pas personnellement. Il aura besoin de continuer à voir quelqu'un quand il sera rentré chez lui. Les SEAL sont les meilleurs des meilleurs, mais ça ne veut pas dire qu'ils ne souffrent pas de stress post-traumatique.

Penser à Drake Vandine, toujours optimiste et de bonne humeur, souffrant de TSPT, serrait le cœur d'Alaska. Elle veillerait à bien rapporter à la mère de Drake tout ce que le docteur avait dit et insisterait pour qu'il bénéficie de la meilleure aide possible quand il rentrerait chez lui.

— Je comprends, lâcha-t-elle en opinant.

— Ne le prenez pas mal s'il ne manifeste aucune joie en vous revoyant. Les hommes comme lui... n'aiment pas que leurs proches les voient blessés.

Alaska eut alors un moment de doute. Drake serait-il

furieux qu'elle se soit donné tant de mal pour le voir ? Elle espérait que non.

— Si vous avez besoin de quoi que ce soit, appuyez sur le bouton d'appel de son lit, conclut le médecin en ouvrant la porte de la chambre de Drake.

Prenant une profonde inspiration, Alaska entra.

La première chose qu'elle remarqua, ce furent les rideaux tirés et la pénombre de la pièce. Elle fronça les sourcils. Drake avait toujours aimé vivre au grand air. Il adorait la lumière du soleil. Et elle savait, d'après ses e-mails au fil des ans, que cela n'avait pas changé.

Sans hésiter, elle se dirigea vers la fenêtre et tira le rideau, laissant la lumière de cette fin d'après-midi entrer à flots dans la pièce.

Un grognement sourd monta du lit derrière elle et Alaska prit une profonde inspiration en se retournant pour faire face au seul homme qu'elle ait toujours admiré.

Par miracle, elle ne laissa rien transparaître de la détresse qu'elle éprouva à le voir.

Il avait une mine affreuse. Des bandages lui couvraient le visage et la tête, à l'exception de ses yeux bleu océan. Il la fixait avec une intensité dont elle se souvenait de l'époque de leur enfance. Il avait toujours une façon de la regarder comme s'il la voyait vraiment, à la différence des autres gens.

Personne ne lui avait jamais fait éprouver la même chose qu'un simple regard de Drake.

Il était torse nu et Alaska entrevit un lion hargneux sur son biceps gauche... Son énorme biceps. Elle balaya du regard le reste de son corps caché par le drap et un petit cri s'échappa de ses lèvres.

Attrapant la chaise à côté du lit pour ne pas tomber à la renverse, Alaska s'assit en poussant un petit soupir. Cet homme... Bon sang ! Malgré ses blessures, c'était le plus bel homme qu'elle n'ait jamais vu. Les tatouages, les muscles, même l'irritation évidente qui brillait dans son regard lui retournaient le ventre. Elle ne l'avait pas vu depuis près de vingt ans, mais elle avait l'impression de ne l'avoir quitté que la veille. Et malgré les événements récents, elle voyait bien que le temps n'avait fait que le rendre encore plus beau.

Immédiatement, ses pensées la mirent mal à l'aise. Elle était ici parce qu'il était blessé. Parce qu'il avait perdu ses coéquipiers et ses amis. Elle ne devait pas le reluquer. Ni faire une fixation sur son physique.

— Salut, lança-t-elle doucement au bout de quelques secondes.

Il ne répondit pas.

Oui, le docteur l'avait prévenue qu'il ne parlait pas. Ce qui était probablement une bonne chose pour elle en cet instant.

— C'est moi. Alaska. Tu te souviens de moi, n'est-ce pas ?

Elle grimaça devant la stupidité de sa question, mais retint son souffle en guettant un semblant de réponse.

Elle se détendit en le voyant abaisser légèrement le menton.

— Bien. Je suis désolée pour le truc de la fiancée. Ils ne m'auraient pas laissé entrer sinon. Mais je ne t'obligerai pas à m'épouser cela dit. (Elle sourit maladroitement.) Bon, d'accord... Mieux vaut probablement que tu ne parles pas maintenant. Je suis sûre que tu m'ordonnerais de foutre le camp et de ne jamais revenir.

Il ne remua pas ni ne fit la moindre tentative de communication. Ses yeux bleus demeuraient fixés sur son visage.

— Ta mère m'a dit que tu te trouvais ici. Probablement parce qu'elle savait que je travaillais en Allemagne. En fait, je ne vis pas très loin : à Stuttgart. Bref, j'ai pris le train et je suis venue directement ici. Je parie que ce n'est pas comme ça que tu t'attendais à me revoir, hein ? Non pas que tu te sois attendu à me revoir. Je veux dire... (Elle soupira.) Désolée, je suis toujours aussi maladroite. Il est clair que je n'ai pas beaucoup changé depuis l'école. Mais... quand j'ai entendu que tu étais blessé, je devais venir. (Se penchant en avant, elle posa une main hésitante sur son avant-bras.) Je suis vraiment désolée pour tes amis, murmura-t-elle.

Il réagit pour la première fois depuis son arrivée. Fermant les yeux, il détourna la tête. Le médecin avait raison, c'était une évidence. Il se détestait d'avoir survécu alors que ses coéquipiers étaient morts.

— Je ne suis ni médecin ni psychologue, murmura-t-elle. Je ne suis qu'une secrétaire... et pas très compétente, si l'on en croit mes anciens patrons. Mais je sais de tout mon être que tes amis remercieraient Dieu que tu sois en vie.

Le bruit qui sortit de la gorge de Drake s'apparenta à un grognement ou un rire ou quelque chose comme ça. Mais cela n'empêcherait pas Alaska de dire ce qu'elle jugeait de son devoir.

— Je suis sérieuse. Si les rôles avaient été inversés, si c'était un de tes amis qui était allongé ici et que tu le regardais depuis le ciel, tu lui en voudrais de penser une seule seconde qu'il préférerait être mort. Le monde est un meilleur endroit avec toi en vie, Drake. Ce qui leur est arrivé, c'est terrible, et rien de ce que je dirai ne soulagera la douleur de leur perte, mais je sais sans l'ombre d'un doute qu'ils te botteraient volontiers les fesses pour souhaiter être mort à leur place.

Alaska n'avait aucune idée de ce qu'elle disait. Elle ne connaissait pas ses amis. Mais elle connaissait Drake. Ou du moins, elle l'avait connu. Il n'aurait jamais voulu que quelqu'un souffre à sa place et elle imaginait que ses coéquipiers lui ressemblaient.

Jugeant qu'elle devait détendre l'atmosphère, elle lui serra le bras.

— Tu sais, j'ai toujours eu le sentiment que tu étais Deadpool et cet incident n'a fait que le confirmer.

À sa grande surprise, il tourna à nouveau la tête, les yeux écarquillés par l'incrédulité.

Elle sourit légèrement.

— Je sais, Deadpool n'est pas la meilleure comparaison qui soit, mais avec ton visage bandé et tout... Ça me semblait approprié. Sans parler du fait que tu as été enterré sous des tas de décombres et que, pourtant, tu es là. Comme si tu étais invincible. (Malgré le sentiment d'être en train de tout gâcher, elle continua à parler.) J'ai préféré le premier *Deadpool* au second. Mais c'est le cas de la plupart des franchises, non ? Le premier est toujours le meilleur. OK, je pense que j'ai préféré le troisième *Jurassic Park*, mais le cinquième ? Non. Juste... non.

Les yeux de Drake ne quittaient pas les siens pendant qu'elle parlait. Alaska continua donc à bavarder de tout et de rien. Elle ignorait tout de ce qu'il pensait, mais il n'avait plus détourné la tête, ce qu'elle prenait comme un signe encourageant. Et son incapacité à parler l'empêchait de lui ordonner de se la boucler et de sortir de sa chambre, ce dont elle se félicitait. Surtout parce qu'elle n'avait nulle part où aller. Elle n'avait pas assez d'argent pour se payer plusieurs nuits d'hôtel. Elle aurait pu s'en sortir pour une nuit ou deux, mais au-delà, elle épuiserait son compte en banque.

Elle continua cette conversation à sens unique jusqu'à ce que deux infirmiers entrent dans la chambre quelques heures plus tard. À son grand étonnement, Drake ne s'était pas assoupi une seule fois. Il avait posé sur elle un regard étonnamment alerte durant toute sa visite.

— C'est l'heure du dîner et de votre bain, annonça l'un des hommes.

— Oh, d'accord. Je vais juste... Je vais trouver quelque chose à faire, bredouilla Alaska.

— Il y a une cafétéria au rez-de-chaussée si vous voulez manger quelque chose.

Elle acquiesça.

— OK... Alors... je peux revenir ici, n'est-ce pas ?

— Bien sûr. Vous voulez qu'on vous dégote un lit de camp ?

— Oui, s'il vous plaît.

Elle était trop effrayée pour regarder Drake et voir ce qu'il pensait de cette idée. Il en avait probablement assez d'elle et devait se demander pourquoi elle était encore là. Ce n'était pas comme s'ils étaient proches ou quoi que ce soit. Pas depuis de nombreuses années. Mais elle était incapable de le quitter avant d'être sûre que tout irait bien.

— Pas de problème, accordez-nous environ une heure, lâcha l'autre infirmier.

Alaska hocha la tête. Puis, histoire d'accréditer le mensonge de ses fiançailles avec Drake, elle se pencha sur le lit. Elle déposa un léger baiser sur sa joue couverte de bandages et chuchota :

— Ne leur casse pas trop les oreilles. Je reviens très vite.

Elle lui adressa un petit sourire, puis se retourna et quitta la pièce.

* * *

Brick aurait pu jurer qu'il avait senti les lèvres d'Alaska sur sa joue lorsqu'elle l'avait embrassé. C'était impossible vu tous ses bandages. Mais il ne pouvait pas nier qu'il se sentait plus vivant en cet instant que depuis son réveil dans cet hôpital.

L'écouter parler de tout et de rien avait été étonnamment... revigorant. Il en avait tellement assez d'entendre le personnel lui dire à quel point il allait bien, lui répéter qu'ils étaient désolés pour ce qui s'était passé, qu'il finirait par accepter la situation et qu'il serait heureux de ne pas être mort.

Alaska n'avait rien fait de tout ça. Soit, elle avait dit qu'elle était désolée. Mais ensuite, elle avait commencé à jacasser sur des absurdités. Bizarrement, on aurait dit que c'était exactement ce dont il avait besoin.

Elle avait toujours été l'une des rares personnes à croire en lui sans réserve. Assistant à tous ses matchs de baseball pour l'encourager. Répétant sans arrêt qu'il ferait un excellent SEAL.

Et il n'arrivait pas à oublier le cadeau de fin de lycée qu'elle avait confectionné pour lui.

Il repensa à ce jour-là, quand sa mère lui avait confié qu'Alaska était revenue le soir de sa fête pour le lui donner. Comme il n'était pas là, Alaska avait jeté le cadeau. Dieu merci, sa mère l'avait repêché dans la poubelle. Son cadeau avait été accroché dans chaque appartement où il avait vécu. Chaque fois qu'il le regardait, il se souvenait de la foi qu'Alaska avait en lui.

Elle n'avait pas beaucoup changé depuis le lycée. Elle avait les mêmes cheveux bruns tombant aux épaules, portés avec toujours autant de simplicité, la même maladresse timide et le même grand sourire sans artifice. Mais elle n'était plus une enfant. Sa silhouette s'était étoffée, devenant plus courbe aux bons endroits. Et il y avait une maturité prudente derrière ses yeux qui lui disait que sa vie n'avait pas nécessairement été facile.

Il s'était vite rendu compte qu'Alaska n'était pas très communicative dans leurs rares e-mails, qu'elle était très habile pour éluder ses questions, mais il avait l'impression qu'elle travaillait dur pour tout.

Rien n'aurait pu le choquer davantage que de la voir

franchir la porte de sa chambre d'hôpital. Il n'arrivait pas non plus à croire qu'elle ait osé prétendre être sa fiancée juste pour le voir. Mais là encore, il y était bien obligé. Quand elle avait quelque chose en tête, il se souvenait qu'elle pouvait se montrer très obstinée. Elle l'avait toujours été, du moins à l'époque où il la fréquentait. Il réalisa qu'il lui était reconnaissant de ce trait de caractère.

Il se rendit également compte qu'il était extrêmement heureux de sa présence. Elle avait un charisme tranquille et une authenticité rafraîchissante par rapport à la rigidité de la Marine et des personnes qu'il rencontrait en mission.

À sa grande surprise, il souffrit beaucoup moins lorsque les infirmiers le baignèrent et refirent son lit. Le dîner arriva, qu'il mangea distraitement. Chaque fois qu'il ouvrait la bouche, son visage lui faisait mal, mais il le remarquait à peine. Son esprit était tourné vers la vieille amie venue lui rendre visite plutôt que vers la douleur.

Exactement une heure plus tard, Alaska passa la tête par la porte et sourit.

— Terminé ? demanda-t-elle. (Comme il était seul dans la pièce, il ne put s'empêcher d'esquisser un léger sourire.) Bon, désolée, encore une question stupide, hein ?

Elle regagna la chaise quittée plus tôt et posa une main sur son avant-bras. Son poids léger était… agréable. Réconfortant.

— Tu sais, cet endroit me fait peur.

Brick fronça les sourcils.

— Pas les gens, en soi. C'est juste que j'ai constamment peur de dire ou de faire quelque chose de mal. L'armée est comme un énorme club dont je ne comprends pas les règles et auquel je n'appartiens absolument pas. J'ai l'impression qu'à tout moment, quelqu'un va me montrer du doigt et crier « Infidèle ! » avant de m'escorter dehors. (Elle gloussa, puis se reprit.) Encore une fois, je suis désolée d'avoir menti pour entrer ici, Drake. Je suis certaine qu'ils ne me croient pas vraiment. Tout le monde doit se demander ce que tu peux bien trouver à quelqu'un comme moi. (Elle haussa les épaules, puis lui lança un clin d'œil.) Mais tu pourras restaurer la vérité une fois que tu seras sur pied. Je ne voudrais pas que ta réputation en souffre.

Brick ouvrit la bouche pour demander de quoi elle parlait, mais elle ne lui en laissa pas l'occasion. Elle se lança dans un autre long soliloque sur un truc qu'elle avait récemment vu à son travail.

Finalement, quand elle n'eut plus rien à raconter, elle bâilla et s'excusa.

— Je suis désolée. Je n'ai pas dormi depuis... (Elle regarda sa montre.) Eh bien, un très long moment.

Brick désigna le lit derrière elle. L'un des infirmiers l'avait installé un peu plus tôt.

— Oui, oui. Ça ne te dérange pas si je reste ?

Il secoua la tête. Étonnamment, non, ça ne le dérangeait pas. Si on l'avait questionné à ce sujet la veille, il aurait répondu qu'il voulait être seul. Pourtant, maintenant qu'elle était là, il ne supportait pas l'idée qu'elle s'en aille. Il appréciait sa compagnie.

— D'accord, mais si je ronfle, lance-moi un oreiller ou quelque chose du genre, plaisanta-t-elle.

Elle ramassa le sac qu'elle avait laissé sur le seuil en arrivant et disparut dans la petite salle de bains attenante. Elle réapparut quelques minutes plus tard, toujours vêtue de ses vêtements de la journée, et s'installa sur le lit de camp à côté de lui.

— Je suis vraiment désolée de ce qui s'est passé, Drake. Mais je suis très heureuse que tu sois toujours là, chuchota-t-elle. Je sais que nous n'avons pas beaucoup parlé depuis le lycée, mais j'ai pensé à toi presque tout le temps... et j'ai souri rien qu'en me disant que tu étais là quelque part à botter des fesses et à traquer des malfaiteurs. Je suis fière de toi. Merci pour ce que tu fais.

Brick avait la gorge serrée. On l'avait remercié plus de fois qu'il ne pouvait en compter au fil des années, mais il avait toujours balayé négligemment les mots gentils. D'une certaine manière, ils avaient plus de poids venant d'Alaska.

Elle s'endormit presque aussitôt et Brick resta allongé là à la regarder somnoler pendant une bonne partie de la nuit. Quand le soleil commença à poindre à l'horizon, il avait pris une décision.

Celle de guérir. De rentrer chez lui et de devenir le genre d'homme que Vador, Monster, Bones, Rain et Mad Dog attendaient de lui. Il ne voulait plus être un SEAL, il n'avait aucune envie de revêtir à nouveau l'uniforme. De toute façon, ce n'était sans doute plus une option avec ses blessures.

Il n'avait aucune idée de ce qu'il ferait, mais il voulait être un homme dont Alaska pourrait continuer à être fière. D'une manière ou d'une autre, il ramasserait les morceaux de sa vie et honorerait ses coéquipiers tombés au combat... ainsi que sa vieille amie qui avait fait tout son possible pour être à ses côtés quand il était au plus bas.

* * *

Alaska fut sidérée de constater les changements qui survinrent chez Drake au cours des deux jours suivants. Il ne se contentait plus de rester allongé à la regarder. Il mangeait tous ses repas, restait assis pendant de longs laps de temps et semblait réellement intéressé par ce qui se passait autour de lui. La différence était énorme par rapport au jour de son arrivée où il s'était borné à la fixer ou à regarder le plafond pendant qu'elle divaguait.

Les médecins attribuaient cette amélioration à la

présence d'Alaska, mais celle-ci était sceptique. Elle n'était pas le genre de femme à inspirer une telle métamorphose chez quelqu'un, mais quoi qu'il en soit, elle était soulagée.

La troisième nuit, quand elle s'installa sur son lit, Alaska annonça :

— Il est sans doute temps que je te laisse tranquille.

Elle le sentit plus qu'elle ne le vit tourner la tête pour la fixer. Le matelas du lit de Drake était plus haut que le sien et elle était habitée par un étrange sentiment de sécurité à le savoir ainsi au-dessus d'elle. C'était stupide : rien n'allait lui arriver dans un hôpital militaire. Mais elle ne pouvait s'empêcher de penser qu'à tout moment, la police militaire allait faire irruption et l'emmener pour avoir menti sur ses fiançailles avec Drake.

— Reste, souffla-t-il.

Surprise, Alaska s'assit et le regarda fixement.

— As-tu... Drake, tu as parlé !

Il sourit et ajouta d'une voix éraillée :

— Appelle la presse, c'est un miracle.

Se rasseyant sur la chaise qu'elle utilisait depuis quelques jours, elle tendit la main vers le bouton d'appel.

— Il faut qu'on le dise aux infirmiers !

Mais Drake la devança et lui attrapa le poignet.

— Ils s'en rendront compte demain.

Elle le fixa un long moment avant de constater :

— Quelque chose a vraiment changé. (Drake hocha la tête.) J'en suis heureuse, ajouta-t-elle un peu timidement.

Maintenant qu'il pouvait parler, elle se préparait à ses questions. Qu'il lui fasse la leçon pour avoir menti aux militaires !

Au lieu de quoi, il chuchota :

— Merci d'être venue. J'en avais besoin. De toi.

Elle retint ces mots prononcés à voix basse. Elle savait

qu'elle les utiliserait encore et encore, chaque fois qu'elle passerait une mauvaise journée.

— Je... Ils ne méritaient pas de mourir.

Alaska sentit ses yeux s'emplir de larmes.

— Je sais. Parle-moi d'eux.

Pendant l'heure suivante, Drake la régala d'histoires sur ses coéquipiers tombés au combat. Elle rit, pleura et compatit avec lui de la perte de ces hommes et amis extraordinaires.

— Je ne sais pas ce que je vais faire... mais je vais trouver un moyen d'honorer leur mémoire, promit Drake.

Sa voix était rauque. Probablement à cause du traumatisme que ses cordes vocales avaient subi et du fait qu'il n'avait pas parlé depuis si longtemps. Mais chaque mot était comme un cadeau pour Alaska.

— Je n'en doute pas.

— Tu as toujours cru en moi, lâcha-t-il.

Alaska ne put qu'acquiescer.

Il la regarda fixement pendant de longues secondes, puis demanda :

— Tu vas avoir des ennuis pour être venue ici ? Pour t'être absentée de ton travail pendant aussi longtemps ?

Elle secoua la tête, bien consciente de son mensonge. Elle avait déjà des problèmes. Son patron lui avait envoyé un e-mail menaçant dans l'après-midi même, lui disant que si elle n'était pas de retour derrière son bureau le lendemain matin, elle n'aurait plus de travail. Mais elle s'en fichait. Les secrétaires étaient très demandées. Elle trouverait un autre travail. Seconder Drake était bien plus important.

— Parfait, décréta-t-il. Une fois que j'aurai parlé au médecin, je suis sûr que ce ne sera qu'une question de jours avant que je ne rentre aux États-Unis.

Le ventre d'Alaska se retourna, mais elle lui sourit tout de même.

— C'est génial.

— Je ne vais pas rester dans la Marine, reprit-il avec un peu plus de détermination, comme s'il pensait qu'elle allait protester.

— D'accord.

Il sourit.

— C'est tout ce que tu as à dire sur le sujet ?

— Oui, répondit-elle en haussant les épaules. Si tu n'es plus un SEAL, tu seras quelqu'un de tout aussi incroyable, merveilleux et génial.

Il ricana, puis retrouva son sérieux.

— Merci de croire en moi, Alaska.

— Tu n'as pas à me remercier pour ça, répliqua-t-elle d'un ton ferme avant de se lever, histoire de ne pas se mettre à larmoyer. Tu as besoin de dormir, conclut-elle en retournant vers le lit de camp. Pas de jacasser toute la nuit.

Elle sourit pour lui faire comprendre qu'elle le taquinait.

Une fois qu'elle se fut réinstallée sur son lit, elle le vit se tourner vers elle.

— Alaska ?

— Oui, Drake ?

— Je te suis redevable désormais. Si tu as besoin de quoi que ce soit, et je dis bien *quoi que ce soit*, fais appel à moi et je serai là pour toi.

Des picotements lui coururent sur tout le corps. Elle plaisanta pour tenter de détendre l'atmosphère.

— Merci. Et le mot de code sera *fiancé*, c'est ça ?

Mais Drake ne sourit pas.

— Si ça tourne mal au point que tu aies besoin d'un mot de passe, oui. Mais je suis sérieux. Tu m'as peut-être sauvé la vie. Je te suis redevable.

Elle fronça les sourcils.

— Tu aurais réussi à t'en sortir, Drake. Je le sais.

— Peut-être, ou peut-être pas. Mais ça ne change rien au

fait qu'à partir de maintenant, je vais être ton correspondant. Et je vais t'écrire plus d'un e-mail par an. Je veux rester en contact, Alaska. J'ai... J'en ai besoin.

— D'accord, convint-elle tranquillement. Je veux être au courant de toutes les choses géniales que la vie garde encore en réserve pour toi de toute façon.

— Et j'attends la même chose de toi, répondit-il.

Des larmes lui vinrent une nouvelle fois aux yeux. Il n'y avait rien de génial dans sa vie. Elle était juste... là. Elle n'était pas en train de sauver le monde ou de trouver un remède contre le cancer. Elle était simplement en train de faire son travail. Mais cela ne la dérangeait pas. Ainsi elle voyait le monde, rencontrait de nouvelles personnes, faisait l'expérience de nouvelles cultures. Et peut-être qu'un jour, elle reviendrait aux États-Unis. Peut-être.

— Marché conclu ? demanda-t-il.

— Marché conclu, accepta-t-elle.

— Dors, Al, ordonna-t-il. Ça va s'agiter demain matin.

Elle ne put s'empêcher de glousser à travers ses larmes. Drake avait toujours aimé surprendre les gens et ses médecins allaient être extrêmement surpris lorsqu'ils découvriraient qu'il pouvait parler... et que son moral avait changé du tout au tout.

CHAPITRE 3

Aujourd'hui.

Brick était assis sur la terrasse de son chalet dans les montagnes du Nouveau-Mexique et sirotait une tasse de café noir. Un souvenir de Bones lui trottait dans la tête, répétant sa citation favorite sur le café : « Ça ne vaut pas la peine de le boire s'il n'est pas noir. »

Les souvenirs de ses coéquipiers perdus étaient un peu moins fréquents ces derniers temps et, quand ils survenaient, ils étaient le plus souvent les bienvenus. Brick ne voulait pas oublier les hommes aux côtés desquels il s'était battu. Ils méritaient qu'on se souvienne d'eux.

Les quatre années qui avaient suivi leur mort avaient été difficiles. Il avait été libéré de la Marine avec les honneurs, subi plusieurs opérations chirurgicales pour remettre les os de son visage à leur place. Il avait été beaucoup plus difficile de réparer son esprit. Le TSPT était implacable.

Ce fut après une longue discussion avec son thérapeute, lorsqu'il avait finalement accepté de n'être pas le seul à souffrir des répercussions de ce qu'il avait vécu dans l'armée, qu'il avait eu l'idée de créer un endroit pour accueillir les gens désireux de fuir leurs pires souvenirs.

Il avait passé plusieurs semaines à camper après sa sortie de l'hôpital pour essayer d'accepter sa nouvelle réalité, et cela l'avait énormément aidé. Il s'était alors dit que si ça l'aidait lui, ça en aiderait peut-être d'autres.

Avec l'aide de Tex, il avait contacté des hommes rencontrés après sa démobilisation. Des hommes qui traversaient la même épreuve que lui mentalement. Ils luttaient pour retrouver une place dans le monde sans l'armée pour les seconder.

Tex était un ami qui suivait de près les hommes et les femmes risquant leur vie pour leur pays. C'était un ancien SEAL qui avait perdu une jambe et consacrait depuis chaque jour de sa vie à veiller sur les autres. Il avait même trouvé la parcelle de terrain à vendre ici, au Nouveau-Mexique, où Brick et les six autres s'étaient rencontrés et avaient campé pendant plusieurs jours, apprenant à se connaître, confrontant leurs visions de ce qu'ils espéraient accomplir.

Au moment où ils s'étaient séparés, le Refuge était né. C'était un travail d'amour... et ils l'avaient fait fonctionner.

Tiny était le seul autre SEAL du groupe, solide gaillard d'un mètre quatre-vingts, tout en muscles. Doté d'un beau visage, il se voyait souvent comparé au protagoniste masculin d'un film des années 1980, *Seize Bougies pour Sam*. Les autres riaient chaque fois à gorge déployée, au grand dam de Tiny.

Tonka avait été membre des forces spéciales déployables des garde-côtes. C'était avec les animaux qu'il était le plus à l'aise. Spike avait été un agent de la Delta Force, Pip' un SAS – l'équivalent britannique d'un SEAL –, Owl et Stone, qui complétaient leur groupe, avaient été des Night Stalkers, ces légendaires pilotes d'hélicoptères de l'armée. Owl et Stone, anciens coéquipiers, avaient été faits prisonniers de guerre lorsque leurs hélicoptères s'étaient écrasés en territoire ennemi. Ils déployaient maintenant d'immenses efforts pour reprendre le cours de leur vie.

Le Refuge s'étendait sur quelques centaines d'hectares près de Los Alamos. Les habitants avaient été ravis de les voir acheter le terrain, car l'autre partie intéressée était un promoteur qui aurait certainement construit un lotissement de plusieurs centaines de maisons. Le Refuge avait commencé avec quelques yourtes et possédait maintenant la plupart des attributs d'un complexe de luxe. Bien que ses propriétaires le désignent souvent sous le nom de « camp », puisque la majorité de la superficie montagneuse était demeurée intacte.

Le pavillon principal constituait le centre de la propriété. Des canapés confortables étaient disposés dans le hall d'entrée où les gens pouvaient se rassembler et discuter de manière informelle. La salle à manger était assez grande pour accueillir la plupart des hôtes en même temps et il y avait des salles plus petites pour les séances de thérapie et les réunions plus intimes. Le Refuge employait un chef cuisinier, mais les repas étaient toujours décontractés et présentés sous forme de buffet. Les hôtes pouvaient se rendre dans l'immense cuisine à tout moment pour prendre des collations, préparer ce dont ils avaient besoin pour des randonnées ou des pique-niques et même pour faire de la pâtisserie, si cela les aidait à calmer leur TSPT.

Il y avait une douzaine de cabanes dispersées autour du pavillon qui allaient du studio à des suites de trois pièces. Chacune avait une salle de bains et une douche, ainsi qu'un réfrigérateur et un micro-ondes. Un service de ménage était proposé tous les deux jours aux personnes qui le souhaitaient. Une thérapeute venait trois fois par semaine pour rencontrer gratuitement les hôtes désireux de parler. Ils avaient une grange accueillant des chevaux, une vache et des chèvres. Des chats erraient dans la propriété… et, bien sûr, Brick avait Mutt. Il avait trouvé le chien errant blessé peu de temps après que les autres et lui s'étaient installés dans la région pour superviser la construction. C'était une sorte de mélange de terrier et chien de chasse. Ses pattes étaient longues et dégingandées, il avait la gale, mais le pire, c'était sa patte avant gauche, complètement mutilée. Le vétérinaire n'avait aucune idée de ce qui s'était passé, mais il supposait que le chien s'était battu contre un animal sauvage et avait perdu.

Brick ne voulait pas de chien. À l'époque, il était submergé par toute la paperasse et les questions légales qui devaient être réglées pour que le Refuge soit opérationnel. Mais il n'avait pu résister à Mutt. Finalement, son adoption s'avéra l'une des meilleures décisions de sa vie. Sa patte manquante ne ralentissait pas ce chien le moins du monde. Et tard dans la nuit, quand Brick n'arrivait pas à dormir, avoir Mutt à proximité l'empêchait de sombrer dans une profonde dépression.

Dans l'ensemble, Brick était satisfait de sa vie. Le Refuge était immédiatement devenu un énorme succès et il aimait bien être utile à autrui. Ses amis et lui avaient ouvert trois ans plus tôt avec l'intention d'aider les vétérans de l'armée, mais ils n'avaient pas tardé à réaliser qu'un TSPT se manifestait après des traumatismes de tous ordres. Désormais, ils accueillaient des femmes qui avaient échappé à des relations abusives, des employés ayant survécu à la violence professionnelle et même des personnes luttant pour se remettre d'une dépendance chimique.

Le Refuge était un endroit où les gens pouvaient trouver la sérénité et le calme dont ils avaient besoin pour continuer leur processus de guérison. Un séjour ici ne guérissait personne de ses démons, mais c'était un endroit où l'on pouvait mettre ces démons de côté pendant un bref laps de temps et se contenter de respirer.

Prenant une autre gorgée de son café, Brick se baissa et caressa Mutt, pelotonné dans son coin habituel, un tas de couvertures sur la terrasse, juste à côté de son maître. Il avait payé cher afin de se procurer un lit pour chien, mais Mutt préférait de simples couvertures ou des serviettes, sans doute une réminiscence du temps où il vivait dans la rue.

Tout en caressant paresseusement son chien, Brick laissait remonter à la surface les souvenirs de ses compagnons de combat. Vador et les autres auraient adoré cet endroit. C'était complètement différent de ce qu'ils avaient fait. Les familles de ses amis étaient invitées à leur rendre visite quand elles le voulaient, et gratuitement. Il en allait de même pour les familles des hommes et des femmes avec lesquels ses copropriétaires avaient travaillé.

Le Refuge, et le Nouveau-Mexique en général, était paisible... Moins peuplé que la plupart des États. Vivre au milieu de nulle part signifiait qu'ils n'avaient pas l'habitude de recevoir des visiteurs par hasard. Si quelqu'un venait au Refuge, c'était intentionnel. Personne ne tombait sur eux sans l'avoir cherché.

C'était ce que Brick et les autres voulaient. Un endroit calme et sûr où les gens venaient se recentrer. Se vider l'esprit. Faire une pause loin des bruits du monde. Ils avaient le Wi-Fi, bien sûr, et la réception des téléphones portables était correcte autour de la propriété principale, mais les hôtes étaient encouragés à se déconnecter s'ils le pouvaient.

Fermant les yeux, Brick pouvait admettre qu'il était plutôt satisfait. Sa vie avait pris un virage à 180° après sa blessure et la perte de ses coéquipiers. Et bien qu'il ait dû travailler très dur pour en arriver là, il était satisfait.

Une partie de lui, tout au fond, regrettait de n'avoir

personne avec qui partager sa vie. Il avait toujours pensé qu'il avait tout le temps de se marier, d'avoir des enfants et de s'installer. Il avait été tellement occupé par sa carrière militaire que le reste avait été relégué au second plan. Et maintenant, bien que satisfait d'aider les autres, il devait bien admettre qu'il se sentait seul.

Il venait d'avoir quarante ans et, même s'il savait qu'il n'était pas trop tard pour tomber amoureux, il ne rencontrait à dire vrai pas beaucoup de femmes célibataires. Et celles qui fréquentaient le Refuge n'étaient certainement pas prêtes pour une relation.

Il avait récemment eu une longue discussion avec Tiny à ce sujet. Son ami, qui avait cinq ans de moins que lui, ressentait à peu près la même chose. Une virée dans les bars de Los Alamos était toujours une option, mais la petite ville ne regorgeait pas vraiment de femmes célibataires.

Inévitablement, les pensées de Brick se tournèrent vers la femme à laquelle il avait souvent pensé au cours de ces quatre dernières années.

Quand Alaska Stein s'était présentée à son chevet en Allemagne en prétendant être sa fiancée, il avait été choqué. Oui, il lui avait envoyé des e-mails de temps en temps au cours des années qui avaient précédé et sa mère n'avait jamais vraiment perdu le contact avec elle, mettant Brick à jour sur le peu qu'elle savait – Alaska n'avait guère partagé plus de détails sur sa vie avec sa mère qu'avec lui. Ces e-mails mis à part, il ne les aurait pas considérés, Alaska et lui, comme des amis proches. Pas depuis qu'il était entré dans la Marine.

Mais après l'Allemagne, leurs relations avaient changé. Ils s'envoyaient constamment des e-mails et presque autant de messages sur les réseaux sociaux. Il n'avait pas tardé à apprendre qu'elle voyageait en Europe bien plus souvent qu'il ne l'avait imaginé. Elle prenait un poste de secrétaire, y restait quelques années, puis repartait. Elle avait vécu dans plus d'endroits au cours des deux dernières décennies que la plupart des gens n'en visitaient au cours de leur vie.

Brick vérifiait ses messages tous les matins dans l'espoir d'un message de la part d'Alaska. Elle le faisait sourire aussi souvent qu'elle le rendait inquiet. Être une femme seule dans un pays étranger n'était pas dangereux en soi, mais ce n'était pas vraiment sûr non plus. Et Brick savait mieux que quiconque que sa citoyenneté américaine pouvait faire d'elle une cible pour ceux qui n'appréciaient pas la politique étrangère des États-Unis.

Il n'avait pas été ravi d'apprendre, trois jours plus tôt, qu'elle se rendait à Saint-Pétersbourg en Russie pour faire du tourisme. Il avait voulu protester, lui dire que ce n'était pas une bonne idée, mais elle était surexcitée à l'idée de voir l'Ermitage, la forteresse Pierre-et-Paul, la place du Palais d'Hiver, le palais de Peterhof, de faire du shopping sur la perspective Nevski et de visiter la cathédrale Saint-Sauveur-sur-le-Sang-Versé.

Son message de ce matin-là était truffé de photos de ses aventures de la veille. Elle s'était inscrite auprès d'une compagnie qui organisait des tours privés et avait passé la journée avec deux autres couples à visiter la moitié des sites figurant sur sa liste.

Le visage souriant d'Alaska qui posait devant diverses églises avait illuminé la matinée de Brick, malgré sa méfiance à l'égard du voyage. Il était parfaitement conscient que sa vieille amie se pensait invisible. Susceptible de se fondre dans le décor. En ce qui le concernait, elle avait tort. Brick préférerait toujours quelqu'un possédant sa loyauté et sa passion pour la vie à une femme prétentieuse et impeccablement maquillée.

Il avait appris au fil des ans que la moyenne – du moins

selon la définition d'Alaska – était bien plus satisfaisante sur le long terme que le brillant et le clinquant.

Pour lui, Alaska sortait du lot. Il en était réduit à espérer qu'elle ne se distinguait pas de la mauvaise façon en parcourant le monde.

Ce jour-là, elle devait se rendre à une trentaine de kilomètres du centre de Saint-Pétersbourg pour visiter le palais de Peterhof. Ensuite, il était prévu qu'elle passe par la forteresse Pierre-et-Paul où reposaient plusieurs tsars russes.

Brick l'avait priée de lui envoyer un message quand elle regagnerait sa chambre d'hôtel. Elle avait accepté, non sans le taquiner à propos de sa paranoïa et de ses tendances surprotectrices.

Elle n'avait pas tort. Il se faisait à peu près tout le temps du souci pour la sécurité d'Alaska. Mais il ne parvenait pas à blâmer sa nature protectrice lorsqu'il ouvrait sa boîte électronique à la première heure chaque matin, attendant avec impatience les e-mails de sa part.

Même s'ils étaient séparés par un monde, Brick pensait en permanence à Alaska. Il savait qu'elle sortait rarement avec des hommes. Elle répétait sans cesse que son physique était « banal » – cheveux bruns, yeux marron, taille moyenne d'un mètre soixante-cinq, corpulence moyenne aux courbes marquées. Mais son rire, sa personnalité, sa gentillesse, sa curiosité authentique pour le monde qui l'entourait... Toutes ces qualités la rendaient plus remarquable qu'elle ne le pensait. Lorsqu'il se remémorait leur enfance, il revoyait une fille qui ne rechignait jamais à se salir, à rire aux éclats et à le suivre lorsqu'il suggérait quelque chose de pas tout à fait légal... comme dégonfler les pneus du directeur en plein milieu de la nuit.

Brick ne se souvenait pas vraiment de son enfance avant elle. Leur relation avait évolué au cours des années. De la « guerre » dans leur quartier aux séances-marathons de jeux vidéo en passant par les encouragements dans les tribunes lors de ses matchs de baseball. Et elle l'avait aussi écouté se plaindre de ses petites copines. Lorsqu'il avait voulu acheter un énorme bouquet de fleurs à sa petite amie de l'époque, en terminale, et qu'il lui avait manqué vingt dollars, c'était Alaska qui lui avait prêté l'argent.

Ils avaient passé des années sans communiquer du tout. Et maintenant, même s'ils s'envoyaient des e-mails et des messages plus souvent que par le passé, elle manquait terriblement à Brick.

Sa présence à ses côtés en Allemagne avait changé les choses pour lui, modifié la façon dont il pensait à elle. Alaska était son amie, oui... mais elle était beaucoup plus maintenant. Elle avait tout laissé tomber, y compris son travail, pour le rejoindre quand il avait eu le plus besoin d'elle. Elle avait menti pour pouvoir entrer dans sa chambre, fait tout ce qu'il fallait pour être à ses côtés.

Personne n'avait jamais agi de manière aussi désintéressée pour lui auparavant, à part les cinq hommes morts dans l'explosion qui avait failli lui coûter la vie.

Alaska était spéciale. Et même s'il était difficile de croire qu'il ne la connaissait finalement pas tant que cela, c'était bel et bien le cas.

La queue de Mutt commença à tambouriner sur les planches de bois et Brick leva les yeux pour voir Stone venir à sa rencontre.

— Bonjour, lança son ami.

— Bonjour, répondit Brick. Le café est prêt si tu veux une tasse.

Les sept propriétaires du Refuge avaient leur propre petit chalet, situé à l'écart des locations, sur le pourtour de la propriété. Quoiqu'ayant besoin de leur intimité et de leur espace, ils étaient toujours les bienvenus les uns chez les autres.

— Merci, répondit Stone en entrant dans son chalet pour en ressortir une minute plus tard muni d'une tasse de café. Ça va être une belle journée aujourd'hui. J'ai entendu que certains de nos hôtes avaient envie de partir en randonnée. Tu te sens de les accompagner ?

Brick hocha la tête.

— Bien sûr.

Ils se relayaient pour faire visiter les lieux aux hôtes qui souhaitaient être escortés. Comme le Refuge s'étendait sur plusieurs centaines d'hectares, ils ne voulaient surtout pas que quelqu'un se perde. Ils avaient passé beaucoup de temps à défricher et à baliser les sentiers, mais il existait des endroits magnifiques qui ne figuraient pas sur les sentiers et que Brick et les autres aimaient leur montrer.

— On s'est dit que ce serait bien de faire sortir les hôtes pendant que le vétérinaire s'occupe de Melba.

Brick grimaça. Melba était leur vache résidente, bête adorable qui aimait les gens et être grattée sous le menton. Quand on l'y autorisait, elle suivait les hôtes autour de la propriété, se frottait la tête contre eux et se conduisait en adorable peste. Mais s'il y avait une chose qu'elle n'aimait pas, c'était bien la visite du vétérinaire. Les mugissements qu'elle poussait lorsqu'on l'examinait auraient pu laisser croire qu'on la torturait. La dernière chose dont leurs hôtes avaient besoin, c'était d'entendre des cris donnant à penser qu'une femme était en train de se faire démembrer. Toute distraction permettant à leurs hôtes d'éviter de replonger dans le passé était une bonne chose.

— Bon, alors ce sera une longue randonnée, décréta Brick avec un sourire.

Stone s'installa sur la chaise à côté de lui et, pendant un long moment, ils restèrent ainsi dans un silence confortable.

— On est complets pour les prochains mois, non ? demanda Brick.

Stone hocha la tête.

— Oui. Si les réservations continuent à ce rythme, l'année entière sera complète d'ici quelques semaines.

Brick était content, surtout sachant qu'on n'était encore qu'au printemps.

— Et avant que tu ne me poses la question, ajouta Stone, on garde la treizième cabane libre pour les urgences.

Brick hocha la tête, satisfait. Ils avaient décidé, dès le début, de toujours avoir une cabane disponible pour celles et ceux qui auraient besoin d'un refuge en urgence. Pour les prisonniers de guerre récemment libérés ou pour toute personne ayant immédiatement besoin d'un endroit où se soigner.

— Même si Becky l'a accidentellement réservée pour quelques semaines ici ou là dans l'été, ajouta Stone avec un soupir.

Brick se contenta de secouer la tête. Ils avaient eu beaucoup de mal à trouver quelqu'un de compétent capable de répondre au téléphone, de s'occuper des clients et de se débrouiller avec quelques programmes informatiques simples. Il s'était imaginé que ce serait le poste le plus facile à pourvoir, mais au cours des trois années d'existence de l'entreprise, près de vingt personnes s'y étaient succédé. Certaines n'aimaient pas l'isolement, d'autres se sentaient nerveuses en présence de leurs hôtes, compte tenu de leurs antécédents. Et certaines avaient carrément menti sur leur aptitude à faire plusieurs choses à la fois.

Le type qu'ils avaient embauché avant Becky avait été un désastre pour gérer leurs hôtes. Il avait la personnalité d'une pierre.

— Je suppose que tout est rentré dans l'ordre.

— Ouais, répondit Stone. Mais Pip' l'a fait pleurer.

Brick fronça les sourcils.

— Il n'a même pas été méchant, lui assura Stone.

— Il a juste grogné un peu, froncé les sourcils et Becky s'est effondrée comme un château de cartes. Mais elle a appelé toutes les personnes inscrites dans le chalet n° 13 pour s'excuser et reconnaître son erreur.

— Ils ont pété les plombs ? demanda Brick.

Stone haussa les épaules.

— Certains, oui. Mais la plupart ont compris et simplement choisi d'autres dates. La remise de vingt pour cent a bien aidé dans la négociation.

Brick en était sûr. Le Refuge n'était pas bon marché. Si les prisonniers de guerre étaient invités à y séjourner gratuitement, les autres payaient au prix fort le repos et la détente qu'ils y trouvaient.

— Bien. Autre chose à part la dépression imminente de Melba et la connerie de Becky ?

— Non.

Brick opina de nouveau, soulagé. Même s'ils étaient tous copropriétaires du Refuge, c'était un peu son bébé, car l'idée venait tout de même de lui.

— Ça va ? demanda-t-il à son ami.

Ils ne parlaient pas beaucoup de leurs démons personnels, mais ils connaissaient tous les déclencheurs des autres. Stone, comme le reste de la bande, avait parfois des jours difficiles.

— Oui, admit-il à voix basse.

— L'anniversaire approche, convint Brick.

— Cinq ans. Parfois, j'ai l'impression que ça fait une éternité qu'on nous a traînés dans les rues et jetés dans cette cellule ; parfois, j'ai l'impression que c'était hier.

— Je sais, compatit Brick.

Il ressentait exactement la même chose. Dans ses mauvais jours, il était si persuadé d'entendre la voix de Mad Dog qu'il courait dehors… pour aviser un hôte qu'il ne connaissait pas.

Les deux amis se turent pendant plusieurs minutes avant que Stone ne rejette la tête en arrière et n'avale le reste de son café. Il alla reposer la tasse à l'intérieur et adressa un petit signe du menton à Brick avant de partir, probablement vers le pavillon, afin de s'assurer que le petit-déjeuner était prêt pour leurs hôtes et que tout le monde était satisfait.

Brick resta à observer les arbres derrière son chalet, pensant toujours à Alaska. Elle devrait être de retour de sa visite à présent, puisqu'il y avait un décalage horaire de neuf heures entre le Refuge et Saint-Pétersbourg. Lorsqu'il reviendrait de sa randonnée avec leurs hôtes, il aurait sans doute reçu un autre e-mail avec des photos de sa journée.

Il caressa longuement Mutt, puis rentra chez lui. Il devait enfiler ses chaussures de marche et changer de pantalon. S'activer était le meilleur moyen de canaliser ses pensées. De garder ses démons à distance... et cela l'empêchait de s'inquiéter pour Alaska.

CHAPITRE 4

Alaska sourit à Igor, le guide avec lequel elle avait passé la journée précédente, au moment où il entra dans le hall de son hôtel.

— Vous êtes prête à partir ? demanda-t-il.

Elle acquiesça, repoussant le sentiment de malaise qu'elle éprouvait depuis la veille lorsqu'elle avait appris que les deux couples qui l'accompagnaient ne viendraient finalement pas. Mais Igor lui avait promis qu'elle ne serait pas seule, qu'ils prendraient d'autres touristes à la sortie de la ville pour aller visiter le palais de Peterhof.

Elle n'était là que pour deux jours et voulait voir autant de monuments que possible. Elle s'était ruinée sur ce circuit organisé, car on lui avait assuré que c'était le meilleur moyen de voir le maximum de choses en peu de temps. La journée de la veille avait été géniale. Ils avaient même évité les longues files d'attente au Palais d'Hiver, ce qui était un énorme avantage.

Mais si Igor s'était montré un guide compétent, il l'avait aussi rendue anxieuse, bizarrement. Cela n'avait rien à voir avec son apparence : il était impeccablement vêtu d'un polo et d'un jean. Ses cheveux châtain foncé étaient parfaitement coiffés et il ressemblait à toutes les autres personnes qu'elle avait rencontrées dans le pays.

Elle ne savait pas si son malaise provenait du temps excessif qu'il passait sur son téléphone ou du fait, que chaque fois qu'elle tournait son regard vers lui, il semblait la fixer.

Personne ne la fixait normalement. Elle n'était pas le genre de femme que les gens trouvaient irrésistible ou intrigante. Aussi, se retrouver le centre d'un tel intérêt la déconcertait.

Mais elle voulait vraiment voir les fontaines du palais de Peterhof et elle ne se sentait pas de monter dans un bus ou un bateau pour s'y rendre seule, car elle ne parlait pas russe. Elle devait donc se rabattre sur Igor et cette visite organisée. Un peu plus tôt, elle avait envoyé à Drake un long message contenant des photos de sa sortie de la veille, ainsi que son itinéraire pour la journée.

Il était pathétique qu'elle n'ait pas d'autres amis proches avec qui partager ses projets. Elle changeait trop souvent de travail pour nouer des relations étroites avec ses collègues. Elle avait passé deux décennies à déménager en Europe et avait adoré cette expérience. Mais ces dernières années, elle commençait à avoir envie de rentrer chez elle.

Alaska savait très bien pourquoi elle avait soudain cette envie.

Drake.

Depuis qu'elle était allée le voir pendant son hospitalisation en Allemagne, il représentait une constante dans sa vie. Ils se parlaient au téléphone de temps en temps, mais surtout ils s'envoyaient des SMS et des e-mails. Tous les jours.

Elle était extrêmement fière des progrès accomplis par Drake au cours des quatre dernières années. Il avait admis lutter encore contre la culpabilité, le manque laissé par la perte de ses amis et le TSPT en général, mais se concentrer sur le Refuge avait été extrêmement bénéfique pour lui.

Alaska avait fait des recherches sur sa « petite entreprise », comme il l'appelait, et passé pas mal de temps à admirer tout ce qu'il avait accompli en si peu de temps. Chaque critique du Refuge était positive jusqu'à présent. Les clients s'extasiaient sur l'hébergement, la nourriture, l'atmosphère… et une vache nommée Melba.

C'était embarrassant, mais Alaska avait même enregistré sur son ordinateur la photo de Drake et de ses six amis qui avaient ouvert le lieu avec lui. Ces hommes étaient tous magnifiques. Mais pour elle, Drake était le plus beau. Il y avait quelque chose en lui qui lui plaisait, même après tant d'années. Ses tatouages. Ses yeux bleus. Même les satanées veines de ses bras et de ses mains. Sur la photo, il portait une barbe et une moustache bien taillées qu'il n'avait pas à l'hôpital, et cela lui allait vraiment bien. Alaska percevait la force et la détermination dans sa posture, la façon dont il se tenait.

Il était tout ce qu'elle avait toujours voulu chez un homme… et n'aurait jamais.

Non qu'elle ait une mauvaise estime d'elle-même, elle était simplement réaliste. Les hommes comme Drake ne regardaient pas les femmes comme elle. Point. Mais il n'en restait pas moins le point de comparaison de tous les hommes avec qui elle était sortie.

De toute façon, elle n'avait pas eu de rendez-vous depuis longtemps. C'était déjà assez laborieux quand il ne lui restait que le souvenir d'un gamin de dix-huit ans connu au lycée, mais depuis qu'elle avait passé ces journées avec lui en Allemagne, il lui était pratiquement impossible de sortir avec quelqu'un.

Personne n'arrivait à la cheville de Drake Vandine.

Lui parler, recevoir ses e-mails, c'était à la fois excitant et atroce.

Elle savait qu'en retournant aux États-Unis, il lui serait encore plus douloureux de n'être que son amie, mais il était temps. Elle était fatiguée de vivre à l'étranger et se rapprocher de Drake ne pouvait être une mauvaise chose, même s'il n'était pas son homme à elle.

— Êtes-vous enthousiaste à l'idée de cette journée ? demanda Igor, ce qui la fit sursauter tant elle était perdue dans ses pensées.

Alaska gloussa légèrement.

— Je pense que oui. Est-ce que nous en avons pour toute la journée ? Je n'ai pas bien compris combien de temps il nous faudra pour aller au palais et revenir.

— Tout dépend de la circulation. C'est vraiment horrible par ici. Trop de voitures et pas assez de routes. Mais faites-moi confiance, je vous y emmènerai en toute sécurité. Regardez où vous mettez les pieds, ajouta-t-il en désignant un trou dans le trottoir.

Reconnaissante, Alaska enjamba l'endroit gênant et se dirigea vers le véhicule de son guide. C'était le même minivan blanc que la veille. Elle y monta et s'assit sur la banquette juste derrière lui.

Igor s'installa au volant, démarra et annonça :

— Nous avons deux arrêts à faire et en route.

Alaska acquiesça distraitement et regarda par la fenêtre tandis qu'ils s'engageaient dans la rue. Presque toutes les personnes rencontrées dans le pays s'étaient montrées amicales, se pliant en quatre pour s'assurer qu'elle était satisfaite et heureuse. Que ce soit dans le petit café où ils avaient pris une boisson ou dans le restaurant où elle avait dîné la veille. Même les employés de l'hôtel connaissaient déjà son nom et lui souriaient lorsqu'elle allait et venait.

Igor s'arrêta devant un hôtel et sortit. La porte coulissante du van s'ouvrit, livrant le passage à deux hommes qui montèrent à ses côtés. Alaska leur adressa un bref sourire, puis reporta son attention sur la fenêtre. Pourvu que les prochains clients d'Igor soient des femmes. Elle n'était pas sûre d'être à l'aise en étant la seule femme du groupe.

Mais à son grand désarroi, au deuxième hôtel, ce fut un troisième homme qui les rejoignit. Il s'assit à côté d'elle sur la banquette et, étrangement, les poils de la nuque d'Alaska se hérissèrent. Elle était à deux doigts d'indiquer à Igor qu'elle avait changé d'avis et qu'elle ne voulait finalement pas participer à la visite. Mais après quelques inspirations profondes, et voyant que l'homme à côté d'elle se contentait de hocher poliment la tête, elle se dit qu'elle était ridicule.

Le van s'éloigna du trottoir et s'engagea dans le flot croissant de la circulation. La température à l'intérieur du véhicule était élevée et, jointe aux vibrations du moteur, plongea Alaska dans une espèce de somnolence alors qu'ils s'engageaient sur la route qui sortait de la ville.

Elle ignorait combien de temps elle avait dormi, mais quand Alaska se réveilla et regarda par la fenêtre, elle sut que quelque chose n'allait pas du tout.

— Où sommes-nous ? demanda-t-elle.

Igor ne répondit pas. Les yeux fixés droit devant lui, il continua à rouler.

En regardant à nouveau dehors, Alaska vit qu'ils étaient dans une sorte de zone industrielle ou... une gare de triage ? Il y avait des conteneurs partout où elle posait le regard, du genre qu'on utilisait principalement sur les navires marchands. Des camions et des chariots élévateurs étaient disséminés ici et là, transportant les énormes conteneurs d'un endroit à l'autre. Le van semblait se diriger vers un grand entrepôt au loin.

— Igor ? demanda à nouveau Alaska en se penchant sur son siège.

À sa grande surprise, l'homme à côté d'elle tendit un bras pour la plaquer contre la banquette.

Son premier réflexe fut de repousser ce bras, mais quand elle voulut le faire, deux mains la saisirent par-derrière.

Elle était clouée à son siège par les hommes dans son dos.

Terrifiée, elle ne put que bredouiller :

— Qu'est-ce qui se passe, bon sang ?

— Changement d'itinéraire, répondit l'un d'eux.

Alaska jeta un coup d'œil par-dessus son épaule. L'expression froide dans les yeux marron de l'homme lui fit ravaler la réplique qu'elle avait sur le bout de la langue. Ce n'était pas quelqu'un qui apprécierait qu'elle lui réponde avec insolence. Qu'est-ce qui lui donnait cette certitude ? Elle n'en avait aucune idée, mais elle savait au fond de son âme qu'il n'hésiterait pas à lui faire du mal. Et sans pitié.

— J'aime les silencieuses, constata l'homme en ricanant. Pour te récompenser de ton self-control, je vais te dire ce qui se passe. Tu m'appartiens maintenant. Du moins pour le moment. Je t'ai vendue à un ami qui réside en Chine, une espèce de collectionneur. Et ça fait un moment qu'il n'a pas eu d'Américaine. Tu es ici toute seule, sans mari, sans amis... Donc personne ne se rendra compte de ta disparition.

Alaska écarquilla des yeux horrifiés. Elle avait envie de vomir, mais tout ce qu'elle pouvait faire, c'était fixer l'homme avec incrédulité.

— Dès que l'argent aura été déposé sur mon compte, tu seras envoyée en train à travers la Sibérie en passant par la Mongolie jusqu'à Pékin. Si tu survis au voyage, je te conseille d'obéir à ton nouveau propriétaire sans poser de questions. Il n'est pas connu pour sa patience.

L'homme s'esclaffa d'un rire si salace qu'il donna des frissons à Alaska.

Non, ce n'était pas possible. On ne l'avait pas kidnappée pour la vendre comme esclave sexuelle, ça n'arrivait que dans les films, pas dans la vie réelle. Et certainement pas à quelqu'un comme elle.

Igor, qui lui avait semblé assez sympathique la veille, s'avérait le diable en personne. Il gara le van près d'une porte de l'entrepôt. L'homme à côté d'elle sortit, puis se pencha pour lui enrouler sa grosse main autour d'un bras et la tirer presque du siège.

Alaska faillit tomber par terre, mais on lui attrapa aussitôt l'autre bras pour la faire passer de force par la portière jusque dans un espace pour le moins animé. Il y avait des tas de gens qui vaquaient à leurs occupations, mais aucun ne se retournait pour la regarder. Pas une seule personne qui paraisse intéressée par ce qui se passait juste sous son nez.

Mais là encore, pourquoi le feraient-ils ? Ils étaient probablement tous au courant qu'on enlevait des femmes sous leur nez.

Elle fut traînée sur le sol vers ce qui ressemblait à un bureau.

Plus elle restait en compagnie des deux voyous et du cerveau de… cette entreprise, quelle qu'elle soit, plus ses chances de s'échapper étaient faibles. Igor ne les avait pas rejoints à l'intérieur, il était probablement déjà parti en quête de quelque autre touriste sans méfiance.

La porte du bureau claqua derrière elle et Alaska fut poussée vers un petit canapé. Elle réussit à se rattraper pour ne pas se cogner le visage contre des coussins à l'aspect répugnants. Se retournant aussitôt, elle fixa les trois hommes. Allaient-ils la violer maintenant ? La rouer de coups ? Elle commença à trembler de peur.

Le chef de la bande s'assit sur une chaise derrière un bureau et commença à taper sur un ordinateur. Plusieurs minutes s'écoulèrent sans que personne ne dise un mot. Elle aurait tout aussi bien pu être un meuble pour ce qu'ils en avaient à faire. Mais Alaska préférait de loin cela au sort qu'elle avait envisagé. Les battements de son cœur n'avaient pas ralenti depuis qu'elle s'était réveillée dans le van et elle se sentait nauséeuse tant l'adrénaline pulsait dans ses veines.

Elle devait faire quelque chose. Si elle restait assise là comme une petite fille effrayée, elle allait être envoyée en Chine pour servir de jouet sexuel à un homme.

— Je suis mariée, lâcha-t-elle soudain.

Sa voix retentit très fort dans la pièce trop silencieuse. On entendait le ronronnement des machines à l'étage, mais Alaska avait le sentiment que, même si elle criait à tue-tête, personne ne viendrait voir ce qui se passait. Elle était seule et ce constat était terrifiant.

L'homme derrière le bureau sourit et s'adossa à sa chaise.

— Mensonge, lâcha-t-il au bout de quelques secondes.

— Vérité, insista Alaska.

— Il est où ton mari, alors ? Pourquoi laisserait-il sa femme se balader seule en Russie ? C'est peu probable. Tu ne portes pas d'alliance non plus. Si j'avais une femme, elle serait à sa place, à la maison. Comment vous dites, vous, les Américains ? En cloque et au fourneau ?

Alaska détestait cet homme de toutes les fibres de son être. Mais elle savait que se transformer en mégère ne l'aiderait pas présentement. Surtout vu la façon dont il considérait les femmes.

— Je n'ai pas apporté mes bijoux en Russie parce que je ne voulais pas qu'ils attirent l'attention ou qu'ils soient volés. Et Drake est rentré aux États-Unis parce qu'il a une entreprise là-bas. Je suis censée le rejoindre à la fin de mon contrat en Suisse où je travaille. Je n'étais jamais allée en Russie et j'ai toujours entendu de belles choses sur ce pays. Donc j'ai décidé de faire un dernier voyage avant d'aller le retrouver.

— Je ne te crois pas, répliqua l'homme en la fouillant du regard.

— Je peux l'appeler. Il paiera le double de ce que vous offre le gars en Chine pour me récupérer.

Cet argument retint l'attention de l'homme.

— Il paierait deux millions de dollars pour toi ? s'étonna-t-il.

Putain de merde ! Elle était dans de beaux draps. Le cœur d'Alaska se serra, mais elle opina quand même.

— Et quel est le nom de ton soi-disant mari ?

— Drake. Drake Vandine. Il possède un complexe touristique au Nouveau-Mexique qui lui rapporte beaucoup d'argent. Il paiera pour me libérer. Je vous le garantis.

Elle n'avait aucune idée des sommes que Drake gagnait. Elle savait mieux que quiconque qu'une entreprise pouvait sembler prospère de l'extérieur quand, en réalité, elle s'en sortait à peine. Mais Drake lui avait dit que, si jamais elle avait besoin de lui, elle ne devait pas hésiter.

Deux millions de dollars, c'était une somme, cependant elle était prête à prendre le risque.

Le chef du groupe se planta les doigts sous le menton et la fixa pendant un long moment. Alaska dut faire appel à tout son courage pour ne pas frémir sous son regard.

— Pourquoi ? Tu n'es pas jolie. Tu es quelconque. Pourquoi cet homme paierait une somme pareille pour toi ?

La première chose qui traversa l'esprit d'Alaska fut : *Je n'en ai pas la moindre idée*. Mais elle n'allait pas répondre une telle bêtise.

— Il m'aime, lâcha-t-elle.

À sa grande surprise, l'homme rejeta la tête en arrière et rit. Fort. Quand il eut repris son sérieux, son regard plongea dans le sien.

— L'amour n'existe pas, déclara-t-il sans ambages. C'est une émotion pathétique que les hommes utilisent pour contrôler les femmes depuis des siècles. Tout ce qu'il nous faut, c'est un trou dans lequel fourrer nos queues et on est contents. Toi, tu as trois trous en parfait état que mon client est impatient de remplir aussi souvent et de la manière qui lui chante. Tu crois que ce Drake va payer pour te récupérer ? Prouve-le.

Le cœur d'Alaska battait si fort qu'elle se voyait à deux secondes d'une crise cardiaque, mais elle hocha quand même la tête.

— Comment ? demanda-t-elle.

— Amène-la ici, ordonna l'homme à ses sbires.

Alaska n'eut pas le temps de répliquer qu'elle pouvait marcher toute seule que des bras se saisirent à nouveau d'elle et on l'amena vers le bureau.

— C'est quoi son numéro ? demanda l'homme. À ce Drake qui est prêt à payer deux millions de dollars pour une chatte ?

— Je... Je ne le connais pas. Je veux dire, il est programmé dans mon téléphone, dans mon sac à main, qui se trouve toujours dans le van, je suppose. (Le regard sceptique du salopard faillit abattre Alaska ; elle devait réfléchir rapidement.) Mais son complexe hôtelier au Nouveau-Mexique s'appelle le Refuge. Il y a un numéro. Je peux l'appeler.

L'homme se pencha et appuya sur des touches de son clavier, cherchant manifestement le Refuge. Alaska détestait qu'il sache maintenant où Drake travaillait, mais impossible de faire autrement. Elle s'en voulait de ne pas avoir mémorisé son numéro de portable. Se fier à la technologie était la solution de facilité. Elle n'avait pas vraiment eu de raison de connaître son numéro par cœur. Tout ce qu'elle avait à faire, c'était cliquer sur son nom. C'était stupide. Tellement stupide.

L'homme pianota sur le clavier d'un téléphone posé sur le bureau. Alaska entendit la sonnerie dans le haut-parleur.

— Tu as quatre minutes pour convaincre ce Drake de payer, lui dit l'homme.

Alaska s'empressa d'acquiescer. La bile logée au fond de sa gorge menaçait de remonter une fois de plus et elle la ravala impitoyablement. L'homme n'apprécierait guère qu'elle vomisse sur son bureau en bois bon marché.

Alors que le téléphone sonnait, Alaska essaya de trouver quoi dire pour se sortir de cette situation. Avant qu'elle ne se soit décidée, une voix féminine se fit entendre sur la ligne.

— Merci d'avoir appelé le Refuge. Que puis-je pour vous ?

— Je dois parler à Drake. C'est une urgence.

— Drake ? Qui est Drake ? C'est un de nos hôtes ? demanda la femme d'un ton enjoué.

Le regard suffisant de l'homme en face d'elle fit rougir Alaska, mais elle ne lui laissa pas la possibilité de couper la connexion.

— Brick. Drake, c'est Brick. S'il vous plaît ! Dites-lui que c'est sa femme qui appelle et que j'ai vraiment, vraiment besoin de lui parler tout de suite.

— Oh ! Brick, gloussa la standardiste. Désolée, personne ici n'utilise les vrais noms des gars. Si vous pouvez patienter, je vais vous le trouver.

— Merci, dit Alaska avant d'ajouter : J'appelle de l'étranger, alors plus vite vous lui passez la communication, mieux c'est.

— Je me dépêche, ma belle. Restez en ligne.

Puis le « Beat It » de Michael Jackson version muzak retentit sur la ligne.

À son grand soulagement, son kidnappeur paraissait curieux de voir comment cela allait se terminer. Il se radossa dans sa chaise et cala ses mains derrière sa tête en souriant.

— C'est plutôt amusant, admit-il. Et maintenant, attendons de voir comment ton bien-aimé va réagir à cette demande de rançon de deux millions de dollars.

Alaska se serait déjà enfuie si elle l'avait pu. Peu importait qu'elle se trouve au milieu de nulle part en Russie, qu'elle ne parle pas la langue et qu'elle soit entourée de trois des hommes les plus effrayants qu'elle n'ait jamais rencontrés. Elle aurait tenté de s'échapper si elle n'avait pas été immobilisée par les deux voyous à ses côtés.

Elle n'avait nulle part où s'enfuir. Nulle part où aller. Si Drake ne faisait rien pour elle, mieux vaudrait qu'elle soit morte.

* * *

Brick discutait amicalement avec ses hôtes. C'était une agréable journée avec un groupe tout aussi agréable. Ils étaient avides d'entendre des histoires sur la terre qui les entourait et heureux de marcher à un rythme tranquille. L'excursion durait environ quatre heures. Plus qu'assez longtemps pour que la visite de routine du vétérinaire auprès de Melba soit terminée.

Il avait prévu une collation légère pour tout le monde à l'un des arrêts du sentier. La vue était spectaculaire et les randonneurs semblaient de bonne humeur. Ils n'étaient plus qu'à cinq minutes environ du pavillon lorsque son téléphone se mit à vibrer avec la tonalité indiquant une urgence que tous les propriétaires avaient programmée dans leurs téléphones.

Il se crispa aussitôt. La dernière fois qu'il avait reçu une alerte d'urgence, c'était lorsqu'un de leurs hôtes s'était enfermé dans sa cabane parce qu'il avait eu une réminiscence et se pensait sur le point d'être attaqué par des terroristes armés.

Un coup d'œil à l'écran lui indiqua que le SOS venait de Pip'.

Il se tourna vers les hôtes, s'excusa d'avoir à les abandonner au pas de charge et leur dit de prendre, eux, leur temps pour rentrer. Il regagna alors le pavillon à fond de train tout en cliquant sur le nom de Pip' pendant sa course.

— Où es-tu ? demanda Pip' quand il prit la communication.

— À environ trois minutes du pavillon. Qu'est-ce qui se passe ?

— Ta femme est au téléphone et veut te parler, répondit Pip'.

Pendant quelques secondes, Brick demeura perplexe. Sa femme ? C'était quoi ce bordel ? Il n'était pas marié. Mais l'idée qui surgit ensuite dans son cerveau le fit trébucher sur le chemin.

La seule personne qui oserait prétendre être sa femme était Alaska. Même si leur nom de code était *fiancée*, c'était à peu près la même chose.

— Où est-elle ? Qu'est-ce qui ne va pas ? demanda-t-il.

— Tu sais qui c'est ?

— Oui, se contenta de lâcher Brick.

— Bien. Becky a reçu un appel de quelqu'un qui prétend être ta femme et dit avoir besoin de te parler. Elle a précisé que c'était une urgence, qu'elle se trouvait à l'étranger et que si tu pouvais te dépêcher, ce serait bien.

L'adrénaline inonda l'organisme de Brick.

— Comme elle a demandé Drake, Becky ne savait pas de qui elle parlait jusqu'à ce qu'elle le précise.

— Becky a dit que je n'étais pas marié ? demanda Brick.

— Non.

— Merci, putain ! marmonna-t-il.

— Elle a trouvé ça bizarre, mais comme on lui a répété que le client avait toujours raison – ce que toi et moi savons être une connerie, mais peu importe –, elle s'en est accommodée. Elle s'est dit que c'était quelqu'un qui essayait de t'atteindre par tous les moyens possibles. Les gens n'ont pas l'habitude d'appeler la ligne commerciale en demandant à parler à l'un d'entre nous par son nom.

— C'est Alaska, confia Brick à son ami.

Il apercevait le pavillon désormais.

— Comment le sais-tu sans lui avoir parlé ?

— Je le sais, répliqua Brick. Et quelque chose ne va pas. Vraiment pas. Aux dernières nouvelles, elle était en Russie. J'arrive dans une minute.

— Je suis là et Tiny est en route, confirma Pip'.

— La ligne est enregistrée, non ? demanda Brick.

— Bien sûr. Comme toujours.

— Bien. Que quelqu'un appelle Tex. J'ai l'impression qu'on va avoir besoin de lui.

— Tu n'en sais rien. Elle pourrait appeler pour te faire une blague ou pour une autre raison, objecta Pip'.

— Non. Pas Alaska. Il s'est passé quelque chose et je pourrais avoir besoin de Tex, le coupa-t-il sans hésiter.

— Bien. Je vais demander à Owl d'appeler Tex. J'attends à la porte de derrière.

— Merci. J'arrive là.

Brick raccrocha le téléphone et accéléra le pas. Il n'avait aucune idée de ce qui se passait, mais il savait sans l'ombre d'un doute que ce n'était pas bon signe.

Quand il arriva au pavillon, il franchit la porte que Pip' lui tenait ouverte et ne ralentit pas en se dirigeant vers un petit bureau à l'arrière. Quoique rarement utilisé, il disposait d'un ordinateur et d'un téléphone, tous deux connectés à ceux que leur administrateur utilisait à la réception.

Il prit une grande inspiration pour se calmer.

— Ligne 1 ? demanda-t-il à Tiny, arrivé en même temps que lui.

Voyant son ami acquiescer, Brick mit le téléphone sur haut-parleur, puis cliqua sur le voyant clignotant qui indiquait la ligne 1.

— Salut, chérie ! Quoi de neuf ? demanda-t-il d'un ton aussi décontracté et détendu que possible.

Ses mains s'agrippaient cependant si fort au bord du bureau que ses jointures devinrent blanches. Pip' tenait un téléphone en l'air dans une main pour que celui qui était à l'autre bout puisse entendre ce qui se passait. Brick pria pour qu'il s'agisse de Tex.

— Drake ?

La voix d'Alaska était si grêle qu'il l'entendait trembler.

— C'est moi, dit-il. Comment s'est passée ta visite aujourd'hui ?

— Euh... Oui, à propos de ça... J'ai quelques petits ennuis et j'aurais besoin de ton aide.

— Tout ce que tu veux. Tu le sais, dit-il de sa voix la plus réconfortante qui soit.

— J'ai besoin que tu transfères deux millions de dollars sur un compte dès que possible, sinon je vais être vendue à un gars en Chine.

Brick s'attendait à ce que quelque chose cloche, mais là, c'était... Il ne savait pas comment le qualifier. Répugnant. Choquant. Scandaleux.

Il ne mit pas une seconde en doute la parole d'Alaska. Elle n'était pas le genre de femme à l'appeler à l'improviste pour lui soutirer de grosses sommes d'argent.

— Putain de merde, chérie, souffla-t-il, sans même savoir quoi dire à ce moment-là.

— Je sais, fit-elle avec un petit rire peu amusé. C'est fou, hein ? Tu avais raison quand tu m'as dit que je ne devrais pas aller en Russie toute seule.

Brick se sentait mal. Il le lui avait dit, en effet. Mais dans ses pires cauchemars, il n'aurait pas pu imaginer ce scénario.

— Je m'en occupe dès qu'on aura raccroché. Que se passera-t-il après que je t'ai envoyé l'argent ?

— Je... Je ne sais pas. Mais ils ont promis que, si tu envoyais l'argent, ils me laisseraient partir.

— OK, chérie. Reste forte. Je m'en occupe. Compris ?

— Ouais. Et Drake ? Je suis vraiment désolée.

Brick fut submergé par une vague de fureur. Elle n'avait pas besoin de s'excuser. Cela le choquait qu'elle se sente un tant soit peu responsable du fait qu'une merde l'ait kidnappée pour la vendre sur le marché du sexe.

— La personne qui t'a enlevée est là ? Peut-il m'entendre ?

— Oui, chuchota-t-elle.

— S'il vous plaît, ne faites pas de mal à ma femme, dit-il, jouant son rôle.

Ce qu'il voulait vraiment dire à cet enfoiré, c'était que s'il touchait à un seul cheveu d'Alaska, il allait le regretter. Il continua d'une voix aussi calme que possible.

— Je veux la preuve de sa libération avant de vous envoyer un centime.

Il entendit un ricanement en arrière-plan. Puis un homme parla avec un accent russe :

— Faux. Tu m'envoies mon argent et ta femme est libérée. Voici le numéro de compte.

Il énuméra une série de chiffres que Brick ne prit pas la peine de noter vu que l'appel était enregistré.

— C'est bon ? demanda l'homme.

— Oui, répondit Brick entre ses dents serrées. Ça va

prendre du temps pour réunir l'argent et le transférer. Je veux votre promesse que rien n'arrivera à ma femme pendant ce temps.

— Je ne fais aucune promesse à personne pour quoi que ce soit, lâcha le kidnappeur d'Alaska. Mais comme vous avez tous les deux été si... accommodants, je vais vous laisser un peu de temps. Ne cherche pas à me baiser. Sinon, considère qu'elle est morte.

— Entendu. Al, accroche-toi. Quoi qu'il arrive, je vais te tirer de là... Alaska ? Tu es là ?

— L'appel a été coupé, constata Pip'.

— Putain ! hurla Brick qui ramassa le téléphone et le jeta contre le mur aussi fort qu'il le pouvait.

La colère coulait dans ses veines, impossible à contrôler. Il ne s'était pas senti aussi impuissant depuis longtemps, pas depuis ce jour, quatre ans plus tôt, où il avait vu ses camarades de combat exploser en morceaux.

Il se tourna vers Pip' et tendit la main pour s'emparer du téléphone qu'il tenait.

— Tex ? demanda-t-il à Pip'.

Son ami acquiesça.

— Je trace l'appel, expliqua Tex dès que Drake eut porté le téléphone à son oreille. Comme tu as pris quelques minutes pour arriver au bureau, ça m'a laissé le temps de le tracer. J'ai aussi fait bosser mon ordinateur sur le numéro de compte qu'il t'a donné. On va la récupérer.

— Je veux faire partie de l'équipe, dit-il.

— Brick, tu n'es plus sur le terrain depuis quatre ans, protesta Tex.

— Je n'ai pas besoin d'être dans l'équipe d'intervention, mais je dois être là. Elle va avoir besoin de moi, expliqua-t-il.

Il aurait été bien en peine de préciser comment il le savait, il le savait tout simplement. Ce qu'Alaska traversait était grave. Il le sentait dans ses os. Il l'avait perçu dans le ton de sa voix. Elle avait une peur bleue. Et il n'y avait aucun moyen de savoir ce qui allait lui arriver entre maintenant et le moment où son kidnappeur recevrait l'argent. Même si l'homme avait dit qu'il attendrait cet argent, Brick ne lui faisait pas confiance, pas du tout.

Tex soupira.

— Très bien. Je peux passer un coup de fil et mettre une équipe d'extraction en route. Ils ne travaillent plus très souvent en dehors des USA, mais ils feront une exception pour cette affaire. Si j'ai un avion pour Los Alamos dans vingt minutes, tu pourras le prendre ?

Brick ne demanda même pas comment Tex pourrait réquisitionner un avion, et encore moins l'amener à la petite ville voisine en vingt minutes.

— Oui. Et Tiny viendra avec moi.

Tex ne discuta pas.

— Rappelez-vous, vous êtes tous les deux en périphérie sur ce coup-là. Compris ? En soutien seulement.

— Reçu cinq sur cinq, accepta Brick.

Il se fichait de savoir si c'était lui qui arrêterait le kidnappeur d'Alaska ou non. Il avait juste besoin d'être là pour elle.

— Ce salaud ne s'en tirera pas en prenant l'une des nôtres, lâcha Tex.

La conviction dans sa voix permit à Brick de se détendre un peu.

— Vingt minutes, reprit Tex. Soyez prêts.

Sur quoi, il coupa la ligne. Brick rendit le téléphone à Pip'.

— Merci, fit-il avant de se tourner vers Tiny. Tu es d'accord pour venir avec moi ?

— Putain, oui, répondit son ami.

Brick était soulagé. Il avait choisi Tiny pour l'accompagner parce que, premièrement, il était là et savait déjà ce qui se passait, et deuxièmement, parce qu'il avait été un SEAL. Il n'avait rien contre ses autres associés. Ils étaient tout aussi compétents et dangereux. Mais il se sentait en confiance avec Tiny parce qu'ils avaient tous les deux été dans la Marine.

Les hommes sortirent en courant du bureau, ignorant Becky qui demandait ce qui se passait. Ils n'avaient pas une minute à perdre en explications. La vie d'Alaska était en jeu et il allait leur falloir un peu de temps pour la localiser. Il y avait de fortes chances pour que celui qui l'avait kidnappée l'expédie en Chine sans attendre que l'argent de Brick arrive. Si cela se produisait, il serait presque impossible de la retrouver, mais Brick n'allait pas abandonner.

Tex s'occupait du transfert d'argent, faisant croire que la somme était en route, que le transfert était en cours quand ce n'était pas le cas.

Brick se fichait de l'argent. Si Tex devait envoyer la rançon pour de vrai, il passerait volontiers le reste de sa vie à le rembourser. Tout ce qui comptait, c'était récupérer Alaska saine et sauve.

CHAPITRE 5

Quand son kidnappeur coupa la communication avec Drake au milieu d'une phrase, Alaska eut envie de crier. De pleurer. Elle ne fit ni l'un ni l'autre. Elle ne devait pas perdre les pédales avant que Drake vienne la sortir de là. Il avait dit qu'elle n'avait pas à s'excuser, mais il avait tort. Elle aurait dû l'écouter. Il avait essayé de la mettre en garde, mais elle était sûre de sa sécurité, confiante puisqu'elle voyageait seule en Europe depuis des années.

— Et maintenant ? demanda-t-elle, voyant que l'homme ne disait ni ne faisait rien.

— Maintenant ? répéta-t-il avec un sourire en coin. Maintenant, on va te préparer pour ton voyage en Chine.

Il adressa un signe de tête aux hommes qui la tenaient. Alaska se débattit, mais ils la tenaient trop fermement.

— Quoi ? Non ! Drake est en train d'envoyer l'argent !

— J'espère bien. Trois millions, c'est beaucoup mieux qu'un seul, rétorqua l'homme.

Alaska se débattit encore, comme une bête sauvage, alors qu'on la traînait hors du bureau pour la ramener dans l'entrepôt. Mais elle avait beau lutter, elle ne parvenait pas à échapper à l'emprise de ces hommes.

— Non ! Il envoie l'argent ! cria-t-elle au connard encore assis dans le bureau.

Il se contenta de lui lancer : « Rien à foutre ! » pendant qu'on l'emmenait.

Cette fois, elle ne se retint pas lorsque les hommes la traînèrent dans l'entrepôt. Elle cria à pleins poumons. Personne ne prit seulement la peine de lever les yeux vers elle. On aurait dit qu'elle était vraiment invisible.

Elle ouvrit la bouche pour crier à nouveau quand l'un des voyous lui plaqua une main sur la bouche... et le nez. Il lui fallut un moment pour réaliser qu'elle ne pouvait pas respirer.

La panique s'installa. Elle griffa la main du gars mais il tint bon.

La dernière chose qu'elle vit, ce fut le sourire malsain sur son visage et le noir l'envahit.

Quand Alaska se réveilla, elle était couchée sur l'épaule de quelqu'un comme un sac de pommes de terre. Elle releva légèrement la tête et regarda autour d'elle, réalisant qu'ils étaient en train de se faufiler entre une multitude de caisses en bois.

L'homme qui la portait, constatant qu'elle était réveillée, baissa l'épaule et elle tomba par terre. Elle grogna en atterrissant mais tenta aussitôt de se relever.

L'homme s'attendait à ce qu'elle cherche à s'enfuir. Il lui attrapa le bras au même endroit que précédemment et serra fort. Il la traîna alors qu'elle se débattait encore à coups de pied aussi forts qu'elle le pouvait vers l'arrière d'un énorme conteneur de stockage, identique à ceux qu'elle avait vus dans la zone industrielle à travers la vitre de la camionnette.

Deux hommes postés dans le conteneur tendirent la

main et la hissèrent à l'intérieur. Ils la traînèrent vers le fond de la grande benne avant de la jeter sur le sol métallique. Alaska eut une fraction de seconde pour regarder autour d'elle, ce qui lui permit d'entrevoir un seau dans un coin et une bouteille d'eau fixée au mur au-dessus avec un long tube sortant du fond avant que tout ne devienne soudain noir.

Surprise, elle se retourna vers l'endroit où les hommes se trouvaient, seulement une seconde plus tôt. Elle tendit le bras et sentit sous ses doigts une surface dure à environ trente centimètres devant elle. Confuse, elle poussa sur ce qui ressemblait à... une paroi ? Le métal était froid contre ses paumes et elle frissonna.

Pendant un instant, elle fut incroyablement soulagée qu'un mur la sépare de ses ravisseurs.

Jusqu'à ce que la réalité se fasse jour et que son cœur recommence à battre la chamade dans sa poitrine. Elle était peut-être à l'abri de l'agression de ses kidnappeurs, mais elle était maintenant enfermée dans un conteneur.

Ce qui n'était pas bon. Vraiment pas bon, putain.

Elle se souvint que le chef de la bande lui avait dit qu'elle serait mise dans un train en direction de la Chine... et elle paniqua complètement, criant à tue-tête dans l'obscurité, martelant la paroi métallique de coups de pied et de poing.

— Laissez-moi sortir ! sanglota-t-elle, sans rien entendre d'autre que le son de sa propre voix qui résonnait autour d'elle.

Alaska n'avait aucune idée du temps qu'elle passa à taper sur la paroi métallique en appelant à l'aide. Mais quand elle se laissa enfin glisser sur les fesses, qu'elle enroula les bras autour de ses genoux, elle était épuisée et encore plus terrifiée. Des larmes coulaient sur son visage, ses mains lui faisaient mal à cause des coups qu'elle avait donnés sur le métal et ses oreilles bourdonnaient de ses propres cris de panique.

Maintenant qu'elle ne criait plus, elle entendait des sons de l'autre côté de la cloison. Les voix étaient étouffées et indiscernables, mais elle sentait des vibrations sous ses pieds. Des bruits sourds, comme si des objets étaient déposés sur le sol. Elle se souvint de toutes les caisses en bois qu'elle avait vues avant d'être jetée ici.

Le désespoir la submergea. Elle avait manifestement été placée dans un compartiment caché, tout au fond d'un conteneur. Et maintenant les ouvriers de l'entrepôt chargeaient les caisses dans l'espace demeuré libre. Elle n'avait aucune idée de ce qu'elles contenaient, sans doute quelque marchandise légale. Qui fouillerait de fond en comble un conteneur rempli de marchandises parfaitement anodines ?

Personne.

Elle pensa au seau qu'elle avait vu dans sa prison. Était-ce ce qu'elle était censée utiliser en guise de toilettes ? La bile lui monta à la gorge une fois de plus. Oui, ils lui avaient donné de l'eau, mais aurait-elle assez d'air dans sa prison ? Allaient-ils l'affamer ?

Alaska posa la tête sur ses genoux et pleura. Il aurait mieux valu qu'elle soit morte.

Son ravisseur les avait escroqués. Il allait prendre l'argent de Drake – et celui de l'homme qui l'avait achetée – et elle allait disparaître dans la nature, probablement comme beaucoup d'autres femmes avant elle.

* * *

La mâchoire de Brick lui faisait mal à force de serrer les dents. Tout se passait aussi vite que possible, mais c'était encore trop lent. Un problème d'autorisation fit que l'équipe quitta le Colorado beaucoup plus tard que prévu, ce qui mit à mal la santé mentale de Brick. Il ne voulait même pas imaginer ce qu'Alaska traversait pendant ce temps. Il fallut de longues heures pour traverser le monde en avion, des heures qu'elle n'avait sans doute pas.

Les hommes que Tex avait enrôlés pour la mission étaient en train de planifier toutes les étapes après leur arrivée à Saint-Pétersbourg. Tex avait tracé l'appel téléphonique jusqu'à une usine et un dépôt ferroviaire, pas trop loin de la ville. Ils s'y rendraient dès leur atterrissage.

Mais Alaska serait-elle toujours là ? Allait-elle s'en sortir ?

Brick n'en avait aucune idée. Il doutait que celui qui l'avait enlevée ait prévu d'attendre que les deux millions soient déposés sur son compte. Il comptait probablement récupérer l'argent de la rançon, ainsi que le prix payé par l'acheteur initial.

L'acheteur !

Putain de merde.

Quelqu'un avait acheté Alaska, bordel ! C'était inconcevable.

Il savait gérer les terroristes. Pas des hommes assez déviants pour acheter et vendre des êtres humains.

Cependant, le groupe de gars avec lequel il se trouvait connaissait bien ce monde. Ils étaient experts en matière de recherche et de récupération de femmes et d'enfants pris dans le trafic du sexe. Tiny avait discuté un peu plus tôt avec eux et appris que le chef du groupe avait réussi à sauver sa propre femme dix ans après son enlèvement.

Même si Brick était content pour l'homme et sa femme, la seule chose qui comptait à ses yeux était Alaska. Il en était malade. Elle avait été là pour lui quand il avait eu le plus besoin de quelqu'un, pendant ses heures les plus sombres. Il ne supportait pas que la femme qui avait dormi à ses côtés pendant des jours, sur un lit de camp inconfortable, vive sans doute en ce moment même.

Tex avait réalisé un miracle et obtenu l'autorisation d'atterrir sur le sol russe. Brick n'avait aucune idée de la manière dont il s'y était pris ou des ascenseurs qu'il avait dû se faire renvoyer, il était juste soulagé qu'ils n'aient pas eu à se parachuter depuis l'avion. Par-dessus le marché, une équipe de *Spetsnaz*, les forces spéciales russes, les seconderait dans leur mission. Brick savait que Tex avait des relations, mais il avait toutefois été surpris par la coopération de la Russie à ce niveau. Personne ne les arrêta quand ils sortirent de l'avion sur le tarmac. Ils se dirigèrent vers un van garé à proximité. Le conducteur leur adressa un signe de tête et les hommes montèrent à bord, sans parler, sans doute trop occupés à revoir le plan dans leur tête tandis qu'ils entamaient le voyage.

Une fois à l'entrepôt d'où l'appel avait été passé, ils entreraient rapidement et en force en se livrant à une énorme démonstration de puissance. Brick priait juste pour qu'elle soit là... vivante.

Tiny et lui seraient à l'arrière et les couvriraient. Même si Brick aurait aimé être en première ligne de l'équipe d'intervention, cela faisait des années qu'il n'avait pas participé à une mission. Or, il se refusait à être un maillon faible et à blesser ou tuer Alaska. Il resterait donc en retrait et laisserait les mercenaires faire ce qu'ils faisaient de mieux.

Alors qu'ils approchaient de la zone sous le couvert de l'obscurité, Brick fut soulagé de ne constater presque aucun mouvement alentour. Pas de camions transportant des conteneurs de la zone d'entrepôt jusqu'aux trains. Les wagons sur les rails étaient silencieux, attendant d'être chargés de marchandises. Les quelques personnes qu'il repéra jetèrent un coup d'œil à la caravane de camions qui se dirigeait vers le bâtiment principal et se fondirent sagement dans l'obscurité.

Quand ils s'arrêtèrent près de l'entrepôt, les choses se déroulèrent à la vitesse de l'éclair.

Quelques secondes après l'arrêt du van aux abords du bâtiment, des nuées d'hommes camouflés encerclèrent l'entrepôt. Brick observa de loin des portes et des fenêtres qu'on défonçait et tout le monde – soldats russes et mercenaires américains – s'engouffra à l'intérieur.

Il ne réussissait à penser qu'à Alaska : pourvu qu'ils la trouvent et la sortent de là !

Mais quand une minute devint deux, puis cinq, l'estomac de Brick se contracta violemment.

Elle n'était pas là. C'était une possibilité, il le savait depuis le début, ils avaient mis trop de temps à la trouver. N'empêche, le coup était rude.

Lisant visiblement dans son esprit, Tiny souffla :

— Doucement, Brick. Ne tire pas de conclusions hâtives.

Comment pourrait-il s'en empêcher ? Si elle était là, les forces spéciales russes l'auraient déjà trouvée. Ou les mercenaires l'auraient ramenée. À chaque seconde supplémentaire qui passait, ses espoirs s'amenuisaient.

Il était arrivé trop tard. Peu importait qu'il soit parti dès qu'il avait pu. Il n'était pas arrivé à temps.

À cet instant-là, plusieurs coups de feu retentirent dans l'entrepôt.

Tiny et Brick mirent tous deux un genou à terre et préparèrent leurs armes. Il y eut des cris, en anglais et en russe, et Brick resta crispé dans l'attente de savoir ce qui s'était passé.

Au bout de quelques minutes, l'un des hommes du Colorado passa la tête par la porte et leur fit un signe de tête.

— La situation est sous contrôle.

— Alaska ? demanda Brick.

L'homme pinça les lèvres et secoua légèrement la tête avant de disparaître à nouveau.

— On va la trouver, lâcha Tiny, une main sur l'épaule de Brick.

Ils se levèrent. Et pourtant Brick avait toutes les peines du monde à ne pas tomber à genoux. Le sentiment d'avoir failli à la seule personne qui avait été là pour lui, qui avait toujours été là pour lui, pesait lourd sur ses épaules.

Sans répondre à Tiny, il entra dans l'entrepôt.

Une trentaine d'employés avaient été rassemblés dans un coin, sous la surveillance de plusieurs membres des *Spetsnaz*. Quatre mercenaires se tenaient près d'une porte de bureau, armes dégainées.

Il fonça droit sur eux.

Ignorant l'avertissement dans la voix de Tiny qui tentait de le rappeler, Brick n'hésita pas. En le voyant arriver, les hommes s'écartèrent, lui laissant l'espace nécessaire pour passer et voir la scène en cours dans la pièce.

Un homme, vêtu d'un costume trois-pièces, était allongé sur le sol, les mains attachées dans le dos. Il y avait du sang sous son corps, se répandant à une vitesse alarmante. Mais l'homme n'était pas intimidé. Il ne suppliait pas qu'on lui laisse la vie sauve. Quand Brick entra dans la pièce, l'homme alla même jusqu'à sourire, narquois.

— Laisse-moi deviner. Tu es le mari. Ce... Drake ? ricana l'homme.

Brick hocha la tête.

— J'aurais dû savoir que la salope avait un atout dans sa manche. Tu es son mari, au moins ?

— Oui, lâcha-t-il.

— Ça doit être une baiseuse fantastique parce que sinon, qu'est-ce qu'elle est terne !

Brick se jeta en avant pour tabasser ce connard désarmé, mais des hommes le retinrent par les bras.

Les *Spetsnaz* qui montaient la garde n'apprécièrent visiblement pas les paroles de l'homme ou peut-être le ton de sa voix. Quoi qu'il en soit, ils démarrèrent en même temps pour rouer son torse de coups de pied.

L'homme grogna, puis toussa. Du sang s'échappant de sa bouche alla gicler sur le sol en béton.

— Tu ne la trouveras jamais, haleta-t-il quand il put respirer à nouveau. Elle va se faire baiser par des centaines d'hommes à travers l'Asie. Mon client a ce genre de générosité. Ça ne le dérange pas de partager. Bien sûr, il se fera payer bonbon par des hommes qui veulent avoir une chance de faire toutes les merdes perverses qu'ils ont rêvé de faire à une femme sans en avoir l'occasion. Il est plein aux as et obtient toujours ce qu'il veut. Et cette fois, il voulait une Américaine pour son écurie.

Brick en avait la gorge qui brûlait de rage. Il voulait crier à l'homme de fermer sa gueule, mais il savait comme tout le monde dans la pièce que plus l'homme parlait, plus il était probable qu'il laisse échapper un indice qui les mènerait à leur cible.

Non, pas à leur cible, à Alaska.

— Elle a été très facile à duper, s'esclaffa l'homme. Elles le sont toujours, ces touristes stupides qui viennent ici pour reluquer nos monuments. Tout ce qu'il faut, c'est une journée à leur passer de la pommade, histoire qu'elles baissent leur garde. Puis, boum, la prochaine fois qu'elles montent dans le van, elles sont à nous.

Il ricana encore, du sang dégoulinant sur son menton. Le son irrita les nerfs de Brick.

— Je suis en train de mourir. On le sait tous. Mais c'est moi qui gagne quand même. J'ai des agents partout dans ce putain de pays. Des membres du gouvernement, facilement soudoyés pour regarder ailleurs. Des hommes faibles qui obéissent à mon organisation parce que, s'ils ne le font pas, ce sont leurs sœurs, leurs mères, leurs filles qui disparaîtront. Vous avez pu m'attraper, moi, mais vous ne nous arrêterez jamais. Il y a trop d'argent dans le commerce de la chatte.

Incapable de se contenir, Brick s'arracha aux mercenaires qui le retenaient. Il posa un genou à terre devant le trou du cul qu'il attrapa par les cheveux pour l'obliger à relever la tête.

— Où est-elle, espèce d'enfoiré de merde ? lui grogna-t-il au visage.

L'homme se borna à sourire. Un sourire diabolique qui donna des frissons à Brick.

— Partie. Pour être livrée à mon client, cette espèce de trou où des milliers d'hommes pourront enfoncer leur queue.

Brick n'y tint plus. Son bras bougea sans intervention consciente de son cerveau. Il écrasa le visage de cette raclure sur le sol aussi fort qu'il le put.

Puis recommença. Et encore.

Aucun des hommes autour d'eux n'esquissa le moindre geste pour l'arrêter cette fois. Ils savaient que le monde serait meilleur sans cet enculé.

Ce fut Tiny qui l'obligea finalement à s'arrêter en posant une main sur son épaule.

— Brick, souffla-t-il, c'est bon. Il est mort.

Brick se rendit compte qu'il respirait difficilement lorsqu'il lâcha les cheveux de l'homme et se releva.

Jamais, durant toutes les années où il avait été SEAL, il n'avait laissé ses émotions prendre le dessus. Mais il ne s'était jamais retrouvé dans une situation comme celle-ci. Une femme qu'il considérait comme l'une de ses amies les plus anciennes et les plus chères avait disparu, et l'avenir qui l'attendait – celui que ce connard, désormais mort, avait exposé si clairement – était affreux.

Il entendait les Russes parler entre eux sans comprendre ce qu'ils disaient. Et ça n'avait pas d'importance.

Où était Alaska ?

La frustration l'envahit. Tuer l'enfoiré qui l'avait kidnappée lui avait fait du bien, mais ça ne réglait pas le problème.

Brick se retourna et sortit à grands pas du bureau, soudain trop petit. Il ne parvenait pas à respirer. Il avait besoin d'air. Passant devant les hommes à la porte, il s'arrêta une fois dans l'entrepôt proprement dit, le temps de prendre une inspiration. Puis une autre.

Avant qu'il s'en aperçoive, il haletait beaucoup trop vite.

Il regarda les hommes blottis dans le coin qui les fixaient, les forces spéciales russes et lui. Ils étaient terrifiés, c'était évident, mais Brick s'en fichait. Ils avaient forcément vu quelque chose. Ils devaient savoir quelque chose. Il n'y avait pas d'innocents ici. Alaska n'était pas la première femme à avoir été enlevée et amenée ici, c'était clair.

Brick sursauta lorsque l'un des *Spetsnaz* cria derrière lui. Sa voix retentit dans la pièce et les yeux de tous les employés se tournèrent vers l'homme qui leur servait une nouvelle tirade. Brick pria pour qu'il s'agisse de menaces.

Aucun des employés ne broncha.

Les épaules de Brick s'affaissèrent.

Les hommes ne voulaient clairement pas parler et il ne pouvait pas vraiment les blâmer. L'homme dont le cadavre gisait dans le bureau ne travaillait pas seul. D'autres salopards allaient très certainement mettre la main sur son business. Si l'un des employés parlait, il serait mort le lendemain matin. Ou ses proches disparaîtraient comme d'innombrables autres femmes.

Sans un mot, Brick se dirigea vers la porte. Il fallait qu'il sorte. Il avait échoué à sauver Alaska et il lui fallait tout ce qu'il avait pour ne pas craquer.

Il sentit que Tiny le suivait, mais il ne s'arrêta pas. Il quitta l'entrepôt et regarda les conteneurs tout autour de lui. Il devait y en avoir des centaines, des milliers. Tous attendaient d'être remplis avec les composants électroniques emballés dans l'entrepôt. Ils allaient être expédiés vers seul le diable savait où.

L'idée que des femmes soient assimilées à des marchandises, livrées à des pervers qui payaient pour avoir des esclaves sexuelles, était la goutte d'eau qui faisait déborder le vase.

Brick réussit à faire un pas sur le côté... avant de vider son estomac.

Vomir ne l'aida pas à se sentir mieux. Il se sentait contaminé rien qu'en restant là. Alaska s'était-elle tenue à cet endroit précis ? Savait-elle ce qui allait lui arriver ? Sans doute. Il ouvrit la bouche pour vomir à nouveau, l'estomac secoué de spasmes. Il n'en sortit que de la bile.

— Brick ! l'interpella une voix pressante depuis la porte. Viens voir !

C'était l'un des mercenaires. Engourdi, Brick retourna dans l'entrepôt, s'essuyant la bouche avec le dos de sa main.

— Un des employés a craqué. Il a vu Alaska, chuchota l'homme, Gray comme l'appelait son équipe.

— Quoi ? On est sûrs qu'il ne ment pas ? demanda Brick.

— Aussi sûr qu'on peut l'être. Il a l'air terrifié. Il dit qu'il a une fille de seize ans. Ce connard lui a raconté qu'elle était sous surveillance et que s'il faisait ou disait quoi que ce soit sur ce qui se passe ici, elle disparaîtrait comme les autres.

— Tu crois qu'on peut lui faire confiance ?

Gray ricana.

— On a le choix ?

Brick resta muet, sachant que l'autre avait raison.

— Les *Spetsnaz* ont promis de les protéger, sa famille et lui, s'il coopérait. Et si ses informations se révélaient exactes...

— Où est-elle ? De quel genre d'informations disposait-il ?

— Comme nous le pensions, elle a été enfermée dans l'un des conteneurs.

— Lequel ?

C'était la question à un million de dollars. Sans savoir dans quel conteneur, ou du moins dans quel train elle se trouvait, il serait impossible de la retrouver.

— 4217. Il affirme que c'est le numéro du conteneur. Il ne savait pas trop où il allait, mais il jure avoir vu une Américaine être traînée à l'intérieur avant le chargement, puis le conteneur placé sur un wagon.

Le cœur de Brick revint doublement à la vie. Il battait si fort et si vite que c'en était physiquement douloureux. Il regarda autour de lui, comme si le fameux conteneur allait apparaître comme par magie.

— C'était il y a combien de temps ? Où se trouve-t-il ?

— La nuit dernière. Les Russes sont en train de le pister.

Le désespoir s'empara de Brick. « La nuit dernière. » Au moins vingt-quatre heures. Même une heure, c'était trop quand on la passait enfermé dans un putain de conteneur.

Il avait besoin de bouger. De faire quelque chose. Si nécessaire, il traquerait ce satané conteneur à travers tout le pays.

Le temps était compté. Les conteneurs métalliques ne pouvaient pas contenir beaucoup d'air. Et avait-elle de la nourriture ? De l'eau ? Était-elle blessée ? Plus vite ils retrouveraient Alaska, plus grandes seraient ses chances de survie.

Tout semblait ralentir. Les secondes lui paraissaient durer des minutes. Les minutes, des heures. Brick en était réduit à faire les cent pas, à attendre, à prier pour que les *Spetsnaz* parviennent à localiser le conteneur.

Tiny avait quitté le côté de Brick, regardant et écoutant pendant que les Russes parcouraient les fichiers sur l'ordinateur dans le bureau du connard. Personne ne l'avait déplacé de l'endroit où il gisait sur le sol dans une flaque de sang. Brick n'était pas désolé de l'avoir défiguré ni d'avoir accéléré sa mort. Pas le moins du monde.

Puis Tiny sortit de la pièce. Brick tenta de déchiffrer son expression.

— Ils l'ont localisé, annonça-t-il.

L'adrénaline inonda le système de Brick au point que ses mains tremblèrent.

— Où ?

— Il a quitté le dépôt ferroviaire en fin de matinée.

L'estomac de Brick se serra. Tiny leva une main.

— Mais les autorités savent où il est. Il se rend bien à Pékin comme l'a laissé entendre ce connard.

— Putain !

Son ami lui attrapa l'épaule et le poussa presque vers la camionnette arrêtée à la porte de l'entrepôt.

— Viens, on va chercher ta femme.

Brick n'eut pas besoin qu'on le lui dise deux fois.

* * *

Il fallut aux Russes un temps infini pour s'organiser. Mais ils se trouvaient à présent dans des hélicoptères, survolant la campagne russe. Le train où se trouvait le conteneur d'Alaska n'avait a priori pas encore atteint Moscou. Le plan était de l'intercepter avant qu'il n'arrive.

Brick ne pouvait s'empêcher de prier pour que l'employé ne se soit pas moqué d'eux. Si Alaska n'était pas dans le conteneur 4217 autant considérer qu'elle était morte.

Aucun des mercenaires ne l'ignorait. Ils savaient mieux que quiconque ce qui arrivait à celles qui disparaissaient avec la traite des femmes.

Brick garda le regard fixé sur le sol, à plusieurs milliers de pieds sous l'hélicoptère. À chaque train qu'ils dépassaient, ses muscles se crispaient un peu plus mais, jusqu'à présent, l'hélicoptère n'avait pas ralenti.

Au loin, il aperçut un autre train, des conteneurs sur toute sa longueur. Il semblait bien plus long que tous les autres croisés jusqu'ici.

Il entendit l'un des soldats russes des opérations spéciales parler à ses camarades à travers leurs écouteurs. Même s'il ne comprit pas les mots, l'intonation du soldat le fit vibrer d'excitation.

C'était le bon train.

Les hélicoptères ralentirent et Brick regarda l'appareil de tête se positionner en vol stationnaire devant le train. Le pilote était absolument incroyable, évitant les dangers même lorsqu'il dut faire pivoter l'hélicoptère sur le côté pour permettre à plusieurs membres des *Spetsnaz* de pointer leurs fusils vers la grande fenêtre de la locomotive.

Brick avait l'impression de regarder un film de James Bond. S'il ne put entendre les freins du train s'enclencher, il vit rapidement de la fumée s'élever des rails alors que le convoi ralentissait.

D'autres mots furent échangés par les soldats, à travers les écouteurs, qui essayaient probablement de comprendre lequel des conteneurs était leur cible.

Les Russes commencèrent à descendre en rappel des hélicoptères, visant un wagon presque au milieu du convoi.

Lorsque ce fut au tour de Brick de sortir, la zone grouillait de forces spéciales russes, dont les membres étaient allés à la locomotive pour sécuriser le conducteur. D'autres avaient pris position autour de la voiture cible. Il était difficile d'accéder à la porte située à l'arrière du conteneur en raison de sa proximité avec le suivant, mais on finit par l'ouvrir assez pour voir à l'intérieur.

Brick et Tiny se pressèrent derrière Gray et le reste de son équipe. Brick déglutit à la vue des caisses de bois empilées du sol au plafond à l'intérieur du conteneur métallique.

— Bon sang !

Ça allait prendre un temps fou de vider le conteneur. D'autant plus qu'ils devaient procéder à la main. Il n'y avait pas de chariot élévateur par ici, ils se trouvaient littéralement au milieu de nulle part. Sans compter qu'ils n'étaient pas en mesure d'ôter le conteneur du train, ce qui aurait facilité son déchargement.

Décision fut prise de ne pas attendre que le train atteigne un endroit plus pratique. Ce qui était une bonne chose, car Brick aurait perdu les pédales si Alaska avait dû attendre une minute de plus pour être secourue.

Tous les hommes commencèrent à travailler en tandem. Ils formèrent une chaîne, enlevant les caisses une par une. Heureusement, la plupart étaient assez légères pour être soulevées par deux personnes. L'opération prendrait beaucoup de temps, mais Brick se força à rester calme. Les hommes qui l'entouraient faisaient de leur mieux pour vider le conteneur aussi vite que possible.

Ce fut lorsque le conteneur se retrouva aux trois quarts vide que Brick recommença à paniquer. Il n'y avait aucun signe d'Alaska. Ne serait-elle pas plutôt dans l'une des caisses qu'ils avaient enlevées ? Dans ce cas, il aurait fallu la ratatiner pour l'y faire entrer.

Il envisagea d'ouvrir les plus grandes caisses après avoir constaté qu'il n'en restait plus que quelques-unes à l'intérieur du conteneur. Il ignora les airs de sympathie et de frustration sur les visages qui l'entouraient.

Elle n'est pas là. L'employé a menti.

Non. Brick ne le pensait pas.

Il avait vu l'homme, la peur sur son visage. Entendu la sincérité dans sa voix quand il avait répété ce qu'il savait. Alaska était là. Il le sentait.

— Et maintenant ? demanda Tiny. On commence à ouvrir les caisses ?

Brick acquiesça, étudia attentivement le conteneur... puis inclina lentement la tête lorsque quelque chose lui vint à l'esprit.

— Attendez, non, l'espacement n'est pas bon ici. Il y a vingt panneaux à l'extérieur du conteneur. Or, je n'en compte que dix-huit ici.

Chaque panneau métallique mesurait environ trente centimètres de large. L'intérieur du conteneur était de soixante centimètres plus court que ce qu'il aurait dû être.

— Une fausse paroi, lâchèrent Brick et Tiny d'une même voix.

Les Russes approuvèrent et, bientôt, ils tentaient de comprendre comment démonter la plaque de métal, au fond du conteneur, qui semblait sans soudure. Ce fut seulement au prix d'un effort inouï que Brick parvint à rester en arrière et à les laisser travailler. Alaska se trouvait derrière cette paroi. Il le savait.

L'un des hommes laissa échapper une exclamation enthousiaste en retirant une section du faux mur près du sol.

Instantanément, un cri semblable à celui d'un animal blessé retentit dans l'espace. Plusieurs hommes se bouchèrent les oreilles, reculant d'un pas chancelant, mais Brick avança.

Il détestait ce son. La terreur qu'il exprimait lui donnait envie de pleurer et de tuer quelqu'un. Pourtant, il s'en délectait.

Ce son signifiait qu'ils avaient retrouvé Alaska.

Brick écarta quelques hommes de son chemin en s'approchant de l'ouverture. L'un des Russes tenait une torche très puissante qu'il pointait dans l'espace de soixante centimètres entre la fausse paroi et l'arrière du conteneur. La lumière était si forte qu'elle faisait pleurer Brick qui pourtant n'avait pas été gardé dans un espace sombre et confiné pendant très longtemps.

— Éteignez ça, grogna-t-il en écartant le bras de l'homme. Vous êtes en train de l'aveugler, putain !

Quelqu'un traduisit ses paroles et le faisceau de lumière fut coupé.

Brick se mit à quatre pattes et glissa la tête dans le trou. Il ne voyait rien du tout.

— Alaska ?

— Approche-toi et je te tue !

Ses mots n'étaient que des halètements, sa voix rugueuse et rauque. Comme si elle avait crié à l'aide, ce qui était probablement le cas.

— C'est moi, Brick. Drake. Tu es en sécurité.

Tout ce qu'il entendit pendant quelques secondes, ce fut une respiration difficile. Puis :

— Non, c'est faux. Tu essaies juste de me faire baisser ma garde. Va te faire foutre ! Si tu approches ta queue de moi, je te l'arrache !

Brick entendit quelques gloussements incrédules derrière lui, mais ça ne l'amusa pas, lui. Pas le moins du monde.

— C'est vraiment moi, Al. Tu te souviens quand on avait dix ans et qu'on jouait à la guerre ? J'ai eu la bonne idée de me cacher sous la caravane de la vieille Harrison ? Je me suis retrouvé face à un serpent qui m'a flanqué une trouille bleue. Mais toi, tu as calmement tendu le bras et tu l'as éloigné. C'est à ce moment-là que j'ai réalisé à quel point tu étais courageuse et incroyable. Depuis, chaque jour, tu continues à m'impressionner.

— Drake ? chuchota-t-elle.

— Oui, chérie. C'est moi. Je vais venir jusqu'à toi, d'accord ?

La puanteur des odeurs corporelles et des excréments humains lui brûla les narines, mais Brick l'ignora. Son seul objectif, c'était Alaska. Elle était en vie et il en était sacrément heureux. Pourvu seulement qu'elle soit indemne... au moins physiquement.

Ils s'occuperaient des dégâts mentaux causés par sa captivité une fois qu'ils seraient rentrés et qu'elle serait en sécurité.

Un gémissement retentit que Brick prit comme un consentement. Ses épaules étaient presque aussi larges que le putain d'espace dans lequel elle se trouvait, si bien qu'il dut se trémousser et se tortiller pour parvenir jusqu'à elle à quatre pattes. Brick était reconnaissant à celui qui tenait la torche aussi lumineuse qu'un putain de soleil de l'avoir rallumée et de la braquer vers le sol, lui donnant juste assez de lumière pour distinguer Alaska blottie dans le coin.

Cependant, la voir s'avérait presque aussi douloureux que de ne pas savoir où elle se trouvait. Ses yeux étaient réduits à deux fentes comme si l'infime quantité de lumière provenant du trou était encore trop puissante. Elle lui apparut plus petite que dans son souvenir... mais ce fut le tourment et l'abattement qu'il lut sur son visage qui faillirent le submerger.

— Je suis là, murmura-t-il.

— Tu es venu, chuchota-t-elle.

— Putain oui, répliqua-t-il d'une voix tremblante. Je t'ai dit que si jamais tu avais besoin de quelque chose, il suffisait de me le demander et je serais là pour toi. Je suis juste désolé que ça m'ait pris aussi longtemps.

— Dès qu'il a raccroché, il m'a jetée là-dedans, gémit-elle. Alors qu'il t'avait dit qu'il attendrait l'argent.

— Il ne te fera plus jamais de mal, promit Brick, une main tendue vers elle.

Il voulait la serrer dans ses bras, mais redoutait de la blesser ou de l'alarmer. Il ignorait si elle avait été agressée ou violée avant d'être enfermée dans ce putain de conteneur. Hors de question qu'il en rajoute à son traumatisme.

— Il ne va pas être content. Il dit que le gars à qui il m'a vendue est puissant.

— Chut, murmura Brick. Je vais te toucher maintenant. C'est d'accord ?

— Oui, mais... Drake... Je suis dégoûtante.

— Je m'en fiche, répliqua-t-il.

— J'ai dû faire mes besoins dans un seau, lâcha-t-elle d'une voix quasi inaudible.

— Je m'en fiche aussi.

À l'instant où Brick lui toucha la main, elle recula si vite qu'il entendit son coude heurter le mur métallique à côté d'elle.

— Doucement, Al.

Il se rapprocha autant qu'il le put, puis prit lentement son visage dans ses mains. La peau d'Alaska était froide contre ses paumes chaudes, mais il ne put s'empêcher de se détendre un peu quand elle inclina légèrement la tête, lui laissant supporter un peu de son poids.

Levant les mains, elle lui saisit si fermement les poignets qu'elle lui fit presque mal.

— Tout ce que tu as à faire, à partir de maintenant et jusqu'au moment où nous prendrons l'avion pour rentrer aux États-Unis, c'est de te concentrer sur moi et sur personne d'autre. Pigé ?

— Les affaires dans mon appartement... commença-t-elle.

L'idée de la déposer dans un appartement en Europe où elle se retrouverait seule alors qu'elle devrait affronter les séquelles de son épreuve le répugnait. Il s'y refusait.

— On fera le nécessaire pour que tes affaires soient expédiées, déclara-t-il fermement.

Pendant une seconde, il crut qu'elle allait protester. Il sentait son corps trembler, mais finalement, elle prit une profonde inspiration et hocha légèrement la tête.

— Bravo, la félicita-t-il. Il y a beaucoup de gens dehors. Mais tu n'as pas à avoir peur d'eux. Ils sont tous là pour toi. Ils m'ont aidé à te retrouver. Mais encore une fois, tout ce que tu as à faire, c'est de garder les yeux sur moi. Quoi qu'il arrive. Tu peux y arriver ?

— Je vais essayer.

— OK. Je vais reculer. Tiens-moi bien et on va y arriver ensemble.

Ils se déplacèrent lentement et maladroitement dans l'espace étroit et, quand ils parvinrent au trou pratiqué dans la paroi, Brick annonça :

— Il faut que je te lâche pendant quelques secondes, mais je t'interdis de me lâcher. Compris ?

Elle hocha la tête.

Brick s'extirpa du trou à reculons, prenant appui des mains et des genoux. Il sentit la main d'Alaska sur son poignet pendant toute l'opération. Il était accroupi devant le trou lorsqu'il attrapa sa main libre.

— Tu te débrouilles très bien, Al. Avance juste encore un peu.

Il l'aida à ramper hors du trou pour se retrouver dans la caverne du conteneur. Ultrasensible à la lumière, elle ferma les yeux.

— Je te tiens, murmura-t-il en lui passant un bras autour de la taille et en la tirant contre lui alors qu'il était debout.

Ils étaient collés l'un à l'autre, poitrine contre poitrine.

Comme il ne la dépassait que d'une dizaine de centimètres, ils s'adaptaient parfaitement l'un à l'autre. Il la sentait trembler des pieds à la tête.

Plissant les yeux, elle tourna immédiatement la tête pour regarder autour d'elle.

— Non, Al. Moi. Regarde-moi.

Encore tremblante, elle obéit sur-le-champ.

Brick ne voulait pas qu'elle voie la prison où elle avait été détenue ni qu'elle ait peur de l'armée russe qui les entourait. Pas question que ce sauvetage ajoute un iota d'angoisse à sa psyché déjà meurtrie.

Il recula jusqu'à la porte du conteneur et fut soulagé de constater que Tiny et Gray étaient là pour l'aider à sortir du conteneur sans qu'il ait à lâcher Alaska, ne serait-ce qu'une seconde.

— C'est génial de vous voir, chuchota Gray.

Brick la sentit tressaillir à cette voix qu'elle ne connaissait pas.

— Doucement, Alaska. Tu t'en sors comme une cheffe. C'est Gray, un ami. Ses coéquipiers et lui sont venus du Colorado pour te retrouver.

Elle hocha la tête et continua à le fixer, les yeux plissés. Putain, il était si fier d'elle !

— Merci d'être venu, murmura-t-elle.

Puis elle appuya le front contre lui… et un drôle de sentiment naquit dans sa poitrine. La confiance immédiate qu'elle lui témoignait, après tout ce qu'elle avait traversé, était d'une importance déterminante à ses yeux.

— L'hélico attend. Il nous amènera directement à l'aéroport, indiqua Tiny.

Il sentit les muscles d'Alaska se tendre contre lui une fois de plus.

— C'est Tiny. L'un des autres propriétaires du Refuge, lui expliqua-t-il.

— Lequel ? Le motard, celui qui porte des lunettes, le sosie d'Ed Sheeran, Jake Ryan ou l'un des deux autres ? chuchota-t-elle.

Tiny éclata de rire.

— Oh, je l'aime bien, commenta-t-il.

Brick ne rit pas, mais il laissa ses lèvres se retrousser.

— Jake Ryan, répondit-il.

Alaska hocha la tête contre lui.

À ce moment-là, un soldat russe cria quelque chose à l'un de ses coéquipiers. Alaska sursauta violemment entre ses bras.

— Tout va bien. Tu es en sécurité, la rassura-t-il en se penchant légèrement pour la soulever.

Alaska se cramponna à lui pendant qu'il la transportait loin du chaos vers un hélicoptère qui avait atterri dans un champ pas trop loin de la voie ferrée. Elle n'ouvrit pas les yeux, se contentant de garder les bras autour de son cou et de s'y agripper fermement.

— Elle va devoir parler aux autorités russes avant de partir, annonça Gray qui se matérialisa à côté d'eux.

— Non, déclara Brick.

— D'accord, fit Alaska en même temps.

En la regardant, Brick vit que ses yeux s'étaient de nouveau entrouverts. Mais son regard sombre resta sur lui comme il le lui avait demandé.

— Si cela peut aider d'autres femmes à ne pas se retrouver dans la même situation que moi, je dois le faire, insista-t-elle doucement.

Brick secoua la tête.

— Il est mort, Al. Je te promets qu'il ne vendra pas d'autres femmes.

— Mais est-ce que tous les gens qui travaillaient avec lui sont morts ? Et Igor ?

— Qui est Igor ? demanda Gray.

— Le conducteur. Le guide. Je le trouvais plutôt gentil. Mais de toute évidence, c'était une façade. Et les gars qu'il a transportés avec moi, le deuxième jour ? Les voyous qui m'ont retenue et qui ont veillé à ce que je ne m'enfuie pas ? Et le type qui m'a achetée ? Il y a tellement de personnes impliquées, Drake. Si je ne leur dis pas ce que je sais, ils pourraient être déjà en train de kidnapper d'autres personnes.

Elle avait raison. Brick le savait. Mais il détestait toujours l'idée qu'elle n'ait pas la possibilité de décompresser avant de rencontrer les autorités.

— OK, accepta-t-il à contrecœur.

— Tu veux bien rester avec moi ? demanda-t-elle d'une petite voix.

— Je n'avais pas l'intention de te laisser quitter mon champ de vision pendant un putain de long moment.

Sa réponse était crue et brutale. Il était surprenant de constater à quel point cette femme était devenue importante pour lui, malgré les kilomètres qui les séparaient. Ses e-mails et ses messages constants au cours des quatre dernières années s'étaient enfoncés dans sa psyché, lui donnant plus de force qu'elle ne le saurait jamais, et la seule pensée qu'elle ne soit plus là pour discuter avec lui, qu'elle ne soit plus son ancre quotidienne, le secouait profondément.

Elle referma les yeux et posa la tête sur son épaule. Brick resserra ses bras autour d'elle et il adressa une prière de remerciement au ciel alors qu'il se dirigeait vers l'hélicoptère. Tant de choses avaient dû s'enchaîner avec succès pour qu'Alaska soit dans ses bras en ce moment. Il aurait suffi d'une seule information erronée pour qu'il la perde. Elle se serait alors retrouvée de l'autre côté de la frontière à vivre un enfer.

Il n'avait pas pu sauver Vador et ses autres coéquipiers, mais il sentait qu'ils veillaient sur lui maintenant.

Il était bien placé pour savoir que ce n'était que le début du voyage d'Alaska. Elle s'imaginait peut-être pouvoir reprendre sa routine normale dès son retour aux États-Unis, mais ses amis et lui savaient mieux que quiconque combien cela pouvait s'avérer difficile. Brick espérait qu'elle serait capable de rebondir sans trop de difficultés, mais vu la façon dont elle tressaillait chaque fois que quelqu'un parlait, comme elle tremblait sans cesse dans ses bras, il avait le sentiment que sa courageuse amie aurait un chemin ardu à parcourir.

Brick était plus que ravi de disposer justement de l'endroit parfait pour qu'Alaska guérisse. Sa mère était pour ainsi dire inexistante et elle n'avait nulle part où aller, personne vers qui se tourner. Il pria pour qu'elle trouve le Refuge aussi apaisant et réconfortant que lui. Une fois qu'elle aurait vaincu ses démons, elle serait libre d'aller où bon lui semblerait.

Il détestait déjà la perspective de son départ, mais il ne la retiendrait jamais contre son gré. Son Alaska était un électron libre... et pour l'instant, son seul but était de l'aider à redevenir la femme ouverte et amicale qu'elle avait été avant qu'un connard n'essaie de l'écraser sous sa botte.

CHAPITRE 6

Alaska ne pouvait pas s'arrêter de trembler. C'était ridicule. Elle était en sécurité. Dans un avion pour les États-Unis. La réunion avec les officiels russes avait été difficile. Beaucoup plus éprouvante que ce à quoi elle s'attendait. Si elle avait évité la crise d'hystérie, c'était uniquement grâce à Drake. Il ne l'avait pas quittée, sa main forte et chaude serrant constamment la sienne, se posant de manière rassurante sur sa jambe ou s'installant dans le bas de son dos. Il était littéralement la seule chose qui l'avait maintenue en vie.

Elle n'avait pas mesuré la difficulté à raconter ce qui s'était passé. Mais alors qu'elle parlait, tout l'avait frappée d'un coup, rudement. Elle ne pouvait nier avoir été à deux doigts de devenir une statistique. Une femme de plus ayant disparu sans laisser de trace et qu'on n'aurait jamais retrouvée. Elle aurait été forcée à avoir des relations sexuelles avec qui sait combien d'hommes. Elle aurait été violée encore et encore... et personne ne s'en serait soucié.

Elle avait réussi à tenir le coup jusqu'à ce qu'ils montent dans l'avion qui les ramenait aux États-Unis. Ce ne fut pas l'avion qui la fit craquer, mais le fait de se savoir enfermée à l'intérieur pendant des heures... tout comme elle l'avait été dans ce conteneur.

Elle avait réussi à cacher sa réaction à Drake, ce dont elle était extrêmement soulagée. Elle ne voulait pas paraître faible à ses yeux. Après tout, elle n'avait pas été violée. Elle n'avait pas été blessée. Elle avait eu beaucoup de chance, vraiment, et ne pensait pas avoir le droit de s'effondrer.

Mais ces raisonnements ne faisaient pas disparaître son anxiété. Au contraire, plus elle restait dans l'avion, sanglée à un siège, serrée contre son hublot sans possibilité de s'échapper facilement, plus elle paniquait.

L'avion privé n'était pas bondé. Les sept hommes avec lesquels Drake était venu en Russie étaient là. Tout comme Tiny. Il y avait aussi une douzaine d'autres hommes qu'Alaska ne connaissait pas. La plupart parlaient anglais, mais quelques-uns échangeaient à voix basse en russe. Drake jurait qu'elle était en sécurité, mais Alaska s'était aussi pensée en sécurité avant d'être kidnappée.

Alors qu'elle était attachée à son siège à regarder par la fenêtre pour essayer de contrôler son anxiété croissante, elle se retrouva soudain accroupie sur le sol devant son siège, les mains sur la tête, tremblante et sanglotante.

— Merde, entendit-elle Drake murmurer. (Elle ne s'en recroquevilla que davantage.) Alaska, regarde-moi, ordonna-t-il.

Tout ce qu'elle put faire, ce fut secouer la tête et fermer les yeux encore plus fort.

Il lui fallut plusieurs minutes, mais elle réalisa finalement que Drake n'avait pas bougé. Il s'était accroupi à côté d'elle. Heureusement qu'il y avait plus de place entre les rangées de sièges dans un avion privé que dans un vol commercial.

Il lui parlait d'un ton bas et calme, lui répétant qu'elle ne devait pas s'inquiéter. Qu'elle était en sécurité. Qu'il ne laisserait rien lui arriver. Qu'elle était dans un avion rempli de durs à cuire et d'anciens SEAL qui mourraient plutôt que de laisser quiconque l'approcher.

— Je ne peux pas respirer, chuchota-t-elle, haletante, essayant de faire entrer de l'oxygène dans ses poumons.

— Si, tu peux, rétorqua Drake. C'est ton esprit qui te joue des tours. Ouvre les yeux. Regarde-moi, Al. Tu n'es plus dans ce conteneur. Tu es libre. Je suis là.

Elle essaya vraiment, mais elle ne réussit pas à faire obéir ses paupières.

— C'est bon, Al. Quand tu seras prête, je serai là. Respire plus lentement. Essaie d'aligner ta respiration sur la mienne... C'est tout. Oui, comme ça. Je sais que c'est dur d'être dans cet avion. Si j'avais pu te ramener à la maison en bateau, je l'aurais fait. Mais ça aurait pris trop de temps. Accroche-toi. On sera bientôt au Refuge. Attends de respirer l'air de la montagne. Je te jure qu'il est plus propre et plus frais que tout ce que tu n'as jamais respiré. Melba, notre vache résidente et vraie casse-pieds, va t'adorer. Sache juste que si tu lui accordes trop d'attention, elle ne cessera jamais de te harceler pour avoir d'autres friandises. Et j'ai hâte que tu rencontres Mutt, mon chien à trois pattes. Il est incroyable. Il semble toujours deviner quand j'ai besoin de lui. Il me réveille chaque fois que je fais des cauchemars, ne me quitte jamais les jours où le monde semble s'écrouler sur moi.

Alaska entendit les mots de Drake comme s'ils lui parvenaient du bout d'un long tunnel. Après un certain temps, cette voix devint son point d'ancrage. Elle se concentrait sur les flux et reflux de son ton plutôt que sur le véritable sens des mots.

Déglutissant difficilement, elle força finalement ses yeux à s'ouvrir. Elle ne voulait pas être une loque avec lui. Elle voulait être forte.

Comment pourrait-il en aller autrement ? Après l'Allemagne où elle avait vu Drake se sortir des ténèbres où il se trouvait enseveli après que ses meilleurs amis ont été tués sous ses yeux, elle l'avait tellement admiré. Elle voulait lui ressembler. S'avérer courageuse. Résiliente.

— Bravo, l'encouragea-t-il alors qu'elle plongeait le regard dans ses magnifiques yeux bleus. C'est ça, continue à me regarder. Je suis là. Personne ne te fera plus de mal. Compris ?

Elle baissa légèrement le menton et le sourire qu'il lui accorda fut presque douloureux à regarder.

— Je sais que c'est dur. Je le sais. Mais tu peux t'en sortir.

— Comment ? chuchota-t-elle.

— Parce que tu es Alaska Stein et que tu es la personne la plus forte que je connaisse. (Elle ricana et secoua la tête.) Mais si, insista-t-il. Ma mère m'a parlé de toi après que j'ai quitté la maison. Et bien sûr, ces quatre dernières années, je n'ai cessé d'être impressionné par toi. Voyager par tes propres moyens dans toute l'Europe. Accepter des emplois compliqués, surtout quand tu ne parles pas la langue du pays. Tu as une personnalité casse-cou à la fois rafraîchissante et admirable.

— Je n'ai plus l'impression d'être la même personne, avoua-t-elle. Et il ne m'est rien arrivé au fond ! C'est tellement ridicule.

— Ah, la culpabilité ! C'est une émotion qui m'est intimement familière, lui confia-t-il. Tu te sens coupable de lutter pour affronter ce qui s'est passé alors que tu n'as pas été blessée.

C'était une affirmation, pas une question. Alaska hocha la tête.

— Tu ne dois pas, lui intima-t-il fermement. Tu as quand même subi un traumatisme. Je ne peux pas imaginer ce que tu as vécu dans ce conteneur.

Alaska frissonna et ferma les yeux une fois de plus. L'expérience avait été horrible. L'obscurité, le bruit des caisses qui s'entassaient autour d'elle, ses besoins dans ce seau, l'obligation de boire de l'eau comme un animal à même le bidule le long du mur, les crampes de faim, la peur de manquer d'air. Tout avait été horrible.

— C'est bon, tu n'as pas à en reparler. Un jour, tu en ressentiras le besoin. Crois-moi, je le sais. Mais pour l'instant, tout ce que tu dois faire, c'est exister. Ne pas penser. Ne rien faire. Je vais te ramener à la maison et tu pourras commencer à guérir. OK ?

Elle voulait lui signifier son accord, affirmer qu'elle y arriverait. Mais elle ne put que trembler.

Lorsqu'elle sentit la paume de Drake lui caresser doucement le visage, une vague de chaleur se propagea en elle, refoulant le froid glacial qui avait élu domicile dans son corps. Elle tendit le bras et plaça sa propre main sur la sienne pour presser encore sa paume contre sa joue.

— Je ne vais nulle part, Al. Je suis là.

Elle s'appuya contre lui. Alors, même s'ils étaient coincés entre les sièges, Drake réussit à la hisser sur ses genoux. Elle se blottit contre lui et accepta de laisser son esprit se vider. Elle n'entendit pas les autres lui parler, sentit à peine qu'on l'étirait vers le haut et que Drake s'asseyait sur l'un des sièges. Elle se cramponnait à lui comme une enfant de deux ans.

Mais elle ne dormit pas. Elle en était incapable. La dernière fois qu'elle s'était endormie dans un véhicule, elle avait fini en enfer. Aussi fatiguée qu'elle fût, son corps refusait de s'éteindre. Pas complètement.

Le voyage de retour s'avéra interminable. Ils durent changer d'avion une fois et il lui fallut bander sa volonté pour monter de son plein gré dans le deuxième avion. Les compagnons de Drake étaient sympathiques et respectueux.

Elle remarqua vaguement qu'ils portaient tous des alliances. Tant mieux qu'ils soient attendus par quelqu'un chez eux.

Le voyage du Colorado au Nouveau-Mexique se déroula dans un brouillard qui, par chance, ne dura pas longtemps. Une migraine infernale lui tambourinait dans la tête et son estomac était barbouillé, même si elle n'avait pas beaucoup mangé ces trois derniers jours. Drake avait réussi à lui faire avaler deux-trois choses dans l'avion entre la Russie et le Colorado, mais tous les aliments semblaient s'attarder comme une pierre dans son estomac.

— Elle va bien ? demanda Tiny comme de très loin.

Alaska était à nouveau blottie contre Drake, comme s'il était la seule chose qui pouvait l'empêcher de se briser en mille morceaux, ce qu'il était probablement.

— Pas vraiment, répondit-il.

Alaska voulut sourire. Elle appréciait qu'il n'édulcore pas son état.

— Tu veux que j'appelle Henley ?

— Pas pour l'instant. Elle aura certainement besoin de lui parler, mais je pense qu'il lui faut d'abord quelques jours pour décompresser.

Elle entendit leur conversation sans en comprendre vraiment les mots. Elle ne savait pas non plus qui était Henley, mais elle avait compris que Drake n'allait pas lui faire rencontrer quelqu'un tout de suite. Ce qui la soulageait bien.

— On est complets pour le moment, mais la cabine des prisonniers de guerre est ouverte.

— Elle restera avec moi, répliqua Drake.

Tiny garda le silence un moment avant de lâcher :

— D'accord. C'est probablement mieux.

— Al ? (Elle ne répondit pas, gardant les yeux fermés.) Alaska, répéta Drake, un peu plus fermement.

— Hum ?

— Tu peux ouvrir les yeux une seconde ?

Elle secoua la tête. Elle sentit plus qu'elle n'entendit son rire grave contre sa joue qui reposait sur sa poitrine.

— S'il te plaît ?

Soupirant, sachant qu'elle ne pouvait rien refuser à cet homme, Alaska ouvrit légèrement les yeux et pencha la tête en arrière juste assez pour voir son visage. Sa barbe avait un peu poussé depuis qu'elle se trouvait avec lui. Elle avait envie de lever une main et de la passer sur sa joue pour voir si les poils étaient doux ou rugueux, mais elle n'en avait pas l'énergie.

— Tu as toujours mal à la tête ? demanda-t-il.

Elle opina. Il leva une main pour lui passer doucement le pouce sur la tempe.

— Quand on sera au Refuge, je demanderai à Pip' de venir t'examiner. Il était le médecin de son équipe et c'est ce qui se rapproche le plus d'un docteur chez nous.

Perdue dans ses pensées, Alaska ne répondit pas. Les yeux de Drake lui évoquaient-ils plutôt les eaux des Caraïbes ou le ciel des Alpes ?

— Bon, alors voilà ce qui va se passer. Tonka vient nous chercher à l'aéroport et nous ramène au Refuge. Pendant que tu te douches, je vais chercher quelque chose à manger. On dînera dans mon chalet, puis tu pourras te reposer. Je suis sûr que tu te sentiras beaucoup mieux demain matin. Je te présenterai au reste des gars à ce moment-là. D'accord ?

La seule chose qu'elle avait enregistrée, c'était que Drake allait la laisser seule pendant qu'il irait chercher le dîner. L'idée de rester seule était absolument terrifiante. Elle pouvait se faire enlever... Si on la kidnappait une seconde fois, elle avait la certitude absolue de ne pas être aussi chanceuse.

Elle saisit son poignet à deux mains et secoua la tête.

Chaque violente secousse aggravait sa migraine, mais elle s'en fichait.

— Arrête, Alaska, ordonna Drake. Tu te fais du mal. Qu'est-ce qui ne va pas ?

— Ne me laisse pas, murmura-t-elle d'une voix rauque, craignant soudain que le Russe ne l'entende.

Une partie d'elle savait que l'homme était mort, Drake le lui avait certifié et elle pouvait lui faire confiance. Mais une autre partie d'elle était sûre qu'il s'agissait d'une ruse. Que le salaud avait trompé Drake et ses amis ! Le monstre attendait simplement qu'elle soit seule pour agir. Elle ne parvenait pas à oublier la détermination qui avait brillé dans son regard quand il avait parlé de la livrer à l'acheteur chinois et de sa joie de toucher de l'argent en échange.

Drake la regarda quelques secondes, puis hocha la tête.

— Tu seras en sécurité au Refuge, Al. Tu crois que je vais laisser encore une fois quelqu'un poser la main sur toi ? Ça n'arrivera pas. Et Tonka, Spike, Pip', Owl, Stone et Tiny ne le permettront pas non plus. Quand tu es dans mon chalet, tu es en sécurité, que je sois là ou pas.

Alaska secoua encore la tête.

— Non, il va me trouver ! Me remettre dans cette boîte !

Ses souvenirs menaçaient de la submerger, mais Alaska luttait. Elle devait faire comprendre la situation à Drake.

— Je peux me charger d'apporter de la nourriture dans ton chalet, intervint Tiny.

Sans la lâcher du regard, Drake hocha la tête.

— Merci. D'accord, Al, je resterai pendant que tu te laves.

— Besoin de vêtements ? demanda Tiny.

Alaska ne prêta pas attention à la réponse de Drake. Elle était trop soulagée de savoir qu'il ne la quitterait pas. Elle voulait prendre une douche. Elle avait besoin de se débarrasser de la crasse. Elle n'en avait pas eu le temps entre son sauvetage, son interrogatoire et l'embarquement dans un avion. Elle savait qu'elle sentait mauvais. Elle savait aussi qu'elle ne devrait pas s'en soucier, vu ce qu'elle avait traversé. Mais elle s'en inquiétait, car elle avait besoin d'être propre.

Elle ferma une fois de plus les yeux et, constatant que les bras de Drake ne desserraient pas leur étreinte, elle fit de son mieux pour se détendre. Demain, elle serait plus forte. Demain, elle renfilerait ses habits de grande fille et reprendrait sa vie en main. Mais pour l'instant, tout ce qu'elle pouvait faire, c'était s'accrocher à la seule personne qu'elle admirait depuis des décennies.

Pendant le reste du voyage, Alaska garda les yeux fermés, faisant confiance à Drake pour la conduire là où elle devait aller. Quand elle trébucha à la sortie de l'avion, il la prit dans ses bras. La sensation d'être ainsi portée lui était étrangère. Elle n'était pas une petite femme. Elle n'était pas non plus très grande. Elle était simplement dans la moyenne. Aucun des quelques hommes qu'elle avait fréquentés ne l'avait jamais soulevée ainsi. Ils n'étaient pas assez forts. Mais son Drake l'était, bien sûr.

Au fond d'elle-même, Alaska savait qu'elle ne devait pas le considérer comme lui appartenant. Un jour ou l'autre, elle redeviendrait normale et il faudrait qu'elle réorganise sa vie. Rapatrie ses affaires de l'étranger, trouve un travail, ouvre un compte en banque... Toutes ces petites choses banales. Mais pour le moment, elle était satisfaite de laisser Drake prendre le relais.

Elle sentait le véhicule bouger sous ses fesses, sur le trajet vers le Refuge, mais une fois encore, Alaska avait l'impression d'être déconnectée. Elle aurait sans doute dû s'inquiéter de son apathie actuelle, malheureusement elle ne parvenait pas à rassembler l'énergie nécessaire. Elle avait beau être fatiguée, épuisée, impossible de dormir, car elle était alors trop vulnérable. Le Russe ou son acheteur pourrait l'atteindre si elle baissait sa garde.

La voiture s'immobilisa, Alaska entendit des voix autour d'eux lorsque Drake sortit du véhicule, la tenant toujours dans ses bras.

— Est-ce qu'elle va bien ?

— Ça viendra.

— Qu'est-ce que tu attends de nous ?

— Pip', tu peux venir avec nous dans mon chalet ? Elle a mal à la tête et je pense que c'est juste toute cette histoire qui la rattrape, mais je veux m'en assurer.

— Bien sûr.

— Tout va bien avec nos hôtes ?

— Oui.

— Super. Où est Mutt ?

— Il passe la nuit avec moi, mais pendant la journée, il reste tout morose sur ta terrasse. Il va être ravi de ton retour.

— Tu veux que j'appelle Henley ? demanda une voix inconnue.

— Tiny s'en occupe. En attendant, je vais improviser. On verra comment elle se porte demain matin.

— Si tu as besoin de quelque chose, demande. Sinon, tu vas nous mettre en pétard.

— Je n'y manquerai pas. Promis. Pour l'instant, elle a juste besoin de dormir. Et de se sentir en sécurité.

— Elle est en sécurité ici.

Alaska ne connaissait pas les hommes qui parlaient, mais elle percevait la décontraction de Drake lorsqu'il leur parlait. Il ne se crispait pas, ne semblait pas avoir la moindre appréhension. S'il leur faisait confiance, elle le pouvait aussi. D'autant qu'elle avait regardé la photo de Drake avec ses amis et ses collègues propriétaires du Refuge tellement de fois qu'elle pouvait les imaginer pendant qu'ils parlaient. Elle ne savait pas qui était qui, bien sûr, mais c'était quand même réconfortant de sentir qu'elle les connaissait déjà.

— Elle a l'air vannée, constata l'homme à l'accent anglais.

Distraitement, Alaska en conclut que ce devait être Pip'. Il avait été dans les SAS, l'équivalent britannique des forces spéciales. Elle s'était renseignée sur Internet et avait été impressionnée par ce qu'elle avait lu.

— Elle est claquée. Je la ramène à la maison, déclara Drake.

— Je reviens tout de suite avec de quoi manger, promit Tiny.

— Merci beaucoup.

Puis ils se remirent en route.

— Elle semble aussi dans les vapes, observa Pip' pendant qu'ils marchaient. Elle est dans cet état depuis combien de temps ?

— Pendant la plus grande partie du vol, grogna Drake. L'avion... n'a pas été une bonne expérience. On l'a retrouvée dans un conteneur, dans un espace de deux mètres sur trois dissimulé derrière une cloison. Tout ce qu'elle avait là-dedans, c'était un putain de seau pour pisser et un bidule sur le mur qui contenait de l'eau. Elle devait boire à un tube comme une foutue gerbille. (Alaska se crispa devant la colère qu'elle perçut dans sa voix.) Désolé, chérie, fit-il sur le ton apaisant qu'elle en était venue à rechercher avidement.

— Bien, donc elle a probablement faim, elle est déshydratée et, je suppose qu'après tout ce temps passé dans le noir, elle a mal aux yeux.

Alaska eut la pensée fugace que Pip' était probablement un très bon médecin. Il la connaissait depuis quelques minutes à peine et deux-trois éléments sur le calvaire qu'elle avait vécu lui avaient suffi pour résumer son état avec précision.

— Oui, acquiesça Drake.

Les hommes restèrent silencieux pendant de longues minutes. On n'entendait plus que le bruit de leurs pas sur le sol. Puis un chien aboya.

— Salut, Mutt ! Je sais, mon pote. Je suis à la maison. Je dois installer Alaska dans le chalet avant de pouvoir te caresser. Attends un peu.

Il partit d'un petit rire et Alaska sentit ce qui devait être le chien de Drake lui renifler les jambes alors qu'il la transportait dans le chalet.

Elle se crispa, attendant que Drake la dépose, que ses bras desserrent leur étreinte mais, à sa grande surprise, il s'assit et la garda sur ses genoux. Le coussin à côté d'elle s'enfonça, puis elle sentit une langue humide lui balayer la joue.

Impossible de garder les yeux fermés après pareil traitement, alors elle les entrouvrit, soulagée que les lumières du chalet soient toujours éteintes. Il faisait encore assez clair dehors pour qu'on y voie parfaitement, mais aucun rayon de soleil ne filtrait à travers les nombreuses fenêtres autour d'eux.

Elle était sur un canapé, assise de profil sur les genoux de Drake, et elle eut le temps d'apercevoir une télévision, une table basse, un fauteuil et une bibliothèque avant que le chien ne mette une fois de plus son visage sur le sien.

Impossible de déterminer la race de Mutt, mais Alaska pensait avoir entrevu de longues pattes, une espèce de sourire heureux et beaucoup de fourrure blanche et bronze avant que le chien n'ait réussi à se faufiler entre Drake et elle. Mutt devait peser une trentaine de kilos, pas énorme, mais certainement pas un petit chien de salon non plus.

À la surprise d'Alaska, le chien ne se tourna pas vers Drake pour s'efforcer de confisquer son attention. Non, il se tourna vers elle et posa la tête sur son épaule.

Le bras d'Alaska quitta le cou de Drake pour se refermer sur le chien. Elle tenait toujours le tissu de la chemise de Drake d'une main, même si elle s'agrippait au chien de l'autre. Elle sentait les battements rapides du cœur de Mutt contre sa poitrine et le souffle chaud de l'animal dans son cou. Il ne bougea pas, apparemment satisfait de se retrouver blotti contre elle.

L'émotion noua la gorge d'Alaska mais elle refoula impitoyablement ses larmes. Interdiction de s'effondrer. Ça suffisait.

— Alors c'est comme ça, mon pote ? fit Drake avec un petit rire. Je suppose que je ne peux pas te le reprocher. Elle est assez incroyable.

Il fallut une seconde à Alaska pour réaliser qu'il parlait d'elle. Mais non, elle n'était pas incroyable. Elle était secrétaire, pour l'amour du ciel ! Une secrétaire qui n'avait jamais occupé le même emploi plus de deux ans. Elle ne parlait plus à sa mère. Bon sang ! elle ne savait même pas où celle-ci se trouvait en ce moment. Et elle avait réussi à se faire kidnapper par un fou qui voulait la vendre comme esclave sexuelle.

Elle n'était absolument pas incroyable. Ni de près ni de loin.

Alaska secoua la tête et baissa le menton pour enfouir le nez dans la douce fourrure du cou de Mutt. Il sentait... l'extérieur. La poussière, les conifères et le chien. Ça n'aurait pas dû être une odeur réconfortante, pourtant ça l'était quand même.

Pip' réussit à l'examiner rapidement même si elle était assise sur les genoux de Drake et que Mutt était dans ses bras. Il déclara qu'elle était déshydratée, mais qu'avec du sommeil et de la nourriture, elle devrait se sentir mieux d'ici quelques jours.

Alaska se laissa sombrer à nouveau dans le brouillard

qui l'avait enveloppée plus tôt. C'était plus facile de laisser Drake s'occuper de tout et de ne pas se soucier de réfléchir. Elle entendit vaguement Pip' partir et, pendant quelques minutes encore, Drake resta assis sur le canapé en la tenant dans ses bras, sans bouger ni parler.

Malheureusement, trop tôt au goût d'Alaska, il décréta :

— On doit te faire passer sous la douche. Mutt, descends.

Le chien tourna la tête, lui donna un coup de langue sur l'oreille, puis sauta du canapé.

— Allez, Al, tu te sentiras mieux quand tu seras propre.

Elle n'en était pas sûre, mais puisque c'était Drake qui lui demandait de bouger, elle obtempéra. Il garda un bras autour de sa taille pendant qu'il l'accompagnait dans un petit couloir conduisant à une salle de bains. Il la fit asseoir sur les toilettes et ouvrit l'eau de la douche. Prenant une serviette dans un petit meuble, il la posa sur un support accroché au mur. Puis il ouvrit un tiroir d'où il sortit une brosse à dents encore dans son emballage. Il la plaça sur le comptoir. Puis s'accroupit enfin en face d'elle.

— Al ? (Elle le fixa avec l'impression de se voir d'en haut.) Tu es avec moi ? (Au bout d'un moment, elle hocha la tête.) Il faut que tu prennes une douche. Lave-toi les cheveux. Utilise mon savon. Je vais prendre un de mes sweat-shirts que tu pourras enfiler après. Ça te va ?

Elle hocha une nouvelle fois la tête.

Mais Drake ne bougea pas de sa place en face d'elle. Il lui posa une paume sur la joue, chaude, avec des callosités aussi familières que réconfortantes.

— Tu es en sécurité ici. D'accord ?

Elle hocha la tête une troisième fois.

Drake soupira.

— Tu vas paniquer si je te laisse seule ?

Alaska fronça légèrement les sourcils et secoua la tête.

— Bien. Je serai juste derrière la porte si tu as besoin de moi. Mais je sais que tu peux y arriver. Tu te sentiras bien mieux après. Je te le garantis.

Alaska le regarda se lever et quitter la pièce. L'espace d'une fraction de seconde, elle paniqua en effet. Elle ne s'était pas retrouvée seule depuis qu'elle avait été sauvée de cette prison de métal. Sa respiration s'accéléra et son cœur se mit à battre la chamade.

Drake revint avec une pile de vêtements qu'il posa sur le comptoir, à côté de la brosse à dents, et tendit silencieusement la main.

Alaska savait qu'elle était en train de s'effondrer et elle détestait ça. Elle glissa sa main dans la sienne et se laissa remettre sur pied.

— Tu me tues, chérie. Tu es plus forte que ce connard imaginait. Il a choisi la mauvaise femme à emmerder. Tu as été plus maligne que lui en m'appelant et en utilisant notre mot de code. Je suis désolé de ne pas être arrivé plus vite, mais tu as réussi, Al. Tu as gagné. Il est mort et il ne peut plus kidnapper d'autres femmes. OK ?

Ses mots franchirent la couche de glace qui semblait l'entourer. Elle avait besoin d'être plus forte. Comme Drake quand il avait perdu tous ses amis au cours de cette mission, des années plus tôt. Elle hocha la tête.

Le soulagement qu'elle lut alors dans ses yeux la remplit de joie. S'humectant les lèvres, elle murmura :

— Je gère.

— Bien sûr que tu gères, confirma Drake.

Il se pencha et lui embrassa le front. Ses lèvres étaient chaudes contre sa peau et Alaska eut bien du mal à ne pas se jeter dans ses bras. Mais elle prit alors une profonde inspiration... et se sentit. Elle plissa le nez.

— Encore une fois, je ne te laisse pas. Je serai juste dehors. Tiny devrait bientôt arriver avec quelque chose à manger. Ensuite, tu pourras dormir un peu. Tu te sentiras mieux demain matin.

Alaska n'en était pas si sûre, mais elle hocha quand même la tête.

Puis elle se retrouva seule dans la salle de bains.

Elle prit la brosse à dents et se mit à l'œuvre, apaisée par la banalité du geste. Quand elle eut fini, elle ressentit un enthousiasme surprenant. Elle aimait le goût frais et propre dans sa bouche. Elle voulait que le reste de sa personne soit aussi purifié.

Elle se déshabilla lentement, laissant ses vêtements en tas sur le sol et entra dans la cabine de douche. L'eau chaude ruissela immédiatement sur ses cheveux et son corps. C'était bon. Vraiment bon.

Combien de temps resta-t-elle là à se laisser envelopper par l'eau ? Elle l'ignorait, mais elle finit par se ressaisir assez pour verser du shampoing au creux de sa main. Elle le fit mousser dans ses cheveux bruns et un parfum familier lui monta aux narines. Drake.

Elle reconnaîtrait son odeur n'importe où.

Rinçant le savon, elle se lava à nouveau les cheveux. Puis une troisième fois. Elle avait l'impression de ne jamais parvenir à se débarrasser de la puanteur de la peur, de la captivité et de l'odeur âcre du métal sur ses cheveux. Elle versa du savon liquide sur un gant de toilette et fut immédiatement récompensée par l'odeur de Drake. Boisée, avec une pointe d'agrumes et de terre. Comme si elle avait ses bras toujours autour d'elle alors même qu'elle était seule.

Après avoir frotté sa peau presque à vif, Alaska se tint une nouvelle fois sous le jet d'eau, le visage incliné vers le haut. Un sanglot traversa sa gorge et s'en échappa, mais une fois de plus, elle refoula ses larmes. Coupant l'eau, elle attrapa la serviette que Drake avait laissée. Les sweat-shirts étaient trop grands, mais être enveloppée de son odeur et de celle du coton fraîchement lavé, c'était le paradis.

Elle ouvrit prudemment la porte de la salle de bains, consciente du nuage de vapeur qui s'échappait de la pièce. Elle fit de son mieux pour ne pas paniquer en ne découvrant pas Drake sur-le-champ. Mais après quelques pas dans le couloir, le soulagement l'envahit quand elle l'aperçut dans la cuisine. Tiny était manifestement passé et reparti, car il y avait plusieurs sacs sur le plan de travail.

Mutt la vit en premier et ses ongles cliquetèrent sur le bois du plancher tandis qu'il se précipitait vers elle et s'appuyait contre sa jambe. Alaska avait l'impression qu'il souriait en la regardant.

— Viens voir, Alaska. Tiny nous a apporté un peu de tout. On a de la soupe, du pain que notre chef a fait cuire cet après-midi, des haricots verts, de la dinde en tranches et de la purée de pommes de terre.

Il déposa une grande assiette de nourriture pour deux personnes sur la petite table de sa cuisine et lui tira une chaise.

Alaska n'avait pas faim, mais elle obéit et s'assit. Elle ne voulait rien faire qui puisse l'irriter et l'inciter à lui demander de partir. Elle fixa la nourriture, au bord de la nausée.

— Tu n'as pas à tout manger. Juste un peu. Ton corps a besoin de nutriments, Al. S'il te plaît.

Elle prit la fourchette et hocha la tête. Elle en avalerait un peu. Pour lui.

Elle mangea sans s'en rendre compte, mais elle devait avoir plus faim qu'elle ne le pensait, car au moment où Drake repoussa sa chaise de la table, la moitié de la nourriture dans son assiette avait disparu.

— Je suis fier de toi, Al. Bon travail, commenta-t-il en débarrassant la table.

Alaska fixa l'espace devant elle. Cette sensation de flottement était de retour. Il était fier d'elle parce qu'elle mangeait ? Bon sang, elle était pathétique.

Puis Drake revint. Il la hissa sur ses pieds et la fit passer devant le canapé pour retourner dans le couloir. Il dépassa la salle de bains et entra dans une chambre où elle vit un grand lit avec une tête en bois et un édredon bleu marine avant que ses yeux ne se ferment d'eux-mêmes.

— Monte là-dedans, Alaska, dit-il.

Elle obéit et, bientôt, elle fut enveloppée une fois de plus par le parfum masculin de Drake, beaucoup plus fort ici, dans son lit. Sur ses draps. Et le matelas était incroyablement confortable sous son corps endolori. Rester assise ou s'allonger sur le métal dur du conteneur avait été douloureux.

Après avoir remonté les couvertures sur elle, Drake se tourna pour quitter la pièce... et Alaska ne put retenir un gémissement.

Il se retourna, l'observa pendant un long moment, puis se dirigea lentement vers l'autre côté du lit pour se glisser sous les couvertures sans dire un mot et la serrer contre lui.

Alaska détestait la faiblesse qu'elle éprouvait. Combien de fois l'avait-il rassurée en lui disant qu'elle était en sécurité ? Que le Russe était mort ? Elle le savait. Pourtant, au fond de sa psyché, elle avait l'impression d'être menacée d'enlèvement s'il la laissait seule.

Le matelas s'enfonça au niveau de ses pieds et elle réalisa que Mutt, qui les avait suivis dans la chambre, avait sauté sur le lit. Elle était allongée sur le flanc, Drake sur le dos, et elle sentait le poids du chien dans le creux de ses genoux. Elle était entourée de chaleur.

Pour la première fois depuis des jours, elle se sentait enfin en sécurité.

— Dors, Al, murmura Drake. Je suis passé par là. Je te

promets qu'après avoir dormi un peu, tu te sentiras mieux. Mais tu n'as pas besoin d'être Wonder Woman. Tu as vécu quelque chose d'horrible. On t'a privée de ta liberté, menacée de choses affreuses. Mais tu vas bien. Tu es en sécurité. Je suis terriblement désolé de ce qui t'est arrivé, mais tout aussi heureux que tu sois toujours là. « Le monde est un meilleur endroit avec toi en vie. » Tu m'as dit ça, tu te souviens ? À l'hôpital, en Allemagne. Je ne l'ai pas oublié. Quand j'ai le cafard, quand j'ai l'impression de ne pas pouvoir tenir un jour de plus, quand la culpabilité d'avoir survécu m'accable, je repense à ces mots. Et je me sens mieux. Le simple fait de savoir que tu es là quelque part, heureuse de me savoir en vie, me donne la force de continuer.

Cette fois-ci, elle fut incapable de retenir ses larmes, de les empêcher de ruisseler sur son visage et de mouiller dans le tissu de son t-shirt.

— Je suis sérieux. Si tu n'étais pas venue me voir en Allemagne, je ne sais pas ce que je serais devenu. Le Refuge, mes nouveaux amis, ma capacité à fonctionner... Tout ça, c'est grâce à toi. Je suis désolé de ce qui a causé ta venue ici, mais je ne me résous pas à regretter ta présence entre ces murs. Dors, Al. On va affronter les problèmes au jour le jour. D'accord ?

Mince ! C'était... Elle ne savait pas ce que c'était. Tout ce qu'elle savait, c'était qu'elle n'avait jamais entendu de mots aussi beaux de toute sa vie. Et Drake... Drake les avait prononcés pour elle.

Ils n'avaient pas beaucoup parlé des journées qu'elle avait passées auprès de lui. Ils s'étaient envoyé des messages et des e-mails sur d'innombrables autres sujets, mais pas sur cette période sombre de sa vie. Savoir que sa visite l'avait vraiment aidé faisait que son besoin de lui à l'heure actuelle ne semblait pas aussi... déséquilibré.

Elle ferma les yeux, sans parvenir pour autant à arrêter ses larmes. Elles coulaient comme si quelqu'un avait ouvert un robinet. Mais Drake ne paraissait pas s'en soucier. Il resserra simplement sa main sur le bras qu'elle avait passé sur son ventre et se tourna pour lui déposer une fois de plus un baiser sur le front.

CHAPITRE 7

Brick détestait se sentir impuissant. Il avait passé la majeure partie de sa carrière de SEAL à gérer toutes les situations possibles. Sauf ce jour-là. Quand il avait été plus impuissant que jamais. Depuis, il avait travaillé dur pour ne plus jamais se retrouver dans cette situation.

Jusqu'à cet instant.

Allongé dans le lit, Alaska dans ses bras, dont les larmes coulaient sur son épaule, il se sentait totalement impuissant. Il n'était pas sûr de savoir quoi dire pour qu'elle se sente mieux. Elle pleurait dans son putain de sommeil, bon sang. Il était évident qu'elle était terrifiée à l'idée de rester seule.

Il s'était inquiété de l'absence de lumière dans son regard. Mais là, c'était pire. Même s'il était soulagé qu'elle montre enfin des émotions, cela le tenaillait.

Mutt gémit en relevant la tête pour fixer Alaska.

— C'est bon, chuchota-t-il. Elle est en sécurité.

Parlait-il à son attention ou à celle de son chien ? Mais Mutt sembla réconforté et reposa sa tête sur les genoux d'Alaska.

Elle finit par arrêter de pleurer, en revanche Brick ne

trouva pas facilement le sommeil. Pourquoi la douleur d'Alaska l'affectait-elle si profondément ? Oui, il la connaissait presque depuis toujours, il la respectait et l'appréciait, mais savoir qu'il avait été à deux doigts de la perdre, de ne plus jamais recevoir d'e-mail ou de texto de sa part, ça le frappait de plein fouet.

Elle avait été la première à qui il avait parlé de l'achat de ce terrain avec ses nouveaux amis. Elle était tout excitée, poussant des « Ah » et des « Oh » en examinant toutes les photos qu'il avait envoyées. Elle lui avait même fait quelques suggestions sur l'emplacement des cabanes destinées aux hôtes. Même s'ils étaient séparés par des milliers de kilomètres, elle avait été là pour lui. Par la pensée, à défaut de physiquement.

Sa présence ici, en personne, était un miracle. Il le savait. Ses amis le savaient. Et il avait le sentiment qu'elle le savait aussi.

Brick voulait désespérément aider Alaska à se remettre sur pied. À surmonter son épreuve. Il ne voulait rien faire qui puisse tout gâcher. Cependant, il avait le sentiment que plus elle restait ici, plus elle passait de temps avec lui, plus il aurait de mal à la laisser partir une fois guérie. C'était une adulte et, quand elle se sentirait plus elle-même, elle pourrait décider de retourner à sa vie nomade – et probablement plus excitante – en Europe.

Il s'assoupit par intermittence pendant le reste de la nuit et, lorsqu'il se réveilla la dernière fois, juste au moment où le soleil commençait à poindre à l'horizon, il constata qu'Alaska, Mutt et lui n'avaient pas bougé de toute la nuit. Alaska était collée contre son flanc, utilisant son épaule comme oreiller. Mutt s'était roulé en boule dans l'espace délimité par ses jambes appuyées contre lui.

C'était confortable. Chaleureux. Intime.

Même s'il ne voulait pas remuer et laisser Alaska se

réveiller seule, il avait besoin d'aller à la salle de bains, puis de contacter ses amis et de s'assurer que tout allait bien au Refuge. Il avait été absent pendant quelques jours et, même s'ils pouvaient gérer tout ce qui se présentait, cet endroit était toujours son bébé.

— Reste-là, Mutt, chuchota-t-il.

Son chien leva la tête, puis la rebaissa avec un soupir.

Petit sourire aux lèvres, Brick s'extirpa lentement des bras d'Alaska en remplaçant son épaule par un oreiller. Elle grogna un peu, se déplaça, mais n'ouvrit pas les yeux. Ouf ! Avait-elle vraiment dormi pendant qu'elle était enfermée dans ce conteneur ? En tout cas, son corps avait manifestement besoin de récupérer après le stress et la terreur qu'elle avait vécus.

Quatre heures plus tard, ayant constaté par lui-même que tous leurs hôtes actuels allaient bien, pris le petit-déjeuner et discuté avec Henley McClure, la thérapeute qui recevait les hôtes susceptibles d'avoir besoin de ses services, Brick s'inquiéta un peu du fait qu'Alaska ne s'était toujours pas réveillée. Elle avait dormi plus de douze heures maintenant et, par expérience, il savait qu'un sommeil excessif pouvait être un signe de dépression.

Mutt était sorti de la chambre environ deux heures plus tôt et Brick l'avait autorisé à aller faire ses besoins. La plupart du temps, le chien s'éloignait et explorait les terres autour du Refuge mais, ce jour-là, il revint à l'intérieur et, après avoir mangé, retourna se blottir contre Alaska.

Quand Brick n'y tint plus, il alla vérifier par lui-même comment elle allait. Ouvrant doucement la porte, il vit qu'elle était réveillée. Assise dans le lit, elle caressait distraitement un Mutt ravi tout en fixant du regard le mur opposé au lit.

Tournant la tête pour voir ce qu'elle regardait, Brick ne put s'empêcher de sourire.

— C'est sur mon mur, partout où j'ai vécu depuis mes dix-huit ans, lui dit-il. (Alaska sursauta et se tourna pour le regarder.) Désolé, je pensais que tu m'avais entendu entrer, s'excusa-t-il avant de désigner d'un signe de tête sur le mur un tableau au point de croix de douze centimètres sur vingt. Je voulais que ce soit la première chose que je voie en me réveillant. Au début, ça m'a poussé à finir ma formation de SEAL. À gagner mon trident. Pendant la vingtaine, il m'a rappelé qui j'étais. Et maintenant, il me rappelle mes amis perdus. Je ne suis peut-être plus un SEAL, mais ce que j'ai fait, les vies que j'ai sauvées, ça a compté.

— Je... Comment tu as eu ça ? murmura-t-elle.

— Après que tu as quitté ma maison, le soir de ma fête du bac, ma mère t'a vue jeter à la poubelle le cadeau que tu avais apporté pour moi. Elle est allée le récupérer et me l'a donné le lendemain matin avant que je parte pour le camp d'entraînement.

— C'est affreux, lâcha-t-elle. Les points sont irréguliers et on a du mal à voir ce que représente cette tache dorée.

— J'ai su dès que je l'ai vu que c'était le trident des SEAL. Et en lisant ces mots : « SEAL Drake Vandine », en sachant que tu ne doutais pas de me voir en devenir un, j'ai eu la chair de poule quand j'ai ouvert le paquet.

— Je n'arrive pas à croire que tu aies trimballé ce truc pendant toutes ces années.

Brick entra dans la chambre et s'assit sur le bord du matelas. Pas pour la bousculer, mais il voulait qu'elle comprenne à quel point ce cadeau de longue date comptait pour lui.

— Mon nom est peut-être écrit de travers, la couleur du trident n'est peut-être pas la bonne, mais tu l'as fait avec ton cœur, Alaska. Tu as consacré de ton temps et de ton énergie à le faire pour moi. Ça signifiait plus que tu ne le sauras jamais. Et c'est toujours le cas. (Elle ferma les yeux et soupira.) Al ? reprit-il doucement.

Il n'était même pas certain de ce qu'il entendait lui demander avec ce mot.

— Je me sens bizarre, admit-elle sans ouvrir les yeux.

— Comment ça ? s'alarma-t-il. Il faut que j'appelle Pip' ? Merde, je devrais t'emmener en ville pour que le toubib t'examine.

Elle secoua la tête et rouvrit finalement les yeux pour le regarder.

— Non, ça n'a rien de physique. C'est juste... bizarre. Comme si je n'étais pas à ma place dans ma propre peau. Je suis nerveuse, fébrile, et l'idée de quitter cette maison, cette chambre... ce lit... me donne envie de pleurer. Ce n'est pas moi, et ça me fait horreur.

— Je déteste dire ça, ma puce, mais c'est normal. Après avoir vécu ce que tu as vécu, vouloir se terrer et se protéger est une réaction naturelle. Quand je suis sorti de l'hôpital, j'ai éprouvé la même chose.

— Combien de temps ça a duré ? demanda-t-elle.

Brick fronça le nez.

— Plus longtemps que je n'aurais voulu. Mais tu sais ce qui m'a aidé ?

— Quoi ?

— Venir ici. Regarder le ciel. Savoir qu'il y avait des gens comme toi dehors sur lesquels je pouvais m'appuyer en cas de besoin.

Alaska le regarda fixement pendant un long moment.

— Je n'ai jamais été une fille à aimer la vie au grand air, lâcha-t-elle finalement.

Brick s'esclaffa, incapable de s'en empêcher.

— Dixit la fille qui a calmement attrapé une couleuvre ? Qui rampait dans la terre et dans l'herbe pendant qu'on jouait à la guerre ?

Elle esquissa un petit sourire en coin.

— Je n'ai fait ça que pour toi.

Cet aveu alla se loger au plus profond des entrailles de Brick et il lui fallut un long moment pour répondre :

— Laisse ma montagne te guérir, déclara-t-il enfin. Je te promets que tu n'auras pas à ramper dans la poussière ni à me sauver des serpents. On va prendre les choses un jour après l'autre. On fera des randonnées, on mangera de la bonne nourriture, on rigolera avec nos amis.

— Drake, je ne peux pas rester ici indéfiniment. Il faut que je fasse le point sur ma vie. Je n'ai plus de travail. Je dois en trouver un, récupérer mes affaires dans mon appartement, refaire mes papiers d'identité et ouvrir un compte bancaire ici aux États-Unis... et puisqu'on parle d'argent, je ne peux certainement pas me permettre de séjourner ici.

Une légère indignation monta en lui.

— Tu crois que je vais te faire payer ?

Elle le regarda pendant un moment, puis déclara :

— Tu devrais. Cet endroit est fabuleux. Et je sais très bien que vous affichez toujours complet. Tes amis et toi, vous en avez fait l'un des meilleurs endroits où se reposer d'une vie stressante. Et je suis aussi au courant pour la cabane réservée aux prisonniers de guerre. Vous êtes tous des types généreux, des hommes d'affaires sacrément efficaces et des êtres humains dignes de ce nom. Je ne veux pas en profiter.

Brick se pencha, heureux qu'elle ait fait des recherches sur le Refuge.

— C'est l'un des premiers endroits pour guérir, voilà pourquoi je te veux ici. Je me moque de l'argent. Je tiens à te rendre la faveur que tu m'as faite il y a quatre ans. Si tu veux, cette cabane pour prisonniers de guerre est à toi. Aussi longtemps que tu le souhaites. Gratuitement.

Il leva la main avant qu'elle puisse protester, devinant ce qu'elle allait dire.

— Et avant que tu m'objectes que tu n'as pas été prisonnière de guerre, sache que tu as tort. Tu as été emmenée contre ton gré et retenue en captivité. Le monde d'aujourd'hui mène une guerre contre le trafic sexuel et tu en as été victime. Mais tu ne vas pas laisser cet enfoiré de Russe gagner. Pas question. Je te connais trop bien. Tu finiras par vaincre ce sentiment qui te déroute, je le sais.

Brick n'aima pas l'expression du visage d'Alaska pendant qu'elle soupesait son offre.

— Quoi ? C'était quoi cette pensée ? demanda-t-il.

— Je ne veux pas... me retrouver toute seule dans cette cabane.

Elle se tut avant d'achever sa pensée.

— Tu peux rester ici avec moi, proposa-t-il sans hésiter.

— Je ne peux pas, protesta-t-elle.

— Pourquoi pas ?

— Parce que ! C'est ta maison.

— Et je t'invite à la partager avec moi. Tu crois que je ne me sens pas seul, Al ? Tu crois que je ne me bats pas encore contre mes propres démons ? Bien sûr que si. Ils ne sont pas aussi puissants qu'avant, mais ils sont toujours là. Ils resteront là. Je m'en veux de parler de ça maintenant, quand tu te sens... mal, mais c'est vrai. Tu peux apprendre à vivre avec ces démons et ne pas leur donner l'énergie nécessaire pour prendre de la place dans ta tête, mais ils ne disparaîtront jamais. Laisse-moi t'aider à les ratatiner. Reste. Laisse cet endroit te guérir.

Il attendit en retenant son souffle. En vérité, l'avoir ici, dans son chalet, serait une épreuve sacrément difficile. Plus il côtoyait Alaska, plus il voulait la voir rester. Quand viendrait le jour où elle passerait à autre chose, ça serait douloureux. La perdre le ferait presque autant souffrir que de perdre ses compagnons de combat.

Mais... et si elle ne repartait pas ?

Et s'il parvenait à la convaincre de rester ?

Sa mère lui avait dit, des années plus tôt, qu'Alaska craquait pour lui, c'était évident. Une femme ne mettait pas autant d'énergie et de temps dans un cadeau comme son tableau au point de croix si elle ne nourrissait pas des sentiments plus qu'amicaux. Mais à l'époque, il était en mission. Parti pour devenir SEAL. Pour changer le monde.

Assis à côté d'elle désormais, il comprit soudain que s'il avait gardé son cadeau toutes ces années, c'était aussi pour une autre raison qui expliquait pourquoi il s'agissait de l'une de ses possessions les plus précieuses, pourquoi il avait tellement paniqué en apprenant qu'Alaska était en danger.

Elle avait réussi là où toutes les autres femmes avaient échoué : elle s'était insinuée sous sa peau.

Les journées de Brick étaient plus belles quand il recevait de ses nouvelles. Son humeur était plus légère quand il lui parlait au téléphone. Même si ça aurait dû être évident, ça ne l'avait pas été jusqu'à cet instant, avec son amie juste en face de lui.

Il était attiré par Alaska.

Cette révélation ne l'inquiéta ni ne le choqua. Au contraire, on aurait dit qu'on lui avait enlevé un gros poids pesant sur sa poitrine depuis quatre ans.

Les sentiments qu'elle avait eus pour lui autrefois pouvaient-ils ressusciter ? Avaient-ils une chance de faire fonctionner une relation ?

Brick n'était pas sûr. Cependant, maintenant qu'il avait identifié ce qu'il ressentait, il voulait tenter l'expérience. Lentement. Quand Alaska serait prête.

— On n'aura aucune difficulté à refaire tes papiers

d'identité, te rouvrir un compte bancaire et y transférer ton argent, commença-t-il, sachant que sa première tâche était de la rassurer. Et je suis sûr que tu pourras trouver du travail à Los Alamos. Quand tu seras guérie et prête, tu pourras passer à des activités plus ambitieuses.

C'était difficile à envisager, mais Brick ne voulait surtout pas la freiner.

— Tu es sûr ? demanda-t-elle doucement. J'ai l'impression d'avoir fait irruption dans ta vie sans que tu aies eu ton mot à dire.

Il ricana.

— Tu te trompes. Dès que j'ai entendu que quelqu'un, au téléphone, m'appelait son mari, j'ai su que c'était toi. Et j'ai eu la ferme intention de faire tout mon possible pour t'aider. Tu veux savoir pourquoi ?

— Pourquoi ?

— Parce que j'ai toujours ressenti une connexion avec toi. Toujours. Depuis la fois où on s'est rencontrés dans le bus scolaire jusqu'à ce que je te revoie en Allemagne, puis que j'entende ta voix au téléphone, effrayée à mort, mais maligne, faisant ce que tu devais faire pour t'en sortir. Je n'avais pas besoin d'aller en Russie, ma puce. En fait, je suis sûr que l'équipe aurait préféré que je reste ici et que je les laisse faire leur travail sans les accompagner. Je n'étais pas non plus obligé de te ramener ici ; je le voulais. Tu n'as pas fait irruption dans ma vie, je savais exactement ce que je faisais.

Alaska prit une profonde inspiration.

— OK, chuchota-t-elle.

— OK, répéta Brick, plus soulagé qu'il ne pouvait l'exprimer. Que dirais-tu d'une autre douche avant qu'on s'installe dehors sur la terrasse pour déjeuner ?

— Pour « déjeuner » ? Il est si tard que ça ? s'étonna-t-elle.

— Oui. Tu avais besoin de dormir. Je suis sûr que les gars vont rappliquer pour te rencontrer maintenant que tu es moins comateuse. Ne t'inquiète pas si tu as envie de dormir beaucoup dans les prochains jours.

— Laisse-moi deviner. C'est normal ? demanda-t-elle.

En voyant un petit sourire se dessiner sur son visage, Brick soupira de soulagement.

— Exactement, confirma-t-il. Maintenant, si tu te bougeais un peu les fesses... J'ai d'autres sweat-shirts à te passer jusqu'à ce qu'on te dégote des vêtements.

— Tu vas te la jouer SEAL avec moi ? demanda-t-elle.

— Quoi ?

— Du genre, m'aboyer des ordres, me dire : « Dépêche-toi, espèce de larve, plus vite, bouge-toi », des choses comme ça ?

Brick ricana.

— Peut-être que oui. On peut tuer l'homme dans le SEAL, mais pas tuer le SEAL dans l'homme.

Le sourire qu'elle lui adressa alors lui serra le ventre.

— On va bientôt te trouver des produits de toilette appropriés, ajouta-t-il, histoire de dissimuler les émotions que ce sourire faisait naître en lui.

— Oh, je... C'est bon. J'aime bien les tiens.

— Tu aimes avoir mon odeur ? s'enquit-il, sidéré.

Sa réponse simple et honnête lui prouva la force de cette femme.

— Oui.

Le sexe de Brick tressaillit, le prenant à tel point au dépourvu qu'il se leva brusquement et se dirigea vers la porte.

— Je vais voir ce que je peux dénicher pour le déjeuner. Prends ton temps, lança-t-il en quittant la pièce.

Il eut envie de se botter le cul pour être parti aussi abruptement, mais la faim qui enflammait soudain ses veines, le désir surgi de nulle part après avoir entendu qu'elle aimait « avoir son odeur » lui interdisaient de s'asseoir à côté d'elle sans risquer de faire quelque chose qui lui flanquerait la trouille.

Elle avait presque été vendue comme esclave sexuelle. La dernière chose dont elle avait besoin ou envie, c'était de le voir en érection.

Pourtant, il n'arrivait pas à chasser de son esprit l'image d'elle s'accrochant à lui, la veille et la nuit précédente. Elle ne s'était pas calmée tant qu'il ne l'avait pas tenue dans ses bras. Et il avait bien noté la façon dont elle s'était blottie dans le creux de son cou.

Brick se força à penser à autre chose : au plombier qui devait venir plus tard afin de réparer un tuyau qui fuyait dans l'une des cabanes, au menu de la semaine suivante qu'il devait revoir... À tout autre chose qu'à son désir soudain de faire demi-tour et de retourner auprès de la femme qui s'était emparée de son cœur sans même essayer.

* * *

Yong Chen jeta un regard furieux au messager qui se tenait devant son bureau, se balançant nerveusement d'un pied sur l'autre tandis que ses yeux passaient de Yong à la porte et inversement. Les nouvelles n'étaient pas bonnes. Pas du tout. Yong s'attendait à ce que son messager l'informe de l'arrivée de sa dernière acquisition au dépôt ferroviaire et de son transport jusque chez lui.

Au lieu de quoi, il venait d'apprendre qu'elle avait disparu.

Envolée.

— Dehors ! aboya Yong entre ses dents serrées.

Le jeune messager ne se le fit pas dire deux fois. Il s'enfuit du bureau comme s'il avait réussi à s'échapper, ce qui était peut-être le cas.

Yong ne se souvenait pas de la dernière fois où il avait été aussi en colère. Il était tellement excité à savourer d'avance son nouveau jouet. Et quand il se serait lassé d'elle, son plan, comme toujours, était de la louer à d'autres pour récupérer l'argent dépensé.

Il avait déboursé près de sept millions de yuans pour cette salope et qu'est-ce qu'il avait reçu en échange ? Rien.

C'était inacceptable.

Yong décrocha son téléphone. Il allait au moins récupérer l'argent qu'il avait versé à ce putain de Russe.

Trente minutes plus tard, Yong était encore plus furieux : la femme qu'il avait commandée avait été secourue avant même d'avoir quitté la Russie.

Son contact était mort. L'argent qu'il lui avait versé s'était évaporé.

Fou de rage, Yong ramassa la lourde agrafeuse sur son bureau et la lança aussi fort qu'il le put à travers la pièce. Elle heurta le mur et se brisa à l'impact, projetant des éclats dans toute la pièce. Le spectacle, pourtant satisfaisant, n'apaisa pas sa fureur. Pendant des jours, il avait attendu l'Américaine avec impatience. Il était facile d'obtenir des filles russes, indiennes, chinoises et même coréennes. Les Américaines, par contre, c'était une denrée rare. Et Yong s'était attendu à ce que la sienne lui soit livrée comme promis.

Il s'assit et rumina pendant un bon moment. Aucun de ses employés n'osait le déranger. Le bruit avait dû courir que la nouvelle *invitée* de leur maison ne viendrait plus. L'humiliation le submergea. Il s'était vanté de la possession imminente de cette femme. Il avait promis à ses amis et à ses clients qu'ils auraient leur tour, une fois qu'il en aurait fini avec elle et qu'elle aurait été suffisamment formée. Il avait hâte de procéder à sa formation. C'était ce qu'il préférait dans l'acquisition d'un nouveau produit.

Elles étaient toujours très réfractaires quand elles arrivaient. Mais il lui fallait rarement plus de quelques séances pour qu'elles soient prêtes à écarter les jambes et à faire tout ce qu'il leur ordonnait.

L'idée que sa salope américaine ait été secourue, qu'elle se sente en sécurité, qu'elle ait été plus maligne que lui... lui donnait un goût amer.

Il avait payé un million de dollars américains et il voulait ce qui lui revenait de droit.

Rien ne l'empêcherait de réclamer son dû. Elle supplierait Yong lui-même de la garder après quelques séances avec ses clients les plus rudes.

Ce serait sa punition. Il la donnerait immédiatement à d'autres... pendant que lui regarderait.

Mais d'abord, il devait l'attraper.

La retrouver serait assez facile. Il connaissait déjà le nom de l'homme qu'elle avait appelé à l'aide. Le second de son fournisseur russe lui avait appris tout ce qu'il voulait savoir, probablement effrayé par la perspective que Yong aille s'approvisionner ailleurs.

L'homme s'appelait Drake et prétendait être son mari. Il possédait une sorte d'entreprise au Nouveau-Mexique baptisée Le Refuge. Yong ne doutait pas un instant que sa garce se trouvait là-bas, s'imaginant à tort qu'elle était en sécurité puisque vivant aux États-Unis.

Elle se gourait sur toute la ligne.

Yong irait personnellement la récupérer.

Pour la première fois depuis des heures, il sourit. Il allait bien s'amuser. Cela faisait des années qu'il n'avait pas récupéré un bien lui appartenant, mais il se souvenait encore de la montée d'adrénaline au moment où la cible réalisait qu'elle avait été trompée.

Il avait un peu de logistique à mettre en place : obtenir un faux visa et des papiers sous un faux nom pour entrer aux USA, s'inventer une couverture pour se rapprocher de ce connard de Drake. Une fois qu'il aurait étudié l'environnement de ce Refuge, il passerait à l'action. Il ramènerait cette salope à sept millions de yuans chez lui et la briserait.

Personne ne baisait Yong Chen. Il ne pourrait peut-être pas tuer le Russe qui l'avait baisé puisqu'il s'était fait tirer dessus comme un imbécile, mais il pourrait toujours récupérer ce qu'il avait acheté et payé.

CHAPITRE 8

Alaska n'avait pas encore trouvé le courage de s'aventurer loin du chalet de Drake. Ils s'étaient installés sur la terrasse pour déjeuner. Le chili, parfaitement épicé, avait un goût incroyable. Mais dès qu'elle eut fini de manger, elle fut incapable de garder les yeux ouverts. Elle s'excusa, sachant que Drake voulait la présenter à ses amis, mais il balaya ses excuses d'un revers de la main et l'aida à rentrer.

Pendant qu'elle faisait la sieste, il avait laissé la porte moustiquaire ouverte. Le bruit du vent et des oiseaux dans les arbres ainsi que la sensation de la brise étaient aussi différents que possible de sa prison. Pourtant, contrairement à la nuit précédente, elle dormit d'un sommeil agité, assaillie de cauchemars.

Elle s'obligea finalement à se lever. Drake et elle s'installèrent de nouveau sur la terrasse de derrière pour dîner. Elle portait toujours son sweat-shirt et n'avait aucune envie d'aller où que ce soit ou de rencontrer des gens.

Drake avait mentionné en passant qu'il avait jeté les vêtements qu'elle portait lors de son sauvetage, ce qui convenait parfaitement à Alaska : voir ces habits lui rappellerait trop de mauvais souvenirs. À un moment donné, elle devrait acheter de nouveaux vêtements, trouver l'énergie pour faire plus que manger, dormir et rester assise, mais demain était un nouveau jour.

Mutt ne la quittait pas d'une semelle comme s'il savait qu'elle avait plus besoin de lui que Drake en ce moment. Quand elle ne le caressait pas, il posait la tête sur sa cuisse. Sa présence l'apaisait et elle lui en était reconnaissante.

Après la vaisselle qu'ils firent ensemble, Drake et elle se retirèrent une fois de plus sur la terrasse. Le soleil se couchait et, pour une raison qu'Alaska ne s'expliquait pas, la masse obscure de la forêt devant elle ne l'inquiétait pas.

— Cet endroit est incroyable, Drake. Tu peux en être très fier, constata-t-elle en passant une main sur le dos de Mutt.

Le chien avait sauté sur ses genoux dès qu'elle s'était assise. Drake avait essayé de le faire descendre, mais Alaska appréciait le poids léger de l'animal. Il lui tenait aussi très efficacement chaud dans la fraîcheur relative de l'air.

— Tu sais, quand j'ai eu l'idée du Refuge, je l'imaginais comme une petite entreprise décontractée. J'aurais invité des gens que j'avais rencontrés pendant mon service à venir camper un moment. Mais c'est devenu bien plus que ça.

Alaska hocha la tête.

— J'ai suivi vos succès depuis votre ouverture et vous avez là bien plus qu'un simple lieu de vacances. Les hommes et les femmes qui ont séjourné chez vous ne tarissent pas d'éloges à votre sujet. Pour la première fois depuis longtemps, ils ont eu l'impression de pouvoir baisser leur garde et se détendre.

— Je pense que c'est surtout dû à la région, moins au Refuge lui-même, répliqua Drake en haussant les épaules.

— Tu te trompes, rétorqua Alaska. Tes amis et toi, vous avez créé un endroit qui s'adresse aux personnes en lutte contre des choses qu'elles ont vues et faites. Depuis la thérapeute ouverte à la discussion jusqu'à la façon dont les repas sont préparés, les animaux qui sont certainement thérapeutiques et les cabanes elles-mêmes. C'est incroyable, Drake.

Elle sentit soudain son regard sur elle et leva un œil.

— Quoi ?

— C'est juste que... tu as vraiment suivi nos progrès.

Un peu gênée, Alaska haussa les épaules.

— J'étais inquiète pour toi, admit-elle. Quand tu as quitté l'Allemagne, j'espérais que tu serais capable de surmonter ce qui s'était passé, mais je ne pouvais pas m'empêcher de me demander comment les choses se déroulaient en dehors de nos messages. Alors, je t'ai peut-être un peu traqué sur Internet.

Drake rit, grondement sourd qui serra le ventre d'Alaska.

— Si quelqu'un d'autre m'avait raconté qu'il me surveillait de si près, je me serais probablement inquiété. Mais savoir que tu t'intéressais assez à moi pour vouloir prendre le pouls de mes activités me fait du bien. Et pendant qu'on partage des secrets, j'espère que tu ne le prendras pas mal, mais je suis content – très content – de pouvoir te rendre la faveur que tu m'as faite il y a quatre ans. Je déteste la raison de ta présence ici, mais je suis toujours aussi heureux que tu sois là, Alaska. Même si on n'a pas passé plus de quelques jours ensemble depuis le bac, je te considère comme l'une de mes amies les plus proches.

Des larmes jaillirent des yeux d'Alaska qui baissa la tête pour regarder ses mains toujours en train de caresser Mutt.

— Chaque jour, la première chose que je vois en me réveillant, c'est le cadeau que tu as confectionné pour moi. La confiance que tu as placée en moi alors que je n'étais qu'un ado m'a donné la force nécessaire pour surmonter les difficultés. Et crois-moi, il y en a eu beaucoup au fil des ans.

Je vais faire tout ce qui est en mon pouvoir pour t'aider à traverser cette épreuve. Je ne vais pas te mentir : combattre tes démons peut être atrocement difficile, mais je crois en toi. Je sais que tu peux y arriver.

Il était en train de la tuer. Pour cacher à quel point ses mots comptaient pour elle, Alaska plaisanta :

— Tu vas me faire un tableau au point de croix ?

Drake eut un petit rire.

— Peut-être bien. On pourrait ajouter cette activité au programme du Refuge. « Soirée Loisirs créatifs. » Tu pourrais devenir notre professeur.

Alaska leva les yeux au ciel.

— Bon alors, ça me fait mal de devoir te l'avouer, mais c'est ma seule et unique œuvre au point de croix. Et elle est affreuse.

— C'est la plus belle chose que j'aie jamais vue, répliqua Drake.

Alaska le regarda, surprise par son ton, et se figea sous son regard. Il la fixait intensément.

Elle n'avait jamais fait l'objet d'une telle attention auparavant, surtout de la part d'un homme.

Elle avait lu des tas de livres où les femmes parlaient sans cesse du désir qui brûlait dans les yeux des hommes, mais elle n'en avait jamais fait l'expérience. La plupart du temps, le regard des hommes la traversait. S'ils prenaient la peine de la regarder, c'était parce qu'ils voulaient quelque chose. Soit du sexe, soit une information en rapport avec les nombreux endroits où elle avait travaillé.

Pendant de longues secondes, ils se regardèrent sans ciller. Alaska retenait son souffle en attendant que Drake dise quelque chose d'autre. Mais voyant qu'il se contentait de la boire de ses yeux au bleu intense, elle baissa finalement la tête vers le chien sur ses genoux.

Être au centre de l'attention de quelqu'un s'avérait

inconfortable. Même si elle n'aimait pas être toujours relé-guée à l'arrière-plan, elle y était habituée. En la regardant comme s'il la voyait vraiment, Drake l'effrayait un peu.

Devinant qu'il la mettait mal à l'aise, il s'adossa à son siège et ferma les yeux.

— Donc, demain, je pensais qu'on pourrait aller au pavillon pour le petit-déjeuner. Notre chef propose un menu varié. Du yaourt aux fruits frais en passant par les crêpes, le bacon et les omelettes faites sur commande, si tu préfères. La nourriture est servie sous forme de buffet, donc tout le monde ne sera pas là en même temps.

Alaska n'était pas encore sûre d'être capable de quitter la bulle de sécurité que représentait le chalet de Drake, mais elle ne pouvait pas faire semblant d'être simplement en vacances. Elle devait tenter de reprendre sa vie en main.

Drake poursuivit :

— Puis j'ai pensé qu'on pourrait aller à la grange, que je te présente à Melba. Elle passe plus de temps sur les réseaux sociaux que n'importe qui d'autre au camp. On pourrait avoir le plus beau lever ou coucher de soleil que tu n'aies jamais vu, quelqu'un pourrait enfin se sentir mille fois mieux qu'en arrivant... et pourtant c'est Melba, et elle seule, dont ils posteront la photo et dont ils parleront en rentrant chez eux.

Alaska avait en effet vu des centaines de clichés de la vache résidente, bête aux immenses yeux marron, au cuir brun et blanc, qui semblait tout simplement aimer les humains. Elle avait elle aussi vécu une histoire traumati-sante comme la plupart des hôtes du Refuge. Elle avait été sauvée peu après l'ouverture du lieu par Drake. De sorte que ce lien entre la vache et les humains semblait plus spécial.

Alaska fut surprise de se sentir palpiter d'impatience. Cela faisait longtemps qu'elle n'avait pas attendu quelque chose aussi avidement que sa rencontre avec une vache docile.

— Ensuite, on pourra improviser, suggéra Drake. Si tu es fatiguée, on peut revenir ici et tu feras une sieste. Ou si tu veux, je peux te montrer les environs ou bien les bureaux dans le pavillon principal ; on pourrait y faire une petite randonnée ou bien revenir ici et nous asseoir sur la terrasse sans rien faire.

— Tu n'as pas à jouer les nounous avec moi, dit-elle. Je suis sûre que tu as mieux à faire.

Alaska appréciait qu'il dise : « on » et non « tu », mais elle se sentait aussi coupable. Il avait une entreprise à gérer.

— Je n'ai rien de mieux à faire, répliqua-t-il en la fixant une nouvelle fois du regard. L'une des raisons pour lesquelles nous sommes sept à posséder cet endroit, c'est qu'ainsi, il y a toujours quelqu'un pour prendre le relais en cas de besoin. Nous avons tous nos problèmes, dit-il solennellement. Parfois, nous avons besoin de disparaître pendant un certain temps. De partir dans la forêt pour retrouver notre équilibre. Ou nous avons besoin d'aller voir nos familles ou nos amis qui luttent plus que nous pour s'acclimater à la société. Si l'un de nous a besoin de prendre du recul, c'est bon. Le Refuge ne s'effondrera pas. Nous sommes en mesure d'occuper chaque poste et nous comprenons le besoin que peuvent éprouver certains de s'éloigner parfois. Tout le monde est d'accord pour que je prenne du temps afin de m'assurer que tu vas bien. Et il n'y a rien que je préférerais faire à te montrer ma fierté et ma joie et à la voir à travers tes yeux.

— OK.

Il sourit.

— OK, quoi, Al ?

— OK, on peut faire ce que tu as suggéré demain.

Il continua à sourire.

— Bien. Les gars seront tous dans le coin. Tonka ne mange jamais au pavillon, mais il s'y arrête. Sinon, il sera à la grange, c'est sûr. C'est notre expert en animaux. Je ne sais pas pourquoi Mutt s'est attaché à moi plutôt qu'à lui. C'est le gars qui murmure à l'oreille des animaux.

— Mutt sait reconnaître quelqu'un de bien quand il le voit, constata Alaska.

Après quoi, elle se mordilla la lèvre, le temps de trouver comment formuler ce qu'elle devait aborder. Elle avait été trop à l'ouest la veille au soir et elle n'avait pas trouvé le moyen d'en parler aujourd'hui. Mais à présent, le soleil se couchait et le temps lui manquait.

— Drake ?

— Oui, Al ?

— Euh... À propos de la nuit dernière...

Comme elle n'achevait pas sa phrase, il demanda :

— Et alors ?

— J'étais vraiment dans les vapes et je ne voulais pas... Je ne...

Écarlate, elle laissa sa voix en suspens. Cela n'aurait pas dû s'avérer aussi embarrassant. Elle avait près de quarante ans. Rougir était ridicule.

— Où est-ce que je vais dormir ce soir ? lâcha-t-elle finalement. Je ne peux pas te priver de ton lit. Ce n'est pas bien.

— Ça m'a plutôt semblé sacrément bien, marmonna Drake qui se retourna vers elle. Tu as dormi comme une souche la nuit dernière.

Elle hocha la tête. Il n'avait pas tort. Bien sûr, c'était probablement dû au fait qu'elle n'avait pas vraiment dormi pendant qu'elle était restée enfermée dans le conteneur. Et le voyage vers les États-Unis avait été assez traumatisant. Mais elle n'avait pas besoin de l'expliquer. Drake savait.

— Tu étais mal à l'aise ? demanda-t-il.

— Non, répondit-elle, incapable de lui mentir.

— Alors quel est le problème ?

— Drake, je n'ai pas l'habitude de partager mon lit avec un homme comme si de rien n'était, précisa-t-elle, un peu exaspérée. Je peux dormir sur le canapé.

— Pas question, répliqua-t-il en secouant fermement la tête. Ça me ferait plaisir de prendre le canapé. Mais, Alaska... C'est trop tôt.

Elle fronça les sourcils, décontenancée.

— Trop tôt pour quoi ?

— Pour que tu sois seule. Tu sais, dans cet hôpital en Allemagne, je n'avais pas dormi plus d'une heure sans me réveiller avant que tu n'arrives, à moins d'avoir été assommé par des médicaments. Mais ta présence, le fait de ne plus être seul ont permis à mon cerveau de larguer enfin les amarres. Avant, la seule chose que je voyais en fermant les yeux, c'étaient mes amis en train d'exploser dans les airs. Puis tu es arrivée et, chaque fois que je me réveillais, je tournais aussitôt la tête et je te voyais profondément endormie. En sécurité. Ça voulait tout dire... Tout. Après ce que tu as traversé, je pense que dormir seule serait la pire chose à faire au début.

Elle voulait protester. Lui dire qu'elle était tout à fait capable de bien dormir seule comme pratiquement toutes les nuits de sa vie. Mais au fond, elle savait qu'il avait raison. Même si elle avait fait une sieste plus tôt dans la journée, elle s'était agitée et n'avait pu se reposer complètement.

Drake tendit la main et s'empara de la sienne.

— Tu peux me faire confiance, Al. Il ne va rien se passer. Nous allons juste dormir. Je vais veiller sur toi, comme tu veilleras sur moi. D'accord ?

— Ce n'est pas normal, soupira-t-elle.

Drake se contenta de hausser les épaules.

— Qu'est-ce qui est « normal » de nos jours ? On est tous dérangés à notre manière et si dormir à côté d'un ami est ce qu'il te faut pour passer la nuit sans perdre la tête ou faire cauchemar sur cauchemar, qui s'en soucie ? Si le jugement des gars t'inquiète, tu as tort. Ils ont bien compris que tu comptais à mes yeux. Ils feraient n'importe quoi pour moi, et maintenant pour toi par extension.

Une partie d'elle voulait continuer à protester. Mais dormir à côté de Drake lui apportait un réconfort qu'elle ne parvenait pas à expliquer, elle ne pouvait le nier.

— OK, chuchota-t-elle. Mais si, à un moment donné, ça devient pesant et que tu veux retrouver ton espace, promets-moi de me le dire. Je suis sûre qu'il y a des hôtels à Los Alamos. Je peux toujours y loger.

— Ne compte surtout pas là-dessus, Al. Tu es fatiguée ?

Elle haussa les épaules.

— Un peu.

— On rentre ? J'ai de la paperasse à vérifier, des trucs de logistique. Toi, tu pourrais lire, regarder la télé ou n'importe quoi d'autre jusqu'à ce que tu sois prête à dormir. Mutt, on y va, ordonna-t-il.

Le chien gémit, mais obéit. Sautant des genoux d'Alaska, il s'étira, puis allongea sa patte avant pour arquer son dos.

— Va faire tes besoins, Mutt. C'est l'heure de te coucher.

Le chien s'enfuit dans l'obscurité. Alaska fronça les sourcils.

— Tu n'as pas peur qu'il s'enfuie et ne revienne jamais ?

— Au début, oui. Je n'avais jamais eu de chien avant. Mais Mutt sait qu'il a de la chance. De plus, je pense que l'événement qui lui a fait perdre sa patte, quel qu'il soit, l'a marqué autant que toutes les autres personnes ici. Il n'est jamais loin de quelqu'un.

Comme s'il voulait prouver le point de vue de Drake, Mutt revint en courant vers la terrasse pour s'arrêter juste à côté de son maître. Il le regarda avec une telle adoration qu'Alaska eut toutes les peines du monde à ne pas éclater de rire.

Drake lui sourit.

— Viens, on va t'installer.

Ils rentrèrent ensemble et Alaska remarqua que Drake verrouillait la porte coulissante de la baie vitrée, glissait une tringle de bois contre sa base pour plus de protection, puis allait s'assurer que chacune des fenêtres ainsi que la porte d'entrée étaient toutes verrouillées.

Jamais par le passé il n'avait eu une telle obsession de s'enfermer. Sauf que c'était avant, et non maintenant. Elle apprécia les attentions dont il faisait preuve à son égard.

Elle le suivit dans le couloir et il lui désigna la salle de bains.

— Vas-y, je dois récupérer mon ordinateur portable et mes affaires.

S'abstenant de protester, Alaska se rendit dans la salle de bains pour se préparer à la nuit. Elle se sentait un peu mal à l'aise lorsqu'elle en émergea et gagna la chambre. Drake était déjà assis dans le lit, les jambes étendues devant lui, pieds nus, son ordinateur portable sur les genoux. Il sourit à son entrée et repoussa son ordinateur sur le côté.

— Je reviens tout de suite, annonça-t-il avant de sortir de la chambre.

Alaska se glissa sous les couvertures et soupira encore une fois de délice en humant l'odeur masculine épicée qui l'enveloppait.

Drake revint s'installer. Basculant sur le flanc, elle l'ob-serva pendant un long moment, si bien qu'il tourna la tête et demanda :

— Ça va ? Je peux te trouver un livre ou un magazine ? Ou je t'allume la télé ?

Alaska secoua la tête.

— Non, ça va. C'est là que tu t'assieds quand on parle au téléphone ? demanda-t-elle.

— Parfois. Soit ici sur le canapé, soit sur la terrasse.

Alaska hocha la tête. Elle aimait voir sa maison de ses propres yeux.

Il reporta son attention sur l'ordinateur et entreprit de taper quelques lignes. Au bout d'un moment, ses lèvres tressaillirent et il se retourna vers elle.

— Tu vas rester allongée là à me reluquer pendant que je travaille ?

Alaska hocha la tête.

— C'est fascinant.

— Ce n'est pas très intéressant, répliqua-t-il sèchement. Renouveler le contrat de blanchisserie et s'assurer que les factures sont payées n'a rien de vraiment excitant.

— C'est juste que... je t'ai toujours imaginé comme un type qui a la bougeotte. C'est sympa de te voir faire quelque chose d'incroyablement banal comme travailler sur un ordinateur.

À peine les mots étaient-ils sortis de sa bouche qu'Alaska les regretta. Et s'il se vexait de son commentaire ? Mais à son grand soulagement, il ricana.

— Ouais, la vie de SEAL a toujours été beaucoup plus physique. Mais il y avait aussi des rapports à rédiger et de la paperasse à remplir.

— Je sais, j'ai juste...

Alaska haussa les épaules. Il sourit avant de reporter son attention sur l'écran.

Il y avait quelque chose d'étrangement intime dans le fait d'être allongée à côté de Drake pendant qu'il s'occupait de sa paperasse. Alaska ne se rendit pas compte qu'elle commençait à s'assoupir mais, dès qu'elle le fit, son esprit inconscient qui refusait de s'éteindre complètement lui envoya une secousse.

— Chut, Alaska. Tout va bien. Tu es en sécurité.

Elle ouvrit grand les yeux et vit Drake toujours sur le lit. À sa grande surprise, il vint se placer juste à côté d'elle et lui prit un bras pour l'envelopper autour de ses genoux. Il avait une hanche juste à côté de son visage et, elle, le bras entre son ordinateur portable et son ventre. Il replaça ses mains sur le clavier : ses poignets reposaient sur l'avant-bras d'Alaska.

— C'est mieux ? demanda-t-il.

Étonnamment, maintenant qu'elle le touchait, c'était bien mieux. Alaska hocha la tête.

— Super.

Qu'il ne fasse pas tout un plat de sa peur irrationnelle – ou du moins la considérait-elle comme telle – l'aida beaucoup à se détendre.

— Ça va devenir plus facile. Je te le promets, ma puce, murmura-t-il. La lumière de l'écran te gêne ?

Elle secoua la tête. Son nez frôla presque le coton fin du pantalon de pyjama qu'il portait. Elle avait failli commenter sa tenue lorsqu'il était entré dans la chambre. Voir un ancien SEAL, dur à cuire comme Drake, porter un pyjama moelleux pour aller au lit lui semblait incongru. Était-il coutumier du fait ? Elle appréciait en tout cas que sa routine du coucher soit si... normale.

Alaska portait toujours le même survêtement depuis le matin. C'était la seule tenue à sa disposition et, heureusement, elle était extrêmement confortable. Drake lui avait donné un t-shirt à porter au lit au lieu du sweat-shirt qu'elle lui avait emprunté dans la matinée.

Fermant les yeux, Alaska bougea un peu afin que son front repose contre la hanche de Drake. Il lui suffit d'inhaler son parfum pour en tirer une fois de plus un profond réconfort. L'odeur du métal avait totalement déserté ses narines à présent. Fini les grincements du conteneur, les conversations en russe assourdies en arrière-plan.

Cette fois, quand Alaska s'endormit, elle plongea profondément dans le sommeil. Elle ne rêva pas. Et elle se sentit plus en sécurité qu'elle ne l'avait été depuis très longtemps.

* * *

Brick avait terminé son travail à l'ordinateur, mais il n'osait pas bouger. Le bras d'Alaska était coincé entre ses poignets et ses affaires, son visage écrasé contre sa hanche. Elle s'était même déplacée pour que ses genoux soient pressés contre sa jambe.

À quand remontait la dernière fois où il avait couché avec une femme ? Il n'arrivait pas à s'en souvenir. Avant la mission foireuse qui avait tué ses amis, il avait eu des parties de jambes en l'air occasionnelles sans jamais passer la nuit avec quelqu'un. Il aimait le sexe, mais n'avait pas ressenti le besoin de plus. Alaska avait raison, sa vie résidait dans le mouvement à l'époque. Même si Bones, Rain et les autres affirmaient qu'il lui manquait quelque chose, que trouver une femme avec qui partager sa vie changeait tout, il n'avait pas vraiment compris.

Et après sa tragédie, il avait été trop bouleversé, trop occupé à guérir pour seulement songer à une relation. Le Refuge était devenu sa maîtresse et il n'en voulait pas d'autres.

Toutefois, assis à présent à côté d'Alaska, témoin de la façon dont elle s'apaisait du simple fait de sa présence, d'un simple contact physique, il commençait à comprendre ce que Mad Dog et les autres avaient essayé de lui dire autrefois.

Le Refuge était peut-être sa maîtresse, il ne lui avait

jamais donné la satisfaction qu'Alaska lui avait procurée en si peu de temps.

Se déplaçant lentement, Brick referma son ordinateur et le posa sur sa table de chevet. Puis il glissa lentement jusqu'à se retrouver allongé sur le dos. Dès qu'il fut bien installé, il drapa le bras d'Alaska autour de son torse.

Elle soupira et se blottit contre lui. Il l'enlaça alors pour l'attirer contre lui.

— Drake ? marmonna-t-elle.

— C'est moi, la rassura-t-il.

— Tu as réussi à terminer ton travail ?

— Ouais.

— Bien.

— Dors, Al.

— OK.

Le mot s'était à peine échappé de ses lèvres qu'elle avait la respiration profonde d'une dormeuse.

Il n'avait pas manqué la façon dont elle avait inhalé profondément son odeur quand il s'était rapproché pour la première fois. Il aimait qu'elle l'apprécie. Ça lui remuait les entrailles d'une manière qu'il peinait à s'expliquer. Il ne pouvait pas non plus nier que chaque fois qu'elle sortait de la douche avec son parfum sur elle, sa possessivité le taraudait de façon inhabituelle.

Beaucoup de gens prétendraient qu'il tombait amoureux à cause d'une sorte de complexe du sauveur, mais ils auraient tort. Alaska Stein avait toujours été juste là... en arrière-plan, mais néanmoins là. Et maintenant, il apprenait à connaître de petites choses sur elle en tant qu'adulte : ses goûts et ses dégoûts, son absence de prétention, ses tentatives pour lui cacher ses peurs et ses incertitudes.

Ouais, cette femme pourrait lui faire oublier toutes les autres.

Il la sentit tressaillir à côté de lui comme si quelque

chose dans ses rêves l'avait effrayée. Brick resserra son emprise et se tourna pour lui embrasser le sommet du crâne.

— Chut, tu es en sécurité, Al.

À son immense satisfaction, elle se détendit aussitôt.

Mutt leva la tête comme pour les surveiller tous les deux, puis l'abaissa à nouveau et la reposa sur le mollet d'Alaska.

Brick avait été si près de ne jamais vivre cette expérience. De ne pas l'avoir à ses côtés en ce moment même. Cette pensée récurrente lui faisait horreur. Si elle n'avait pas eu l'intelligence de convaincre le Russe de la laisser lui téléphoner, si elle avait été plus faible, incapable de survivre au putain de cercueil où on l'avait enfermée, s'il n'avait pas immédiatement agi, si l'employé de l'entrepôt ne leur avait pas indiqué le numéro du conteneur... Tellement de choses auraient pu mal tourner et Alaska aurait été perdue pour lui à jamais.

Quoique fort peu religieux, Brick remercia le ciel qu'elle s'en soit sortie. Qu'il ait pu ramener Alaska ici, sur sa montagne, afin qu'elle guérisse. Un chemin difficile l'attendait, mais elle s'en sortirait. Brick n'en doutait pas.

Il s'endormit avec le poids de la tête d'Alaska sur son épaule et la certitude profonde qu'il était là où il devait être.

CHAPITRE 9

Une fois de plus, Alaska se réveilla seule dans son lit mais, en s'étirant, elle se sentit étonnamment fraîche. C'était à la fois une surprise et un soulagement de constater à quel point elle avait pu se reposer, tout bien considéré. Et pour la première fois, elle avait hâte de voir le Refuge. Elle était encore en train de se faire à l'idée de tout ce qui s'était passé, mais maintenant... elle voulait explorer un peu.

En se redressant, elle vit sur le mur le tableau au point de croix de guingois qu'elle avait confectionné pour Drake et secoua la tête. Elle n'arrivait toujours pas à croire qu'il ait conservé ce truc ou qu'il signifie apparemment beaucoup pour lui.

Au sortir de la chambre, elle découvrit Drake assis sur sa terrasse avec Mutt. Il grattait distraitement la tête du chien, le regard perdu au loin dans les bois. Son autre main tenait une tasse de café.

Alaska se réfugia dans la salle de bains et grimaça en regardant son reflet. Elle avait encore l'air mal en point. Ses cheveux étaient en désordre, ses joues plus pâles que d'habitude et elle n'avait pas besoin de regarder sous ses vêtements pour voir les bleus qu'elle sentait encore sur son corps.

Mais elle avait eu de la chance. Beaucoup de chance. Et il était temps de recommencer à vivre... Un petit pas après l'autre. L'idée de déménager dans un appartement où elle vivrait seule l'effrayait, mais pour l'instant, elle pouvait explorer le Refuge avec Drake à ses côtés.

Souhaitant trouver des vêtements à sa taille, Alaska sortit de la salle de bains après avoir utilisé les toilettes et s'être brossé les dents et les cheveux. Elle fit un détour par la cuisine pour se verser une tasse de café avant de se diriger vers la terrasse.

Drake dut l'entendre arriver, car il se retourna et lui sourit avant même qu'elle n'ouvre la porte.

— Bonjour, lança-t-il avec chaleur.

— Bonjour, répondit-elle.

Après quoi, elle prit place dans ce qu'elle considérait comme *sa* chaise. Ils restèrent silencieux pendant de longues secondes tandis qu'Alaska observait le paysage alentour. L'air était frais. Voyant qu'elle frissonnait, Drake retourna à l'intérieur et ressortit quelques secondes plus tard, muni d'une couverture moelleuse. Il la plaça sur ses genoux, lui adressa un autre petit sourire, puis se rassit avec son café.

— Merci.

— De rien.

— Tu n'as pas froid ? demanda-t-elle.

— Non.

Un autre silence agréable s'installa entre eux. Puis Drake déclara :

— Tiny est passé ce matin avec des vêtements pour toi. Ils sont sur le canapé à l'intérieur. Il n'était pas sûr de ta taille, alors il a pris des leggings à taille élastique et quelques t-shirts de tailles différentes. Il faut qu'on te trouve des chaussures à ta pointure mais, en attendant, il a pris des tongs.

La gorge nouée, Alaska sentit l'émotion sur le point de la submerger. C'était un geste incroyablement attentionné. Elle était venue ici avec, en tout et pour tout, les vêtements qu'elle portait... et elle ne voulait plus jamais les revoir. Cela ne la dérangeait pas de porter les sweat-shirts de Drake, mais l'idée de revêtir quelque chose de susceptible de lui aller était à n'en pas douter attrayante. Elle ne connaissait même pas les amis de Drake, pourtant ils l'avaient mieux traitée que les soi-disant amis qu'elle s'était faits au fil des ans.

Ils burent leur café et elle retourna à l'intérieur pour se préparer en prévision du petit-déjeuner au pavillon. Les leggings lui allaient parfaitement et elle choisit le t-shirt rose affichant « Los Alamos » en grosses lettres. Les tongs étaient un peu grandes, mais elle s'en moquait.

Alors qu'ils se dirigeaient vers le grand pavillon au centre du complexe, Drake expliqua :

— Les douze cabanes sont actuellement occupées. Tout le monde ne vient pas au petit-déjeuner, mais ce sera probablement assez animé. On peut manger à l'intérieur à la grande table ou dans le coin salon ou même dehors si tu préfères. On essaie de donner aux hôtes une variété de choix en ce qui concerne les repas. Certains ne sont pas à l'aise en présence d'étrangers, d'autres ont besoin d'avoir un mur dans le dos et d'autres encore sont un peu claustrophobes et préfèrent manger à l'extérieur. Quand il fait vraiment froid, on allume des chauffages au propane pour qu'ils ne meurent pas congelés pendant leur repas.

Alaska avait lu des articles sur le Refuge, mais elle n'avait pas réalisé tous les petits détails sur lesquels Drake et ses amis devaient se concentrer pour satisfaire aux besoins de leur clientèle. La plupart des dirigeants d'entreprises n'avaient pas à proposer autant d'options différentes quand il s'agissait de quelque chose d'aussi simple que les repas.

— On va improviser, lui dit-il.

Elle fronça les sourcils.

— Improviser quoi ?

— Là où tu auras envie de petit-déjeuner.

Elle voulut affirmer que tout allait bien. Que manger n'était pas un problème, même après ce qu'elle avait vécu. Il dut voir la protestation imminente sur son visage parce qu'il continua :

— Al, tu n'as pratiquement été en contact qu'avec moi depuis que tu as été sauvée. On ne sait pas ce qui risque de déclencher tes peurs résiduelles. Peut-être rien et ce serait génial. Mais si quelque chose te perturbe, ne sois pas gênée. Chaque personne ici, et la plupart des animaux aussi, doit faire face aux conséquences de toutes les merdes que la vie leur a envoyées. Tu dois juste trouver comment faire face à tes démons spécifiques et partir de ce constat.

Alaska n'aimait pas cette idée. Pas du tout. Elle avait toujours été fière de son indépendance, d'avoir vécu seule à l'étranger. Elle avait vu plus du monde que la plupart des gens en toute une vie. Mais cette indépendance faisait-elle partie de son passé désormais ? Allait-elle finir en vieille femme effrayée et solitaire qui avait peur de sortir de son appartement ?

— Merde. Maintenant tu réfléchis trop, marmonna Drake qui s'immobilisa et posa une main sur son avant-bras. Tout ce que je conseille, c'est de suivre le courant. Si quelque chose te met mal à l'aise dans le pavillon, on s'en occupera. D'accord ?

— C'est mon problème, pas le tien, objecta-t-elle.

— Quoi ?

— C'est juste que... Je pense que j'irai mieux après quelques jours, mais la dernière chose que je veux, c'est que tu t'inquiètes pour ma tête en plus de la tienne. (Au lieu de s'énerver, Drake sourit.) Qu'est-ce qui t'amuse ? demanda-t-elle.

— Tu sais, j'ai déjà subi tes sermons par le passé. Au téléphone. Par e-mails. Tu fais toujours tout un ramdam à mon sujet, comme quoi je travaille trop dur. Tu t'inquiètes que je ne prenne pas assez de vacances. Mais je n'avais encore jamais eu l'occasion de te voir froncer les sourcils pendant que tu me grondes.

Quand il tendit un doigt et effleura doucement la ride de froncement entre ses yeux, des étincelles lui crépitèrent dans tout le corps jusqu'aux orteils.

— C'est mignon, ajouta Drake avec un clin d'œil avant d'entremêler ses doigts aux siens, puis de poursuivre leur chemin vers le pavillon.

— Sérieusement, Drake... commença Alaska avant qu'il ne l'interrompe.

— Tu peux me répéter jusqu'à épuisement de ne pas m'inquiéter pour toi, ça ne fera aucune différence. Tu es littéralement ma plus vieille amie. Impossible que je ne fasse pas attention à toi.

Aïe. Elle venait de se faire reléguer dans la catégorie des amis. Ça craignait. Vraiment. Mais elle supposait qu'être l'amie de Drake était mieux que rien. De plus, même si elle l'aimait de loin depuis qu'elle avait quatorze ans, ce n'était pas comme si en séjournant chez lui pendant un jour ou deux, elle allait soudain faire voir la lumière à Drake, pour ainsi dire, et l'amener à tomber à ses pieds pour lui déclarer son amour.

Elle n'eut pas l'occasion de répondre parce qu'ils étaient arrivés au pavillon. Il lui tint la porte et elle en fut réduite à regretter sa main autour de la sienne. Mais bon, elle ne devait surtout pas s'habituer à ce genre de chose.

En regardant autour d'elle, elle fut une fois de plus très

impressionnée par tout ce que Drake et ses amis avaient construit. Ils entrèrent dans l'immense pièce ouverte du pavillon. Il y avait une énorme cheminée sur un côté avec des canapés et des fauteuils en cuir confortables placés autour. Des tapis aux couleurs vives recouvraient le sol de bois dur et les chevrons apparents donnaient l'impression que la pièce était encore plus grande qu'elle ne l'était déjà. Les odeurs provenant de la cuisine lui firent gronder l'estomac.

Drake sourit en entendant ces gargouillis. S'emparant de son coude, il la guida vers une salle sur la gauche. Il y avait là une grande table, assez vaste pour accueillir au moins seize personnes, et une plus petite flanquée de quatre chaises. À côté se trouvait une longue desserte roulante garnie de tout ce qu'il fallait pour un petit-déjeuner.

Par les fenêtres, Alaska voyait la zone de restauration extérieure dont Drake lui avait parlé : plusieurs tables de pique-nique protégées par des parasols et garnies de chauffages au propane étaient éparpillées dans le patio. Une porte de la salle à manger permettait aux hôtes d'accéder facilement à cet espace de restauration supplémentaire.

Une demi-douzaine d'inconnus étaient installés à la grande table, prenant leur petit-déjeuner et causant à voix basse. Quand Drake et elle arrivèrent, ils levèrent les yeux vers eux et les saluèrent chaleureusement.

Alaska sourit en retour, mais ce fut seulement lorsque Drake se rapprocha et lui enroula un bras autour de la taille qu'elle comprit qu'elle s'était immobilisée.

— Tout va bien, ma puce. Respire.

Elle laissa échapper le souffle qu'elle avait apparemment retenu. Qu'est-ce qui avait bien pu la saisir ainsi dans cette scène décontractée ?

— Bien, je pense qu'on va aller s'asseoir à la petite table.

Viens, déclara Drake, l'incitant à contourner les hôtes jusqu'à la table de quatre.

Elle s'inquiéta vaguement que les autres la trouvent impolie, mais elle ne parvenait pas à convoquer la force mentale nécessaire pour s'asseoir et interagir avec eux.

Drake tira une chaise et elle s'assit automatiquement. Il s'installa à côté d'elle, si près que leurs cuisses se touchaient.

— Regarde-moi, Al.

Elle tourna la tête. Dès qu'elle se concentra sur ses yeux bleus familiers, elle se détendit un peu.

— Tu trouves qu'il y a trop de monde ici ? demanda-t-il.

— Non, répondit-elle aussitôt.

— C'est parce que tu ne les connais pas ?

Alaska secoua la tête. Drake l'étudia pendant un long moment avant de demander :

— Alors, qu'est-ce qui te dérange ?

Alaska ferma les yeux et prit une profonde inspiration.

— Je ne sais pas. Je suppose que je... Je me suis souvenue de ce matin-là. Des gens qui discutent autour de grandes tables, ça m'a rappelé le petit-déjeuner que j'avais pris ce matin-là... avant d'être enlevée.

Elle sentit la main de Drake se poser sur sa joue.

— Le premier flash-back est le plus dur. Certaines choses vont devenir plus faciles, d'autres moins. Mais tu t'en sors très bien, ma puce. Très, très bien.

Alaska ouvrit les yeux pour regarder Drake et essayer de voir s'il lui racontait des histoires ou disait la vérité.

Dès qu'elle croisa son regard, il ajouta :

— La première fois que j'ai entendu le tonnerre après mon retour à la maison, j'ai fait une crise. J'ai plongé sous une table à l'hôpital des vétérans et j'ai commencé à crier pour que tout le monde autour de moi se mette à l'abri. (Il haussa les épaules, apparemment guère troublé de partager ce qui devait être un souvenir difficile.) Alors fais-moi confiance quand je te dis que tu accomplis un travail formidable sur toi. D'accord ?

— OK, chuchota-t-elle.

— Salut, dit doucement une voix grave.

En se retournant, Alaska vit Pip' à proximité, celui qu'elle avait surnommé le « motard ». Il avait des tatouages sur presque toute la surface de ses bras et ce qu'elle entrevoyait de son torse. Il avait aussi des cheveux longs et une barbe beaucoup plus longue que les autres gars. Si elle l'avait rencontré dans un bar, elle s'en serait sans doute méfiée mais, comme il était l'un des amis de Drake, elle se détendit.

— Ça va ? demanda-t-il à Alaska.

— Ouais.

— Tu veux que je te prenne quelque chose au buffet ?

Bizarrement apaisée par son accent britannique, Alaska voulut refuser, mais Drake la devança.

— Merci, mec. Un petit peu de tout ? Je mangerai ce qu'elle laissera.

Pip' hocha la tête.

— Pas de problème. Je reviens.

À la seconde où il se retourna, Alaska fronça les sourcils.

— Je ne suis pas une invalide. J'aurais pu aller chercher mon petit-déjeuner.

— Je sais. Mais inutile de prouver que tu es forte. On en est déjà tout à fait conscients.

Alaska voulut argumenter. Mais Drake posa un doigt sur ses lèvres.

— Laisse-moi... Laisse-nous... te dorloter un peu, Alaska. Tu auras des tas d'occasions d'exercer ton indépendance. Là, c'est ta première incursion dans le monde. Parfois, il vaut mieux faire de petits pas que de foncer.

Alaska ravala la réplique qu'elle avait sur le bout de la langue. En fait, c'était vraiment bien d'être prise en charge par Drake et ses amis : les vêtements, Pip' qui s'était occupé de sa santé à son arrivée, qui avait proposé d'aller leur chercher leur petit-déjeuner.

Elle acquiesça et fut récompensée par le sourire de Drake.

— Merci, Al.

Il n'avait pas retiré son autre main de son visage pendant toute la durée de leur conversation. Quand il s'assit finalement sur sa chaise et que ce contact cessa, Alaska dut retenir un soupir de déception.

Elle n'avait jamais été le genre de femme à avoir besoin de contact humain. Dans les années qui avaient précédé son départ de la maison, sa mère avait pratiquement cessé de lui prodiguer toute marque physique d'affection. Elle était soit trop ivre, soit trop défoncée pour se souvenir qu'elle avait une fille et encore moins pour lui faire des câlins ou lui dire qu'elle l'aimait. Et à part quelques petits amis au fil des ans, personne ne l'avait jamais touchée, même de manière occasionnelle.

Drake semblait incroyablement tactile, il la touchait plus qu'elle ne l'avait été depuis des années. C'était bon. Trop bon.

— Voilà, annonça Pip'.

Alaska était tellement perdue dans ses pensées qu'elle sursauta. Drake posa une main sur sa cuisse.

— Doucement, Al, murmura-t-il.

La gorge nouée, elle leva les yeux vers Pip' et lui offrit un petit sourire. Mais il se transforma rapidement en un regard bouche bée sur les deux assiettes que l'homme avait posées sur la table devant Drake et elle.

— Putain ! Tu ne peux pas raisonnablement t'attendre à ce qu'on mange tout ça ?

Drake et Pip' éclatèrent de rire.

— Je ne connais pas tes goûts, alors comme Brick me l'a

demandé, j'ai pris un peu de tout. Ne t'inquiète pas, tout ce que tu laisseras sera donné aux chèvres. Elles adorent quand les humains ont les yeux plus gros que le ventre.

— Tu t'assois avec nous ? l'invita timidement Alaska.

— D'accord. J'arrive, répondit-il en retournant se remplir une assiette.

— Tu n'as pas besoin de te montrer polie, lui souffla Drake quand son ami fut hors de portée de voix. Si tu as besoin de manger seule, tout le monde comprendra.

— Je ne me force pas. En plus, j'ai déjà rencontré Pip'… et tu lui fais confiance. Et je sais que je ne suis pas dans mon hôtel à Saint-Pétersbourg.

— Non, en effet. Mais si tu as besoin d'espace, fais-le-moi savoir. Ou bien non, mais lève-toi et sors. Je trouverai une solution.

Pip' revint, accompagné de l'un des autres propriétaires du Refuge.

— Je suis Owl. Est-ce que je peux me joindre à vous ? demanda le nouveau venu.

Drake et Pip' la dévisagèrent.

— Bien sûr, déclara Alaska.

Owl s'assit, puis dit :

— Il n'y a pas de « bien sûr » qui tienne. Il est impossible de savoir ce qui peut déclencher une crise. La couleur de mes cheveux pourrait te faire réagir si elle te rappelle quelqu'un d'autre, répliqua-t-il en haussant les épaules.

— Ce n'est pas le cas, le rassura Alaska.

Mais elle avait compris ce qu'il voulait dire. Une fois de plus, elle fut impressionnée par l'incroyable intuition de ces hommes. Ils ne se contentaient pas de gérer un centre de repos, ils faisaient vraiment tout leur possible pour aider d'autres hommes et femmes ayant subi des traumatismes.

Les autres propriétaires du Refuge entrèrent dans la pièce pendant leur petit-déjeuner. Ils vinrent tous se présenter, lui dirent qu'ils étaient heureux de la voir se remettre et prirent des nouvelles de leurs copains. Il était évident que les gars s'appréciaient et se respectaient.

Après que les autres se furent assis à la grande table avec leurs hôtes, Owl se tourna vers Alaska.

— Tu ne sembles pas avoir de problème à te souvenir de nos noms.

Elle haussa les épaules.

— J'ai toujours été plutôt douée avec les noms et les visages, ce qui est utile quand on est assistante administrative... pour pouvoir accueillir les clients par leur nom et me souvenir de ceux qui ont été des casse-pieds dans le passé afin d'être encore plus mielleuse quand j'ai de nouveau affaire à eux.

— Je ne suis pas sûr que ceci explique tout à fait cela. C'est la première fois que tu rencontres Stone, Spike et Owl. Je sais que je t'ai dit leurs noms quand tu as voulu les connaître, après avoir vu la photo de l'inauguration dans mon chalet, mais quand même, nuança Drake.

Pourquoi devait-il être aussi observateur ? Alaska rougit.

— Il y a une photo de vous tous sur le site web du Refuge, répliqua-t-elle aussi nonchalamment que possible.

Drake et Pip' eurent un petit sourire en coin.

— Autrement dit, tu nous as espionnés, conclut Pip'.

— Non ! Bien sûr que non ! protesta Alaska. J'ai juste une bonne mémoire.

Pas question d'avouer qu'elle avait conservé la photo au point de l'imprimer et de l'accrocher au mur derrière son ordinateur.

— Eh bien, je suis impressionné, admit Drake.

Alaska ricana.

— Ce n'est pas comme si vous étiez difficile à mémoriser. Pour commencer, Pip', tu ne ressembles pas vraiment aux autres avec tes airs de motard.

— Et tu as dit que Tiny te rappelait un type dans un film des années 1980, ajouta Drake.

— Oui. Et bien sûr, toi, je te connais déjà, dit Alaska en désignant Drake de la tête. Stone est celui qui a des lunettes, Owl me fait penser à Ed Sheeran. Il ne reste plus que Tonka et Spike. Je les confonds encore un peu. Même si Tonka a été notre chauffeur à l'aéroport, je n'étais pas au mieux de ma forme, nota-t-elle d'une voix faible. (Les hommes murmurèrent qu'ils comprenaient.) Mais surtout... vous êtes tous mémorables. Je veux dire, vous n'êtes pas vraiment désagréables pour les yeux. (Elle donna un coup de fourchette aux œufs dans son assiette.) Je ne serais pas surprise si des femmes voulaient venir ici juste pour pouvoir reluquer les propriétaires des lieux.

Drake, Owl et Pip' échangèrent des regards et ce fut au tour d'Alaska de sourire.

— Laissez-moi deviner. C'est arrivé.

Pip' haussa les épaules.

— Peut-être. Mais ce n'est pas comme si l'un d'entre nous cherchait une épouse. Les femmes qui sont venues ici avec de grands espoirs sont reparties plutôt déçues.

— On s'est mis d'accord pour ne jamais s'impliquer avec l'une de nos clientes, expliqua Drake.

— Cela risquerait de tourner au vinaigre et on a juré de ne jamais laisser nos vies privées interférer avec les affaires, ajouta Owl.

Alaska acquiesça mais, au fond d'elle-même, l'espoir de pouvoir amener Drake à la considérer comme autre chose qu'une « vieille amie » mourut d'une mort violente.

— Pour information, lui glissa Drake nonchalamment, tu n'es pas une hôte.

Le regard d'Alaska vola vers le sien. Drake la fixa en retour.

— C'est vrai, admit finalement Pip' avec un sourire. Tu

es son épouse. (Alaska s'étouffa avec la bouchée d'œuf qu'elle était en train d'avaler.) Pas vrai, Brick ? fit-il, toujours en souriant.

— Pip' est celui qui m'a contacté quand tu as appelé, expliqua Drake.

Ah. C'est vrai.

— C'est la seule chose qui m'est venue à l'esprit pour t'avertir que j'avais des problèmes, expliqua-t-elle tranquillement.

— C'était parfait et très intelligent, la rassura Drake. J'ai immédiatement su que c'était toi au téléphone et que tu avais besoin de moi.

— C'est vrai. Brick nous a raconté que tu avais réussi à le voir en Allemagne en prétendant que tu étais sa fiancée, ajouta Owl.

Alaska déglutit.

— Je suis sûre qu'ils se demandaient ce qui n'allait pas chez Drake quand ils ont vu à quel point sa fiancée était ordinaire, balbutia-t-elle, écarlate.

— Il n'y a rien d'ordinaire chez toi, rétorqua Drake.

— Je suis d'accord, renchérit Pip'. Tes cheveux châtains, l'étincelle d'intelligence dans tes grands yeux de biche, ta colonne vertébrale en acier... Je dirais que tu es même tout sauf ordinaire.

Alaska secoua la tête. Elle appréciait leurs efforts, mais elle savait ce qu'elle était et ce qu'elle n'était pas.

À cet instant, un grand fracas retentit de l'autre côté de la pièce, ce qui la fit sursauter. Elle se rendit compte que deux des personnes assises à la table des hôtes s'étaient levées si vite que leurs chaises avaient heurté le sol avec fracas. Une autre personne s'était recroquevillée à côté de la table... et la femme qui avait laissé tomber une assiette de nourriture la regardait avec une expression horrifiée.

— Je m'occupe de la femme, lâcha tranquillement Pip' en se levant.

Stone et Spike parlaient déjà aux deux personnes qui avaient renversé leurs chaises et paraissaient sur le point de craquer. S'ils avaient eu des armes, Alaska avait le sentiment qu'ils auraient déjà tiré. Tonka s'était agenouillé près de l'homme toujours accroupi derrière son siège.

Drake posa une fois de plus une main réconfortante sur sa jambe.

— Ça va ? demanda-t-il.

Alaska le regarda.

— Pourquoi ça n'irait pas ?

— Des bruits aussi forts peuvent perturber certaines personnes. Ça aggrave leur TSPT.

Elle hocha la tête.

— Ça va.

— Bien, fit Drake avec un hochement de tête. Ça te dirait de descendre à la grange, de rencontrer les animaux et de te promener ?

— Il ne faut pas que tu restes ? demanda-t-elle en désignant la pièce derrière lui.

— Non, les autres s'en occupent. On essaie de ne pas en faire toute une histoire quand quelque chose comme ça arrive. Je parie que nos hôtes vont rebondir très vite. Malheureusement, ils sont un peu habitués à réagir de cette manière... au moins ici, ils ne seront pas dévisagés et traités comme si quelque chose clochait chez eux.

Il n'avait pas tort. Et d'ailleurs, les hôtes qui avaient mal réagi se rasseyaient déjà.

— Dans ce cas, oui, j'aimerais rencontrer cette Melba dont j'ai tant entendu parler, répondit Alaska.

Drake hocha la tête et ramassa les assiettes de leur petit-déjeuner. Il les déposa sur une petite table près de la porte, jeta la nourriture non consommée dans une poubelle et plaça les assiettes dans une autre.

Tiny était en train de nettoyer le plat cassé et la nourriture renversée. Ils tombèrent sur Tonka en sortant.

— On va à la grange, lui annonça Drake.

— Je partais juste les nourrir, déclara Tonka avant de se tourner vers Alaska : Tu veux me donner un coup de main ?

Elle sourit et hocha la tête avec enthousiasme.

— Attention, les chèvres vont essayer de manger tout ce qui se trouve à portée de leur bouche. La nourriture, tes doigts, ton t-shirt... la prévint Tonka.

— Merci pour l'avertissement.

Tous trois se dirigèrent vers la grange. Elle était aussi grande que le pavillon lui-même. Peinte en rouge et dotée d'un grand espace clôturé à l'arrière. Comme Alaska s'était renseignée sur l'endroit, elle savait qu'ils proposaient des randonnées à cheval et qu'ils avaient récupéré Melba après qu'un grand incendie avait éclaté dans une ferme voisine : son propriétaire n'en voulait plus dès lors qu'il était devenu évident qu'elle avait subi un traumatisme dans l'incendie. Les chèvres avaient été recueillies après la vente du ranch où elles avaient vécu : leur nouveau propriétaire les laissait mourir de faim. Tous les chats avaient été soit recueillis après avoir été abandonnés dans la région, soit adoptés pour aider les propriétaires à contrôler la population de souris dans la grange.

Drake semblait satisfait de la laisser parler avec Tonka des animaux et de leurs habitudes. Mais il restait toujours à quelques centimètres. Au lieu de se sentir étouffée, Alaska éprouvait un sentiment de sécurité. Elle savait que ce n'aurait jamais été le cas si elle s'était retrouvée seule ici. Même avec Drake tout proche, elle ne pouvait s'empêcher de penser à tous les endroits où quelqu'un pourrait se tapir, puis sauter et l'attraper. C'était stupide. Elle n'était plus en

Russie. Personne ne rôdait dans les parages pour tenter de la kidnapper. Pourtant, elle ne parvenait pas à se débarrasser de ce sentiment.

Toutefois, sachant Drake à ses côtés, elle réussissait à garder la panique à distance.

Refusant de penser à ce qui se passerait lorsqu'il serait temps de partir et de reprendre sa vie en main, Alaska fit de son mieux pour se concentrer sur les instructions que Tonka lui donnait concernant les différents animaux.

CHAPITRE 10

Brick gardait un œil sur Alaska. La plupart du temps, elle semblait s'amuser avec les animaux. Elle gloussait quand Melba, posant sa grosse tête sur son épaule, mugissait de bonheur sous ses chatouilles. Elle roucoulait avec les chèvres... jusqu'à ce que celles-ci commencent à grignoter son t-shirt. La plupart des chats gardaient leurs distances, mais les chevaux étaient heureux des carottes supplémentaires qu'elle leur offrait avec un sourire.

Il remarqua aussi ses yeux constamment aux aguets qui scrutaient les environs, à l'affût d'un danger. Il ne pouvait pas la blâmer. Lui-même le faisait toujours, même des années après l'explosion qui avait mis fin à sa carrière de SEAL et tué ses amis.

N'empêche, il n'aimait pas voir la peur dans ses yeux quand ils se promenaient dans l'espace. Il savait par expérience que ce réflexe s'estomperait avec le temps, mais pour l'instant, il ferait ce qu'il pourrait pour l'aider à calmer ses craintes.

Après avoir passé deux heures dans la grange avec les animaux, il était temps de laisser Tonka à ses corvées. Son ami s'était montré étonnamment patient avec Alaska, ce que Brick apprécia. D'ordinaire, il n'était pas très amical avec leurs hôtes. Il était incroyable avec les animaux, bien plus à l'aise avec eux qu'avec les gens. En l'occurrence, il n'avait pas paru irrité par les questions d'Alaska et s'était avéré bien plus loquace que d'habitude. Il avait même accepté qu'elle l'aide à quelques corvées, ce qui était extrêmement inhabituel.

Alaska semblait savoir s'y prendre avec les gens et avec les animaux.

Tous ses amis avaient entendu parler d'elle avant l'épreuve qu'elle avait subie. Ils savaient qu'elle était l'une des amies les plus chères de Brick. Il leur avait raconté son irruption dans sa chambre d'hôpital en Allemagne, les merveilles qu'elle avait accomplies pour l'aider à se remettre les idées en place au début de sa nouvelle vie après les SEAL. Sans doute ces histoires sur elle avaient-elles donné au fil des ans à ses partenaires l'impression de la connaître un peu. Et Brick en était heureux. Il aimait voir les hommes qu'il respectait le plus s'entendre avec son Alaska.

— Une promenade, ça te dirait ? demanda-t-il alors qu'ils sortaient de la grange.

Elle hocha la tête, puis fronça le nez et regarda ses pieds en en soulevant un.

— Le hic, c'est que je suis en tongs.

— Merde. J'avais oublié. Tu te sens prête pour un tour en ville, histoire d'acheter quelques trucs ? Il n'y a pas de centre commercial ou quelque chose du genre, mais des magasins qui vendent du matériel de randonnée. On pourrait aller au supermarché t'acheter quelques trucs pour te dépanner jusqu'à ce que tes affaires arrivent.

— Jusqu'à ce que mes affaires arrivent ? répéta-t-elle, confuse.

— Ouais. Je ne sais pas combien de temps ça va prendre,

mais il y a des gens à ton appartement en train de les emballer en ce moment même.

— Il y a… ? C'est quoi ce truc, Drake ?

Brick aimait qu'elle l'appelle par son vrai nom. Il n'y avait pratiquement que sa mère et elle pour utiliser le prénom de Drake.

— Je n'ai pas eu l'occasion de te le dire, répliqua-t-il en haussant les épaules.

Alaska planta les poings sur ses hanches et fronça les sourcils.

— Et si je ne voulais pas emballer mes affaires, mais retourner à mon travail ?

— Ah bon ? Tu veux repartir là-bas ? demanda-t-il calmement.

Mais à l'intérieur, son cœur battait anormalement vite pendant qu'il attendait sa réponse.

Elle soupira et laissa retomber les mains de ses hanches.

— Non, lâcha-t-elle, le regard fuyant. Mais ce n'est pas la question.

Brick plaça un doigt sous son menton et l'obligea doucement à tourner le visage pour qu'elle n'ait pas d'autre choix que de le regarder.

— J'ai juste pensé que tu serais plus à l'aise si tu avais tes propres affaires. Je n'essaie pas de prendre le contrôle de ta vie. Tu es une adulte qui prend ses propres décisions depuis très longtemps. Mais tu as aussi vécu quelque chose d'éprouvant. Laisse-moi t'aider, Al. Il n'y a pas de conditions à mon aide. Le moment venu, quand tu seras prête, je t'aiderai à aller où tu veux. Si tu veux retourner en Europe, pas de problème. Mais j'ai le sentiment que tu n'as jamais vraiment ralenti. Prends ce temps pour réfléchir, te détendre et simplement respirer.

Il fixa ses yeux bruns si expressifs et retint sa respiration. Il n'avait jamais été le genre d'homme qui aimait prendre les autres en charge. Il appréciait les femmes indépendantes, celles qui n'étaient pas collantes et ne débarquaient pas avec armes et bagages. Mais il était en train de se rendre compte qu'il aimait prendre soin d'Alaska. Énormément. Elle était indépendante, c'était une certitude, mais avec une vulnérabilité qui le prenait aux tripes et s'emparait de son cœur.

Elle hocha légèrement la tête et Brick laissa échapper un long soupir.

— Bien. Alors... Shopping ? Puis une petite randonnée ? J'aimerais te montrer Table Rock. Je ne sais pas quel est son nom officiel, s'il en a un, mais c'est ainsi que nous avons baptisé un énorme rocher au bord d'un des sentiers. Ce n'est pas très loin d'ici et la vue est incroyable. On pourrait soit prendre de quoi déjeuner pendant qu'on est en ville, soit chaparder quelque chose à la cuisine en rentrant et l'emporter avec nous.

— Ça m'a l'air super, murmura-t-elle. Drake ?

— Oui, Al ?

— Merci. Pour tout. Je le pense vraiment. J'aurais eu de gros problèmes si tu ne m'avais pas retrouvée et si tu ne m'avais pas sortie de là.

— De rien, se contenta-t-il de répondre, puis, réticent à ce qu'elle s'embourbe dans de mauvais souvenirs, il ajouta : Tu veux conduire ?

Alaska cligna des yeux, surprise.

— Vraiment ?

— Non. Personne ne conduit mon bébé à part moi, plaisanta-t-il.

Elle leva les yeux au ciel.

— T'es vraiment un mec.

— En effet.

Puis il lui attrapa la main et se dirigea vers son chalet. Il n'en avait vraiment rien à faire qu'elle conduise son Rubicon ou pas. Le véhicule avait plus d'éraflures et de bosses qu'il ne pouvait en compter. Mais il était fiable et amusant à conduire, surtout l'été quand on enlevait ses portières et sa capote.

Il exerça une légère pression sur la main d'Alaska, si bien à sa place dans la sienne. Familière. Comme s'il avait tenu sa main chaque jour de sa vie pendant les vingt dernières années. Ce qui était fou, car il ne se souvenait pas d'avoir vraiment touché Alaska avant l'Allemagne.

Malgré les circonstances, Brick ne pouvait nier qu'il aimait l'avoir ici, apprendre à mieux la connaître. Et même s'ils avaient grandi ensemble, il y avait tant de choses qu'il voulait découvrir.

Le voyage en ville fut difficile pour Alaska. Ils firent halte pour lui acheter une paire de chaussures de qualité et Brick avait insisté pour y ajouter des pantalons et des chemises. Puis ils étaient allés dans un grand supermarché pour acheter des produits de toilette, des sous-vêtements et d'autres vêtements, histoire de pouvoir patienter jusqu'à ce que ses affaires arrivent. C'était là que les choses s'étaient gâtées.

Mal à l'aise dans ce magasin beaucoup plus grand, Alaska ne pouvait s'empêcher de regarder autour d'elle pendant qu'ils effectuaient leurs achats. Reconnaissant les signes d'une crise imminente, Brick écourta leur voyage. Il avait eu le temps de lui prendre des produits de première nécessité, mais tout ce qui constituait le superflu devrait attendre.

Il s'en voulait de l'avoir brusquée. Il aurait dû prévoir.

Le retour au Refuge se fit en silence.

— Va te changer, dit-il lorsqu'ils eurent regagné son

chalet. Ensuite, avant de partir, on ira au Refuge prendre des trucs pour le déjeuner.

Elle se borna à opiner en disparaissant dans la chambre avec ses nouvelles affaires.

Ce ne fut qu'une fois en route vers Table Rock qu'il évoqua leur excursion en ville.

— Je suis désolé, lâcha-t-il. J'ai voulu aller trop vite. J'aurais dû prendre tes mesures et envoyer l'un des gars à notre place.

Mais elle secoua la tête et répliqua :

— Non, je devais le faire. Je ne peux pas me cacher éternellement. C'est juste... J'aurais juré continuer à voir les gars qui m'ont kidnappée. Je sais que c'est impossible, mais mon cerveau me répétait qu'ils attendaient derrière tel ou tel rayon ou dans l'allée suivante pour me remettre la main dessus.

— Pour ce que ça vaut, sache que ça n'a rien d'anormal, murmura Brick.

— Peut-être. Mais je déteste ça.

— Ce sentiment va s'estomper, lui promit-il. Je ressentais la même chose. Chaque fois que je voyais quelqu'un porter un sac, j'étais convaincu qu'il était rempli d'explosifs et que l'individu allait faire sauter l'endroit où nous nous trouvions. Pour moi, le plus difficile, c'était toujours d'entrer dans un bâtiment. En fait, je revivais chaque fois le moment où la maison explosait. Dès que je franchissais un seuil, je paniquais... en pensant que tout allait m'exploser à la figure.

Alaska le regarda, hésitante.

— Vraiment ? Tu ne dis pas ça juste pour que je me sente mieux ?

— Vraiment, confirma-t-il. Aujourd'hui encore, je dois parfois fermer les yeux quand je franchis une porte.

Brick se rendit compte qu'elle était la première personne

à qui il l'avouait, à part son thérapeute. Mais au lieu d'être embarrassant, cet aveu s'avérait libérateur.

— Le cerveau est une chose étonnante. Il peut nous aider à résoudre des équations mathématiques compliquées et à jouer des morceaux de musique complexes, mais il peut aussi devenir notre pire ennemi. Il peut sélectionner une fraction de seconde de notre vie et la rejouer sans relâche, et peu importent nos efforts pour l'oublier ou réinitialiser notre cerveau, cela n'arrive parfois jamais. Mais tu apprendras à en tirer profit. Je ne dis pas que tu ne seras jamais capable d'entrer dans un magasin bondé sans regarder constamment par-dessus ton épaule mais, en même temps, être un peu plus consciente de ce qui t'entoure n'est peut-être pas une mauvaise chose. J'ai réussi à entraîner mon cerveau pour pouvoir entrer dans un bâtiment sans paniquer mais, comme je te l'ai dit, je dois parfois le faire les yeux fermés. (Brick haussa les épaules.) C'est comme ça. Et ça pourrait être pire. Je déteste que mes amis ne soient plus là pour entrer dans n'importe quel bâtiment, mais j'accepte ma vie comme elle est maintenant. Même si c'est parfois vachement dur.

Alaska resta silencieuse pendant plusieurs longues minutes. Brick s'abstint de la presser. Elle avait besoin de digérer son enlèvement. Il était tellement heureux de l'avoir retrouvée avant que le pire ne se produise. S'ils n'avaient pas réussi à localiser le conteneur, Brick aurait étendu ses recherches à Pékin. Il n'aurait pas arrêté de la chercher. Mais la femme qu'il aurait finalement retrouvée n'aurait plus été l'Alaska qu'il avait toujours connue.

Il aurait fallu bien plus qu'un séjour au Refuge pour la remettre sur pied si la personne à qui elle avait été vendue avait posé la main sur elle.

Ses pensées étaient devenues si moroses que, quand elle reprit la parole, Brick sursauta.

Merde. Il ne pouvait pas se laisser aller aux « et si ». Alaska était ici désormais et elle allait s'en sortir au bout du compte.

— Je pense que c'est plus parce que je me croyais en sécurité en Russie, tu vois ? Le premier jour du circuit s'était bien passé. Igor était drôle, même s'il n'arrêtait pas d'envoyer des SMS. Alors, le deuxième jour, quand je me suis sentie mal à l'aise parce que les autres touristes avaient renoncé à la visite, je me suis dit que j'étais paranoïaque. Je connaissais le guide et, même si j'étais la seule femme et que cela ne m'enchantait pas, je ne pensais pas ma vie en danger. J'ai été trop confiante. À tel point que je me suis endormie, admit-elle. Il faisait une chaleur accablante dans ce foutu van et personne ne parlait. Je pensais que nous étions en route pour un palais en dehors de la ville. Et au lieu de ça, quand je me suis réveillée, je n'avais plus aucune idée de l'endroit où je me trouvais. Les gars à bord du van m'ont attrapée pour que je ne puisse pas me débattre. Et Igor est parti sans se retourner une seule fois.

— Tu n'avais aucune raison de ne pas lui faire confiance, répliqua Brick.

— Peut-être, peut-être pas. Mais aujourd'hui, dans ce magasin, je n'ai pas arrêté d'y penser. Une partie de moi me disait que j'étais parfaitement en sécurité. Que je faisais ce que tout le monde faisait : une sortie shopping normale. Mais une autre partie me rappelait que je me croyais aussi en sécurité dans ce van, en Russie. Qu'il s'agissait d'un voyage touristique normal. Et regarde ce qui s'est passé. Je n'ai pas pu m'empêcher de regarder autour de moi pour voir si quelqu'un me suivait. C'était perturbant. Je ne pouvais pas débrancher mon cerveau pour me concentrer sur le shopping.

Il regrettait vraiment qu'elle ait eu à endurer ça.

— Je sais, soupira-t-il.

Que pouvait-il dire d'autre ? Alaska prit alors une profonde inspiration.

— Ça va s'arranger, déclara-t-elle fermement.

Et Brick comprit, à cet instant, qu'il était amoureux.

Elle aurait pu être profondément amère, furieuse contre les circonstances. En colère contre le monde. Mais non, elle se relevait à la force du poignet. Parce qu'elle était forte. Courageuse. Résistante.

Elle était exactement le genre de femme qu'il voulait à ses côtés, avec qui il souhaitait passer le reste de ses jours. Une femme qui ne s'effondrerait pas si la voiture tombait en panne d'essence ou si le dîner était brûlé. Une femme qui hausserait les épaules et continuerait à vivre.

Mais elle continuait à parler et Brick n'eut pas le temps de faire ou de dire quoi que ce soit en rapport avec sa surprenante révélation. Ce qui était aussi bien, car s'il lui avait avoué son amour, elle lui aurait probablement ri au nez.

— Cette forêt est magnifique. Quand ma mère a déménagé en Californie, à l'époque où elle me parlait encore, elle m'a dit que la traversée du Nouveau-Mexique avait été d'un ennui mortel et qu'il n'y avait que des plaines arides.

— Eh bien, il y a bel et bien des plaines arides, mais aussi de belles chaînes de montagnes, surtout ici, dans le nord de l'État, confirma Brick avant de demander : ta mère et toi, vous ne vous parlez toujours pas ?

Au cours des quatre dernières années, il avait récolté des bribes d'informations sur la famille d'Alaska. Elle n'avait jamais connu son père et, après le départ de Brick pour la Marine, elle avait pratiquement pris sa mère en charge. Une fois son bac en poche, elle avait suivi des cours à l'université, travaillé à plein temps et devait aller chercher sa mère à 2 heures du matin quand celle-ci lui téléphonait pour rentrer d'un bar local. Quand elle n'appelait pas, Alaska devait passer ses matinées à essayer de la trouver, puis la ramener à la maison.

Après avoir décroché son diplôme, Alaska avait accepté un emploi à l'étranger… et sa mère ne s'en était souciée que parce qu'elle n'aurait plus personne pour payer le loyer de sa caravane. Elle avait traité sa fille d'ingrate, puis l'avait informée qu'elle déménageait en Californie avec une amie.

— Non, répondit Alaska à sa dernière question. La dernière fois que j'ai eu de ses nouvelles, c'était il y a environ deux ans. Je n'avais ni son numéro ni son adresse mail. Elle s'est débrouillée pour dénicher la mienne et m'a envoyé un e-mail pour me dire que tout allait bien. Puis elle m'a demandé de l'argent. (Alaska soupira de dégoût.) Elle n'a pas changé. J'espérais qu'elle finisse par sortir la tête du trou et comprenne qu'elle gâchait sa vie. Mais à ce stade, j'ai compris que ça n'arriverait sans doute jamais. Et de toute façon, je ne peux pas être responsable de ses choix.

— Elle voudra sûrement savoir ce qui t'est arrivé et si tu es en sécurité, suggéra Brick.

Alaska se contenta de hausser les épaules.

— J'en doute. Je ne suis pas sûre de vouloir qu'elle sache que je suis de retour aux États-Unis. J'ai l'impression que je recevrais de plus en plus d'e-mails pour me demander de l'argent. Et même si je ne lui en ai pas envoyé depuis long-temps, il m'est toujours difficile de l'ignorer. Donc je préfère qu'elle me pense toujours en Europe.

— OK, ma puce.

Brick se doutait qu'elle aurait sans doute toujours du mal à gérer sa relation avec sa mère. Ça l'énervait que cette femme se soucie aussi peu d'une fille aussi altruiste.

— Et ta mère à toi ? Elle va bien ? demanda-t-elle.

La preuve ! Alaska n'oubliait jamais de demander des nouvelles de sa mère. Elle ne l'avait pas vue depuis plus de vingt ans et pourtant elle se souciait toujours de son bien-être.

— Oui. Je lui ai parlé la semaine dernière. Elle se préparait à aller jouer au bridge avec des amis avant d'aller danser dans un bar gay avec un autre groupe d'amis.

— Ta mère est lesbienne ? demanda Alaska, les yeux écarquillés par la surprise.

Brick s'esclaffa.

— Non. Mais elle préfère les bars gay aux autres parce que la musique est meilleure, tout le monde est amical et elle ne s'y fait pas draguer par – je la cite – des « vieux types ridés ».

Alaska rit, grelot joyeux qui s'éleva dans les arbres autour d'eux. Jamais Brick n'avait entendu son plus agréable.

— Ta mère est géniale, lâcha-t-elle quand elle eut repris le contrôle d'elle-même.

— C'est vrai, convint Brick.

— Je suis sûre qu'elle est très fière de toi, poursuivit Alaska.

— Ouais. Pendant longtemps, j'ai cru l'avoir déçue. Après être sorti de l'hôpital, j'étais un peu perdu. Mais elle ne m'a pas harcelé pour que je trouve un travail ou que je me ressaisisse. Elle était toujours là avec un mot positif pour m'encourager. Elle a pleuré toutes les larmes de son corps le jour où j'ai signé les papiers avec les autres gars pour acheter cet endroit. À l'époque, ce n'était rien d'autre qu'un morceau de terre. Mais elle m'a dit que j'allais le rendre spécial, elle en était sûre. Tu me fais penser à elle.

— Moi ? s'étonna Alaska.

— Oui. Elle a toujours cru en moi, elle aussi. Quoi qu'il arrive, elle ne doutait pas que je réussirais ce que j'entreprendrais.

— Tu es le genre de gars en qui il est facile de croire. Tu suintes la confiance, Drake.

— Merci. Même si je n'ai pas toujours été sûr de moi. Tu aurais dû me voir à l'entraînement des SEAL. J'ai été à deux doigts de renoncer et de démissionner pendant la semaine d'enfer.

Il leva sa main, pouce et index se touchant presque, pour lui montrer combien il avait été près.

— Qu'est-ce qui t'a poussé à continuer ? s'enquit-elle.

— Mon entêtement. Mon idiotie. La pensée du tableau au point de croix au fond de mon sac avec mon nom et « SEAL » brodés dessus. (Alaska trébucha et le regarda, sceptique.) Vrai de vrai, déclara-t-il, devinant son incrédulité. Je savais que si j'abandonnais, je devrais regarder ce que tu avais fait pour moi et me dire que je t'avais laissé tomber. Impossible. Alors merci d'avoir toujours été là pour me donner un coup de pied aux fesses et pour m'encourager quand j'en ai eu besoin.

— De rien, murmura-t-elle sans croiser son regard.

Brick la vit s'empourprer et trouva le spectacle adorable. Mais comme il ne voulait pas accroître encore son embarras, il reporta son attention sur le sentier. Dès qu'ils eurent franchi le virage suivant et que Table Rock apparut, Alaska poussa un cri enthousiaste.

— Oh, mon Dieu, c'est magnifique !

Elle n'avait pas tort. Le rocher surplombait un petit canyon. Il y avait une pente assez raide près du rocher et des arbres à perte de vue. La nature dans toute sa splendeur.

Brick leur choisit un emplacement sur l'énorme rocher plat et sortit le déjeuner qu'il avait préparé. Ce n'était rien de spécial – des sandwichs à la dinde, des chips, des bouteilles d'eau et des pommes – mais, mangé là, avec Alaska, ce repas était le meilleur repas de sa vie.

Au bout d'un moment, alors qu'ils avalaient leurs sandwichs, il demanda :

— Alors... quand tu as obtenu ton diplôme universitaire, tu as donné une fête de fin d'études ? Ma mère m'a dit que tu n'avais pas fêté ton bac.

Elle lui lança un regard qu'il ne sut interpréter.

— Je ne suis même pas allée à la cérémonie, lâcha-t-elle au bout de quelques secondes. J'avais prévu d'y aller, mais notre voisin m'a appelée pour me dire que ma mère était évanouie sur la pelouse devant notre caravane. J'ai dû rentrer à la maison et la ramener à l'intérieur, et elle a été... difficile. Donc j'ai manqué la cérémonie.

— Oh, merde. Je suis désolé.

Alaska haussa les épaules.

— C'est bon. Ce n'est pas grave.

Si, c'était grave et ils le savaient tous les deux. Mais Brick ne voulait pas continuer à parler d'un souvenir aussi douloureux.

— J'ai pris mon premier emploi à l'étranger peu de temps après, reprit-elle.

— Visiblement, tu as beaucoup aimé vivre en Europe, constata Brick.

Elle esquissa un sourire.

— La plupart du temps, oui.

Ils passèrent les quarante-cinq minutes suivantes à parler des endroits où elle avait vécu et des personnes inté-ressantes qu'elle avait rencontrées au fil des ans.

Le temps qu'ils rentrent au Refuge, l'heure du dîner approchait.

— Tu veux manger au Refuge ou faire quelque chose au chalet ? demanda-t-il.

— Ça te dérange si on reste entre nous ? Je n'ai pas super faim et je ne suis pas sûre d'être prête à côtoyer beaucoup d'autres personnes pour le moment.

Il était fier d'elle, non seulement parce qu'elle était

consciente de ses limites, mais aussi parce qu'elle était capable de les formuler.

— Bien sûr que non, répondit-il. Tu as envie de quelque chose ?

— Non. Un bol de céréales m'irait très bien, honnêtement. C'est un peu mon repas de base.

Il sourit.

— Je pense que je peux faire mieux que ça.

— OK... mais tu n'as pas à cuisiner pour moi, j'espère que tu le sais.

— C'est plutôt sympa. J'ai tendance à manger ici plutôt qu'au pavillon, mais j'aime cuisiner pour deux plutôt que pour un.

Il s'abstint d'ajouter qu'il aimait prendre soin d'elle, s'assurer qu'elle mangeait quelque chose de sain pendant qu'elle guérissait mentalement et physiquement. Il n'avait pas manqué de remarquer combien elle était raide après leur courte randonnée et la prudence avec laquelle elle se déplaçait. Cela lui donnait envie de revenir en arrière et de tuer le Russe un peu plus douloureusement. Alors, faute de le pouvoir, il s'efforçait de veiller à ce qu'Alaska guérisse aussi vite que possible.

— Dans ce cas, je te laisse faire. Je ne suis pas très douée pour la cuisine, lui glissa-t-elle en souriant.

Il lui sourit à son tour. Être avec Alaska était confortable et réconfortant. Brick n'éprouvait pas le besoin de maintenir un flux constant de conversation : elle en savait plus sur lui que n'importe qui d'autre, à part sa mère, de toute façon. L'avoir près de lui était... ce qu'il fallait.

Envisager qu'elle retourne dans le monde sans lui était douloureux, mais si c'était ce dont elle avait besoin au bout du compte, il la laisserait partir avec un sourire et sans chercher à la retenir, mais en lui faisant savoir à quel point elle commençait à compter pour lui.

CHAPITRE 11

Installée sur la terrasse à l'arrière du chalet de Drake, Alaska souriait sereinement devant sa tasse de café. Elle vivait au Refuge depuis seulement deux semaines et se sentait déjà mieux. Plus forte. Elle était même retournée à Los Alamos et n'éprouvait plus autant le besoin de vérifier toutes les quelques secondes que personne ne s'apprêtait à l'attaquer par-derrière dans le magasin.

Elle se sentait également mieux quand elle était seule. Elle n'était pas encore tout à fait à l'aise, mais Mutt l'aidait. Énormément. Quand Drake devait partir pour quelque tâche en rapport avec le Refuge, il s'assurait que Mutt restait avec elle.

Chaque jour qui passait, Alaska se sentait un peu plus normale. De son point de vue, cet endroit était un miracle, un véritable Refuge où elle pouvait retrouver son équilibre et la confiance nécessaire pour affronter le monde à nouveau.

Mais pas tout à fait encore. Elle était parfaitement heureuse de traîner ici et de se contenter d'exister.

Plus elle apprenait à connaître les amis de Drake, plus

elle les appréciait. Ils avaient des personnalités très différentes, mais se ressemblaient en ce qu'ils étaient protecteurs, légèrement autoritaires et gentils. Alaska n'était pas sûre d'avoir rencontré un jour un groupe d'hommes plus intenses ou aussi ambitieux. Ils s'échinaient à faire du Refuge le meilleur endroit possible et voulaient que chacun de leurs hôtes reparte en se sentant mieux qu'à son arrivée.

Et en parlant d'améliorer les choses... Drake se trouvait actuellement au pavillon, en réunion avec le reste de ses amis au sujet d'un investisseur étranger. L'homme avait apparemment entendu parler du Refuge par des connaissances qui vivaient à Los Alamos et travaillaient dans le centre de recherche gouvernemental top secret, situé à proximité. Il avait contacté Drake via le formulaire de contact sur leur site web et, après une semaine d'échanges de messages, les propriétaires du Refuge avaient accepté de le rencontrer en visioconférence.

Drake n'avait pas dit grand-chose de plus, mais Alaska voyait qu'il était curieux de savoir ce que cet investisseur potentiel avait à offrir. L'homme devait être très convaincant, car Drake et ses amis étaient déjà des hommes d'affaires avisés.

Mutt était grimpé sur ses genoux, parfaitement satisfait de rester allongé et de se faire dorloter pendant qu'Alaska savourait sa tasse de café obligatoire tout en s'imprégnant de son environnement. Elle aimait ce gentil chien. Même si, à dire vrai, tout dans le Refuge l'attirait. Les cabanes, le pavillon. Les employés, tous extrêmement accueillants et gentils... et même les hôtes se montraient discrets et respectueux. Drake et elle avaient fait plusieurs randonnées, car le simple fait de marcher en forêt la calmait.

Elle n'avait jamais vraiment été une personne de plein air, elle qui avait d'ailleurs passé les vingt dernières années dans différentes villes. Elle n'avait jamais eu de chaussures de randonnée avant que Drake ne lui en achète une paire il y avait quelques semaines.

Maintenant, elle savait identifier différentes sortes de champignons, et même le sumac vénéneux. D'accord, ce n'était pas très impressionnant, mais pour quelqu'un qui ne s'était jamais approché d'une vigne auparavant, c'était un bon début.

Ses affaires étaient récemment arrivées de l'étranger et Drake lui avait loué une unité de stockage. C'était étrange de voir sa vie sous cette forme, les choses qu'elle avait quittées avant de partir en vacances, soigneusement emballées dans un nombre relativement restreint de boîtes. Elle ne voulait même pas penser à celui qui avait emballé ses sous-vêtements, même si c'était stupide : les déménageurs n'avaient probablement pas tiqué. Mais elle veillerait quand même à tout laver avant de les porter.

Le chalet de Drake était maintenant un peu plus encombré que lors de son arrivée, pourtant il ne s'était pas plaint une seule fois. Il avait insisté pour accrocher dans son salon certaines de ses photos à elle. Un après-midi où ils étaient retournés à Table Rock, il avait également pris un selfie d'eux deux, puis l'avait encadré et ajouté à la collection de bibelots sur ses étagères.

Partout où elle regardait, Alaska voyait des éléments de sa vie mêlés à ceux de Drake, ce qui lui communiquait un sentiment de chaleur. Cependant, bien qu'il n'ait jamais mentionné la nécessité pour elle de retrouver un emploi et de passer à autre chose, elle ne pouvait s'empêcher de garder cela à l'esprit. Vivre avec Drake était un rêve devenu réalité, littéralement, et même si elle chérissait chaque minute passée auprès de lui, elle n'espérait pas y voir un arrangement définitif.

Le problème, c'était que plus elle passait de temps avec

Drake, immergée dans son monde, plus elle avait envie d'y rester.

Or, c'était impossible. Un jour ou l'autre, elle devrait reprendre sa vie en main. Alaska n'avait aucune idée de l'endroit où elle irait ensuite, mais elle avait pris la décision de ne pas retourner à l'étranger. Même si elle allait mieux, elle ne pensait pas pouvoir supporter de quitter les États-Unis.

Des ennuis pouvaient survenir aussi aux États-Unis, elle le savait. Ce n'était pas comme si elle était en sécurité du simple fait de vivre dans son pays d'origine. Mais habiter dans un pays dont elle ne parlait pas la langue maternelle l'inquiétait désormais, ce qui n'était pas le cas auparavant. Peut-être parce qu'elle ne pouvait s'empêcher de penser à ce qui se serait passé si elle n'avait pas été retrouvée. Si l'on avait réussi à la faire entrer clandestinement en Chine. Elle n'aurait pas été capable de communiquer. Elle n'aurait pas pu appeler à l'aide... si quelqu'un avec qui elle était entrée en contact avait manifesté le désir de l'aider.

L'idée d'être à nouveau aussi vulnérable l'effrayait au plus haut point.

Donc, elle resterait aux États-Unis. Peut-être dans le nord-est. Le Maine semblait une bonne idée...

C'était aussi loin de Drake qu'elle pouvait l'être tout en restant aux États-Unis.

Car le côtoyer et ne pas pouvoir l'avoir était douloureux. Un peu plus chaque jour. Mettre de la distance entre eux était ce qu'elle avait de mieux à faire. Elle serait moins tentée de penser qu'ils pourraient être davantage que des amis.

Elle avait adoré chaque seconde passée auprès de Drake ces deux dernières semaines. Ils avaient ri, elle avait pleuré, ils avaient parlé, ils étaient restés sans parler du tout... Il avait cuisiné pour elle et elle lui avait rendu la pareille. Il était incroyablement facile à vivre et à fréquenter... et, chaque jour qui passait, Alaska tombait encore plus amoureuse de lui.

Il y avait même eu des moments où elle en était venue à penser que Drake ressentait plus que de l'amitié pour elle. Mais ce qu'elle redoutait par-dessus tout, c'était dire ou faire quelque chose qui lui prouverait qu'elle avait tort. Alors elle se gorgeait simplement de son affection et faisait de son mieux pour profiter du temps qu'elle passait avec lui : ainsi, à la fin, elle garderait des souvenirs qui lui dureraient toute la vie.

Un bruit très léger, en provenance de l'intérieur du chalet, attira l'attention d'Alaska. Elle se souvint alors des explications de Drake : chaque maison avait des interphones susceptibles d'être activés en cas d'urgence. Elle n'avait pas demandé quel genre d'urgence pouvait justifier un pareil appel, mais entendre quelqu'un parler via la radio dans le chalet de Drake accéléra les battements de son cœur.

Elle se leva rapidement, s'excusant auprès de Mutt du dérangement qu'elle lui occasionnait, et entra dans la maison. Elle saisit la fin d'une phrase.

— ... vous êtes là ?

Elle s'approcha du mur et appuya sur le bouton pour répondre.

— Allô ?

— Alaska ?

Fronçant les sourcils, elle reconnut la voix : Robert, le chef cuisinier du pavillon.

— Oui, c'est moi. Qu'est-ce qu'il y a ? Est-ce que Drake va bien ?

— Oui. Mais le reste des gars et lui sont toujours à cette réunion. C'est la merde ici et j'ai besoin d'aide.

— Qu'est-ce qui se passe ?

— Les réservations pour juillet prochain ont été

ouvertes aujourd'hui, ce qui signifie que le téléphone n'arrête pas de sonner. On est toujours complets pour les semaines autour du 4 juillet. Tu sais, les gens qui tiennent à s'éloigner des feux d'artifice tirés dans leur quartier. Ce sont de gros déclencheurs. Quoi qu'il en soit, il y a aussi des gens qui s'en vont du Refuge et d'autres qui arrivent, et Becky nous lâche.

Alaska tiqua :

— Quoi ?

— Ouais. Elle a décrété qu'elle était incapable de supporter plus de stress et elle est partie. J'ai un hall plein de monde, le téléphone n'arrête pas de sonner et je suis en train de préparer le déjeuner.

— J'arrive, lui promit Alaska.

— J'ai juste besoin de quelqu'un pour s'occuper de nos hôtes jusqu'à ce que les gars aient fini leur réunion, dit Robert.

— Très bien. Je m'en occupe. J'arrive tout de suite.

— Merci beaucoup ! Je ne t'aurais pas embêtée si je n'avais pas été aussi désespéré.

— Tu ne pourrais pas me préparer une fournée de tes superbes cookies aux pépites de chocolat ? demanda-t-elle.

— Tu penses que ça va aider ? demanda Robert.

— Ça ne peut certainement pas faire de mal, répondit-elle.

— Tu as raison. Je m'en occupe, alors.

— À tout de suite.

Alaska se dirigea vers la chambre où Drake et elle dormaient encore ensemble chaque nuit. En tant qu'amis. Point.

Refusant de regarder les couvertures froissées et de retomber dans l'ornière d'une relation exclusivement amicale, Alaska se dirigea vers le placard où elle avait rangé certains de ses vêtements arrivés d'Europe. La plupart de ses

« vêtements de travail », comme elle les appelait, avaient été remisés dans l'unité de stockage, mais il y avait quelques pantalons et des chemisiers plus habillés dans les cartons contenant ses vêtements de détente. Comme il aurait été trop compliqué d'aller les ranger dans l'unité de stockage à Los Alamos, elle les avait simplement accrochés à côté des vêtements de Drake.

Heureuse à présent d'avoir à sa disposition une tenue plus professionnelle, Alaska se débarrassa rapidement de son legging pour enfiler un pantalon noir ajusté. Elle le combina à un chemisier blanc d'aspect professionnel, mais enfila ses bottes parce qu'elles étaient à la fois confortables et pratiques pour le terrain de la région.

Elle se dirigea vers le pavillon au petit trot. Mutt se dandinait à ses côtés et Alaska ne put s'empêcher de sourire.

Comme le chien bifurqua vers la grange lorsqu'elle parvint à la porte arrière du pavillon, Alaska prit une profonde inspiration avant d'entrer. Elle entendait les gens s'affairer dans la grande salle, mais prit le temps de passer la tête dans la cuisine.

— Je suis là, lança-t-elle à Robert.

Quand il lui avait été présenté, il lui avait dit sans ambages qu'il s'appelait Robert et qu'il tenait à ce qu'on l'appelle ainsi. Pas Bobby. Pas Rob. Robert. Il avait une soixantaine d'années, de longs cheveux grisonnants qu'il attachait en queue-de-cheval basse. Il avait du sang amérindien dont il s'enorgueillissait, une peau foncée striée de rides et il portait souvent de gros bijoux en turquoise. Un peu excentrique, il préparait la meilleure cuisine qu'Alaska n'ait jamais mangée.

Au coup d'œil qu'il lui jeta, elle décela aussitôt son soulagement.

— Je sais que j'aurais dû prévenir les gars, mais j'ai

remarqué qu'ils étaient surexcités par leur réunion. Je ne voulais rien faire qui puisse dissuader cet investisseur de donner de l'argent au Refuge, comme de le mettre au courant du chaos qui règne en ce moment.

— C'est bon. On va trouver une solution, le rassura Alaska.

En vérité, elle ne savait pas si elle serait en mesure de trouver une solution, mais elle ferait tout ce qu'elle pourrait pour calmer les hôtes.

Dès qu'elle mit un pied dans le hall, elle fut immédiatement bombardée par les ondes négatives qu'émettaient les clients mécontents et la sonnerie d'un téléphone. Elle passa derrière le comptoir où elle avait vu Becky assise un nombre incalculable de fois au cours des deux dernières semaines. Avisant le système téléphonique, elle poussa un petit soupir de soulagement. Elle connaissait bien ces appareils grâce à l'un de ses emplois précédents.

Son premier geste fut de mettre la sonnerie en sourdine. Puis elle prit une profonde inspiration et se tourna pour affronter la dizaine de personnes présentes dans le hall.

— Je suis vraiment désolée pour cette confusion. Notre administratrice a eu une urgence personnelle et dû partir, mais je suis là maintenant. Je vais faire de mon mieux pour que vous puissiez tous vous en aller dès que possible si vous êtes en mesure de faire preuve d'encore un peu de patience. Ceux qui partent, est-ce que certains parmi vous doivent prendre un vol ?

À son grand soulagement, tout le monde secoua la tête.

— OK, super. Comme vous le savez, le déjeuner n'est pas inclus le jour du départ, mais je pense que nous pouvons faire une exception cet après-midi. N'hésitez pas à vous servir au buffet pendant que vous attendez. Robert travaille dur en cuisine pour s'assurer qu'il y aura assez de nourriture pour tout le monde. Et je suis certaine que vous devinez déjà, à la délicieuse odeur qui flotte jusqu'ici, qu'il prépare une fournée de ses délicieux cookies aux pépites de chocolat. Ils sont si bons quand ils sortent du four. (Elle prit une inspiration avant de continuer.) J'ai besoin d'environ quinze minutes pour fouiller dans le système informatique et m'assurer que tout est prêt à fonctionner. Pour ceux d'entre vous qui attendent de s'enregistrer, vous pouvez déjeuner également. Ou si vous préférez, vous pouvez vous rendre à l'étable. Je vous promets que Melba, notre vache résidente, vous accueillera à bras ouverts. Elle adore les chatouilles sous le menton. Mais attention aux chèvres : elles essaieront de vous faire croire qu'elles sont en train de mourir de faim en grignotant votre chemise, votre pantalon et tout ce qui leur tombera sous la dent.

Alaska sourit au groupe. À son grand soulagement, la majorité des personnes présentes semblait se détendre un peu. Elle savait d'expérience que, la plupart du temps, tout ce dont les gens ont besoin, c'était que quelqu'un prenne les choses en main. Pour organiser le chaos.

— Ce n'est pas un très bon début pour mon voyage, grommela un homme. Cet endroit était censé être relaxant, mais je ne me sens pas très détendu.

Sans hésiter – et en espérant que Drake n'allait pas s'en prendre à elle –, Alaska hocha la tête avec compassion.

— Je comprends votre frustration. Je me mets à votre place.

Elle avait appris depuis longtemps que la meilleure option face à un client mécontent était de faire preuve d'empathie, de lui montrer que son opinion comptait... et de lui accorder une ristourne si possible.

— En guise de dédommagement, reprit-elle, le Refuge vous accordera une réduction de cinquante dollars sur votre facture.

La plupart des hôtes sourirent. Même l'homme qui avait exprimé son mécontentement.

Lorsque tout le monde quitta les abords immédiats de son bureau, Alaska s'assit et retint son souffle quand elle fit bouger la souris pour réveiller l'ordinateur. À son grand soulagement, Becky était partie si vite qu'elle n'avait pas pris la peine de verrouiller la machine. Ce n'était pas très malin mais, puisque cette étourderie jouait en sa faveur, Alaska ne s'en formaliserait pas.

Au fil des ans, elle s'était familiarisée avec plus d'une dizaine de programmes administratifs différents. L'une de ses plus grandes qualités était sa capacité à comprendre rapidement les systèmes informatiques. Elle cliqua pendant dix minutes, jusqu'à ce qu'elle soit à peu près certaine de pouvoir enregistrer les entrées et sorties des clients, ainsi qu'imprimer les reçus et saisir les cartes de crédit. Elle fut soulagée de constater qu'il était également assez facile d'appliquer des réductions.

Prenant une grande inspiration, elle se dirigea vers la salle à manger pour appeler le premier client.

Brick éteignit l'ordinateur et se tourna vers ses amis.

— Alors ? Qu'est-ce que vous en pensez ?

— S'il est réglo, ça a l'air bien. Vraiment bien, déclara Spike.

— Je suis d'accord, convint Pip'.

— Bon, c'est un peu bizarre qu'un Chinois veuille investir chez nous, non ? objecta Tonka.

Il était le sceptique du groupe, ce qui n'était pas une mauvaise chose. C'était bien utile pour eux d'avoir quelqu'un qui considérait comme de son ressort de présenter des opinions alternatives.

— Peut-être. Mais il cherche à investir aux États-Unis, ce qui n'est pas rare. Et il a mentionné un ami dans la région qui lui a parlé du Refuge et pense que notre lieu a le potentiel pour être beaucoup plus que ce qu'il est maintenant, renchérit Owl.

— Mais est-ce qu'on veut nécessairement se développer ? demanda Tiny en haussant les épaules.

Son ami n'avait pas tort. Pour l'instant, ils avaient une douzaine de cabanes, un chef et plusieurs hommes et femmes qui venaient nettoyer les chambres, s'occuper de l'aménagement paysager autour des cabanes, de l'entretien des chambres d'hôtes et du pavillon... L'entreprise était déjà assez importante en l'état.

L'investisseur potentiel, un certain M. Choo, proposait d'ajouter une dizaine de cabanes supplémentaires, un bâtiment principal plus grand – qui proposerait trente chambres de type hôtelier –, des sentiers de randonnée supplémentaires, et même quelques emplacements de camping.

— L'idée de pouvoir aider davantage d'hommes et de femmes souffrant de TSPT est tentante, déclara Brick. Mais à quel prix ? L'un des atouts du Refuge, c'est qu'il n'est pas ouvert à tous, qu'il s'agit d'un endroit tranquille.

— On ne serait pas obligés de tout mettre en œuvre, si ? On pourrait ajouter plus de cabanes et des emplacements de camping, mais renoncer au bâtiment-hôtel, ce qui nous permettrait d'intégrer un investisseur sans changer l'ambiance de l'endroit, suggéra Stone.

— Mais doubler le nombre d'hôtes signifierait toujours beaucoup plus de travail en arrière-plan, déclara Spike.

Brick leva la main.

— Je suggère qu'on prenne tous le temps de la réflexion. On n'a pas à se décider tout de suite. S'il finit par venir ici pour jeter un œil sur la propriété, il pourrait changer d'avis après sa visite et, même s'il est partant, on peut toujours décider de ne pas poursuivre. Certes, de l'argent en plus ne serait pas de refus, mais quand on a signé les papiers pour cet endroit, on était d'accord sur un point : on n'était pas là pour devenir riches. Non ?

Tous hochèrent la tête.

— Bon, alors on va digérer sa proposition. Ce serait stupide de refuser la somme qu'il a mentionnée sans au moins considérer la question. Il y a des choses qu'on veut tous faire pour améliorer le Refuge et cette somme nous faciliterait bien la vie. Pour l'instant, pensez-y, et on se retrouve afin de discuter du pour et du contre dans quelques jours. D'accord ?

Une fois de plus, tout le monde acquiesça.

Alors que ses amis commençaient à sortir de la pièce, Brick regarda sa montre. Merde, ils étaient là depuis trois heures. Il n'avait pas prévu d'être absent aussi longtemps. Même si Alaska faisait de gros progrès sur le chemin de la guérison, elle était toujours nerveuse quand elle restait longtemps seule.

Chaque fois qu'il repensait à ce qu'elle avait traversé, Brick sentait la colère revenir. Personne ne devait être traité comme un morceau de viande. Ou un bien à posséder. Et tous ceux qui ont un rapport avec le commerce du sexe devraient pourrir en enfer, surtout les organisateurs du kidnapping.

Brick était en train de rassembler les graphiques qu'il avait utilisés pour présenter à M. Choo les détails de leur opération, ainsi que toutes ses notes, lorsque Spike repassa la tête dans la pièce.

— Hum... Je pense que tu devrais venir voir, Brick.

Le ton étrange de son ami le crispa aussitôt.

— Pourquoi ? Qu'est-ce qui se passe ?

— Tu verras. Viens.

Brick laissa les papiers sur la table et se dirigea vers la sortie. Dès qu'il eut franchi la porte, il sentit l'odeur inimitable des cookies. Ce qui était étrange, car Robert n'en préparait d'ordinaire que le soir. Ce petit changement d'habitude accrut encore la nervosité de Brick quand il pénétra dans la grande salle.

Pour commencer, il ne vit rien de différent. Il y avait quelques hôtes dans les parages, mais tout le monde semblait à l'aise, ce qui était un soulagement. Parfois, les hôtes nouvellement arrivés étaient tendus parce qu'ils ne savaient pas à quoi s'attendre dans un environnement nouveau. Leur TSPT risquait de prendre le dessus.

— Regarde derrière le bureau, lui glissa finalement Spike avec un petit rire.

Il fallut un moment à Brick pour comprendre. Alaska était installée à la place de Becky, derrière l'ordinateur, et tendait une clé à un homme d'une vingtaine d'années.

Sans hésiter, Brick s'approcha du bureau.

— Profitez de votre séjour, entendit-il Alaska déclarer. Si vous avez besoin de quelque chose, vous n'avez qu'à demander. Henley, la thérapeute, sera là demain si vous éprouvez le besoin de recourir à ses services. Les repas sont servis sous forme de buffet et vous pouvez petit-déjeuner de 8 heures à 9 h 30. Le reste des horaires est indiqué sur le planning que je vous ai donné. Le Refuge est heureux de vous accueillir et je pense que vous trouverez votre séjour à la fois revigorant et relaxant, comme il l'a été pour moi.

Elle adressa un grand sourire au jeune homme qui lui fit un signe de tête, lui sourit en retour, puis se retourna pour gagner sa cabane.

— Mais qu'est-ce qui se passe ? demanda Brick.

Alaska se tourna vers lui.

— Oh ! Salut, Drake. Ta réunion est terminée ?

— Oui. Mais qu'est-ce que tu fiches ici ? Où est Becky ?

— Apparemment, elle a démissionné.

— Quoi ? Sérieusement ?

— Oui. Robert a utilisé l'interphone pour me contacter et je suis venue l'aider. Les choses ont été assez houleuses pendant un moment, mais je pense que tout va bien maintenant. Et autant que je te l'annonce moi-même avant que tu ne le découvres plus tard : j'ai offert à une dizaine de personnes des réductions de cinquante dollars. Mais je peux vous les rembourser.

Brick rejeta cette idée farfelue.

— Pas question. Mais pourquoi ?

— Eh bien, la moitié des clients étaient furieux de ne pas pouvoir faire leur check-out, et l'autre moitié était irritée de ne pas pouvoir s'enregistrer. Ils étaient tous nerveux, soit à cause du voyage de retour, soit parce que leurs vacances ne commençaient pas bien. Après des années dans l'administration, j'ai appris que les réductions sont le moyen le plus rapide de rendre les gens heureux.

Elle n'avait pas tort.

— Oh, j'ai aussi laissé déjeuner les hôtes sur le départ. Et j'ai demandé à Robert de préparer une fournée de ses superbes biscuits. Rien de tel qu'un rabais et de délicieuses pâtisseries pour rendre les gens heureux. Tout le monde a pu partir ou se faire enregistrer, mais je n'ai même pas touché aux lignes téléphoniques.

Alaska baissa les yeux sur le téléphone et Brick vit que les deux lignes clignotaient, signe que l'on cherchait à joindre le Refuge. Le voyant de la messagerie clignotait également.

— Merde. Les réservations pour le 4 juillet ont ouvert aujourd'hui, se souvint-il avec un gémissement.

— Oui, convint Alaska. Maintenant que j'ai ramené l'ordre dans le hall d'entrée, je peux commencer à vérifier les boîtes vocales et rappeler les gens dans l'ordre où ils ont laissé un message, proposa-t-elle en s'asseyant devant l'ordinateur.

Brick la fixa d'un regard perplexe.

— Pourquoi tu fais ça ?

— Parce qu'il faut le faire, répondit-elle en fronçant les sourcils.

— Tu es mon hôte ici, protesta-t-il.

— Non, répliqua-t-elle. Enfin, si, mais je ne paie pas. J'ai profité de votre générosité assez longtemps. Je veux aider. Et pour info, je ne pense pas que vous faites payer assez. Oui, cet endroit est au milieu de nulle part, mais c'est quand même un centre de villégiature complet. Vous offrez de la nourriture, des divertissements, même des séances de thérapie gratuites pour tous ceux qui restent ici. Je pense que vous pourriez facilement ajouter une centaine de dollars par nuitée et les gens seraient encore heureux de payer. Cela vous aiderait aussi à couvrir les frais de la cabane des prisonniers de guerre. Oh ! Vous pourriez aussi mettre un bouton de don sur votre site web et proposer aux gens de se cotiser pour cette cabane, ainsi que pour collecter de l'argent pour les personnes qui ne peuvent pas se permettre un séjour ici, mais qui ont vraiment besoin de ce que vous offrez ici au Refuge !

Brick ne pouvait que continuer à la regarder.

Elle fronça à nouveau les sourcils.

— Quoi ? Oh, zut, je dépasse les bornes, c'est ça ? Je voulais juste aider. Je suis vraiment désolée, Drake. Je vais juste...

— Putain de merde, Brick, je viens de parler avec le gars qui a loué la cabane n° 10, tu sais, le vieux grincheux qui n'était content de rien ? intervint Owl. Il m'a écouté pendant cinq minutes avant de nous complimenter sur la façon dont le Refuge a géré le chaos d'aujourd'hui. Il a été particulièrement heureux de pouvoir déjeuner avant de partir, car un long trajet l'attendait et il ne voulait pas s'arrêter. On aurait pu croire qu'on lui avait remboursé le coût total de son séjour, et pas cinquante dollars seulement. (Owl se tourna vers Alaska avec un large sourire.) Tu es incroyable !

Elle s'empourpra.

— Merci. Et maintenant que tu en parles, je pense qu'offrir le déjeuner à ceux qui partent ne serait pas une mauvaise chose. Cela ne coûterait pas beaucoup plus cher, n'est-ce pas ? Et ça laisserait une agréable impression et un ventre plein aux clients en partance.

— Je suis d'accord, approuva Owl. Même s'il faudrait probablement vérifier avec Robert.

Brick passa derrière le bureau et attrapa le bras d'Alaska.

— Peux-tu t'occuper du bureau une minute ? demanda-t-il à son ami.

Owl sourit.

— Bien sûr. Mais s'il te plaît, ne m'oblige pas à répondre au téléphone.

— Je m'en occuperai quand Drake en aura fini avec moi, lui promit Alaska.

— S'il te crie dessus, ignore-le, lui conseilla Owl.

— Je ne vais pas lui crier dessus, grogna Brick en éloignant Alaska du bureau.

Elle garda le silence pendant qu'il la conduisait à l'extérieur et la ramenait vers le chalet. Dès que la porte se fut refermée sur eux, elle dit :

— Drake...

Il ne la laissa pas continuer. Il la plaqua contre le mur et fit ce à quoi il pensait depuis deux semaines. Il l'embrassa.

Elle se figea pendant une fraction de seconde alors que la langue de Drake taquinait ses lèvres... puis elle laissa échapper un soupir et fondit dans ses bras.

Brick n'avait rien prévu de semblable, mais quand il l'avait vue au bureau, qu'il avait entendu comment elle avait pris les choses en main sans hésiter, au moment où ils avaient eu besoin d'elle, il avait été submergé par la gratitude, la reconnaissance et l'amour.

Cette femme était...

Elle était tout. Il n'avait jamais rencontré quelqu'un d'aussi désintéressé. En plus de cela, elle avait appris en quelques minutes un système informatique que Becky avait mis des semaines à maîtriser. Elle avait réussi à renverser une situation qui aurait pu porter lourdement préjudice au Refuge. Les gens qui avaient subi des désagréments étaient finalement repartis avec le sourire.

Elle n'était pas obligée d'aider. Brick ne s'attendait à rien de tel de sa part, en fait. Mais elle l'avait fait quand même.

Les deux dernières semaines avaient été à la fois les meilleures de sa vie et les plus frustrantes. Plus il passait de temps avec Alaska, plus il avait de mal à ne pas lui montrer à quel point elle comptait pour lui. Il avait adoré la voir se détendre lentement. Quand elle riait, son ventre faisait des sauts périlleux. Elle s'entendait avec ses amis comme si elle les connaissait depuis des années.

Et les nuits... Bon sang ! La tenir dans ses bras était un rêve devenu réalité. Il n'avait pas réalisé à quel point dormir avec quelqu'un pouvait être intime. Ils ne faisaient pas l'amour, mais leur intimité émotionnelle... C'était bien plus puissant que tout ce qu'il n'avait jamais ressenti. Savoir qu'elle lui faisait confiance, qu'elle ne redoutait pas un mauvais coup de sa part, notamment qu'il cherche à prendre ce qu'elle n'était pas prête à donner, était une sensation grisante. Savoir qu'elle guérissait de jour en jour... ne faisait qu'accroître son désir. Il se sentait frustré d'être près d'elle sans lui avouer à quel point elle comptait pour lui.

Il contenait ses sentiments depuis deux semaines et il n'était plus possible de continuer. Pas après avoir découvert ce qu'elle avait fait pour le Refuge... et pour lui.

À son grand soulagement – et à sa grande excitation –, elle lui rendit son baiser avec le même enthousiasme. Sa langue caressait la sienne sans relâche. Il lui passa une main derrière la tête pour l'immobiliser pendant qu'il la dévorait. Le petit gémissement qui monta de la gorge d'Alaska ne fit que l'exciter davantage.

Mais lorsqu'il sentit ses ongles s'enfoncer dans ses flancs et sa jambe remonter contre la sienne, il réalisa ce qu'il était en train de faire.

Cette femme méritait plus qu'un coup à la va-vite contre un mur. Bien que la perspective soit attirante, ce n'était ni le moment ni l'endroit.

Brick écarta ses lèvres des siennes au prix d'immenses difficultés, mais il ne la lâcha pas pour autant. Déplaçant la main vers sa nuque, il posa son front contre le sien. Ils haletaient tous les deux très fort et, à chaque respiration, ses seins lui frôlaient le torse. Le sexe de Brick se pressait, dur, contre le ventre d'Alaska, mais elle ne semblait pas s'en soucier. Il n'aurait pu s'éloigner d'elle-même si sa vie en avait dépendu.

— Drake ? chuchota-t-elle.

Il prit une profonde inspiration.

— Je... Je n'ai pas les mots pour t'expliquer tout ce que je ressens en ce moment, admit-il.

— Tu es en colère ? demanda-t-elle.

— En colère ? Pas le moins du monde. Je suis bouleversé. Je suis fier. Je suis énervé contre Becky d'être partie comme elle l'a fait. Et je suis excité comme un fou.

— Je m'en suis aperçue, en effet, chuchota-t-elle.

Brick ricana, puis releva le front juste assez pour la regarder dans les yeux.

— Pour info, la ristourne, le déjeuner et les cookies étaient une idée brillante. Je ne sais pas pourquoi Robert t'a contactée au lieu d'interrompre notre réunion, mais il a fait le bon choix.

— Il savait que votre truc était important et ne voulait surtout pas mettre en péril un éventuel investissement. Si ce type avait réalisé le chaos qui régnait dans le hall, ça aurait pu le dissuader.

— Peut-être. Peut-être pas. Mais tu as été super avec tout le monde. Et Robert aussi. Il peut lui arriver d'être grognon.

Alaska haussa les épaules.

— Il n'est pas si terrible. Et puis, je pense qu'il a le droit d'être de mauvaise humeur vu qu'il est un cuisinier hors pair.

— D'accord. Maintenant... à propos de nous.

Elle se raidit contre lui.

— Je te veux, dit-il sans ambages. Je ne veux pas te mettre la pression. Ou faire quoi que ce soit qui puisse t'effrayer. Mais j'ai très envie de toi, Alaska. J'aime tout de toi. Plus je passe de temps en ta compagnie, plus j'ai envie d'en passer. Mais j'accorde trop d'importance à notre amitié pour tout foutre en l'air. Si tu ne veux pas de ça, si tu ne veux pas de moi, ce n'est pas grave. Rien ne changera entre nous. Tu peux toujours rester ici aussi longtemps que tu le veux et que tu en as besoin.

Brick ne put déchiffrer l'expression dans ses yeux, mais il retint sa respiration en attendant sa réponse.

— Drake, je... Tu es sûr ?

— Oui.

— Mais tu peux avoir qui tu veux. Je ne suis pas... Je n'ai rien de spécial.

— Je ne veux personne d'autre, et tu es au contraire très spéciale.

— Je suis totalement ordinaire, répliqua-t-elle fermement, presque accusatrice. Moyenne. Ennuyeuse. Tu mérites tellement plus que quelqu'un comme moi.

— Faux. Je mérite quelqu'un exactement comme toi. Quelqu'un de généreux. D'amusant. Qu'il est facile de côtoyer. Quelqu'un qui connaît mes peurs et mes regrets les plus profonds, et qui n'en a pas peur. Je n'ai pas besoin d'avoir un mannequin accroché à mon bras, Al. J'ai besoin de quelqu'un qui m'aime pour ce que je suis. Qui croit en moi. Et je ne vois personne au monde qui croie en moi plus que toi. J'ai un tableau au point de croix sur mon mur pour le prouver.

Alaska ferma les yeux et Brick se crispa.

— Pas de problème si tu refuses, Al. Comme je te l'ai dit, rien ne changera.

Elle ouvrit les yeux et croisa son regard.

— Tout ce que j'ai toujours voulu, c'est toi, admit-elle doucement. Aucun des hommes avec qui je suis sortie n'a soutenu la comparaison avec toi : il leur manquait à tous quelque chose. Tu es tout ce que je veux. Si je ne peux t'avoir que pour un mois, une semaine, une seule nuit, je suis d'accord. Tout ce que je demande, quand tu voudras passer à autre chose, c'est que tu me ménages.

— Et si je ne suis jamais prêt à passer à autre chose ? demanda-t-il.

Les yeux d'Alaska se remplirent de larmes et elle secoua la tête.

— Arrête. Je suis d'accord pour avoir une aventure avec toi, parce que toute ma vie, j'ai rêvé que tu me regardes comme tu le fais maintenant. Mais ne me fais pas marcher. Ne me laisse pas penser que ça peut être quelque chose de permanent.

Brick fronça les sourcils. Comment cette femme pouvait-elle ignorer sa propre valeur ? Mais il avait tout le temps de la lui faire voir.

— OK, murmura-t-il.

Il n'avait pas l'intention de la laisser sortir de son lit,

jamais maintenant qu'elle y était. Mais si elle avait besoin d'être rassurée et qu'il lui promettait de la prévenir au cas où il voudrait mettre fin à leur relation, il le ferait. Il n'avait pas l'intention de mettre fin à quoi que ce soit. Elle finirait par s'en rendre compte.

— Que dirais-tu d'un baiser pour sceller l'affaire ? proposa-t-il en baissant la tête.

Il ne lui laissa pas la possibilité d'accepter ou de refuser.

Elle ne voulait clairement pas le repousser : elle se hissa sur la pointe des pieds et lui rendit son baiser avec la même passion.

Brick sentait en lui une énergie qu'il n'avait plus éprouvée depuis des années. Il avait été enthousiasmé par l'ouverture du Refuge, mais qu'Alaska accepte d'être sienne lui semblait receler des possibilités dont il n'avait jamais rêvé.

Ils haletaient de nouveau quand il s'écarta pour la deuxième fois.

— Maintenant, est-ce que tu pourrais me dire comment il se fait que tu saches utiliser notre système informatique ? demanda-t-il en faisant de son mieux pour ignorer la façon dont ses seins remplissaient son chemisier.

Bon sang ! Ce qu'il avait envie de la traîner jusqu'au lit qu'ils partageaient chaque nuit.

— Ce n'était pas difficile, répliqua-t-elle en haussant les épaules.

— Il a fallu deux semaines à Becky rien que pour apprendre à enregistrer les entrées et les sorties.

Elle fronça les sourcils.

— Ah bon ?

— Oui.

— Waouh ! Eh bien, le système ressemble beaucoup à celui que j'utilisais quand je travaillais en France. Et le télé-phone est exactement comme celui que j'utilisais en

Finlande. Il y a des différences mineures, bien sûr, mais j'ai pris dix minutes pour naviguer dans le système et trouver comment réaliser les tâches simples. En général, j'ai besoin d'un peu plus de temps pour apprendre à effectuer des rapports.

— Donc... Becky a démissionné. Ça va nous prendre plusieurs jours pour lui trouver une remplaçante. Est-ce que tu...

— Oui, répondit-elle sans le laisser finir.

— Tu ne sais pas ce que j'allais dire, objecta-t-il en souriant.

— Si tu allais me proposer de vous aider, alors la réponse est oui.

— Dieu merci. Je ne peux pas te dire à quel point on déteste tous travailler au bureau. Et on n'est pas très bons non plus.

— J'en doute. Tous les hôtes que j'ai rencontrés vous ont adorés.

— Parce qu'on n'essaie pas de faire fonctionner l'ordinateur... Je vais parler aux autres du prix des chambres. Et le bouton de don est une excellente idée. On te paiera, naturellement.

Alaska secouait déjà la tête.

— Je séjourne ici gratuitement depuis deux semaines. Je n'ai pas besoin d'argent.

— Si. Tu vis ici en tant qu'invitée et tu continueras à l'être, ajouta-t-il fermement. Ce n'est pas négociable. Si tu effectues du travail administratif pour nous, tu seras payée.

— D'accord, concéda-t-elle d'une petite voix.

— Et tu ne travailleras que quatre heures par jour.

— Mais, Drake...

— Je suis sérieux. Tu es ici pour guérir, pas pour travailler comme une damnée, la coupa-t-il sévèrement. À mon avis, tu pourras tout faire durant ce laps de temps. Je suppose que tu es deux fois plus efficace que Becky de toute façon.

— Qu'en sera-t-il des clients qui doivent s'enregistrer tardivement ?

— Je demanderai à Tiny de s'en occuper. C'est notre homme de confiance quand il s'agit des arrivées tardives.

— OK.

— OK, répéta Brick en la dévisageant.

— Quoi ? demanda-t-elle, sentant le rouge lui monter aux joues.

— C'est juste que je me pince encore de savoir que tu es vraiment là. Depuis qu'on s'est retrouvés en Allemagne, je pense constamment à toi. J'avais l'impression que quelque chose me manquait. Toi, Alaska. Tu me manquais.

Elle pinça les lèvres et il vit des larmes se former dans ses yeux.

— Ne pleure pas, ordonna-t-il. Je ne peux pas gérer quand tu pleures.

— Ce sont de bonnes larmes.

— Eh bien, n'empêche. Je ne vais pas tout faire foirer, ajouta-t-il, plus pour lui-même que pour elle.

— Je vais faire de mon mieux moi aussi, renchérit-elle.

— Bien. Alors, tu penses qu'il reste de ces fameux cookies ?

Alaska sourit.

— Eh bien, j'ai fait en sorte d'en confisquer quelques-uns. Ils devraient se trouver encore au bureau – à moins qu'Owl n'ait mis la main dessus et ne les ait mangés à l'heure qu'il est. Mais je suppose que Robert ne serait pas contre en faire une autre fournée si je le lui demandais.

— Je ne suis pas surpris que tu aies Robert à tes pieds.

Brick l'embrassa une fois de plus. Un baiser court et fort, puis il entrelaça ses doigts aux siens et se tourna vers la porte.

Ils étaient en route pour le pavillon quand elle lui demanda, hésitante :

— Est-ce que c'est bizarre, Drake ?

— Non, répondit-il sans avoir à y réfléchir. Tu comptes pour moi, je compte pour toi, on couche déjà ensemble... Qu'est-ce qui est bizarre ?

À son soulagement, elle gloussa.

— C'est vrai. Qu'est-ce qui pourrait bien être bizarre dans tout ça ? demanda-t-elle, pince-sans-rire.

Quand ils pénétrèrent dans le pavillon, il était évident qu'Owl avait informé les autres de ce qui s'était passé. Tout le monde remercia chaleureusement Alaska pour son aide.

Spike regarda leurs mains jointes et haussa un sourcil. Brick jugea qu'il valait mieux aborder ce sujet maintenant.

— Alaska et moi, on sort ensemble, annonça-t-il sans ambages. Elle est aussi prête à effectuer des tâches administratives pour nous jusqu'à ce qu'on puisse engager quelqu'un, mais seulement quatre heures par jour. Tiny, si tu peux gérer les arrivées tardives, je pense que ça ira.

— Et les réservations pour le 4 juillet ? s'enquit Stone.

— Si Owl peut tenir l'accueil, je vérifierai les messages et je commencerai à répondre aux appels, répondit Alaska.

— Ça marche, déclarèrent tous les gars en même temps.

— On déteste le téléphone, ajouta Pip' avec une grimace.

— Alaska a fait quelques suggestions qu'on devrait aussi prendre en compte, indiqua Brick à ses amis.

— Rien qui nécessite une décision immédiate, protesta-t-elle.

— Je suis curieux, répliqua Spike.

— Moi aussi, fit Owl.

— On pourrait en discuter lorsqu'on se retrouvera pour parler de la réunion de ce matin, suggéra Pip'.

Tous approuvèrent d'un signe de tête et commencèrent à

s'éloigner. Tonka s'était apparemment déjà échappé vers la grange.

— Tu es sûre que ça va ? lui demanda Brick.

— Oui. Si j'ai des questions, j'interrogerai Owl, le rassura-t-elle.

— C'est bizarre que ce jour si lointain me mette en rogne et me rende heureux à la fois, murmura Brick en faisant référence au moment où il avait été blessé et ses coéquipiers tués.

— Drake... protesta doucement Alaska.

— Je vais aller parler à Robert, m'assurer que tout va bien de son côté, annonça-t-il sans la laisser s'appesantir sur ses paroles. Je t'apporterai des cookies un peu plus tard.

— Merci.

Brick était également heureux, quoique pas surpris, que ses amis n'aient pas pipé mot à propos de ce qu'ils venaient d'apprendre sur leur relation, entre Alaska et lui. Il avait surpris leurs regards interrogateurs et perplexes au cours des deux dernières semaines, mais il n'avait pas expliqué sa décision de l'installer dans son chalet, sauf en réitérant qu'ils étaient amis. Leur non-réaction à son annonce valait pour une approbation.

Il se pencha vers elle et l'embrassa sur les lèvres avant d'exercer une petite pression sur sa main et de se diriger vers la cuisine. C'était incroyable de pouvoir l'embrasser comme il en avait envie depuis des jours maintenant. Il serait idiot de laisser Alaska lui filer entre les doigts... et il était tout sauf un idiot.

Souriant et se sentant plus léger qu'il ne l'avait été depuis longtemps, Brick partit à la recherche d'autres biscuits.

* * *

Yong Chen sourit en fixant l'écran vide de son ordinateur. Il avait passé les dernières heures à mentir comme un arracheur de dents et les progrès réalisés lui paraissaient des plus prometteurs. Il se rapprochait de son objectif.

Son nouveau plan était encore plus excitant que son plan initial. Oui, avoir cette femme jouet avec lui en Chine pour pouvoir la briser, la vendre à ses fidèles clients, ç'aurait été préférable. Mais l'arracher juste sous le nez de l'homme qui l'avait sauvée serait encore mieux. Grâce à son vaste réseau sur le dark web, il avait déjà plus d'une douzaine d'hommes aux États-Unis intéressés par son acquisition... une fois qu'il aurait eu son tour, bien sûr.

Il emmènerait la salope en Californie où il passerait quelques semaines avec elle. Un ami rencontré des années plus tôt et qui avait des intérêts sexuels similaires aux siens lui avait offert l'utilisation de sa salle de jeu en sous-sol, installation insonorisée avec des liens et tous les dispositifs imaginables dont Yong pourrait avoir besoin pour... jouer.

Lorsqu'il aurait terminé, qu'elle aurait bien compris n'avoir pas échappé à son destin au bout du compte, il empocherait l'argent qu'il gagnerait en la louant – bien plus que sa mise de départ – et il rentrerait en Chine.

Il avait passé une nouvelle commande. Il serait de retour juste à temps pour la récupérer.

Ses clients à Pékin seraient déçus de ne pas avoir pu jouer avec l'Américaine qu'on leur avait promise, mais il avait le sentiment qu'ils aimeraient encore mieux la prochaine... plus jeune, plus mince, avec des cheveux blonds naturels. Une rareté en Chine.

Souriant, Yong se leva et ajusta sa queue dans son pantalon. Bientôt. Son heure n'allait plus tarder.

CHAPITRE 12

Au fil des jours, Alaska devait se pincer pour s'assurer qu'elle ne rêvait pas. Elle passait ses matinées avec Drake sur sa terrasse arrière comme d'habitude. Ils buvaient leur café et parlaient de la journée à venir. Puis elle passait quelques heures au pavillon à enregistrer les arrivées et départs des clients et à répondre au téléphone. L'après-midi, Drake, Mutt et elle faisaient une randonnée autour de la propriété. Elle aimait cet exercice et découvrir le territoire autour du pavillon. Et elle était plus heureuse et satisfaite qu'elle ne l'avait été depuis longtemps.

Elle en avait également appris chaque jour davantage sur le Refuge. Elle savait depuis toujours qu'ils n'accueillaient pas seulement ses militaires souffrant de TSPT. Toute personne ayant subi un traumatisme était accueillie à bras ouverts. Mais l'une des découvertes les plus intéressantes, c'était que si l'on prévoyait l'arrivée d'une personne susceptible d'être en danger – victime d'un harceleur ou d'un ex-rancunier, par exemple –, tous les habitants du Refuge étaient prévenus. Personnel comme hôtes. Bien que les armes ne soient pas autorisées sur la propriété, Drake expliquait que toute personne présente sur les lieux pouvait jouer un rôle essentiel dans la sécurité d'un hôte et, bien sûr, devait être alertée pour sa propre sécurité.

Si quelqu'un ne voulait pas être impliqué, si son TSPT l'empêchait d'être à l'aise dans ce genre de situation, il était remboursé et recevait un séjour gratuit égal à celui qu'il avait initialement réservé. À la grande surprise d'Alaska, une seule personne en trois ans avait accepté cette offre. Tous les autres clients s'étaient montrés prêts et désireux de veiller sur les visiteurs les plus vulnérables.

Ce constat avait réaffirmé la foi d'Alaska en l'humanité.

Il existait aussi une procédure de verrouillage. Si quelque chose se produisait qui mettait les hôtes en danger, tout le monde était prévenu par le système d'interphone et on attendait d'eux qu'ils se terrent dans leurs cabanes ou dans le pavillon. Les procédures de sécurité que Drake et ses amis avaient mises en place étaient impressionnantes et Alaska supposait qu'elles contribuaient largement à rassurer tout le monde.

Drake avait d'abord craint qu'elle ne soit alarmée par certaines des choses qu'elle apprendrait sur les coulisses du Refuge, mais en réalité, cette connaissance la rendait encore plus fière – et plus sûre – qu'auparavant.

Bien qu'elle ait été ravie d'en apprendre davantage sur l'entreprise, ces informations étaient éclipsées par le temps passé avec Drake. Depuis qu'ils avaient déclaré sortir ensemble, ils passaient leurs soirées comme avant, à lire, regarder la télé, mais avec l'avantage supplémentaire de s'embrasser... beaucoup.

Et chaque nuit, quand ils se couchaient, elle retenait son souffle, espérant que ce serait LA nuit, celle où il ferait plus que simplement l'enlacer.

Elle ne pouvait pas nier qu'elle était nerveuse à l'idée de faire l'amour avec l'homme qu'elle désirait depuis des années, mais son excitation l'emportait. Elle voulait être au niveau pour lui – au lit et en dehors –, même si elle pensait toujours ne pas être à la hauteur de Drake Vandine. Mais elle n'avait pas menti ; elle prendrait tout le temps qu'elle pourrait avoir avec lui.

Il avait eu une autre longue réunion avec ses amis et ils avaient décidé d'inviter l'investisseur potentiel au Refuge pour voir si son intérêt tenait toujours une fois qu'il aurait vu l'endroit. Drake s'était inquiété de la voir s'angoisser en apprenant que l'homme était chinois, mais Alaska lui avait assuré qu'elle n'était pas bouleversée. Oui, une personne originaire de Pékin l'avait achetée au trafiquant sexuel, mais elle pouvait difficilement tenir la population masculine d'un pays entier pour responsable de son calvaire.

Qui que soit son acheteur chinois, il faisait probablement profil bas pour s'assurer de n'être pas pris dans les remous soulevés par le sauvetage d'Alaska. D'ailleurs, il était peu probable qu'il sache qui elle était, ni même où elle avait disparu après lui avoir échappé. L'homme qui avait appelé le Refuge ce jour fatidique était mort.

Ce matin-là, un coup de fil avait empêché Drake de profiter de leur café paresseux sur sa terrasse : il avait dû aller couper un arbre qui était tombé sur l'un des sentiers de randonnée les plus fréquentés de la propriété. Elle avait une heure devant elle avant le travail et avait prévu de la passer à se détendre, mais elle s'était ensuite souvenue que Henley McClure serait présent au Refuge ce matin-là.

Le thérapeute rendait visite aux hôtes trois fois par semaine. Alaska avait évité les séances. Elle n'était pas sûre de savoir pourquoi. Peut-être parce qu'elle n'était pas prête à parler de ce qui s'était passé. Peut-être parce qu'elle était embarrassée par la facilité avec laquelle elle avait été dupée.

Mais pour une raison quelconque, ce matin-là, Alaska

était prête. Au moins pour assister à une session de groupe et voir comment les choses se passaient.

Être seule était devenu moins pénible. Elle ne sursautait plus à chaque bruit étrange et les cauchemars avaient presque complètement disparu. Bien sûr, elle avait l'impression que ce résultat était dû au fait qu'elle passait toutes les nuits dans les bras de Drake, mais n'empêche.

Maintenant qu'elle travaillait au Refuge, Alaska se sentait le devoir d'en savoir plus sur les méthodes de la thérapeute afin de pouvoir informer plus précisément les futurs clients sur les options qui s'offraient à eux.

Donc, après avoir terminé sa deuxième tasse de café et gratifié Mutt de quelques caresses supplémentaires, elle sortit de la cabine de Drake en direction du pavillon. Il y avait une pièce près de la salle à manger que Henley utilisait habituellement pour ses séances. Si un hôte indiquait souhaiter une conversation plus privée, des dispositions étaient prises pour qu'il en ait la possibilité.

La plupart des hôtes étaient nouveaux depuis la dernière visite de Henley. Autrement dit, la session pourrait être plus remplie que d'habitude. Robert était en train de ranger le buffet du petit-déjeuner quand elle arriva. Il lui adressa un sourire de bienvenue alors qu'elle se dirigeait vers la salle de thérapie.

Alaska pensait être prête mais, à la seconde où elle entra dans la pièce, un brusque accès de nervosité lui fit presque faire demi-tour et partir.

Elle allait bien. Elle n'en avait pas besoin. Rien ne lui était vraiment arrivé. Elle n'avait pas été violée. Elle n'était même pas si blessée que ça. Pas comme la plupart des clients qu'elle avait rencontrés, venus ici pour guérir.

Elle venait de reculer d'un pas quand une voix grave retentit à côté d'elle.

— Tu vas bien ?

En s'écartant rapidement, Alaska regarda derrière elle.

Tonka se tenait tout près, fronçant les sourcils devant sa réaction.

— Désolée, balbutia-t-elle en baissant les yeux.

Tonka était gentil. Tous les hommes qui dirigeaient le Refuge l'étaient. C'était avec lui qu'elle passait le moins de temps, car il était toujours à la grange à s'occuper des animaux. Il ne traînait guère avec les autres au Refuge et elle le voyait rarement y prendre ses repas. Les animaux semblaient avoir sur lui un effet apaisant inégalé.

— Non, c'est moi qui suis désolé. Je n'aurais pas dû arriver derrière toi comme ça, s'empressa-t-il de reconnaître. Il n'est pas trop tard pour partir, tu sais. Bon sang, même après le début de la séance, tu peux encore partir.

Ses mots suffirent à raffermir la résolution d'Alaska.

— Non. Je dois savoir ce qui se passe ici pour mieux indiquer aux hôtes à quoi s'attendre.

Tonka la regarda fixement pendant un long moment. Il était grand, quelques centimètres de plus que Drake, si bien qu'elle devait incliner la tête en arrière pour le regarder dans les yeux. Ses cheveux bruns étaient bien entretenus, de même que sa barbe. De tous les amis de Drake, propriétaires du Refuge, Tonka semblait être le plus... blessé. Ses blessures paraissaient profondes et il ne se mêlait pas aux hôtes, préférant passer son temps dans la grange avec la multitude d'animaux dont la bâtisse était devenue la maison.

Ce fut l'émotion qu'elle vit nager dans ses yeux qui attira son attention. L'angoisse qu'elle y décela lui fit mal au cœur. Comme les autres, cet homme avait vécu l'enfer et en était revenu. Elle ne connaissait pas son histoire et Drake avait admis que lui non plus, mais quoi qu'il lui soit arrivé, cela avait eu de profondes répercussions.

— Tu me rappelles l'écureuil qui vit derrière la grange, murmura-t-il.

— Hum... Dois-je te dire merci ? fit Alaska.

Les lèvres de Tonka tressaillirent.

— La première fois que je l'ai vu, il était à deux doigts de mourir. Maigre comme un clou, il lui manquait deux pieds et sa queue n'avait pas de poils. Il était moche comme tout... et tellement pathétique qu'il aurait été dans son intérêt que je mette un terme à sa misère.

Alaska inspira brusquement.

— Aïe ! fit-elle en fronçant le nez.

— Désolé, ce n'est certainement pas par ton physique que tu me rappelles cet écureuil. J'essayais juste de planter le décor.

Ces paroles la rassérénèrent un peu. Il continua :

— Je suis allé chercher une poignée d'amandes que j'avais prévu de manger à mon déjeuner. Je me suis assis, adossé à la grange, et j'ai parlé avec lui. Je lui ai jeté quelques noix et, finalement, le petit gars a trouvé le courage de s'approcher. Je suppose que cela tenait davantage à l'appel du ventre qu'à l'intérêt de ma conversation, admit-il avec un sourire en coin.

Alaska était fascinée. C'était le plus grand nombre de mots qu'elle l'avait entendu prononcer en une seule fois depuis qu'elle était arrivée.

— Quoi qu'il en soit, le petit gars était manifestement terrifié, mais sacrément déterminé en même temps. Je ne sais pas ce qui lui est arrivé, pourquoi il était dans cet état, mais même s'il était clairement mort de peur à cause de moi, de la nouvelle expérience qu'il vivait, il ne s'est pas enfui. C'est pour cette raison que tu me fais penser à lui.

Fixant son interlocuteur, Alaska se détendit un peu. Elle avait peur. C'était ridicule, vraiment. Il n'y avait aucune raison d'avoir peur. Elle n'était même pas obligée de parler pendant la séance si elle ne le sentait pas. Elle avait lu les notes sur ce qui se passait en thérapie de groupe. Henley dirigeait la conversation et tous ceux qui voulaient contribuer pouvaient le faire.

— Il est toujours dans le coin ? demanda-t-elle au bout d'un moment.

Tonka sourit à nouveau et tout son visage en fut métamorphosé.

— Oui. Je lui ai construit un appartement pour écureuils. Il se trouve au pied d'un arbre derrière la grange. Il a maintenant une petite amie et ils ont eu des bébés cette année. Les poils de sa queue ont repoussé, il est gros, heureux et ne semble guère perturbé par son incapacité à grimper aux arbres.

Alaska sourit.

— Je suis contente.

— Moi aussi. Alors, tu restes ou tu pars ? demanda-t-il.

— Je reste, répondit Alaska en se redressant. Et toi ?

Tonka haussa les épaules. Il cherchait à donner l'impression d'être nonchalant, mais Alaska sentait la tension en lui.

— Je reste.

Ils entrèrent ensemble dans la pièce et prirent place côte à côte. Les chaises étaient étonnamment confortables. Ce n'étaient pas de simples chaises pliantes. Drake et les autres avaient fait des folies, voulant que les hommes et les femmes qui venaient aux séances soient aussi détendus que possible, autrement dit ne s'assoient pas sur des sièges bon marché en métal dur.

Six hôtes se joignirent à eux, ainsi que Henley. La thérapeute était petite, environ un mètre soixante, dans le milieu de la trentaine. Elle devait avoir des ancêtres amérindiens. Ses épais cheveux bruns étaient retenus en une longue tresse dans son dos. Elle portait une jupe violette ample, descendant jusqu'au sol, et un chemisier fluide de couleur blanche. Le bleu de son collier turquoise ressortait sur le tissu pâle.

Elle était absolument magnifique, si bien qu'Alaska se sentait terne en comparaison. Bien sûr, elle se sentait comme ça auprès de nombreuses femmes, ce n'était donc pas un sentiment nouveau.

Mais dès que Henley commença à parler, Alaska se détendit. Dotée d'une voix basse et apaisante, elle accueillit le groupe, à l'évidence sincèrement heureuse d'être là. Une fois que tout le monde se fut présenté, Henley parla des traumatismes, des différentes manières dont ils affectaient les gens.

Au bout de quelques minutes, l'un des hôtes, un homme âgé d'une cinquantaine d'années, murmura :

— Sans vouloir vous offenser, comment quelqu'un comme vous peut-il savoir ce que j'ai vécu ? Vous avez déjà été dans l'armée ? Vous avez eu à tuer ou à être tué ? Vous avez déjà eu à regarder un autre être humain dans les yeux, juste avant de lui faire sauter la tête ?

Ses mots étaient durs même si son ton était doux et Alaska comprenait un peu son point de vue. Comment cette femme pouvait-elle compatir avec les hôtes du Refuge ? Elle semblait aussi calme et sûre d'elle que n'importe qui d'autre. Mais encore une fois, après avoir passé du temps dans cet endroit, elle avait appris que l'image projetée par une personne n'était pas nécessairement révélatrice de son expérience traumatique.

Elle sentit Tonka se raidir à côté d'elle et Alaska tourna légèrement la tête pour le regarder. Il serrait fort les bras de la chaise. Un muscle de sa mâchoire ne cessait de se contracter et ses lèvres étaient serrées l'une contre l'autre. Alaska ne pouvait pas vraiment dire s'il était à deux doigts de tabasser l'hôte ou s'il était d'accord avec lui.

— Je pense que vous êtes tous d'accord pour dire qu'il

n'y a aucun moyen de savoir quels traumatismes quelqu'un a subis simplement en le regardant. Les humains sont devenus très forts pour cacher au monde ce qu'ils perçoivent comme des imperfections. C'est un mécanisme de survie. Nous pensons que, si les autres savaient à quel point nous sommes brisés à l'intérieur, ils s'enfuiraient probablement en hurlant. En réalité, même la personne la plus lisse peut avoir ses démons.

L'homme renifla légèrement.

— Vous essayez de nous dire que vous avez des démons ?

Henley se pencha sur sa chaise et fixa l'homme d'un regard calme. Sans savoir pourquoi, Alaska s'arma de courage pour entendre à sa réponse.

— Oui. Quand j'avais dix ans, j'étais avec ma mère dans notre maison de la réserve. Mon père travaillait au casino. Il était tard, probablement autour de minuit. Je me suis réveillée en entendant les cris de ma mère. Bondissant hors du lit, j'ai couru vers ma porte qu'instinctivement, je n'ai pas ouverte, mais j'ai regardé par la fente. J'ai vu ma mère au salon en train de se battre contre deux hommes. Ils l'avaient plaquée au sol et l'un d'eux découpait ses vêtements, sans se soucier de la blesser. Pendant une seconde, nos yeux se sont croisés, les miens et ceux de ma mère, je veux dire. Elle n'a pas arrêté de se battre contre ces hommes, mais elle m'a lancé silencieusement : « Va te cacher. » J'étais coincée dans ma chambre, dont la seule porte donnait sur le salon, où les hommes étaient en train de faire du mal à ma mère. La fenêtre de ma chambre était barricadée pour empêcher le froid et la poussière d'entrer. Je me suis glissée sous mon lit, entre les cartons qui y étaient rangés, et je me suis roulée en boule. Une seconde plus tard, ma porte s'est ouverte et j'ai entendu l'un des hommes dire à l'autre que la pièce était vide. Les deux hommes y ont traîné ma mère, l'ont jetée sur le lit et l'ont violée. À de multiples reprises. Juste au-dessus de ma tête. J'ai entendu chaque cri, chaque pleur, chaque frottement de leur peau contre la sienne alors qu'ils la violaient pendant des heures. Quand ils en ont eu enfin terminé, je les ai entendus qui la poignardaient. Une fois. Deux fois... Cinquante-sept fois. Ils riaient en la tuant. Comme quoi elle n'était qu'un déchet indien qui ne méritait pas d'exister. Ils ont regretté que sa fille ne soit pas à la maison, ce qui les privait d'un amusement avec elle aussi. Après leur départ, je suis restée là où j'étais, figée par la terreur. Je n'ai pas entendu un seul son sortir de ma mère, mais son sang avait commencé à s'infiltrer dans le matelas. J'ai vu la tache grandir lentement au-dessus de ma tête à mesure qu'elle se vidait de son sang.

— Putain de merde, s'exclama l'un des hôtes à mi-voix.

Alaska était tout à fait d'accord.

Henley avait débité son histoire presque sans émotion et Alaska devina que ce n'était pas la première fois qu'elle la racontait. Vu qu'elle travaillait au Refuge depuis au moins deux ans, elle s'était probablement retrouvée dans des situations similaires, obligée de raconter son traumatisme personnel à des clients peu convaincus de son aptitude à comprendre ce qu'ils avaient vécu. C'était déchirant... et sa volonté de partager sa douleur était impressionnante.

— Mon père est rentré à la maison à l'aube. Il a trouvé sa femme morte sur mon lit et a fouillé frénétiquement la maison à ma recherche. Je ne suis pas sortie jusqu'à l'arrivée de la police. C'est à ce moment-là seulement que j'ai repoussé les cartons et rampé dessous le lit. Je n'ai pas parlé pendant cinq ans. Donc... Oui, j'ai des démons, acheva Henley. J'imagine que mes démons pourraient même faire passer certains des vôtres pour quantité négligeable. Mais le but de ces séances n'est pas de déterminer qui a vécu le traumatisme le plus lourd. Elles sont là pour vous aider à comprendre que vous n'êtes pas seuls. Vous n'êtes pas seuls à avoir été traumatisés. Vous n'êtes pas seuls à avoir l'impression que votre peau est parfois trop serrée. Vous n'êtes pas seuls à ressentir de la culpabilité.

— De la culpabilité ? demanda une femme. Vous ne pouvez pas vous sentir coupable de ce qui s'est passé ! s'exclama-t-elle, pleine d'empathie.

— Je ne peux pas ? Pourtant, je n'ai rien fait, expliqua Henley. Je n'ai même pas essayé d'obtenir de l'aide. Peut-être que si j'étais sortie de dessous ce lit, ils auraient reporté leur attention sur moi, ma mère aurait pu attraper un couteau et se défendre.

— Vous étiez une enfant, objecta un homme.

Henley haussa les épaules.

— La culpabilité ne se soucie pas de l'âge que vous avez. C'est comme ça. Le cerveau humain imagine une centaine de scénarios possibles : Et si nous avions fait ceci différemment ? Et si nous avions fait cela différemment ? Et si nous ne nous étions pas arrêtés pour prendre ce café ? Et si nous avions écouté notre instinct ? La réalité, c'est que ce qui nous est arrivé nous est arrivé. Nous ne pouvons pas revenir en arrière ni le changer. Peut-être que si nous avions fait une seule chose différemment, le résultat aurait été différent. Mais nous ne l'avons pas faite. Et nous en sommes là. La seule option qui s'offre à nous, c'est aller de l'avant. Accepter notre réalité actuelle et mettre un pied devant l'autre.

La pièce était silencieuse et Alaska ferma les yeux en réfléchissant aux paroles de Henley. Elle avait raison. Il y avait tellement de choses qu'elle aurait voulu faire différemment ce jour-là, mais ça ne changeait rien à sa situation actuelle.

— Pour chaque « et si... », il y a autant de choses que vous avez faites correctement, poursuivit Henley. Il peut être difficile de les admettre à soi-même, parce qu'il est beaucoup plus simple de songer à ce que vous pensez avoir mal fait. Dans mon cas, la bonne chose à faire était de me cacher. De rester muette. Si j'étais sortie de dessous ce lit, il est probable que je serais morte avec ma mère. Après avoir été violée. À dix ans. Je ne suis pas sûre que j'aurais été capable de faire face si j'avais vécu un viol. Peu importe votre situation, ce que vous avez fait, ce qui s'est passé... Peu importe le nombre de fois où vous souhaiteriez avoir agi différemment, la vérité, c'est que... vous avez pris beaucoup de bonnes décisions. Les choses pourraient toujours être pires. Je le crois vraiment.

Encore une fois, Alaska était d'accord. Elle avait eu la présence d'esprit de demander à son kidnappeur d'appeler Drake. Si elle ne l'avait pas fait, elle serait probablement morte... ou souhaiterait l'être.

— Est-ce que quelqu'un d'autre veut partager son expérience ? Si vous n'arrivez pas à trouver ce que vous avez fait de bien, je suis sûre qu'en tant que groupe, nous pouvons vous y aider. Il est beaucoup plus facile de regarder une situation de l'extérieur, déclara Henley.

Lentement, les gens commencèrent à partager leurs histoires. Les raisons de leur séjour au Refuge. Alaska écouta attentivement. Ce que chaque hôte avait vécu était déchirant. Mais Henley avait raison : en tant que groupe, ils étaient capables de repérer les bonnes décisions de chacun.

Alaska demeura silencieuse. Son problème, ce n'était pas qu'elle n'arrivait pas à trouver ce qu'elle avait fait de bien, ce jour-là, mais plutôt qu'elle ne se sentait pas le droit d'être aussi perturbée qu'elle le pensait parfois : elle se sentait coupable de ne pas avoir souffert autant que les autres.

Tonka ne parla pas non plus. Et resta cramponné aux bras de sa chaise. Il semblait tout aussi tendu que lorsque Henley avait commencé à raconter son histoire. Alaska ignorait s'il était bouleversé parce qu'il pensait à ce qui lui était arrivé... ou parce qu'il était furieux de ce qui était arrivé à Henley.

Elle doutait que ce soit la première fois qu'il entende son histoire. Mais si elle le bouleversait à ce point, pourquoi assistait-il aux séances de groupe ?

Elle était encore en train d'essayer de comprendre quand il se leva brusquement et se dirigea à pas de loup vers la porte.

L'espace d'un instant, Alaska perçut de la tristesse et un désir intense dans les yeux de Henley avant qu'elle cligne des yeux et reporte son attention sur la femme qui parlait.

Elle avait le sentiment que la réaction de Tonka était personnelle. Il était venu à la séance de thérapie, mais sans prendre la parole. Il n'avait pas partagé son histoire. Était-il là pour soutenir Henley ? Pour se torturer ? Alaska n'en avait aucune idée. En tout cas, elle n'avait pas manqué la façon dont les épaules de Henley s'étaient affaissées après son départ.

Elle avait entrevu quelque chose que ni Henley ni Tonka ne voulaient dévoiler à autrui. Il y avait une sorte de connexion entre eux mais, bizarrement, ils n'étaient pas prêts ou désireux d'agir en conséquence.

Alaska se leva et s'excusa peu après le départ de Tonka. Même si elle n'avait pas participé à la conversation, elle se sentait étrangement plus légère. Elle avait agi stupidement pendant son séjour en Russie, mais elle s'était aussi comportée comme des milliers de touristes chaque jour. Elle aurait dû pouvoir faire confiance à Igor, un guide qui lui avait été recommandé. Et quand sa situation était devenue dangereuse, elle avait contacté le seul homme en qui elle pouvait avoir confiance. Et il l'avait aidée.

Ses pensées s'attardèrent sur Drake pendant qu'elle regagnait le chalet afin de se préparer pour son poste. Il y avait toujours beaucoup d'animation. Le Refuge était complet jusqu'en août de l'année suivante et il n'y avait pas beaucoup de places libres dans les mois restants. Par ailleurs, après en avoir discuté avec les autres, Drake avait augmenté le prix de la nuitée dans les cabanes et Alaska avait aidé à ajouter un bouton de don sur le site web et publié à côté quelques histoires de prisonniers de guerre qui avaient bénéficié d'un séjour gratuit.

Ils avaient récolté dix mille dollars de dons en une semaine.

Perdue dans ses pensées, Alaska poussa un cri de surprise lorsque Mutt surgit de nulle part à ses côtés et vint donner un petit coup de tête contre sa main.

— Mutt, au pied, ordonna fermement Drake.

En se retournant, Alaska le vit venir vers elle depuis l'orée du bois.

Sans réfléchir, elle se rapprocha de lui et l'enlaça. À son grand soulagement, Drake la serra immédiatement contre lui.

— Qu'est-ce qu'il y a ? Ça va ?

Il était toujours si inquiet à son sujet. Pour quelqu'un qui avait passé des années sans que personne ne se soucie vraiment de son bien-être, ça faisait du bien.

— Je suis juste tellement heureuse d'être ici. Que tu sois venu à mon secours.

Les bras de Drake se resserrèrent.

— Tu n'as pas à m'être reconnaissante de t'avoir porté secours.

— Si, insista-t-elle. Si tu ne m'avais pas crue. Ou que tu avais hésité. Ou si tu n'avais pas eu les relations que tu as... Je ne serais pas ici en ce moment.

— Qu'est-ce qui a provoqué cette prise de conscience ? demanda-t-il doucement.

— J'ai assisté à la séance de Henley ce matin, expliqua-t-elle.

Elle sentit les muscles de Drake se tendre. Il lui planta un doigt sous le menton pour l'obliger à relever la tête et voir ses yeux.

— Et ?

— Et rien. C'était bien. Ça m'a juste fait réfléchir. La meilleure décision que j'ai prise ce jour-là, ça a été de convaincre ce type que j'étais mariée et que tu paierais le double de la somme promise par son client pour me récupérer. Bien sûr, c'était un connard qui avait prévu de prendre ton argent et celui de l'autre gars aussi, mais n'empêche... C'était une bonne décision de ma part.

— Oui, bon sang ! Je n'arrive pas à imaginer ce qui se serait passé si tu ne l'avais pas fait, admit Drake.

Alaska frissonna, puis secoua la tête.

— Mais je suis ici maintenant. Et je vais bien. Je pense que j'aurai toujours des problèmes avec les espaces exigus et sombres, mais je peux le supporter. Parce que l'alternative aurait été bien pire.

— Tu as entendu l'histoire de Henley alors ? demanda Drake.

Alaska hocha la tête.

— Je suppose que toi aussi ?

— Ouais. Comme nous tous. Elle est incroyable.

— Je pense qu'il se passe quelque chose entre Tonka et elle, lâcha Alaska.

Drake haussa les sourcils.

— Tonka et Henley ? Je ne pense pas.

Alaska haussa les épaules.

— J'ai eu l'impression qu'ils s'appréciaient plus qu'ils ne voulaient bien l'admettre.

— Merde. Tonka est... Il n'est pas en état d'avoir une relation. Pas sûr qu'il le soit un jour.

— Je pense qu'elle le sait. Mais le cœur a ses raisons que la raison ne connaît pas, répliqua-t-elle d'une petite voix. Et aucune raison ne peut empêcher un cœur d'espérer.

L'expression de Drake s'adoucit.

— J'ai l'impression d'avoir raté tant de choses, murmura-t-il. D'avoir gaspillé tant de temps.

Alaska secoua la tête.

— Aucun de nous ne serait qui il est aujourd'hui sans nos expériences.

Il soupira.

— Tu as raison, mais si je pouvais remonter le temps et empêcher ce qui t'est arrivé, je le ferais.

— Je sais. Et moi de même pour toi.

Ils savaient tous les deux que c'était ridicule. Ce n'était pas comme si elle était un SEAL et elle ne se serait certainement jamais trouvée dans cette petite ville au moment où la bombe avait explosé.

— Merci, dit doucement Drake.

— De rien.

— Non, vraiment merci... d'être forte. Intelligente. D'être là. De nous avoir aidés avec les tracasseries administratives. D'être incroyable.

Alaska rougit.

— De rien, répéta-t-elle. Même si c'est moi qui devrais te remercier à nouveau.

— On se remerciera mutuellement alors, décida-t-il en la plaquant contre lui pour la conduire d'un pas vif vers le chalet.

— Il y a urgence ? demanda-t-elle.

— L'urgence, c'est que je veux t'embrasser. Et je veux de l'intimité parce que je vais prendre mon temps et te montrer à quel point je suis heureux que tu sois là, que tu n'aies pas été effrayée par mes sautes d'humeur et par le fait que je travaille beaucoup. Je veux m'assurer que tu réalises à quel point tu es importante, pas seulement pour moi, mais aussi pour tous mes amis. Tu es devenue si rapidement une partie du Refuge que je ne peux plus l'imaginer sans toi.

Ses mots la firent fondre... et l'excitèrent tant qu'elle se crut sur le point de mourir s'il ne posait pas ses lèvres sur les siennes dans les dix secondes suivantes. Ils avaient pris leur temps, s'embrassant beaucoup, oui, mais sans aller plus loin. S'il avait voulu faire l'amour, elle aurait accepté sans hésiter. Mais elle avait d'ores et déjà l'impression qu'ils sortaient ensemble. Même s'ils vivaient ensemble, l'excitation qu'elle ressentait à passer pour la première fois du temps avec quelqu'un à apprendre ce qu'il aimait et ce qu'il n'aimait pas et cette sensation de palpitation dans son ventre... Toutes ces choses étaient toujours là.

Elle ne voulait pas qu'il s'agisse d'une aventure d'un soir, d'une relation à court terme. Elle avait toujours voulu appartenir à Drake pour le restant de ses jours et elle avait une peur bleue de faire quelque chose qui gâche tout. Alors, même si elle brûlait de coucher avec lui, elle le laisserait imposer son rythme.

Et s'il voulait l'emmener à l'intérieur pour l'embrasser, elle n'avait rien à objecter. En vérité, elle aimait chaque seconde passée avec lui... même quand il était de mauvaise humeur. Ça le rendait réel. D'autant qu'elle était elle-même très lunatique. À un moment, elle était heureuse ; l'instant d'après, elle retournait là-bas dans ce conteneur obscur.

Il la guida jusqu'au chalet et, dès qu'ils furent à l'intérieur, il la plaqua contre le mur jouxtant la porte pour l'embrasser longuement. Et ce baiser n'était pas comme les autres. Il était aussi passionné que d'habitude, mais plus... chargé en émotions. Peut-être était-ce dû aux histoires qu'Alaska venait d'entendre. Peut-être au fait que sa propre épreuve était passée au premier plan dans son esprit. Elle n'en était pas sûre, mais elle aimait beaucoup ça.

En revanche, lorsque le pelotage laissa place à quelque chose de plus profond, Drake s'écarta.

L'une des mains d'Alaska était glissée à l'arrière du jean de Drake et l'autre s'était faufilée sous sa chemise. Son torse était dur sous ses doigts et elle ne put refouler un gémissement quand il interrompit son baiser.

L'une des mains de Drake se trouvait dans la nuque d'Alaska et l'autre dans le bas de son dos, sous sa chemise, pour la presser contre lui. Il respirait aussi fort qu'elle et Alaska sentait son érection contre son ventre.

— J'ai envie de toi, lâcha-t-elle.

— Merde, gémit Drake. Moi aussi.

Elle attendit, mais il restait immobile.

— Drake ?

— J'étais juste venu faire une pause, marmonna-t-il. Je suis censé conduire un groupe en randonnée à Table Rock et au-delà s'ils sont partants.

Alaska soupira.

— Et je dois aller au pavillon pour faire le check-out de deux hôtes et accueillir les nouveaux qui arrivent aujourd'hui.

— C'est en train d'arriver, lâcha Drake.

Alaska fronça les sourcils.

— Quoi ?

— Nous. Ça m'a peut-être pris vingt-deux ans pour voir ce que j'avais sous les yeux depuis le début, mais je te vois maintenant, Al. Et je suis peut-être lent, mais je ne suis pas idiot. Je vais rattraper le temps perdu.

— OK, chuchota-t-elle, adorant le son de cette phrase.

— OK, répéta-t-il.

Aucun d'eux ne bougea.

Drake sourit.

— Tu vas devoir me lâcher, ma puce.

— Et vice-versa, rétorqua-t-elle.

Le sourire de Drake s'élargit.

— Je n'avais aucune idée que ça pouvait être comme ça.

— Qu'est-ce qui pouvait être comme ça ?

— Être avec quelqu'un. Avoir une petite amie. Aimer quelqu'un.

Puis il se pencha pour déposer un baiser sur son nez et glisser les doigts dans sa nuque.

Alaska n'était pas sûre de respirer. Avait-il vraiment dit ce qu'il venait de dire ? Non, il ne pouvait pas vraiment le penser. Ce n'était pas parce qu'elle l'aimait depuis toujours qu'il ressentait la même chose après... quelques semaines ? Non, il devait juste parler en général.

— Je te retrouve après le déjeuner, dit Drake.

— Tu n'as pas un autre rendez-vous avec votre M. Choo cet après-midi ? demanda Alaska.

Drake fronça les sourcils.

— Mince. J'avais oublié. Oui. Nous finalisons sa visite au Refuge.

— Je pourrais nous préparer à dîner ici... si tu veux, suggéra-t-elle.

— OK. Si ça ne te dérange pas.

— Aucun problème.

— Ça me semble un programme tout à fait alléchant. Alaska ?

— Ouais ?

— Ce soir, quand on ira au lit... ?

Il marqua une pause et elle sentit ses bras se couvrir de chair de poule.

— Oui ? insista-t-elle

— On va faire plus que dormir. Tu es d'accord ?

Elle ne put refouler un énorme sourire.

— Oui.

— Bien.

Puis il revint vers elle comme incapable de s'éloigner. Il

l'attira à lui, fort, et l'embrassa une fois de plus. Longuement, lentement, et si passionnément qu'Alaska eut bien du mal à ne pas se liquéfier.

Il s'écarta de nouveau pour la dévisager pendant un long moment avant d'ouvrir la porte. Puis il se passa la langue sur les lèvres et partit.

Alaska eut besoin d'un peu plus de temps pour se sentir assez en confiance pour bouger. Elle se repoussa du mur et se dirigea vers la chambre pour enfiler la tenue plus professionnelle qu'elle portait lorsqu'elle travaillait.

* * *

Yong Chen sentait l'adrénaline couler dans ses veines. Tout se passait comme prévu. Les propriétaires du Refuge avaient été des négociateurs plus coriaces qu'il ne l'avait prévu. Au lieu de sauter sur des flux financiers supplémentaires pour leur camp en pleine campagne, ils avaient refusé l'extension proposée. Bien sûr, il n'allait pas leur verser un centime, mais ils n'en savaient rien. L'idée qu'ils voulaient préserver la taille réduite de leur entreprise était ridicule. À l'image de leur projet consistant à aider tous les cinglés du monde.

Le TSPT n'était rien d'autre qu'une faiblesse de l'esprit à son avis. Il avait vu des tas de gens craquer dans sa tanière. Il s'amusait beaucoup à parier sur le temps qu'il faudrait à telle ou telle femme pour le supplier de l'épargner. Elles commençaient presque toujours par se rebiffer, mais après quelques clients, elles changeaient d'avis.

Et une fois qu'elles étaient complètement brisées, il se débarrassait d'elles. Quand il n'y avait plus de défi, elles n'étaient plus amusantes. Yong aimait celles qui se battaient... et qui perdaient quand même.

Mais les hommes avec lesquels il jouait étaient des adversaires de taille. Ils faisaient et disaient beaucoup de choses intelligentes question business. S'il avait été désireux d'investir dans leur camp en pleine nature, il aurait été impressionné. Mais comme il ne se rapprochait d'eux que pour récupérer le bien qui lui appartenait, il ne se souciait pas de ce qui se passait dans les bois du Nouveau-Mexique.

Et plus l'heure de son départ pour les États-Unis approchait, plus il était excité. Il s'était arrangé pour que dix autres clients passent du temps avec son acquisition. Ce qui portait son bénéfice à deux millions de dollars. Il y avait quelque chose de si satisfaisant dans toute cette opération que Yong envisageait de créer sa propre entreprise.

Ses clients chinois étaient fidèles. Ils ne pouvaient assouvir nulle part ailleurs leurs fantasmes sexuels déviants. Mais il était plus qu'évident que les hommes comme lui pullulaient. Et comme il ne gardait jamais une femme plus de quelques semaines, deux mois tout au plus – après quoi, elles étaient complètement inutiles –, le risque était minime. Des hommes se débarrassaient des corps pour lui, mais il avait appris une chose ou deux au fil des ans. Yong ne doutait pas qu'il serait capable de se débarrasser de n'importe quel corps sans être repéré aux États-Unis... ou dans n'importe quel pays du monde d'ailleurs.

Son sexe durcit à l'idée de voyager en Inde, en Angleterre, au Mexique et dans d'autres pays pour s'y procurer un jouet. Il serait payé par des hommes qu'il contacterait via le dark web, se débarrasserait des preuves et repartirait beaucoup plus riche qu'à son arrivée.

Plus il réfléchissait à cette idée, plus il l'appréciait. Le Nouveau-Mexique et la femme qui s'était enfuie feraient office de test. S'il y parvenait là-bas, il pourrait le faire n'importe où.

Il en bouillonnait d'impatience. Il avait envie de commencer maintenant, mais il devait se tempérer. Cerise sur le gâteau, il avait appris aujourd'hui, lors de sa réunion avec les propriétaires du Refuge, que sa cible, Alaska Stein, s'y trouvait. Juste là où il la pensait.

L'homme qu'elle avait appelé avait conduit Yong tout droit jusqu'à elle.

Drake Vandine avait déclaré que son assistante administrative lui enverrait par e-mail un programme de sa visite au Refuge. Ils avaient discuté de ce qu'il verrait, des personnes qu'il rencontrerait sur place, mais Yong n'avait pas vraiment écouté. Tout ce qui lui importait, c'était qu'il n'aurait pas à voyager dans tout le pays pour remettre la main sur ce qui lui appartenait. Elle était là. Elle attendait juste qu'il vienne la chercher.

Et il la récupérerait, veillerait à ce qu'elle comprenne que sa punition serait dix fois pire que ce qu'elle aurait subi si elle n'avait pas ruiné ses plans.

Elle se sentait en sécurité maintenant, terrée au milieu de nulle part. Mais bientôt, il se nourrirait de sa terreur et de son horreur. Et de sa douleur. Il brûlait de la voir sanguinolente.

Yong se leva. Il devait faire ses bagages. Un long voyage l'attendait.

CHAPITRE 13

Brick avait du mal à se concentrer. Il ne pensait qu'à retourner dans son chalet... et auprès d'Alaska. Il s'en voulait de ne pas avoir vu ce qu'il avait sous les yeux depuis des années. Sans doute la faute aux nombreux kilomètres qui les séparaient et à leurs modes de vie très différents jusqu'à présent, mais ce n'étaient que des excuses.

Il savait déjà qu'elle était spéciale quand il avait dix-huit ans. Sinon, pourquoi aurait-il conservé le tableau au point de croix qu'elle lui avait offert ? Pour quelle autre raison se sentait-il envahi de chaleur quand il le regardait ? Et pourquoi aurait-il vibré lorsque son téléphone sonnait ou qu'il recevait la notification d'un e-mail ou d'un message ?

Au fond de lui, son subconscient devait savoir qu'elle était faite pour lui. Ça craignait qu'il ait fallu des circonstances aussi merdiques pour qu'ils se retrouvent. Mais après ces quelques semaines passées auprès d'elle, Brick ne voulait pas la perdre.

Un matin, il avait eu une longue conversation avec sa mère. Il avait brièvement évoqué les circonstances qui avaient amené Alaska au Refuge. Sans qu'il ait eu besoin de lui dire qu'elle commençait à prendre de l'importance pour lui, sa mère avait poussé un long soupir de soulagement et lâché :

— Pas trop tôt !

Surpris, il lui avait demandé ce qu'elle voulait dire.

Sa mère lui avait alors rappelé qu'Alaska craquait pour lui depuis leur adolescence. C'était d'ailleurs l'une des raisons pour lesquelles elle était allée repêcher au fond de la poubelle le cadeau qu'elle avait confectionné pour lui.

Quand Brick avait timidement demandé à sa mère ce qu'elle pensait d'Alaska, il avait été immensément soulagé de l'entendre déclarer sans circonvolution que s'il la laissait filer, il serait un idiot, et pas l'homme intelligent qu'elle avait élevé.

On pouvait dire que sa mère était une grande fan d'Alaska Stein.

— Brick, tu te concentres ? demanda Spike.

Ce n'était pas le cas, mais il regarda son ami et hocha quand même la tête.

Spike avait demandé une réunion rapide avant qu'ils ne partent chacun de leur côté pour la journée.

— On ne peut pas lui en vouloir, lança Owl avec un sourire en coin. Si j'avais une femme comme Alaska dans mon chalet, moi aussi, j'aurais la tête dans les nuages.

— Tais-toi, rétorqua Brick en s'emparant d'un stylo qu'il jeta sur son ami.

Tout le monde gloussa.

— Sérieusement, mec, je trouve ça génial, déclara Owl. Voir l'un de nous réussir à avoir une relation normale me donne de l'espoir.

Les autres acquiescèrent.

— Je ne suis pas sûr que je qualifierais de « normal » ce qu'il y a entre Alaska et moi, avoua-t-il honnêtement. On a deux décennies d'amitié derrière nous, donc on essaie de ne pas tout foutre en l'air tout en gérant nos propres problèmes de TSPT.

Tiny haussa les épaules.

— Je ne sais pas. Je dirais que vous avez tous les deux la chose la plus importante quand il s'agit d'une relation.

— Qu'est-ce que c'est ? demanda Brick, sincèrement curieux.

— Un socle. Lorsqu'on l'a trouvée en Russie, tu étais le seul à pouvoir l'aider à surmonter sa panique et la calmer. C'est toi qu'elle a pensé à appeler quand elle a eu besoin d'aide. Et quand elle a entendu que tu te trouvais dans un hôpital en Allemagne, elle a fait ce qu'il fallait pour te rejoindre. Vous êtes parfaits ensemble. Ça saute aux yeux.

Tiny n'avait pas tort. Et ses mots firent du bien à Brick.

— C'est... une belle personne, admit-il au bout de quelques secondes. Et je ne peux pas dire ça de la plupart des gens que je rencontre. Elle n'a pas une once de méchanceté, ce qui rend d'autant plus horrible ce qui a failli lui arriver.

— Tu vas la garder ? demanda Stone.

Brick ne put s'empêcher de rire tout bas en entendant cette formulation.

— Ce n'est pas comme si Alaska était un chien abandonné, dans le genre de Mutt.

— Tu vois ce que je veux dire, répliqua Stone en haussant les épaules.

— Si elle veut de moi, oui, avoua-t-il.

— Bien. Le Refuge a besoin d'elle. C'est une sacrée administratrice, approuva Pip'.

La bonne humeur de Brick en prit un petit coup.

— Si je veux la voir rester, ce n'est pas parce qu'elle est efficace avec nos hôtes et dans la gestion de la paperasse, grogna-t-il.

Pip' leva une main.

— Oh là ! Je ne voulais pas du tout insinuer ça. Mais sérieusement, on ne peut s'empêcher d'être un peu soulagé qu'elle semble aussi investie que nous dans cet endroit. Ce serait nul si elle détestait le Refuge.

Brick fit de son mieux pour étouffer sa colère. Pip' avait raison.

— Bon, maintenant qu'on sait tous que les intentions de Brick sont sérieuses à propos d'Alaska et qu'on lui a donné notre bénédiction, espérons qu'il ne va pas tout faire foirer. En attendant, je voulais qu'on discute de la visite de Choo. Vous êtes prêts ? demanda Spike.

Personne ne dit un mot pendant un long moment.

Spike soupira.

— C'est bien ce que je craignais. Je me suis dit… qu'on s'était peut-être un peu trop emballés à l'idée que quelqu'un veuille investir dans cet endroit. Qu'on puisse se développer et aider plus de gens. Mais à mesure que la visite de ce type se rapproche, je dois admettre que j'ai des doutes.

Brick regarda autour de la table et vit ses amis hocher la tête.

— Je ne suis pas sûr qu'on puisse annuler la visite maintenant. Choo a payé beaucoup d'argent pour tout organiser, dit-il.

— Il ne vient pas juste pour nous, si ? demanda Stone. Il m'a semblé qu'il avait d'autres réunions prévues. Il a dit qu'il serait aux États-Unis pendant un mois et demi environ.

— C'est ce que j'ai compris de ce qu'il nous a dit, convint Spike.

— Donc rencontrons-le, mais en le prévenant qu'on n'a pas pris de décision définitive, déclara Tonka qui prenait la parole pour la première fois.

— Je suis d'accord, déclara Spike. Je voulais juste m'assurer qu'on était tous sur la même longueur d'onde. J'adorerais avoir plus d'argent pour améliorer encore cet endroit, mais je ne suis pas sûr que doubler le nombre de cabanes y contribue. Je ne sais pas pour vous les gars, mais tant qu'on ne perd pas d'argent, je suis satisfait de ce qu'on a construit ici.

Tous étaient d'accord.

— Alors, quoi ? On divertit juste Choo, puis on lui dit : « Désolé, on a changé d'avis » ? demanda Tiny. On aurait l'air de cons, sans parler de la possibilité de perdre toute chance d'obtenir un autre investisseur à l'avenir si on en voulait un.

Ils restèrent silencieux un moment. Puis Brick déclara :

— On était censés demander à Tex de se renseigner sur ce type au cas où on décide d'aller de l'avant, non ?

— Oui. Pourquoi ? fit Spike.

— Ça peut paraître complètement con, mais on pourrait lui demander de se renseigner maintenant ? Avant qu'il n'arrive ici ? Comme ça, s'il trouve quelque chose de louche, on saura qu'on fait le bon choix en refusant le partenariat.

— Je ne suis pas sûr que ce sera plus facile de dire non, nuança Pip' en haussant les épaules. Ce n'est pas comme si on pouvait simplement lui avouer qu'on a fait une enquête sur lui et qu'on n'a pas aimé ce qu'on a trouvé.

— Pourquoi pas ? objecta Brick. On serait stupides de ne pas faire vérifier les antécédents d'un investisseur étranger dont on ignore tout.

— C'est vrai. Ou on pourra se contenter de lui dire qu'après en avoir discuté, on a décidé de prendre une autre direction, suggéra Tonka en haussant les épaules. Faire simple est toujours mieux que de brouiller les pistes.

— Il a raison, convint Spike. N'empêche que ça ne ferait pas de mal de voir ce que Tex peut dénicher. Je vais l'appeler aujourd'hui.

— Aux dernières nouvelles, sa femme et lui partaient pour deux semaines de vacances dans le Maine, objecta Tiny.

— Merde, j'avais oublié ça. Et l'autre femme avec qui il travaille tout le temps ? insista Spike.

— Elizabeth, précisa Owl.

— Oui, elle. Je vais peut-être l'appeler.

— J'ai entendu dire qu'elle était très douée, confirma Brick. Elle est spécialiste du dark web. S'il y a quelque chose à trouver sur quelqu'un là-dedans, elle le trouvera forcément.

— Eh bien, espérons qu'elle ne trouvera rien sur notre ami M. Choo, fit Spike.

— Je suis d'accord, dit Stone. La dernière chose dont on a besoin, s'il est impliqué dans quelque chose de louche, c'est d'avoir le Parti communiste chinois sur le dos.

Brick fronça les sourcils. Plus ils parlaient, plus la visite de l'investisseur le mettait mal à l'aise. À vrai dire, il était sceptique depuis le début, mais il avait espéré qu'il s'agissait seulement de paranoïa. Il ne voulait pas compromettre malgré lui l'avenir du camp et, en dépit de sa ténacité, ce sentiment n'était pas quelque chose dont il pouvait être certain de toute façon. Cela étant, il croyait fermement à l'idée que les coïncidences n'existaient pas.

Et il ne pouvait ignorer le fait qu'un Chinois les avait contactés à l'improviste pour investir dans le Refuge, quelques jours seulement après le sauvetage d'Alaska.

Encore une fois, ce n'était pas la première fois que cette pensée lui venait à l'esprit, mais il s'était dit qu'il réagissait de manière excessive à cause de ses sentiments de plus en plus profonds pour Alaska.

Il sortit de ses pensées troublantes lorsqu'il réalisa que la réunion était terminée : Tonka se levait pour retourner aux granges, comme d'habitude, et les autres suivaient.

— Ça va ? demanda Tiny à Brick alors qu'ils sortaient de la pièce pour entamer leur journée.

— Ouais, je suppose, répondit-il en haussant les épaules.

— Je suis content que Spike ait dit quelque chose. J'ai beaucoup pensé à cette visite ces derniers temps.

— Pareil, fit Brick.

Tiny lui donna une tape dans le dos.

— Pour info, je suis hyper content pour Alaska et toi. Je l'aime vraiment bien. Elle est... relaxante. Elle ne s'énerve pas quand les choses vont de travers avec les hôtes. Elle sait préserver le calme général et ses compétences sont phénoménales quand il s'agit de résoudre les problèmes.

Brick était d'accord à cent pour cent.

— À l'en croire, elle a beaucoup appris dans tous les endroits où elle a travaillé, à l'étranger. Être exposée à tant de cultures et de nationalités différentes l'aiderait à appréhender les situations d'une manière différente, la rendrait plus tolérante.

— Je suis d'accord. Et elle te fait du bien.

— De quelle manière ? demanda Brick.

— Tu es moins nerveux. Tu sembles plus détendu avec nos hôtes.

Brick réfléchit à l'observation de son ami et fut bien obligé d'être d'accord.

— Je ne sais pas si c'est parce que j'ai changé ou parce que je suis toujours heureux de retourner dans mon chalet et d'y revoir Alaska, admit-il.

— Ce n'est pas une mauvaise chose, mon ami, répliqua Tiny en lui donnant une nouvelle tape dans le dos. Je dois dire que je suis un peu jaloux. Non pas que je convoite Alaska – il est clair qu'elle n'a d'yeux que pour toi –, mais tu as trouvé quelqu'un qui te rend heureux, qui t'apaise, et ça me fait envie. À quoi est-ce qu'on pourrait rêver d'autre, nous, les vieux militaires usés ? Bref, tu as besoin d'un coup de main pour la randonnée aujourd'hui ? Deux des hôtes ont apparemment beaucoup de mal avec leurs démons.

— Si ça ne te dérange pas, je serais ravi d'avoir de la compagnie, avoua Brick.

Alors qu'ils rencontraient le groupe d'hôtes qui se rassemblaient pour la randonnée, Brick ne put s'empêcher de repenser aux commentaires de Tiny. Et à ceux de ses autres amis. Il n'avait pas cherché une partenaire de vie, mais il lui était désormais impossible d'envisager sa vie sans Alaska. Même si elle n'était physiquement avec lui que depuis peu de temps, il l'avait dans la peau.

Et en parlant de peau, il avait hâte de rentrer chez lui ce soir et de lui montrer à quel point il était heureux qu'elle soit là, avec lui.

* * *

Comme c'était toujours le cas lorsqu'il brûlait de se rendre dans un endroit, le monde semblait conspirer pour empêcher Brick de rentrer chez lui. La randonnée avec leurs hôtes avait bien commencé, mais certains des randonneurs les moins en forme avaient commencé à se laisser distancer. Ce qui avait irrité deux des hôtes les plus jeunes et les plus en forme.

Tiny avait entraîné les jeunes hommes vers l'avant tandis que Brick était resté derrière avec les quatre autres. Ils étaient arrivés à Table Rock et avaient déjeuné tranquillement, mais l'une des femmes, victime d'une réminiscence, refusait de bouger, certaine qu'un ennemi se tenait en embuscade dans les arbres.

Brick ne pouvait décemment pas renvoyer les trois autres au Refuge par eux-mêmes, il utilisa donc la radio qu'il portait toujours sur lui pour contacter Pip' et lui demander de venir l'aider. Par chance, Henley, qui était au

Refuge pour une thérapie individuelle, accepta de venir elle aussi afin de lui prêter main forte.

Quatre heures plus tard que prévu, Brick regagna enfin le pavillon. Il avait besoin de rassurer leurs autres hôtes qui avaient entendu parler de ce qui s'était passé. Oui, la cliente qui avait traversé un épisode douloureux allait beaucoup mieux et, non, elle ne repartait pas, elle était même déterminée à rester. Ce qui conduisit à une sorte de séance de groupe impromptue au cours du dîner où chacun partagea certains de ses pires revers.

Le temps que Brick puisse s'excuser, il était crasseux, épuisé et irrité que ses plans aient autant dérapé.

En approchant de son chalet, Brick s'arrêta devant la porte. Les douces odeurs venant de l'intérieur firent gargouiller son ventre. Il avait envoyé un message à Alaska pour la prévenir qu'il ne serait pas de retour pour le dîner. Il l'avait invitée à les rejoindre au chalet, mais elle avait refusé.

Il s'était fait du souci pour elle pendant toute la soirée. Il voulait aller la voir, s'assurer qu'elle allait bien malgré leur changement de plan, mais il n'avait pas pu partir. Les hôtes semblaient particulièrement fragiles, comme cela arrivait parfois, et la dernière chose qu'il voulait faire, c'était leur donner l'impression de les avoir abandonnés.

Mais d'après la délicieuse odeur qui montait du chalet, Alaska n'était pas restée inactive.

En poussant la porte, Brick s'arrangea pour lui faire savoir qu'il était rentré. Il savait d'expérience que surprendre quelqu'un souffrant de TSPT n'était pas une bonne chose.

Les griffes de Mutt cliquetèrent sur le sol. Souriant de le voir accourir vers lui, Brick se pencha pour caresser son chien.

— Salut, mon garçon. Tu as bien dormi ? Tu dois vraiment aimer Al, hein ? Je ne pense pas que tu aies manqué un repas au pavillon depuis longtemps.

Le postérieur du chien s'agitait pendant que Brick parlait, histoire de lui montrer la joie que son retour lui inspirait.

Brick se leva et regarda vers la cuisine. Alaska, souriante, se tenait près de la table.

— Salut, lança-t-elle doucement.

— Salut, répondit-il en s'approchant rapidement.

Comme elle reculait contre le comptoir, il la bloqua en posant les mains sur le granit. Elle blottit les siennes sur sa poitrine non sans incliner la tête en arrière pour le regarder.

— Ça sent bon ici, constata-t-il.

Alaska haussa les épaules.

— Je me suis fait une salade pour le dîner, mais j'ai pensé que tu apprécierais peut-être des doubles cupcakes au chocolat pour le dessert. Ils ne sont certainement pas à la hauteur de ceux de Robert, mais ils ne sont pas mal non plus.

— Si leur goût est seulement à moitié aussi délicieux que leur odeur, ce seront les meilleurs cupcakes que j'aie jamais mangés, déclara-t-il avec un petit sourire.

Elle lui sourit en retour, puis fronça les sourcils.

— Tout va bien ? Je veux dire, cette femme, elle va bien ?

— Oui. Ça a été dur pendant un moment, mais Henley a été formidable avec elle. Et les autres hôtes aussi. Personne ne lui a dit qu'elle délirait ou qu'elle devait se reprendre et on a pu rentrer au chalet sans trop de problèmes.

— Les gens peuvent vraiment dire ce genre de choses ?

— Oh, oui... et même pire. Ceux qui n'ont jamais souffert de la résurgence d'un souvenir ou éprouvé la peur que suscite un certain son ou la vue d'une chose qui leur rappelle leur traumatisme ne peuvent comprendre la difficulté de s'extraire de cet endroit sombre.

Alaska leva une main et la lui posa sur la joue.

— Je suis désolée, souffla-t-elle.

Ses yeux magnifiques brillaient de compréhension. Brick lui prit une main et en embrassa la paume.

— Tu as l'air fatigué, observa-t-elle.

Il haussa les épaules.

— Ça va.

— Pourquoi n'irais-tu pas prendre une bonne douche ? Les cupcakes devraient avoir suffisamment refroidi pour que je puisse y appliquer le glaçage pendant ce temps. On pourra se détendre et regarder quelques épisodes de *Scrubs* quand tu auras fini.

Brick la regarda pendant un long moment, puis soupira.

— Ce n'est pas comme ça que je voulais passer la soirée.

— Je sais. Mais c'est la vie, dit-elle sentencieusement.

— Je te désire tellement, lâcha-t-il tout à trac. Je veux enfouir ma tête entre tes jambes et me régaler. Je veux te regarder me sucer. Je veux te sentir jouir sur moi quand tu passeras par-dessus bord. Je veux être en toi plus que je n'ai jamais voulu quoi que ce soit depuis très, très longtemps.

Le visage d'Alaska vira au rouge vif, mais elle ne détourna pas le regard.

— Pour l'instant, je ne pense pas pouvoir te donner l'attention que nous méritons tous les deux, acheva-t-il, un peu à contrecœur.

— Laisse-moi m'occuper de toi pour une fois, répliqua Alaska. Et pour info, je veux tout ça, moi aussi, mais pas quand je sais que tu as eu une dure journée et que tu es épuisé.

Brick ferma les yeux et posa son front contre le sien. Il resta là, à inhaler son odeur, laissant le calme s'infiltrer dans son âme. Il n'avait aucune idée de la raison pour laquelle le simple fait d'être à côté d'elle lui procurait un tel bien-être.

— Va prendre une douche, dit-elle après un moment.

Chaude. J'aurai des cupcakes, des couvertures et la série en attente quand tu auras fini.

— OK, accepta-t-il.

Brick releva la tête, mais l'obligea, d'un doigt énergique, à lever le menton. Il plongea dans le marron profond de ses yeux pendant de longues secondes avant de réduire lentement la distance entre eux.

Elle le rejoignit à mi-chemin et leur baiser fut long, tranquille et affectueux. Elle fut la première à s'écarter. Brick voyait la passion et le désir dans son regard, mais elle se contenta de passer la langue sur les lèvres et planta les mains sur ses hanches pour se tourner vers le hall.

— Vas-y, Drake. J'ai des cupcakes à glacer.

Il partit.

Mais avant de s'être trop éloigné dans le couloir, il se retourna. Alaska avait porté son attention vers les cupcakes qui refroidissaient sur une grille sur le comptoir. Il le regarda pendant un moment, réalisant à quel point elle avait l'air chez elle et bien dans son chalet. Lorsqu'il avait choisi le plan de sa maison, il n'avait pas pensé à une femme et des enfants. Il voulait la simplicité. Un grand espace de vie, une cuisine fonctionnelle, deux chambres, une salle de bains. Il n'avait pas besoin de plus.

Mais il avait eu tort.

Il avait besoin de ça.

D'elle.

D'Alaska.

Se promenant dans sa maison comme si elle était née pour y être.

Elle avait raison, elle n'était pas la femme la plus tape-à-l'œil du monde. Elle préférait de loin se fondre dans le décor. Elle n'aimait pas être le centre de l'attention. Mais pour Brick, elle se distinguait simplement par sa personnalité. Il avait été si près de la perdre. De ne pas comprendre à quel point aimer quelqu'un pouvait changer une vie.

Ce fut avec cette pensée en tête qu'il pénétra dans la salle de bains. Il ouvrit l'eau de la douche, se déshabilla, se brossa les dents, puis entra dans la douche. Alors que l'eau chaude lui martelait les épaules, Brick eut une pensée pour ses compagnons de combat disparus depuis longtemps. Vador, Monster, Bones, Rain et Mad Dog auraient adoré le Refuge. Mais, bien sûr, s'ils n'étaient pas morts, le Refuge n'aurait jamais existé.

Donner et prendre.

Le monde était plein de cette règle.

Au cours des quatre dernières années, leurs épouses s'étaient remariées, avaient eu d'autres enfants... et continué leur vie. Au début, Brick ne l'avait pas compris. Comment pouvaient-elles trahir ainsi leur mari ? Mais il le comprenait maintenant. La vie continuait. Les gens changeaient. Et quand vous trouviez quelqu'un qui vous semblait être l'autre moitié de votre âme, vous faisiez n'importe quoi, vraiment n'importe quoi, pour garder cette personne.

Aimer Alaska avait changé sa vie. Elle l'avait changée, vingt-deux ans plus tôt, quand elle avait confectionné ce tableau au point de croix. Elle l'avait changée, quatre ans plus tôt, quand elle avait eu le courage de mentir à la Marine et de se présenter à son chevet. Et elle l'avait changée quand elle avait convaincu son kidnappeur de l'appeler.

La vie était un putain de grand jeu de dés. Parfois, on avait de la chance et on faisait des doubles ; d'autres fois, on n'obtenait rien. C'était la façon dont on jouait, ce qu'on faisait lorsqu'on se retrouvait sur le point de perdre qui comptait. L'importance qu'on accordait à ce qu'on recevait quand on avait de la chance.

Et Brick savait qu'il était sacrément chanceux. Les autres

hommes dans la vie d'Alaska n'avaient peut-être pas vu la perle rare en elle, mais lui, si. Et il n'était pas assez idiot pour la laisser filer. Elle faisait de lui un homme meilleur et il le savait. Elle pensait n'avoir rien de spécial, ce qui était à la fois frustrant et constituait une partie de son charme. Brick lui montrerait chaque jour à quel point elle était appréciée et aimée, aussi longtemps qu'il aurait le privilège d'être à ses côtés.

Elle ne passerait pas un jour de plus sans savoir ce qu'il ressentait pour elle.

Une idée germa alors dans son esprit. Quelque chose qu'il pouvait faire pour elle et qui arrivait bien trop tard. Quelque chose qu'elle n'aurait jamais pensé à faire pour elle-même.

L'épuisement le tenaillait toujours mais, à présent, l'anticipation coulait dans ses veines. Il avait beaucoup d'organisation à prévoir, mais Brick ne doutait pas que ses amis l'aideraient.

* * *

Alaska s'assit sur le canapé à côté de Drake et lui caressa les cheveux. Il était profondément endormi contre elle, ses inspirations régulières lui indiquant sans mots à quel point il était fatigué. Drake ne dormait pas bien. Elle l'avait remarqué à l'hôpital et il l'avait mentionné à une ou deux reprises depuis. Mais en ce moment, avec sa tête sur ses genoux, un bras enroulé autour de ses cuisses, Mutt ronflant dans le creux de ses genoux, il était bel et bien dans les bras de Morphée.

Ça lui faisait du bien de pouvoir lui offrir ça.

Elle ne pouvait pas nier qu'elle était un peu déçue qu'ils ne soient pas nus dans son lit en train de faire l'amour, mais c'était presque aussi bien. À bien des égards, c'était plus intime.

La journée avait été longue. Alaska avait le sentiment que Drake le nierait, mais aider les autres à surmonter leurs réactions traumatiques lui demandait beaucoup d'efforts et ressuscitait chez lui des souvenirs plutôt désagréables. Être là pour lui maintenant, lui permettre de relâcher la pression et de se prélasser sur le canapé sans avoir à réfléchir, c'était bien. Elle se sentait utile.

Elle avait été seule pendant une grande partie de sa vie. Personne ne se souciait vraiment de savoir ce qu'elle fichait. Mais voir Drake apprécier les pâtisseries qu'elle lui avait préparées, ne pas être contrarié par leur changement de plan pour le dîner, accepter de s'asseoir sur le canapé et de se vider la tête devant la télévision... C'était merveilleux.

Mais il se faisait tard. Sa jambe était ankylosée là où la tête de Drake reposait. Et la journée du lendemain serait longue pour tous les deux. Pour elle, parce qu'elle travaillait sur la refonte du site web du Refuge et, pour Drake, parce qu'il voudrait certainement garder un œil plus vigilant sur les hôtes après ce qui s'était passé ce jour-là.

— Drake ? murmura-t-elle.

Il ne bougea pas. Seul Mutt leva la tête pour la regarder.

Alaska savait que réveiller d'un profond sommeil quelqu'un ayant le passé de Drake n'était pas sans danger. Elle voulait le mettre au lit, mais ne savait pas trop comment s'y prendre.

Mutt lui épargna cette décision : sautant du canapé, il y revint aussitôt pour lécher le visage de Drake endormi. Alaska eut bien du mal à ne pas rire. Au début, Drake marmonna dans son sommeil. Mais comme Mutt continua à le lécher, il gémit et leva une main pour repousser le chien. Mutt s'entêta, léchant les doigts de Drake, son poignet, puis son visage à nouveau quand il put l'atteindre.

— Maudit chien, marmonna-t-il. Je suis réveillé.

Alaska savait qu'elle affichait un sourire jusqu'aux oreilles, mais elle ne pouvait s'en empêcher.

Drake leva les yeux vers les siens et elle s'immobilisa, incapable d'interpréter l'émotion qu'elle lisait dans son regard, même si son ventre se serrait de désir.

— Quelle heure est-il ? demanda-t-il, une fois que l'intensité du moment eut disparu.

— Minuit et demi environ, répondit-elle.

— Merde. Je ne voulais pas m'endormir sur toi.

— Ce n'est pas grave. J'essayais de te réveiller pour qu'on aille se coucher quand Mutt a décidé de m'aider.

— Bon garçon, commenta Drake, en tendant une main pour ébouriffer la fourrure de la tête du chien. Je ne lui ai pas appris à me réveiller comme ça. Il a compris tout seul qu'il valait mieux que je me réveille lentement plutôt que d'être surpris par une alarme.

— Oui, je ne savais pas exactement comment te réveiller sans t'effrayer.

Drake se redressa et, à sa grande surprise, elle vit un air coquin traverser son visage.

— Je pourrais envisager plusieurs façons d'y parvenir.

Alaska ne put s'empêcher de jeter un coup d'œil au bassin de Drake. Sous son regard, le sexe de son compagnon sembla grandir.

— Oui, c'est une façon de faire, lâcha-t-il, sans avoir l'air le moins du monde gêné. (Il se leva.) Je vais laisser sortir Mutt, si tu veux aller te coucher.

Les choses entre eux étaient très... faciles. Très domestiques. Alaska s'était imaginé que vivre avec un homme serait beaucoup plus gênant. Mais rien n'avait été inconfortable, jamais, au cours de ses journées ou de ses nuits avec Drake. Il la laissait toujours utiliser la salle de bains en premier, le temps de se changer sans qu'elle ait à s'inquiéter d'une irruption de sa part. Il nettoyait après elle, s'occupait constamment d'elle, s'assurait qu'elle avait assez à manger, assez chaud, qu'elle ne s'ennuyait pas.

Grâce à lui, elle se sentait spéciale. Ce qui était nouveau pour Alaska.

Le temps qu'elle finisse dans la salle de bains, Drake et Mutt étaient de retour à l'intérieur. Elle alla dans la chambre avec le chien pendant que Drake faisait ses ablutions dans la salle de bains. Elle se glissait sous les couvertures quand il revint.

Alors qu'il lui laissait toujours du temps en privé pour se changer avant le coucher, Drake n'avait aucun problème à se préparer devant elle. Probablement parce qu'il n'avait aucun motif de gêne s'agissant de son corps. Ce soir-là, Alaska ne fit même pas semblant de ne pas le regarder pendant qu'il ôtait sa chemise.

Ses biceps étaient assez larges pour qu'elle ne pense pas pouvoir en faire le tour de ses deux mains réunies. Le tatouage de lion rugissant sur son bras gauche ondulait lorsqu'il bougeait et, même de là où elle se trouvait, Alaska distinguait les veines de ses avant-bras. Pourquoi était-ce aussi sexy ? Elle n'en avait aucune idée, mais visualiser ses mains et ses bras autour d'elle la faisait frémir.

Drake enleva ensuite son pantalon de survêtement. Ses fesses moulées dans un boxer étaient dures comme la pierre et ses cuisses énormes. C'était un homme aux dimensions... impressionnantes. Pas question qu'elle manque ce spectacle. Et ce soir, elle laissa son regard s'attarder sur le devant de son caleçon alors qu'il faisait le tour du lit pour gagner le côté où il dormait.

— Tu aimes ce que tu vois, ma puce ? demanda-t-il en se glissant sous le drap.

Les tétons d'Alaska étaient durs sous son pyjama et elle sentait l'humidité entre ses jambes. Au lieu d'être gênée d'avoir ainsi reluqué le corps de Drake, elle se sentait plus hardie. Et savait instinctivement que Drake ne la rendrait pas honteuse de son propre corps. Il n'irait pas se dire qu'elle avait des seins trop petits ou des tétons trop gros. Il ne lui donnerait pas la sensation d'être bizarre parce qu'elle mouillait d'excitation. Et elle avait le sentiment qu'il n'aurait aucun problème à ce qu'elle prenne le contrôle.

Elle n'était peut-être pas la femme la plus sexuellement expérimentée au monde, mais elle appréciait ce qu'elle appréciait... et elle appréciait Drake, sans l'ombre d'un doute.

— Oui, lâcha-t-elle simplement.

— Bien. Parce que j'adore quand tu me reluques.

Il attrapa sa taille et l'attira contre son flanc à la place qu'elle occupait d'ordinaire pour dormir.

Alaska s'y blottit et enfouit le visage dans son épaule pour se sentir à l'aise.

La main de Drake, qui reposait habituellement dans son dos, empoigna sa chemise de nuit et la fit remonter. Il tira sur le tissu jusqu'à ce que sa main puisse passer en dessous. Il la posa alors dans le bas de son dos pour plaquer Alaska contre lui.

Au lit, elle n'avait pas pour habitude de porter plus qu'une culotte et un t-shirt ample, si bien que ses jambes nues et même son ventre frôlaient désormais la peau nue de Drake. Et elle ne pouvait s'empêcher de penser qu'il avait les doigts tout près de ses fesses. Ses mamelons lui faisaient mal, pressés qu'ils étaient contre le flanc de son homme.

— Qu'est-ce que c'est bon de t'avoir contre moi ! Je te l'ai déjà dit, non ? chuchota Drake.

Alaska secoua la tête.

— Et c'est bon aussi de t'avoir contre *moi*.

Elle ruina sa tentative de séduction en lâchant un énorme bâillement.

Drake ricana et la serra rapidement dans ses bras.

— Il est tard. Dors, Al.

Elle voulait protester qu'elle n'arriverait pas à dormir tant elle était excitée, mais ses yeux lui semblèrent tout à coup trop lourds pour rester ouverts.

Drake faisait courir ses doigts le long du bras qu'elle lui avait enroulé autour du ventre. Elle sentait et entendait les battements de son cœur sous sa joue.

— Merci pour ce soir. C'était exactement ce dont j'avais besoin, souffla-t-il après un moment.

Alaska s'endormit avec la sensation de Drake le long de son corps, les ronflements de Mutt derrière elle et la certitude au fond de ses os que c'était là qu'elle était censée être.

CHAPITRE 14

Alaska faisait le meilleur des rêves.

Elle en avait eu du même genre à de nombreuses reprises dans le passé, mais cette fois-ci, ça semblait beaucoup plus réel. Elle était au lit avec Drake et il la regardait comme si elle était la plus belle personne du monde, ce qui lui indiquait, à n'en pas douter, qu'elle rêvait. Il descendait le long de son corps, puis lui écartait lentement les jambes pour commencer à lui lécher le clitoris. Et il ne faisait pas ça machinalement. On aurait dit qu'il aimait vraiment ce qu'il faisait, qu'il ne faisait pas seulement cela comme un prélude au « truc bien », pour ainsi dire.

Ce fut seulement lorsqu'Alaska resserra les mains sur les cheveux de Drake qu'elle comprit : elle ne rêvait pas du tout.

Tous les muscles de son corps se raidirent alors qu'elle ouvrait les yeux et relevait la tête.

Elle était allongée sur le dos dans le lit de Drake. Il était encore tôt, le soleil n'entrait toujours pas par la fenêtre, mais il y avait assez de lumière à l'extérieur pour qu'elle voie clairement l'éclat dans les yeux de Drake qui relevait légèrement la tête d'entre ses jambes. Il avait réussi à lui ôter ses sous-vêtements sans la réveiller et elle était complètement nue en dessous de la taille.

— Bonjour, fit-il d'une voix rauque avant de retourner à ce qu'il faisait.

Alaska n'était pas assez réveillée pour former des mots. Et son corps était submergé par le plaisir. Dans ses rêves, Drake semblait toujours savoir exactement où la toucher pour qu'elle se sente bien, mais la réalité était encore meilleure.

— Drake, souffla-t-elle alors qu'il lui caressait l'intérieur des cuisses avec ses pouces pendant qu'il se régalait.

— Hum, répliqua-t-il.

Alaska sursauta lorsque ces vibrations, parties de son clitoris, se propagèrent jusqu'à ses mamelons.

Elle le sentit sourire contre elle alors qu'il continuait à la lécher. C'était une sensation bizarre, mais pas désagréable du tout.

— Qu'est-ce que tu fais ? réussit-elle à dire.

Il ricana à nouveau et, cette fois-ci, lorsqu'il releva la tête, l'une de ses mains prit le relais et commença à s'insinuer dans l'humidité entre ses jambes.

— Si tu ne le sais pas, c'est que je ne le fais pas bien, la taquina-t-il.

— Si. Je veux dire, je vois et sens ce que tu fais, mais... Pourquoi ?

— Après la nuit dernière où on a parlé de la meilleure façon de réveiller quelqu'un sans l'effrayer, je n'ai pas pu résister. Tu dormais très profondément et je ne voulais pas te faire peur, alors j'ai décidé d'essayer ça. Tu aimes ?

— Hum... Oui, répondit-elle.

— C'est bien ce que je pensais. Tu es vraiment humide, souffla Drake qui baissa les yeux pour regarder son doigt s'insinuer dans le corps d'Alaska.

Elle se raidit à ses mots. Il ne se moquait pas d'elle, elle le savait. Mais on lui avait dit trop souvent la même chose de manière désobligeante.

Drake leva aussitôt les yeux, percevant manifestement le changement dans sa réaction.

— Quoi ? Qu'est-ce que j'ai dit ?

— Rien, je... Peut-être que je devrais...

Elle ne put achever. Drake se déplaça un peu et posa l'un de ses avant-bras sur son ventre, ce qui l'immobilisa légèrement. Elle pouvait bouger si elle le voulait vraiment, mais honnêtement, son corps bourdonnait encore de ce qu'il lui avait fait avant qu'elle ne décide, idiote qu'elle était, d'avoir une petite conversation.

— Tu devrais m'expliquer ce que j'ai dit de mal pour que je puisse soit lever le malentendu, soit me botter le cul pour avoir dit quelque chose de blessant.

— Je... Tu... Ce n'est pas normal... que je mouille autant, lâcha-t-elle. Mais je ne peux pas m'en empêcher.

Le sourire qui se dessina sur le visage de Drake était si époustouflant qu'Alaska ne put détourner le regard.

— Tu penses que le fait d'être mouillée est un repoussoir ? Oh, ma puce, pas du tout.

— Mais c'est sale. Et je vais salir les draps.

— C'est sale, convint Drake qui ajouta, avant qu'elle puisse répliquer : Et tellement sexy que tu ne t'en rends même pas compte. Si on doit changer les draps tous les jours pour le reste de notre vie, qu'il en soit ainsi. Je m'en fous. Et à ton avis, quand je vais jouir, ça ne sera pas sale ? Que tu te répandes sur mes doigts, à la seconde où je glisserai ma langue entre tes jambes, c'est vraiment génial.

Il ficha de nouveau son doigt en elle et Alaska ne put s'empêcher de lever le bassin vers lui.

— Et savoir que je ne te ferai pas mal quand je viendrai en toi, c'est un soulagement. Je suis comme qui dirait imposant, ma puce. Ça prouve juste que tu es faite pour être mienne. N'aie pas honte de la réaction de ton corps, Al. C'est magnifique. Tu es magnifique. Maintenant, enlève ta chemise de nuit. Je veux voir ces tétons qui m'ont tourmenté toutes les nuits.

Alaska hésita un instant. Est-ce que ça allait vraiment arriver ? Elle s'était dit qu'après la nuit dernière, ils attendraient au moins jusqu'à ce soir. Peut-être même quelques nuits de plus. Mais elle n'était pas opposée à ce que Drake lui fasse l'amour. Pas du tout.

Elle se tortilla un peu pour faire passer sa chemise par-dessus sa tête sans pour autant s'éloigner de Drake. Après avoir jeté le t-shirt sur le côté, elle baissa les yeux vers lui.

— Mince, ma puce, fit-il, haletant presque. Je ne sais pas ce que je veux le plus... Continuer à te goûter ici ou sucer ces beautés.

En baissant les yeux, Alaska vit ses tétons encore plus dressés que d'habitude. Ils étaient si durs qu'ils faisaient presque mal.

— Ils sont sensibles ? demanda Drake presque nonchalamment alors qu'il en prenait un.

À la seconde où il referma les doigts autour de ses mamelons, les hanches d'Alaska se projetèrent sur le doigt toujours enfoui en elle.

— Oh, que oui ! chuchota-t-il. Merde, j'ai l'impression que c'est Noël et mon anniversaire en même temps.

Puis il baissa la tête une fois de plus tout en continuant à lui agacer le téton.

La double stimulation était presque trop forte. Alaska se tordait tandis que de ses doigts et de ses lèvres, il la rapprochait de plus en plus d'un orgasme monstre. Cela faisait si longtemps qu'elle ne s'était pas sentie sexuelle, que l'attention de Drake l'irritait... dans le bon sens du terme.

Il ne lui fallut pas longtemps pour se sentir sur le point d'exploser. Elle se baissa et attrapa le poignet de Drake, dont les doigts jouaient toujours avec ses seins, et serra fort. De son autre main, elle lui agrippait les cheveux.

Les muscles d'Alaska commencèrent à trembler et son corps s'arqua vers le sien.

Drake dut sentir qu'elle était proche car il commença à la baiser plus fort avec deux doigts maintenant tout en suçant férocement son clitoris.

— Drake ! hurla-t-elle en basculant par-dessus bord.

Son monde devint noir pendant les longues secondes que mit le plaisir à secouer son corps. Le temps qu'elle revienne à elle et réalise où elle était, Alaska sentait encore ses entrailles bourdonner. D'ordinaire, après l'orgasme, elle était comblée. À bout. Mais là, elle avait l'impression d'être un fil sous tension.

Obligeant ses doigts à se desserrer, elle fit de son mieux pour se rappeler comment respirer.

Elle regarda Drake qui remontait le long de son corps. Puis il s'abaissa sur une hanche et, pendant une seconde, Alaska ne comprit pas ce qu'il faisait. Quand son caleçon vola sur le côté du lit, elle inspira profondément, incapable de détacher les yeux de son sexe. Il était gros. Épais et long. À sa vue, elle écarta machinalement les jambes et déglutit. Même si elle aimait le sexe, elle n'avait pas été avec beaucoup d'hommes et certainement avec aucun bâti comme Drake.

— Si tu continues à me regarder comme ça, ça ne va pas durer longtemps, la prévint-il.

Le regard d'Alaska passa sur le ventre plat de Drake, ses mamelons pointés et son visage. Il avait les cheveux ébouriffés, probablement par elle. S'humectant les lèvres de la pointe de la langue, il lâcha :

— Hum, quel délice.

Il se pencha pour ouvrir un tiroir à côté du lit. Quand il revint sur ses genoux, il tenait un préservatif. Sans faire de bruit, il déchira l'emballage avec ses dents et fit rouler le caoutchouc le long de son sexe.

Puis il posa une fois de plus les yeux sur son entrejambe.

Alaska appréciait son désir de les protéger tous les deux sans rechigner. Même si elle voulait le sentir sans protection à l'intérieur de son corps, ce n'était pas le moment ni l'endroit pour avoir cette discussion.

Ses fesses se soulevèrent du matelas sans que son cerveau n'intervienne, mais pas avant qu'elle ne sente combien le drap était humide sous son corps. Pendant quelques brèves secondes, la gêne l'envahit, mais le sexe de Drake frôla ensuite ses plis et elle ne put penser à rien d'autre qu'à l'avoir en elle.

— Oui, murmura-t-elle.

— Tu es sûre ? Une fois que je t'aurai prise, je ne te laisserai plus partir, la prévint Drake.

Alaska voulut ricaner. Comme si cela risquait de la dissuader.

— Je suis sûre, souffla-t-elle.

* * *

Brick était à deux doigts de jouir. Il attrapa sa queue à la base et serra fort. Voir Alaska étalée sous son corps, sentir l'odeur de son excitation dans les poils de sa barbe, voir combien elle était mouillée... Rien ne l'avait jamais autant excité. Il voulait cette femme plus qu'il ne pouvait se rappeler avoir voulu quelqu'un, jamais.

Elle était sensuelle et tellement belle que ça lui faisait mal physiquement. Quand elle avait joui plus tôt, ses sucs avaient giclé sur sa main. Il avait entendu parler de femmes capables de faire ça, mais n'en avait jamais connu. Jusqu'à ce jour-là. C'était incroyable qu'elle soit gênée par quelque chose d'aussi érotique.

Même maintenant, il voyait sur ses cuisses les traces luisantes de son orgasme. Sa queue devint encore plus dure, ce qui semblait impossible.

À l'œil, elle semblait bien trop petite pour lui. Il eut un moment de doute sur la capacité d'Alaska à s'adapter à lui. Quand il l'avait baisée avec les doigts, elle les avait enserrés si fort que Brick avait presque joui en imaginant ce qu'il ressentirait quand viendrait le tour de sa queue. Mais à présent, il s'inquiétait. Il ne voulait pas la blesser.

— Drake ? demanda Alaska, inquiète. Quelque chose ne va pas ?

— Non, s'empressa-t-il de répondre. Tu m'es juste si précieuse... Je mémorise ce moment.

Elle lui sourit, puis tendit le bras pour qu'il lâche enfin sa queue. À son grand étonnement, elle souleva les hanches et positionna son gland entre ses lèvres intimes.

— S'il te plaît, chuchota-t-elle. Je me sens si vide.

Sentant un jet de liquide pré-séminal s'échapper du bout de sa queue, Brick passa à l'action sans réfléchir. Et d'un seul coup, il s'enfonça en elle jusqu'à la garde.

Le plaisir qu'il éprouva une fois en elle lui picota les doigts et ses bourses remontèrent, signe avant-coureur d'un orgasme monstrueux. Retenant sa respiration, il pria pour pouvoir se contrôler. La dernière chose qu'il voulait, c'était que ce soit fini avant même d'avoir commencé.

— Drake ! s'exclama Alaska. Tu sens... Oh bon sang !

Elle le serra plus fort et Brick perdit le contrôle. Il planta ses mains sur le matelas à côté d'elle et recula les hanches avant de les propulser vers l'avant. Il n'avait jamais été aussi heureux de toute sa vie qu'une femme puisse mouiller autant. Elle le prenait comme si elle était faite pour sa queue... et, du point de vue de Brick, elle l'était.

— Je ne peux pas arrêter, grogna-t-il en continuant ses va-et-vient.

Mais Alaska ne demeurait pas inerte. Elle levait les hanches pour répondre à chacun de ses coups de reins. Les claquements de leurs peaux qui se heurtaient étaient sonores dans le silence du matin, ce qui ne faisait qu'augmenter la fièvre de Brick.

Il avait rarement rencontré une femme capable de prendre tout ce qu'il avait à donner. Pas seulement de le prendre, mais de l'exiger. Alaska était tout ce qu'un homme voulait chez une femme. Calme et polie en public, putain de chat sauvage au lit.

Lorsqu'elle posa une main sur l'un de ses seins pour se mettre à jouer avec son téton, à le pincer entre ses doigts, Brick perdit complètement la tête.

— Bon Dieu, c'est ça. Plus fort, Al. Putain oui ! Tu es tellement sexy. Tu vas jouir sur ma queue ? Tu vas gicler partout sur moi ? Je veux te sentir sur mes couilles. Oui... comme ça. Tu en veux encore ?

Brick n'avait aucune idée d'où lui venaient ces paroles cochonnes. Tout ce qu'il savait, c'était qu'à chaque mot coquin, Alaska se resserrait encore autour de lui. Il avait l'impression que sa queue était prise dans un étau. Un étau serré, chaud et humide qui faisait tout ce qu'il pouvait pour le vider de sa vie. Ses bourses lui faisaient mal... dans le bon sens. Il allait jouir plus fort qu'il ne l'avait jamais fait de sa vie.

Et tout ça grâce à la bombe qui se tortillait sous son corps. Il l'avait aimée alors qu'il la pensait docile et douce, mais être témoin de la passion qu'elle renfermait le rendait encore plus amoureux.

Basculant son poids sur une main, Brick s'enfonça une dernière fois en elle, puis il se retira, arracha le préservatif, sans même en sentir le pincement et branla rudement sa queue jusqu'à ce qu'il explose.

Sans pouvoir s'expliquer pourquoi, il avait besoin de la

voir couverte de son sperme. C'était une réaction viscérale, une réaction qui, lorsqu'il recouvra la vue et vit son sperme sur son ventre, ses seins, et même sur son cou, le secoua de plaisir.

Mais il n'était pas satisfait. Et il ne le serait pas tant qu'elle n'aurait pas joui à nouveau. Atteignant son clitoris, il le frotta brutalement de son pouce. Elle gémit et tenta d'écarter ses hanches, mais Brick l'en empêcha. Redevenu homme des cavernes, il voulait la voir jouir encore.

— Laisse-toi aller, ordonna-t-il. Laisse-moi te sentir jouir sur moi.

Il s'entêta et, quand il la sentit commencer à trembler une fois de plus, un sourire de satisfaction se dessina sur ses lèvres.

— C'est ça, Al. Fais-le. Jouis sur moi, putain.

Elle se cabra et il fut récompensé par une giclée de ses fluides qui lui éclaboussèrent la queue et dégoulinèrent jusqu'à ses bourses. Moins abondants que tout à l'heure, mais tout aussi satisfaisants. La seule pensée de lui donner très bientôt un orgasme du point G et de la voir gicler de nouveau était d'un érotisme torride.

Sans lui laisser aucune chance d'être embarrassée ou de s'enfuir, Brick se coucha sur elle. Il sentait son sperme chaud sur la poitrine d'Alaska qui s'étalait sur la sienne, mais ce fut loin de le refroidir. Pas même un peu. Rien de ce qu'ils avaient fait ne le mettait mal à l'aise. Au contraire, leurs ébats l'avaient rassuré sur le fait qu'il avait pris la bonne décision : elle était parfaite pour lui.

Il étudia son visage pendant qu'elle revenait de son orgasme. Son rythme cardiaque ralentissait et les ongles qu'elle avait enfoncés dans son biceps relâchèrent finalement leur emprise. Il était prêt à la rassurer, à apaiser la gêne qu'elle pourrait ressentir. À la convaincre que ce qu'ils avaient fait était non seulement parfaitement normal, mais aussi la meilleure partie de jambes en l'air qu'il avait eue de toute sa vie.

Pourtant, quand elle ouvrit les yeux, Brick n'y lut qu'une satisfaction profonde.

— Ça va ?

— Si tu veux dire que le plaisir m'a complètement ramollie et que j'ai envie de recommencer dès que possible, alors oui.

Brick sourit.

— Ouais, moi aussi.

— Tu, hum... Tu sais que tu portais un préservatif, ce qui signifie normalement que tu peux jouir pendant que tu es à l'intérieur, n'est-ce pas ? le taquina-t-elle.

Putain, Brick aimait cette femme.

Et dans la foulée, une autre pensée le frappa. Si elle avait été livrée à l'homme à qui le Russe la destinait, elle aurait été irrévocablement changée. Sa sensualité naturelle aurait été anéantie et réduite en miettes. L'idée que cette femme, belle et sensuelle, ait failli vivre quelque chose d'aussi horrible alors qu'elle aimait manifestement le sexe était abominable.

Il repoussa cette pensée sans ménagement. Il l'avait trouvée. Elle était à l'abri de ce connard et il ferait tout ce qui était en son pouvoir pour qu'elle reste exactement comme elle était en ce moment. Repue, satisfaite et à l'aise avec sa sexualité.

— Je sais, répondit-il à retardement. Mais l'idée de te voir couverte de mon sperme était trop forte pour que j'y résiste.

Cette fois, elle rougit.

— Euh... Tu avais raison... Le sexe est sale.

Elle fronça le nez. Brick s'esclaffa, puis redevint sérieux.

— Je n'ai jamais... C'était... Bon sang, tu es incroyable, Alaska.

Elle lui adressa un petit sourire.

— Tu n'es pas mal non plus. Ça ne te dérange vraiment pas que je sois, tu sais... super mouillée ?

— Est-ce que j'ai fait quelque chose qui t'ait donné à penser que j'étais ennuyé ? demanda-t-il. (Elle secoua la tête.) Je dois dire que je suis soulagé en fait. Parce que je ne t'ai pas vraiment laissé le temps de t'ajuster à moi. Si tu n'avais pas été aussi mouillée, j'aurais pu te faire mal. Tu étais faite pour moi, Al. Ça m'a pris vingt putains d'années de trop pour m'en rendre compte, mais maintenant que c'est fait, je suis à toi.

Le sourire d'Alaska fit tressaillir sa queue entre eux.

— Je pensais que les hommes aimaient généralement dire l'inverse. Que la femme est à eux.

— Je ne suis pas comme la plupart des hommes, répliqua-t-il en haussant les épaules. En plus, j'aime mieux l'idée de t'appartenir. Les femmes prennent bien soin de ce qui leur appartient. Et je suis tout à fait d'accord pour que tu m'exhibes. Je suis fier d'être à toi, Al.

Pendant une seconde, Brick crut qu'il avait merdé. Qu'il avait dit quelque chose de mal. Mais Alaska prit bientôt une profonde inspiration et hocha la tête.

— Là-bas, reprit-il en désignant la fenêtre de la tête, tu peux être qui tu veux. Timide, réservée, discrète, responsable administrative, directrice dure à cuire du service client... Je m'en fiche. Mais ici, dans notre lit, je veux que tu sois exactement celle que tu viens d'être. Une femme qui sait ce qu'elle aime et qui va le chercher. Sois désinhibée. Dis-moi ce que tu aimes et ce que tu veux. Prends le contrôle si tu en as besoin. Les deux aspects de ta personnalité m'excitent, Al. Je respecte et j'aime chaque facette de qui tu es.

— Je... J'aime le sexe, admit-elle doucement.

— Je crois que j'avais compris, ma puce.

— Mais avec toi... J'adore ça, renchérit-elle.

— C'est bien. Parce que j'ai le sentiment que ça va beaucoup nous occuper. Viens, on doit se doucher avant qu'un des gars vienne nous voir, déclara Brick en se relevant sur les genoux.

Il ne pouvait pas s'empêcher de la regarder fixement. Elle était si belle qu'il avait du mal à se croire ici avec elle, comme ça. Sa magnifique poitrine était encore tachée par son orgasme, ses mamelons encore durs. Et son sperme à lui était étalé sur tout son corps, donnant à sa chair un éclat décadent.

— Tu es sûr de vouloir prendre une douche ? demanda-t-elle en regardant sa queue qui durcissait.

— Merde. Ça ne m'était plus arrivé depuis des années. De redevenir dur aussi vite après un orgasme.

Quand Alaska tendit une main vers lui, Brick se hâta de s'esquiver.

— Pas de ça, gronda-t-il. On doit vraiment y aller. Je suis sûr que Tiny, Spike ou quelqu'un va frapper à la porte sinon.

Alaska fit la moue et Brick eut bien du mal à ne pas se jeter à nouveau sur elle.

— Aie pitié de moi, marmonna-t-il avant de lui tendre une main dont elle se saisit pour qu'il l'aide à se lever.

La douche ne fut pas aussi rapide que Brick l'avait prévu car dès qu'ils entrèrent dans la cabine et qu'il ferma le rideau, Alaska était à genoux, son sexe dans la main. L'enthousiasme avec lequel elle le suça surpassait même sa technique. Brick n'avait jamais connu de meilleure pipe.

Il lui rendit la pareille en l'attrapant par la taille et en l'attirant contre lui pour qu'elle ait le dos plaqué contre sa poitrine. Il utilisa une nouvelle fois sa main pour la faire jouir, enchanté de la sentir se trémousser dans ses bras, puis se cramponna à lui quand elle explosa finalement.

Au pavillon, tout le monde remarqua que leur relation

était passée à l'étape suivante. Chacun de ses amis – à l'exception de Tonka, toujours à la grange avec ses animaux – lui tapa dans le dos et lui adressa d'immenses sourires narquois.

Mais le mieux, ce fut qu'Alaska ne parut pas gênée le moins du monde. Elle leva simplement les yeux au ciel, maugréa : « Ah, les bonshommes ! », puis s'installa derrière le bureau dans la grande salle pour entamer sa journée.

CHAPITRE 15

Alaska n'avait littéralement jamais été aussi heureuse qu'en cet instant. Il était étrange qu'il ait fallu un événement aussi horrible pour que le rêve de toute une vie devienne réalité. Si elle n'avait pas été kidnappée à des milliers de kilomètres de là, elle serait toujours en train d'occuper un emploi administratif en Europe, à rêver avec nostalgie d'un garçon qui ne serait jamais le sien.

Mais maintenant, elle était là avec ledit garçon, maintenant homme... et elle aimait chaque minute de sa nouvelle réalité.

Depuis qu'ils avaient fait l'amour pour la première fois, une semaine plus tôt, elle s'occupait de leurs hôtes pendant la journée et, la nuit venue, Drake et elle faisaient l'amour dans toutes les positions possibles. Ils avaient supprimé les préservatifs après qu'Alaska lui avait dit avoir un stérilet. La première fois qu'il avait joui en elle, ils avaient gémi tous les deux, secoués par la puissance de leurs émotions, puis ils avaient souri comme de parfaits idiots.

Elle aimait pouvoir être elle-même avec Drake. Il ne trouvait pas ses désirs bizarres ; au contraire, il l'encourageait à lui dire toutes les choses qu'elle voulait faire avec lui. Ils les avaient toutes faites, et même plus. Si Alaska pensait qu'elle mouillait lors d'un orgasme normal, ce n'était rien comparé à la quantité de liquide qu'elle avait répandue lorsque Drake lui avait donné un orgasme du point G. La première fois, elle avait été horrifiée et croyait qu'elle lui avait fait pipi dessus, mais il l'avait rassurée en lui disant que ce n'était pas le cas et il avait fait taire ses inquiétudes en la baisant de plus belle.

Le pauvre Mutt avait commencé à dormir sur le canapé dans l'autre pièce. Alaska s'était d'abord sentie coupable, mais Drake lui avait rapidement fait oublier le chien en l'amenant à l'orgasme par la seule succion de ses tétons.

Oui, on pouvait dire que Drake et elle étaient parfaitement compatibles quand il s'agissait de la chambre à coucher. Mais c'était plus que ça. Même quand ils n'étaient pas au lit, ils semblaient capables de déchiffrer les pensées de l'autre avec une précision remarquable. Un après-midi, il avait été de mauvaise humeur et désagréable avec tout le monde, Alaska l'avait alors encouragé à prendre Mutt pour faire une longue randonnée tout seul.

Quand il était revenu, il paraissait plus calme. Et cette nuit-là, il avait admis avoir reçu un e-mail de l'ancienne femme de Mad Dog dans lequel elle lui annonçait qu'elle était une fois de plus enceinte de son nouveau mari. Il l'avait remerciée de se montrer aussi compréhensive et elle avait serré Drake un peu plus fort quand ils s'étaient endormis.

Depuis trois jours, les gars se préparaient pour la visite de l'investisseur chinois... et ils se comportaient tous bizarrement. Du moins Alaska supposa-t-elle que c'était la raison de leur changement de comportement. Drake était sans cesse en train de prendre un ou plusieurs d'entre eux à part et d'avoir des conversations privées. Ce n'était pas qu'elle se sentait exclue – elle n'avait pas besoin de connaître tout ce dont Drake parlait avec ses amis et les copropriétaires du Refuge –, mais c'était quand même étrange.

Il était 15 heures, elle venait juste de finir d'enregistrer leurs nouveaux clients et de répondre à tous les messages téléphoniques de la journée quand Drake vint la trouver.

— Salut, ma puce. Tout va bien ? demanda-t-il.

— Bien sûr. Les nouveaux hôtes ont été informés de tout, ils sont au courant du dîner de ce soir, j'ai pris vingt nouvelles réservations aujourd'hui et on a reçu trois mille dollars de dons depuis hier. Tout va pour le mieux.

— Bien. (Drake se pencha pour l'embrasser, mais il paraissait distrait.) Tu peux venir avec moi une seconde en salle de thérapie ?

Alaska fronça les sourcils. Elle n'avait aucune idée de ce qui clochait mais, s'il tenait à lui parler dans cette pièce, ce devait être important. Hochant la tête, elle se leva, les jambes légèrement flageolantes.

Ça y était ? Pensait-il que leur histoire était terminée ? Ses amis et lui avaient-ils engagé une nouvelle responsable administrative ? Cela ne faisait qu'une semaine que Drake et elle étaient ensemble. En avait-il déjà assez d'elle ? Avait-elle fait quelque chose de mal ?

Toutes sortes de scénarios catastrophes se bousculaient dans sa tête. Elle détestait être aussi peu sûre d'elle, mais elle n'avait jamais été aussi heureuse que cette dernière semaine... et elle ne voulait pas que quelque chose vienne gâcher son bonheur.

Elle était encore perdue dans ses pensées à tenter de comprendre où elle pourrait aller et ce qu'elle ferait s'il lui demandait de partir quand Drake atteignit la porte de la salle de réunion et de thérapie. Il la lui tint ouverte, le temps de la laisser entrer la première.

Alaska s'arrêta net.

Tout le monde était là. Tous les gars – y compris Tonka

–, Robert, Henley, quelques-unes des femmes de ménage. Il y avait même plusieurs hôtes. La table avait été poussée contre un mur et des ballons bordeaux et blancs flottaient partout dans la pièce. Quelqu'un avait même scotché des banderoles d'un mur à l'autre.

— Qu'est-ce que c'est que ça ? marmonna-t-elle, juste avant que Tiny ne se lance dans un compte à rebours à partir de trois et que, lorsqu'il lança : « Un ! », tout le monde cria : « Joyeux diplôme, Alaska ! »

Elle poussa un cri en réalisant que le blanc et le bordeaux étaient les couleurs de l'université locale qu'elle avait fréquentée après le lycée.

— Tu n'as pas eu droit à une fête de fin d'études à l'époque, alors j'ai pensé t'en organiser une maintenant, lui chuchota Drake à l'oreille.

Bien que sentant ses mains sur sa taille, Alaska ne pouvait que fixer la table près du mur où trônaient un bol de punch et un énorme gâteau en forme de diplôme. Elle s'en approcha, hébétée, et remarqua finalement, sur le dessus, son nom écrit au sucre glace en belles lettres cursives. Robert s'était surpassé, car le gâteau ressemblait exactement au diplôme qu'elle avait reçu autrefois… et qu'elle avait perdu lors d'un de ses déménagements.

Drake se saisit d'un épais dossier sur la table qu'il lui tendit ouvert pour lui montrer ce qu'il contenait.

— Est-ce que c'est… Oh mon Dieu, Drake ! C'est mon diplôme ! s'écria Alaska.

— Oui. Comme tu m'as dit avoir perdu le tien, j'ai appelé ma mère et elle est allée au bureau des diplômes de l'université pour t'en faire délivrer un nouveau.

Alaska ne pleurait pas facilement, pourtant elle fondit en larmes.

Drake l'attira immédiatement dans ses bras. Elle entendait les murmures alentour – on se demandait si elle allait bien –, mais elle ne parvenait pas à se ressaisir assez pour les rassurer.

— J'ai juste... Personne n'est... C'est...

Drake rit à son oreille.

— C'est bon. Je comprends.

Alaska prit une profonde inspiration et leva les yeux vers lui.

— Je ne pense pas, non. Personne ne s'est soucié comme ça de moi depuis très longtemps... Peut-être jamais.

— Eh bien, maintenant, si, répliqua simplement Drake. Maintenant, que dirais-tu de sécher tes larmes et de sourire avant que mes amis ne me cassent la gueule parce qu'ils pensent que je t'ai vraiment contrariée ?

Elle savait qu'il la taquinait, mais elle s'essuya immédiatement les yeux et prit une profonde inspiration. Elle se pencha pour l'embrasser fermement.

— Merci. Tu n'as pas idée de ce que ça représente pour moi.

Il sourit.

— J'aime te rendre heureuse, admit-il avant de la faire pivoter vers leurs amis. Elle va bien !

— Génial. On peut manger maintenant ? demanda Pip'. Ce gâteau me fait de l'œil depuis des heures !

Alaska s'esclaffa.

— Vas-y.

— On t'a aussi préparé des cadeaux, lança Spike en lui montrant, sous la table, la pile de cadeaux qu'elle n'avait pas remarquée jusqu'alors.

— Bon sang, les gars ! protesta-t-elle. Ce n'était pas nécessaire.

— Tout comme il n'était pas nécessaire que tu interviennes pour nous aider quand on avait besoin de toi, répliqua Tonka avec un léger haussement d'épaules.

— Exactement ! renchérit Stone.

Une heure plus tard, Alaska avait mal au visage à force de sourire. Tout le monde s'était surpassé. Certains cadeaux étaient une sorte de plaisanterie, d'autres s'avéraient utiles, mais celui qui l'émouvait le plus était celui de Henley. Elle avait pris une photo de Drake et Alaska de dos. Ils se trouvaient dehors, Alaska avait un bras autour des reins de Drake et se blottissait contre lui. Penché, il l'embrassait sur le front alors qu'elle le fixait amoureusement. Avec les arbres en arrière-plan et aucun bâtiment visible, on aurait dit qu'ils étaient les seules personnes sur terre.

La perfection. Alaska ne se souvenait pas de ce dont ils parlaient quand la photo avait été prise, mais ça n'avait pas d'importance. Elle chérirait éternellement cette photo.

Lorsque chacun se fut régalé de gâteau et de punch et eut quitté la salle pour aller vaquer à ses occupations, Alaska était pratiquement submergée par l'émotion.

— Je pense que ça s'est bien passé, constata Drake avec satisfaction.

— « Bien » ? s'étonna Alaska. C'était génial !

Drake la serra contre lui et elle laissa échapper un petit cri en heurtant son torse.

— Tu es incroyable, murmura-t-il avant de baisser la tête.

Alaska rencontra ses lèvres avec enthousiasme et fit de son mieux pour lui montrer sans mots à quel point elle appréciait tout ce qu'il avait fait pour elle.

— Bon sang ! lâcha-t-il au bout d'un moment. J'aimerais vraiment pouvoir continuer, mais j'ai des trucs de dernière minute à régler avant l'arrivée de M. Choo demain.

— Et moi, je dois nettoyer tout ça, répliqua Alaska avec un sourire.

— Je vais t'aider, lui dit Drake.

— Non, tu en as fait plus qu'assez.

— Mais il vous faudra plusieurs voyages pour tout rapporter à notre chalet.

L'entendre dire « notre » chalet fit frissonner Alaska.

— C'est une belle journée, reprit-elle en haussant les épaules. Je pense que je peux supporter quelques allers-retours.

— Tu es sûre ?

— Naturellement. Je ne suis pas complètement démunie, Drake. Je n'avais même pas de voiture en Europe. Quand je faisais du shopping, je rapportais tout moi-même à la maison.

Il la regarda fixement pendant une longue minute.

— Quoi ? demanda-t-elle.

— Cet endroit n'est pas très excitant comparé à ceux dont tu as probablement l'habitude. On est au milieu de nulle part. Ce qu'on offre de plus excitant, c'est le spectacle de la pleine lune. Bon sang, comme le Refuge n'a pas de licence pour vendre de l'alcool et n'autorise pas l'alcool, on ne peut même pas célébrer un moment comme celui-ci avec une flûte de champagne.

Il fronça les sourcils et Alaska posa une main sur sa joue.

— Je n'ai pas besoin de musées, de festivals, d'alcool ou de vie urbaine pour être heureuse, murmura-t-elle. J'ai beaucoup voyagé, j'ai vu des endroits incroyables, mais aucun n'a ressemblé à un foyer. J'ai été plus heureuse ici, dans ce soi-disant « milieu de nulle part », que dans n'importe quelle ville où j'ai vécu au cours des deux dernières décennies. Parce que... tu es là.

Dès que les trois derniers mots eurent quitté ses lèvres, les nerfs d'Alaska frémirent. Il était trop tôt pour dire des choses comme ça. Oui, Drake et elle étaient très compatibles sexuellement, mais ils n'avaient pas parlé de relation à long terme. Impossible qu'il se satisfasse d'elle pour toujours. Elle n'était pas exotique. Ni excitante. Ni sophistiquée. Elle préférait s'asseoir sur la terrasse de Drake et regarder les étoiles plutôt que de sortir en ville. Si elle avait le choix, elle préférait préparer un dîner à la maison plutôt que d'évoluer au pavillon au milieu des hôtes. Ce n'était pas qu'elle ne savait pas faire la conversation, elle aimait simplement ne pas avoir à se soucier de ce que les autres pensaient d'elle ou de commettre un impair.

— Non, lâcha Drake.

Alaska fronça les sourcils.

— Non, quoi ?

— Tu ne peux pas retirer ce que tu as dit. Je vois bien que tu regrettes tes paroles. Mais, ma puce, tu dois savoir que je ressens la même chose. J'ai toujours aimé le Refuge. La première fois que j'ai campé sur cette propriété, j'ai su que c'était là que je voulais vivre. C'est assez loin du monde pour que je n'aie pas à m'inquiéter de dire ou de faire ce qu'il ne faut pas ou d'être précipité dans une crise de panique par quelque chose que je vois ou entends. Les autres gars sont du même avis que moi. Je me suis toujours senti en paix ici, mais depuis que tu es arrivée ? Je me sens plus à l'aise que jamais.

Alaska pinça ses lèvres et ferma les yeux. Toute sa vie, elle s'était sentie sur la touche. À regarder les autres obtenir ce qu'elle voulait... à savoir, quelqu'un à aimer et qui l'aime en retour. Et pour la première fois, elle avait l'impression que peut-être, peut-être seulement, elle avait enfin trouvé ce qu'elle avait toujours cherché.

— On va avoir une longue discussion après le départ de M. Choo, déclara-t-il.

Elle s'immobilisa. Son cerveau, enclin au pessimisme, se dit qu'il voudrait peut-être lui annoncer que les choses allaient trop vite.

Elle se secoua mentalement. Non. Il n'avait rien laissé transparaître qui aille dans ce sens ; en fait, il lui avait même montré le contraire. Elle devait arrêter de penser au pire quand il s'agissait de deviner les intentions de Drake.

— Pour te rassurer, reprit-il comme s'il pouvait lire dans ses pensées, je ne veux pas que tu partes. Je veux que tu restes. Ici. Avec moi. Au Refuge. Tu es la meilleure assistante administrative qu'on n'ait jamais eue, mais ce n'est pas pour ça que je veux que tu restes.

Alaska en eut la gorge nouée. Le regard de Drake était plein d'affection. Il la regardait comme elle l'avait toujours rêvé.

— Ça m'a pris vingt ans de trop pour m'en rendre compte, Al, et je ne peux pas te laisser partir maintenant. J'ai appris à la dure ce que c'est que d'avoir des regrets, de perdre ceux que j'aime... Je ne peux pas et ne veux pas revivre ça.

— Tu ne vas pas me perdre, chuchota-t-elle.

— Je vais faire tout ce qui est en mon pouvoir pour m'en assurer. Penses-tu qu'un jour, tu pourrais être capable de m'aimer en retour ? Je peux être brutal sur les bords et, souvent, je me perds dans ma tête en pensant au passé, mais je m'améliore. Je le jure. Je n'ai pas beaucoup à offrir, mais tout ce que j'ai, je le partagerai volontiers avec toi. Un *refuge* est un endroit où l'on se trouve en sécurité ou à l'abri d'une poursuite, d'un danger ou d'un problème. Et c'est exactement ce que cet endroit a commencé à devenir pour moi : un endroit où me cacher du monde, où me tapir, où lécher mes blessures et trouver comment continuer ma vie. Mais maintenant, il est bien plus que ça à mes yeux. Ce n'est pas seulement un endroit sûr : avec toi à mes côtés, c'est aussi un nouveau départ.

— Drake... chuchota Alaska.

— Je sais que ce n'est pas juste de ma part, poursuivit-il. Je profite de ce qui t'est arrivé. De ta position de vulnérabilité. Mais honnêtement ? Je m'en fiche. Je suis à toi,

Alaska. Je n'ai jamais ressenti ça pour quelqu'un d'autre avant.

Des larmes coulaient sur les joues d'Alaska. Elle avait du mal à croire que c'était en train de se passer. Elle avait rêvé d'entendre un homme lui tenir ce discours, mais Drake… Elle allait devoir se pincer.

— Drake, répéta-t-elle, mais il continuait à parler comme s'il redoutait ce qu'elle pourrait dire.

— Je peux ralentir. Ou reculer. Je ne veux pas te faire fuir. Je sais que c'est rapide, mais j'ai toujours été à fond dans ce que je voulais. Et je te veux. Tellement. J'ai l'impression d'être un idiot d'avoir mis autant de temps pour en arriver là, mais je pense aussi que si on s'était mis ensemble avant, ça n'aurait pas marché. J'étais trop absorbé par ma carrière. Tu étais en Europe, moi aux États-Unis. Mais…

Alaska le saisit par la nuque et l'attira vers elle pour le faire taire d'un baiser sonore avant de s'écarter. Elle avait l'impression que son visage était couvert de taches et que ses yeux étaient rouges de toutes les larmes qu'elle avait versées cet après-midi-là. Mais Drake la regardait comme si elle n'avait pas de prix.

Elle ne s'était jamais sentie aussi belle de toute sa vie. Mais là, maintenant ? Écouter Drake lui faire des aveux aussi incroyables en la dévisageant avec une telle sincérité… Comment pouvait-elle ne pas le croire ?

— La question ne se pose pas de savoir si je serai capable de t'aimer un jour, commença-t-elle. (Il grimaça et tous les muscles de son corps se raidirent, mais elle continua avant qu'il puisse s'éloigner d'elle.) Parce que je t'aime depuis que j'ai quatorze ans.

C'était effrayant de l'admettre. De dévoiler son plus grand secret. Mais lorsqu'il prit une profonde inspiration et ferma les yeux, Alaska resserra les bras qu'elle avait noués autour de son cou, même si ceux de Drake l'emprisonnaient comme un étau.

Il ouvrit les yeux et murmura :

— Tu m'aimes ?

— Oui, admit-elle sans hésiter.

— Je ne suis pas sûr de le mériter, mais je vais faire tout ce qui est en mon pouvoir pour que tu ne le regrettes jamais.

— Je ne l'ai pas regretté au cours des vingt-cinq dernières années, je ne vais pas commencer maintenant, répliqua-t-elle.

— Eh, on fait cette réunion ou quoi ? lança Pip' en passant sa tête dans la pièce.

— Calme-toi ! répondit Drake. Je parle avec ma femme, là.

— Tu veux que je mette le panneau « Ne pas déranger » sur la porte, histoire que vous puissiez avoir un peu de paix ? plaisanta Pip', dont l'accent ressortait davantage quand il riait.

Alaska gloussa même si Drake laissa échapper un soupir théâtral.

— Non, j'arrive tout de suite, marmonna-t-il.

Quand ils furent de nouveau seuls, Drake la regarda fixement pendant un long moment.

— Quoi ? demanda-t-elle nerveusement.

— Je suis juste en train de mémoriser cet instant. J'ai quarante ans... Je pensais plus ou moins qu'il était trop tard pour que je trouve ma moitié. Mais en fait, tu étais là depuis le début.

— Oui, convint Alaska avec un petit hochement de tête.

Qu'aurait-elle pu dire d'autre ? Elle avait toujours été là. Pas aussi proche qu'elle l'aurait voulu, mais là quand même.

— Après la réunion qui, je l'espère, ne prendra pas trop de temps, ça te dirait une promenade jusqu'à l'un de mes endroits préférés au Refuge ?

— Oui.

La réponse n'était pas bien difficile à donner : elle suivrait Drake partout où il voudrait aller.

— Tu es tellement douce, murmura-t-il avant de baisser la tête.

Il leur fallut plusieurs minutes avant qu'ils ne se lâchent enfin.

— Je peux demander à Robert de t'aider avec tous tes cadeaux si tu veux, proposa Drake.

— C'est bon. Ne le dérange pas. Je m'en occupe.

— Tu es sûre ?

— Oui.

— OK. J'assiste à cette réunion et je rentre. Si tu te sens d'attaque, tu pourrais nous préparer des sandwichs pour le dîner. Il y a environ cinq kilomètres de marche pour arriver à ce que je veux te montrer. Est-ce que ça te convient ?

— Oui... tant que ça en vaut la peine, le taquina Alaska.

C'était une autre chose à propos de Drake : elle ne s'était jamais sentie assez à l'aise ou sexy pour taquiner autant un homme.

Il sourit.

— Oh, je vais faire en sorte que ça en vaille la peine, Al. Tu peux compter là-dessus.

Les tétons d'Alaska durcirent sous sa chemise.

— Et maintenant, je dois vraiment y aller. Les gars vont déjà m'en faire assez baver comme ça.

Alaska se mordilla la lèvre.

— Je suis désolée.

— Pas moi, répliqua-t-il avec un sourire avant d'abolir le petit espace qui les séparait et de l'embrasser vite et fort une fois de plus. Je n'arrive pas à m'en rassasier, avoua-t-il.

Puis, sur un dernier sourire, il se dirigea à grandes enjambées vers la porte.

Alaska le regarda partir, un sourire identique aux lèvres.

Elle avait du mal à croire à tout ce qui venait de se passer. Drake Vandine l'aimait. Et elle avait finalement avoué qu'elle l'aimait elle aussi.

Elle s'enveloppa de ses bras pendant de longues secondes, puis se retourna pour observer les vestiges de sa fête de fin d'études. C'était idiot, elle avait depuis longtemps oublié ce jour où elle avait dû manquer sa cérémonie. Mais Drake l'aimait assez pour vouloir la lui offrir avec vingt ans de retard. Et ses nouveaux amis... Ils n'étaient pas obligés de lui offrir des cadeaux, pourtant ils l'avaient fait. Alaska se sentait toute chaude et bouillonnante à l'intérieur.

Cela faisait-il d'elle une tordue d'être heureuse de ce qui lui était arrivé ? D'être reconnaissante au ciel d'avoir été kidnappée ? Bon sang, quelle horrible pensée ! Mais si elle n'avait pas été enlevée, elle n'aurait jamais appelé Drake. Et elle ne serait pas ici avec lui.

Elle repensa aux procédures de verrouillage dont Drake lui avait parlé et à la possibilité qu'un individu dangereux persécute un hôte jusque dans le camp. Un incident violent au Refuge pourrait certainement jouer un rôle de déclencheur. Dans ce cas, pourquoi, si chacun ici luttait pour contrôler une forme de TSPT, personne ne semblait trop se soucier de la possibilité d'un danger ? Pourquoi semblaient-ils tous désireux d'aider dans l'éventualité où quelque chose surviendrait ?

Drake lui avait expliqué que, si les anciens militaires et même les secouristes avaient vu et vécu des choses horribles, les personnes avec lesquelles ils travaillaient donnaient souvent un sens à leur travail. Il avait admis que même en sachant ce qu'il savait maintenant, il aurait quand même choisi de devenir un SEAL. Il n'y avait rien de tel que la camaraderie entre collègues qui se soutiennent, quoi qu'il arrive.

Et il lui avait aussi confié qu'aider les autres était comme une drogue, que cela donnait de la valeur à tout.

Donc, même si personne ne souhaitait un événement violent au Refuge, Drake et tous ses copropriétaires et même leurs hôtes n'auraient aucun problème à faire ce qu'il fallait pour se protéger mutuellement, fût-ce au détriment de leur santé mentale.

Ces explications faisaient sens pour elle maintenant. Voulait-elle se faire kidnapper à nouveau ? Non. Bien sûr que non. Mais si c'était le seul moyen pour elle d'être avec Drake, sa réponse changerait. Et si cela signifiait que Drake était en sécurité ? Et si cela signifiait sauver une autre femme du même sort ? Alors oui, elle repasserait par là.

Prenant une profonde inspiration, Alaska détourna son esprit de cette sombre pensée. Elle n'allait pas se faire kidnapper une nouvelle fois. Ce connard de Russe ne pouvait enlever d'autres femmes parce qu'il était mort. Elle était en sécurité ici au Refuge. Et Drake l'aimait.

Sur cette pensée incroyable, elle se mit à empiler ses cadeaux pour les rapporter chez elle.

CHAPITRE 16

Brick ne put s'empêcher de regarder Alaska pendant qu'ils marchaient. La réunion avec les gars s'était déroulée comme prévu. Ils n'avaient pas reçu de nouvelles d'Elizabeth, leur spécialiste, sur M. Choo. Elle l'avait traqué sur le dark web, mais sans succès pour l'instant. Ce qui était une bonne chose. Mais Elizabeth était un peu comme Tex : têtue et pas prête à abandonner au motif qu'elle n'avait pas été capable de trouver des informations lors d'une première tentative.

D'après ce que Brick avait compris, cette génie de l'informatique avait traversé son propre enfer. Elle était maintenant mariée et menait une vie apparemment heureuse à San Antonio avec son mari pompier. Toutefois, le bonheur n'effaçait pas les mauvais souvenirs. Cela les atténuait, mais ne les éliminait pas complètement, comme Brick l'avait appris.

Elizabeth n'avait pas demandé à être rémunérée en échange de son aide. Elle avait prétendu qu'elle aimait dénicher les personnes indignes de confiance, en particulier les trous du cul qu'il fallait empêcher de nuire à autrui. Brick lui avait donc répondu qu'elle était la bienvenue au Refuge dès qu'elle en aurait envie, et gratuitement. Elle avait aussitôt accepté l'offre, affirmant qu'elle avait entendu chanter les louanges de l'endroit et qu'elle n'allait pas laisser passer l'occasion de le découvrir par elle-même.

M. Choo devait arriver le lendemain après le petit-déjeuner. Il passerait la matinée à visiter le camp, les cabanes et certains des sentiers. Ils déjeuneraient ensuite, s'assiéraient pour discuter de son éventuelle participation et de ses idées d'amélioration, puis il repartirait en fin d'après-midi. Rien n'avait été prévu pour le surlendemain au cas où il souhaiterait revenir ou que leurs discussions ne soient pas terminées.

Bien que Brick et les autres propriétaires aient convenu qu'ils n'étaient pas vraiment intéressés par la participation de Choo, ils tenaient quand même à le rencontrer afin de s'assurer que leur décision était la bonne. L'argent qu'il pourrait apporter serait le bienvenu, naturellement, mais était-il vraiment indispensable ? Brick et ses amis ne le pensaient pas. Toutefois, ils étaient prêts à se montrer ouverts d'esprit lors de cette rencontre.

Pour l'heure, Brick était fatigué de penser aux affaires. Il avait envie de passer du temps avec la femme qu'il aimait... et qui l'aimait en retour. Il se pinçait encore. Ça ne semblait pas réel. Mais d'un autre côté, la chaleur de la main d'Alaska dans la sienne semblait bien réelle alors qu'ils marchaient ensemble le long du sentier.

— À quoi penses-tu si fort ? demanda-t-elle au bout d'un moment.

— À toi, répondit Brick.

— Waouh ! Tu dois t'ennuyer à mourir, plaisanta-t-elle.

— Au contraire, tu me fascines.

— Je ne sais pas pourquoi. Je suis ennuyeuse à mourir.

— Absolument pas. Je pensais au courage dont tu as fait

preuve quand tu es partie en Europe pour ton premier emploi. Peu de jeunes de vingt ans l'auraient fait.

— En fait, je pense que c'est à ce moment-là que la plupart des gens font ce genre de chose : ils sont célibataires, curieux du monde et n'ont aucun problème à loger dans des auberges à bas prix.

— OK, tu marques un point. Mais ce n'est pas pour ça que tu y es allée.

Elle secoua la tête.

— Non. Je m'enfuyais. Tu es déjà au courant concernant ma mère. J'avais juste besoin de m'éloigner. Et c'était le plus loin que j'aie trouvé. Quand j'ai vu l'offre d'emploi en ligne, j'ai sauté sur l'occasion. En fait, tu es pour beaucoup dans cette décision, tu sais.

— Moi ? s'étonna Brick. On n'avait pas échangé après mon départ.

— Je sais. Mais à l'époque, tu étais en bonne voie pour devenir un SEAL. Je savais que tu voyagerais dans toutes sortes de contrées exotiques, que tu rencontrerais de nouvelles personnes. Que tu vivrais de nouvelles expériences ! Tu n'avais pas peur de risquer ta vie, de sortir de ta zone de confort et je voulais te ressembler.

Elle haussa les épaules, un peu gênée.

— Je suis honoré que tu aies pensé à moi de cette façon, convint Brick. Mais j'ai une autre question. (Elle se tourna vers lui, intriguée.) Pourquoi autant d'emplois au fil des ans ? J'aurais cru qu'une fois trouvée une entreprise que tu aimais, dans une ville que tu aimais, tu resterais.

Alaska détourna alors le regard et Brick fut inquiet de ce qu'il lut sur son visage.

— Eh bien, les secrétaires se comptent sur les doigts d'une main. Et je ne collais pas exactement à l'image que nombre de mes patrons se faisaient de leur assistante administrative.

— Qu'est-ce que tu veux dire ? demanda-t-il à voix basse.

Il avait le sentiment qu'il n'allait pas aimer sa réponse.

— Je n'étais pas grande, blonde et belle, répondit-elle d'une voix où Brick perçut de la douleur. Je ne flirtais pas non plus avec les hommes qui appelaient ou venaient. Je faisais mon travail, très efficacement d'ailleurs, mais peu importait. Ce qui comptait, c'est que je n'étais ni jolie, ni extravertie, ni assez spéciale pour être un atout.

— C'est des conneries ! s'exclama Brick.

Alaska ne parut pas perturbée par son éclat.

— C'est la vérité, rétorqua-t-elle. Le monde est dirigé par des gens beaux, du moins en apparence. Ceux d'entre nous qui n'ont pas la chance d'être beaux ou qui ont un handicap ou un physique différent de ce qui est considéré comme acceptable – que ce soit par la couleur de leur peau, leur taille, leur voix ou les normes de genre –, eh bien, ils doivent travailler deux fois plus dur que les autres pour être acceptés. Je ne peux pas te dire combien de fois j'ai été licenciée pour cause de « réduction de personnel » ou parce que je ne « collais » pas. Je savais que c'étaient des conneries, et mon patron aussi, mais je ne pouvais rien y faire parce que j'étais employée sous contrat. Ils inventaient juste des raisons pour se débarrasser de moi.

— Je suis désolé. Ça craint.

— La seule fois où j'ai été légitimement virée, c'est quand je suis venue à ton chevet en Allemagne, je pense, avoua Alaska avec un sourire.

Brick fronça les sourcils.

— Quoi ? Tu as été virée ?

— Oui, répondit-elle, presque joyeusement. Je n'avais pas prévenu mon patron pour l'informer de ce qui se passait. Je ne suis pas venue au travail, point barre.

— Je suis sûr que ça arrive tout le temps, argumenta

Brick. Des gens sont malades ou victimes d'accidents et ne peuvent pas accéder à un téléphone ou alors ils ne pensent pas à appeler leur patron.

— Oui, mais c'était un jour où mon patron avait une grosse réunion. J'étais censée lui apporter ses notes et mettre en place sa présentation... En gros, faire tout le travail pour lui. Je l'avais fait, bien sûr, mais j'étais tellement pressée de te rejoindre que j'ai oublié de tout lui envoyer par e-mail. Je suppose qu'il a eu l'air d'un con devant ses clients potentiels et qu'ils ont renoncé à travailler avec sa société. (Elle haussa les épaules.) Ça en valait la peine. Je referais la même chose si c'était pour te venir en aide.

Cette femme. Il ne la méritait pas, mais il allait passer le restant de ses jours à faire tout ce qu'il pouvait pour essayer d'être un homme qui la méritait. Il porta leurs mains jointes à ses lèvres et embrassa le dos de la sienne.

— De toute façon, j'étais heureuse de quitter ce travail, et pas seulement parce que mon patron était un abruti. Je vivais en Allemagne depuis quelques années et j'avais envie d'aller voir ailleurs. Je n'arrivais pas à m'habituer à la langue allemande. C'est dur.

— Alors, combien de langues tu parles maintenant ? Après avoir vécu dans tous ces endroits, tu as dû apprendre quelques langues, non ?

— Une seule : l'anglais.

Brick sourit.

— Sérieusement ?

— Sérieusement. Certaines personnes sont douées pour les langues, parlent comme des autochtones après seulement une semaine dans un pays, mais moi, je peux dire « s'il vous plaît » et « merci » dans plusieurs langues différentes, mais c'est à peu près tout. Je suis nulle.

Brick ne put étouffer le rire qui montait en lui. Alaska fronça le nez.

— Et maintenant, tu te moques de moi.

— Non. OK, peut-être un peu. C'est juste que... tu as vécu en Europe pendant des décennies et tu n'as appris aucune langue ?

— Non, répondit-elle avec un sourire. J'en ai été complètement incapable. Mais heureusement pour moi, les gens se comportaient en général très gentiment. Je sortais mon guide et je disais « bonjour », puis je demandais du pain ou autre et ils passaient à l'anglais. C'est incroyable le nombre de personnes qui connaissent un peu l'anglais. Assez pour communiquer, avec beaucoup de gestes bien sûr.

Brick se contenta de secouer la tête. Il aimait qu'elle sache rire d'elle-même.

— Au fait, dit-il, il faudrait que tu le saches, mais les gars ne vont jamais te laisser partir non plus. Même Tiny est impressionné par ton sens de l'organisation, toutes les idées géniales que tu as eues et, lorsqu'il doit enregistrer des gens après tes heures de travail, il est impressionné de voir que tu as tout préparé pour lui. Tu es vraiment bonne dans ce que tu fais, Al. Même si tu avais trois têtes et une queue, on voudrait quand même que tu restes.

Elle lui sourit.

— Merci. Je sais que ce n'est probablement pas cool d'admettre que j'aime être assistante administrative, mais peu importe, j'aime ça. Il y a quelque chose d'apaisant pour moi dans le fait de prendre des dossiers complètement en désordre et de les examiner pour les consolider et y rétablir un semblant d'ordre. Et même si je ne serai jamais informaticienne, je semble avoir un don pour résoudre les petits problèmes d'ordinateur et de sites web.

— Notre site web a déjà bien meilleure allure depuis que tu es là, le félicita Brick. Plus professionnel. Et tes photos actualisées des cabanes ont fait une énorme différence.

— Parmi toutes les pages que j'ai ajoutées, celle que je préfère, c'est celle consacrée aux témoignages des hôtes. C'est important d'avoir l'opinion de vraies personnes et pas des conneries bidon que la plupart des gens savent inventées.

Brick était d'accord. Ils continuèrent à parler affaires pendant le reste du trajet jusqu'à l'endroit qu'il voulait lui montrer. Elle était intelligente et avait de bonnes idées sur tout ce qui concernait la gestion du Refuge. Il se promit de proposer aux gars d'en faire une partenaire plus permanente. La décision qu'ils prendraient à ce sujet ne serait pas liée à la prolongation ou non de leur relation, même s'il priait pour que celle-ci ne soit jamais un problème.

Alors qu'ils approchaient de leur destination, Brick s'arrêta au milieu du sentier quelque peu envahi par la végétation, car il était moins fréquenté que d'autres dans la propriété, ce qui lui convenait parfaitement.

— On est presque arrivés. Tu me fais confiance ?

— Oui.

L'immédiateté de sa réponse déclencha une série de sauts périlleux dans son ventre. Il y avait très peu de personnes à qui il confiait sa vie... et cette femme figurait définitivement sur la courte liste. Il avait pu constater sa loyauté de ses propres yeux lorsqu'elle avait menti pour parvenir à son chevet, en Allemagne... et il ne connaissait même pas la partie émergée de l'iceberg de son incroyable personnalité à l'époque.

— Ferme les yeux, lui dit-il.

Elle obéit sur-le-champ et il aima le petit sourire qui se forma sur ses lèvres. Il l'attira contre lui et enroula la main autour de son bras. Elle s'appuya à lui tandis qu'il se remettait à marcher, veillant à éviter les racines tandis qu'ils avançaient.

Il lui fit quitter le sentier pour gagner les herbes hautes.

Il leur fallut encore deux minutes avant d'arriver à l'endroit voulu. Un gros rocher qu'on aurait dit placé stratégiquement à l'endroit optimal.

— Assieds-toi ici, murmura-t-il en conduisant Alaska vers le rocher.

La masse de granit était incurvée sur un côté, créant un petit dossier. Il l'avait toujours appelé mentalement le « rocher assis ». Une fois qu'elle eut pris place, il se débarrassa du sac à dos contenant leur dîner et s'installa à côté d'elle.

— Je peux ouvrir les yeux ? demanda-t-elle, impatiente.

— Oui, répondit Brick avec un sourire.

Au lieu d'observer la vue devant eux, Brick resta concentré sur le visage d'Alaska. Celle-ci cligna plusieurs fois des yeux, le temps qu'ils s'adaptent à la lumière, puis elle resta bouche bée.

— Putain de merde, Drake. C'est incroyable !

C'était le cas. La vue depuis cette éminence n'avait pas sa pareille. La forêt semblait s'ouvrir devant eux. Installés sur une crête, ils voyaient à des kilomètres. La vue depuis Table Rock était impressionnante, mais celle-ci était mille fois plus belle, composée exclusivement d'arbres. Des milliers d'hectares de nature sauvage. Le jour où il avait découvert cet endroit, Brick avait été étonné qu'il y ait encore une partie du pays à ce point inhabitée que l'homme ne semblait pas y avoir touché du tout.

Bien sûr, il savait qu'il y avait probablement des maisons au loin. Des poches de civilisation. Mais il aimait penser que c'était un territoire vierge. Où les animaux se promenaient librement, où les Amérindiens régnaient encore il n'y avait pas si longtemps. Là-bas, les hommes ne faisaient pas la guerre. Ils ne s'infligeaient pas d'horribles traitements. Il n'y avait pas de problèmes de drogue, pas de viols, pas d'hommes et de femmes tués par des armes à feu illégales.

C'était un fantasme, Brick le savait. Mais assis ici à

regarder la terre, à respirer l'air frais, il l'imaginait facilement. Et la réaction d'Alaska devant l'endroit où il se cachait quand il était en difficulté était à la hauteur de ses espérances.

Il lui prit la main et ils restèrent assis là pendant de longues minutes, profitant de la vue, écoutant les sons de la forêt qui les entourait et vivant simplement le moment présent.

— Merci de m'avoir montré ça, murmura Alaska au bout de longues minutes. C'est... Ça relativise mes problèmes. J'ai la sensation que le monde est tellement... plus grand que moi. Et crois-le ou non, ça m'aide à me sentir mieux.

— Pareil pour moi, admit Brick.

Elle posa la tête sur son épaule et ils restèrent assis là encore quelques minutes sans rien dire avant qu'il ne demande :

— Tu as faim ?

À cet instant précis, l'estomac d'Alaska gargouilla et ils gloussèrent tous les deux.

— Je suppose que ça répond à ma question.

Brick attrapa le sac à dos qu'il avait posé par terre un peu plus tôt et ils mangèrent leurs sandwichs en profitant de la vue imprenable.

Quand le soleil commença à descendre à l'horizon, il déclara :

— On devrait probablement rentrer pour ne pas marcher dans le noir.

— Tu as une lampe de poche ? demanda-t-elle.

— Oui.

— Alors j'adorerais rester et regarder le soleil se coucher complètement, dit-elle. Si tu penses que ça ne craint rien.

— Ça ne craint rien, répondit-il sans hésiter.

Il aurait voulu en dire plus. Expliquer exactement pourquoi elle était en sécurité sur leur propriété, mais ses amis et lui avaient pris la décision de ne pas divulguer tous les secrets de leur complexe.

— Je sais, dit Alaska en hochant la tête. Je suis avec toi, donc je sais que je ne risque rien.

Un amour si intense qu'il en était presque douloureux envahit Brick. Il avait besoin de cette femme. Maintenant. Plus qu'il ne pouvait l'exprimer.

Heureusement que le rocher sur lequel ils étaient assis était long et large. Pas tout à fait assez long pour contenir tout son corps, mais il s'en fichait. Repoussant le sac à dos, il se tourna et s'allongea sur le dos à côté d'elle, puis déboucla son ceinturon et baissa la fermeture éclair de son pantalon. Après quoi, il souleva les fesses pour faire descendre son pantalon et libérer son sexe.

Alaska se passa la langue sur les lèvres en le regardant fixement.

— Baise-moi, Alaska. J'ai besoin de toi.

Loin de protester, elle attrapa tout simplement sa propre ceinture, puis elle se mit à califourchon sur lui, les pieds toujours à plat sur la roche dure pour protéger ses genoux, et s'équilibra en posant une main sur le ventre de Drake.

Devant ce spectacle – Alaska qui s'empalait sur lui dans la chaleur des derniers rayons du soleil en train de plonger derrière les arbres à l'horizon –, Brick se sentait presque primitif. Combien d'autres hommes avaient fait l'amour à leur femme dans la forêt sur ce perchoir au-dessus des arbres ?

Il était sur le point de dire à Alaska de se toucher pour s'assurer qu'elle pouvait le prendre sans douleur, mais sa femme l'avait devancé. Elle se frottait le clitoris d'une main et, de l'autre, lui empoignait fermement le sexe pour s'en caresser.

Il ne leur fallut pas longtemps pour être prêts tous les deux. Quand Alaska s'allongea finalement sur lui, Brick eut bien du mal à ne pas exploser sur-le-champ. Elle portait le regard tantôt sur lui, tantôt sur l'endroit où leurs corps s'unissaient, tantôt sur le magnifique soleil couchant. Mais Brick, lui, ne pouvait pas détacher ses yeux de sa femme.

Il comprenait qu'on puisse la trouver ordinaire au premier regard ; Alaska évitait sciemment toute forme d'attention ou de projecteur. Mais pour quiconque regardait, sa beauté brillait de l'intérieur, claire et vive. Elle était dans les petits bruits qu'elle poussait en allant et venant sur lui. Dans le soin qu'elle mettait à faire son travail. Dans le mot gentil qu'elle trouvait toujours le moyen de glisser à Robert, aux femmes qui nettoyaient les cabanes ou à ses amis. La lumière en elle était si brillante qu'il était parfois surpris de pouvoir la regarder sans être aveuglé par son éclat.

Il n'avait pas besoin de cheveux soigneusement coiffés ou d'ongles vernis, d'un corps parfait et de vêtements tape-à-l'œil. Il avait juste besoin d'elle, telle qu'elle était : une femme qui l'acceptait, lui, pleinement, avec tous ses défauts.

— Drake, haleta-t-elle. C'est... Je vais jouir !

Sa voix frémissait. Les muscles de ses cuisses se contractaient pendant qu'elle montait et descendait sur son érection.

Il ne la pressa pas, mais la laissa simplement imprimer la cadence et trouver son plaisir à son propre rythme. Il aimait regarder la façon dont l'orange du soleil couchant flirtait avec les cheveux d'Alaska, rebondissant autour de ses épaules alors qu'elle se déplaçait sur lui. Il aimait entendre les halètements et les gémissements qui s'échappaient de ses lèvres. Regarder un coucher de soleil ne serait plus jamais pareil. Jamais. Il se souviendrait de ce moment pour le restant de ses jours.

Être à cet endroit avait pris un nouveau sens aussi. Ce n'était plus seulement un endroit où il se réfugiait lorsque ses démons le poursuivaient. C'était l'endroit où Alaska et lui s'étaient trouvés ensemble pour la première fois après s'être déclaré leur amour.

Dès que ses muscles se contractèrent autour de son sexe et qu'elle se pencha sur lui, Brick bougea. Il lui saisit fermement les hanches et commença à la pilonner par en dessous. Elle rebondissait en équilibre précaire, mais il n'y avait aucun risque qu'il lâche prise ou qu'elle soit blessée quand elle était avec lui.

Il la baisa vite et fort, poussant malgré ses muscles internes qui se contractaient sous la jouissance. À chaque spasme, il avait la sensation qu'elle lui étranglait la queue. Leur étreinte était brute. Intense.

Alors que les derniers rayons du soleil disparaissaient, Brick poussa une fois de plus et se ficha jusqu'à la garde dans la femme qu'il aimait. On aurait dit qu'il n'allait jamais s'arrêter de jouir. Il sentait même son sperme s'écouler d'elle et sur ses bourses alors qu'il restait fiché en elle aussi loin qu'il le pouvait. Elle s'effondra sur son torse comme privée de charpente osseuse et Brick la serra contre lui, le temps qu'ils reprennent leur souffle.

— Putain de merde, haleta-t-elle au bout de quelques minutes. C'était...

— Parfait, acheva Brick.

— Exactement. Le sexe en plein air ne figurait pas sur ma liste de choses à faire, mais c'était une erreur.

Brick sourit, incapable de refouler une pointe d'arrogance.

— Tes jambes vont bien ? Cette position devait être un peu inconfortable.

— Des jambes ? J'ai des jambes ? plaisanta-t-elle.

Cette fois, le ricanement de Drake fit glisser son sexe hors du fourreau confortable d'Alaska. Elle gémit. Brick était d'accord. C'était vraiment dans le corps de cette femme qu'il aimait par-dessus tout se trouver.

Même s'il aurait aimé rester allongé et se prélasser après l'étreinte la plus incroyable de sa vie, il allait commencer à faire froid maintenant que le soleil s'était couché. Et sombre. Il faisait vraiment sombre au Refuge. Et il préférait tenir Alaska dans leur lit douillet plutôt que sur ce morceau de roche.

— Donne-moi une seconde, je vais te trouver quelque chose pour te nettoyer, lui dit-il en se redressant alors qu'elle était toujours sur ses genoux.

Il la tint contre lui pendant qu'il fouillait le sac à dos en quête de mouchoirs supplémentaires.

Alaska se détendit sans chercher à l'aider. Brick ne put s'empêcher de sourire.

— Où est passée la femme toujours si désireuse de faire sa part même quand je tiens à la gâter ? demanda-t-il.

— Tu l'as baisée au point de la soumettre.

Brick sentit qu'elle souriait, le visage enfoui dans son épaule. Il éclata de rire.

— C'est tout ce que je dois faire pour te rendre obéissante ?

— Peut-être, répondit-elle.

Sans un mot, il passa un mouchoir entre les jambes d'Alaska, ce qui la fit remuer. Elle s'assit et s'écarta.

— Je peux le faire, protesta-t-elle.

— Je m'en occupe, répliqua-t-il en lui repoussant la main. Ce n'est que justice.

Pour son plus grand plaisir, elle le laissa faire. C'était plus intime que tout ce qu'il n'avait jamais fait avec une femme et, avec Alaska, ce nettoyage semblait naturel. Il fit de son mieux pour essuyer son sperme et ses fluides à elle avant de fourrer les mouchoirs utilisés dans un sac en plastique qu'il glissa dans son sac à dos.

— Mes sous-vêtements sont quelque part dans les parages, marmonna Alaska en regardant autour d'elle. Je crois que je les ai jetés tellement j'avais hâte de t'avoir en moi.

Repérant le morceau de coton bleu à proximité, Brick se pencha et l'attrapa. Puis il aida Alaska à se lever et se tint à côté d'elle, gardant une main sur son bras pour éviter qu'elle ne glisse et ne tombe par mégarde. Leur rhabillage se déroula sans encombre et, quand il eut rechaussé le sac à dos, elle s'appuya contre lui.

— Merci de m'avoir montré ton endroit spécial.

— C'est notre endroit spécial maintenant, rectifia-t-il.

Le sourire qu'elle lui offrit était aussi resplendissant qu'elle.

— Je t'aime, dit-elle un peu timidement.

— Je t'aime aussi, Al. Tellement, que ça me fait presque peur.

— J'ai eu plus de temps pour m'habituer à cette sensation, c'est vrai.

Brick ne cesserait jamais d'être étonné par cette femme.

— Prête à rentrer ?

— Non, mais oui.

Il comprenait totalement.

— OK, reste près de moi. J'ai de la lumière mais le sentier a besoin d'être entretenu. Les racines des arbres disparaissent totalement dans l'ombre.

Alaska acquiesça et ils prirent le chemin de la maison.

De leur foyer.

Le Refuge avait toujours été un endroit que Brick aimait. Un lieu de paix. De guérison. Mais maintenant, c'était plus qu'un simple chalet. Qu'une entreprise. C'était vraiment un foyer. Parce qu'Alaska vivait là avec lui.

Il ferait tout son possible pour qu'il en aille éternellement ainsi. Pour la rendre heureuse. Pour qu'elle soit en sécurité. L'idée qu'il puisse lui arriver quelque chose maintenant qu'elle était à lui... rendait Brick un peu fou. Avec la main d'Alaska dans la sienne, son odeur dans les narines, la vision d'elle perdue dans le plaisir encore fraîche dans son esprit, il se fit alors le serment de tuer plutôt que ce genre de mal ne la touche à nouveau.

Il n'avait pas passé sa vie dans les SEAL pour décevoir la seule personne qui avait toujours cru en lui.

Brick savait qu'il se sentait un peu assoiffé de sang en cet instant, mais il mit ça sur le compte du caractère charnel de cette étreinte en plein air. Comme s'il était un conquérant d'autrefois. Ce n'était rien de plus.

Pas les picotements à l'arrière de son cou qui le prévenaient de l'imminence d'un problème.

Non, il était juste paranoïaque à l'idée que son bonheur, leur bonheur, puisse leur être arraché avant de s'épanouir. Une peur naturelle, supposa-t-il, vu qu'il n'avait jamais été amoureux auparavant.

Il méritait d'être heureux. Il méritait Alaska. Rien ni personne ne pourrait l'éloigner de lui.

* * *

Yong Chen débordait d'impatience. Il était enfin arrivé aux États-Unis. Au Nouveau-Mexique. À quelques heures de revendiquer ce qui lui appartenait, ce pour quoi il avait payé cher. Il méritait d'être aussi heureux que n'importe qui d'autre... et ce qui le rendrait heureux, ce serait de briser Alaska Stein.

En général, il ne se fatiguait pas à apprendre le nom de ses acquisitions. Il n'avait pas vraiment d'importance : tout ce qui comptait, c'était la rapidité avec laquelle elles ouvraient leurs jambes et faisaient ce qu'il leur ordonnait.

Mais Alaska était différente. Elle était celle qui s'était enfuie... La seule. Pas pour longtemps, cela dit.

Yong avait beaucoup de mal à ne pas sortir de son rôle et

à poser des questions sur elle. Mais cela aurait été étrange qu'un investisseur manifeste la moindre curiosité envers une secrétaire. Demain, il la verrait enfin en chair et en os. Peut-être même aurait-il l'occasion de lui parler, de jouer au visiteur amical pour qu'elle baisse sa garde. Ainsi, lorsqu'il s'agirait de l'enlever sous le nez des soi-disant soldats avec qui elle travaillait, elle serait plus confiante et l'accompagnerait sans faire de scène.

Yong avait tout lu sur les sept connards qui possédaient le camp minable dans les montagnes. Ça n'était rien de plus, quel que soit le nom qu'ils lui donnaient pour tenter de faire illusion. S'il avait été un investisseur, ce serait le dernier endroit qu'il aurait choisi pour dépenser son argent.

D'abord, il était entouré de kilomètres et de kilomètres de néant. Un territoire désertique aride d'un côté et des montagnes boisées de l'autre, non loin de Los Alamos qui était une bourgade minuscule. Pas assez peuplée à son goût. Il préférait de loin Pékin, métropole immense et prospère où un homme pouvait se fondre dans la masse... et cacher ses méfaits.

Deuxièmement, le Refuge était un endroit pour déficients mentaux. Des hommes et des femmes faibles qui ne pouvaient pas gérer ce que la vie leur proposait, des espèces de bébés qui voulaient être dorlotés, et Yong ne tolérait aucune forme de faiblesse.

Ça allait être un jeu d'enfant de reprendre ce qui était à lui. Yong n'avait pas été aussi excité depuis des années. Il était à deux doigts de remercier le Russe d'avoir fait foirer leur transaction. Presque.

Demain, il se familiariserait avec le terrain. Il jouerait son rôle. Puis il réfléchirait à la suite. Se faufiler pendant la nuit et kidnapper Alaska ? Attendre le lendemain et créer une diversion pour pouvoir entrer furtivement et la capturer ? Voir s'il pouvait la faire venir avec lui de son plein gré ?

Il y avait des tas de possibilités, chacune avec son propre niveau de risque, mais Yong ne doutait pas qu'il en sortirait victorieux. Il y avait trois millions de dollars en jeu s'il réussissait. Une trentaine d'hommes étaient d'ores et déjà prêts à payer, à payer très cher, pour avoir une chance de réaliser tous leurs fantasmes tordus avec cette femme.

Ses plans pour l'Américaine avaient peut-être changé au cours des dernières semaines, mais le résultat était le même. Elle serait son jouet jusqu'à ce qu'il s'en lasse, puis il triplerait son investissement avant de retourner à sa vie en Chine. Il obtenait toujours ce qu'il voulait.

Toujours.

CHAPITRE 17

Alaska dormit mieux que depuis ce qui lui semblait être des années. Et ce n'était pas peu dire, car elle avait très bien dormi dans les bras de Drake ces dernières semaines.

Mais quelque chose s'était passé là-bas, sur ce rocher. Drake et elle s'étaient liés d'une manière presque spirituelle. Il était sexy, un vrai mâle alpha, mais la façon dont il l'avait protégée ne lui avait pas échappé. Il s'était allongé sur la roche dure pour qu'elle n'ait pas à en souffrir. Il l'avait tendrement nettoyée après. Il l'avait serrée contre lui alors qu'ils rentraient au chalet dans l'obscurité totale.

Personne, jamais, ne l'avait traitée comme si elle était la chose la plus précieuse au monde. Pas même sa mère quand elle était petite. Dès son plus jeune âge, elle avait été autorisée à vagabonder où elle voulait, aussi tard qu'elle le voulait. Sa mère ne lui demandait jamais d'où elle venait quand elle rentrait à la maison. Chaque fois qu'elle s'était blessée, ça avait été à Alaska de se nettoyer et de faire ses propres bandages.

Quand elle était avec Drake, elle se sentait aimée. Il la cherchait des yeux dès qu'il entrait dans le pavillon et, à l'instant où leurs regards se croisaient, il lui glissait un petit sourire en privé. Il s'assurait toujours qu'elle n'était pas trop fatiguée, qu'elle n'avait pas trop froid ou trop chaud. Il vérifiait qu'elle avait bien pris une pause ou avalé un repas. La liste était longue. Elle avait l'impression d'être toujours sur son radar. Qu'il cherchait sans cesse à se rassurer en constatant qu'elle allait bien.

Pendant un bon moment, elle avait été assez pessimiste quant à leur réussite, mais elle commençait à penser qu'ils pourraient tenir sur le long terme. C'était incroyable.

Alaska savait qu'une partie de son pessimisme venait du passé de Drake, du fait qu'il avait perdu ses meilleurs amis. Elle comprenait mieux le TSPT maintenant : tout allait bien jusqu'à ce qu'une infime petite chose fasse tout basculer. Drake maîtrisait mieux ses démons que la plupart des gens... N'empêche, la vie était pleine de hauts et de bas, et les bas semblaient toujours avoir plus d'effet que les hauts sur le comportement et les actes à long terme d'une personne.

Elle avait repéré la même évolution chez elle. Alaska n'était plus aussi confiante qu'avant. Elle faisait plus attention à ce qui l'entourait, demeurait aux aguets. Elle n'aimait pas particulièrement ça, mais quand elle en avait parlé à Drake, il lui avait fait remarquer que sa vigilance n'était pas une mauvaise chose. Elle était d'accord, toutefois la personne insouciante qu'elle était jadis lui manquait toujours. Elle qui avait été indépendante pendant si longtemps, la seule pensée de voyager non accompagnée lui donnait de l'urticaire à présent.

Enfin, elle n'avait pas l'intention de repartir de sitôt de toute façon. La vie au Refuge était idyllique. Elle aimait son travail, s'entendait bien avec les autres copropriétaires. Elle trouvait les clients fascinants. Et bien sûr, il y avait Drake. Elle devait se persuader que, même s'il succombait à ses démons, il aurait la force et le courage de les soumettre à nouveau. Peut-être même avec son aide à elle.

Alaska était prête à reprendre leurs ébats lorsqu'ils étaient rentrés de leur randonnée, la veille au soir, mais Mutt avait besoin d'attention et elle devait vider le sac à dos de leurs déchets et restes. Puis Drake voulut vérifier ses e-mails, car il devait se lever tôt le lendemain matin pour aller à Los Alamos récupérer M. Choo. Lorsque vint le moment de se mettre au lit, ils étaient épuisés. Drake se contenta donc de l'attirer contre lui et, pelotonnés comme ils en avaient l'habitude pour dormir, ils sombrèrent dans le sommeil en quelques minutes.

Drake s'était levé tôt, l'avait embrassée en lui conseillant de faire la grasse matinée, il la verrait plus tard. Ses amis et lui allaient être occupés une grande partie de la journée, car ils feraient visiter la propriété à M. Choo et tiendraient une réunion sur l'avenir du Refuge.

D'humeur paresseuse, Alaska obéit et se recroquevilla dans le lit qui semblait bien trop vide lorsqu'il n'y était pas avec elle.

Plus tard dans la matinée, elle se rendit au pavillon et salua les clients qui s'y trouvaient. Alors que certains de leurs hôtes choisissaient de passer le plus clair de leur temps dans leurs cabanes ou en randonnée sur la propriété, d'autres aimaient traîner dans le pavillon. Il y avait toujours quelqu'un qui lisait, mangeait ou se détendait sur les canapés en cuir de la grande salle.

En arrivant, Alaska salua deux hommes qui discutaient tranquillement dans le salon et se dirigea vers son bureau dans le coin. Elle démarra l'ordinateur et entreprit de répondre aux e-mails et aux messages téléphoniques tout en préparant le check-out des trois hôtes censés repartir plus tard dans la matinée.

Vers l'heure du déjeuner, Drake entra dans le pavillon

avec Spike, Pip' et un homme qui ne pouvait être que M. Choo. À peu près de la taille d'Alaska, le visage rond, des cheveux noirs coupés court, des yeux tombants, une peau dorée qui semblait un peu pâle et suggérait qu'il ne passait pas beaucoup de temps à l'extérieur. Il portait un pantalon noir bien repassé, un polo jaune à manches courtes et affichait un air de supériorité qu'il ne prenait pas la peine de cacher.

Alaska se sentit aussitôt coupable de cette pensée alors qu'elle n'avait pas encore rencontré cet homme.

Drake se dirigea droit vers elle et elle se leva. D'un seul coup d'œil, elle remarqua qu'il était stressé. Ses mouvements étaient légèrement raides et le petit sourire qu'il lui offrit n'atteignit pas ses yeux. Il se pencha pour déposer un rapide baiser sur ses lèvres et elle murmura :

— Ça va ?

Et il n'en fallut pas davantage pour qu'il se détende un peu.

— Ça va maintenant que je t'ai vue, murmura-t-il avant d'ajouter : Ça a juste été une matinée stressante. Je vais m'en sortir.

Alaska acquiesça, détestant le voir aussi tendu.

Les autres avaient atteint son bureau et Drake se tourna vers eux.

— Bolin, j'aimerais vous présenter Alaska Stein. C'est notre responsable administrative et nous ne savons pas ce que nous ferions sans elle. Alaska, voici Bolin Choo.

— Ravie de vous rencontrer, dit poliment Alaska en tendant la main.

M. Choo la lui prit dans les deux siennes et s'inclina légèrement vers elle, la buvant de ses yeux sombres.

Sans savoir pourquoi, Alaska sentit les poils de sa nuque se hérisser et elle s'immobilisa. La poigne de l'homme était froide et moite. Ce simple contact lui donna envie de s'essuyer la main sur son pantalon pour effacer la sensation de ces doigts. C'était une réaction étrange. Elle avait rencontré des tas d'inconnus au cours de sa vie, mais aucun d'eux n'avait suscité ce genre d'antipathie chez elle.

Heureusement, il la lâcha rapidement et Alaska fit de gros efforts pour ne pas s'essuyer la main sur ses vêtements. Sans doute sa réaction était-elle simplement due au fait que c'était le premier homme asiatique qu'elle rencontrait depuis son calvaire. Combien de fois Drake l'avait-il prévenue de ne pas se laisser emporter ? Ce visiteur ne méritait pas qu'elle tombe dans une méfiance permanente.

Elle s'éclaircit la gorge et se força à sourire. C'était bon pour elle. Ça faisait partie du processus de guérison et de la reprise en main de son existence.

— Nous allons déjeuner dans la salle de thérapie, annonça Drake.

Alaska acquiesça.

— Tu veux que je prévienne Robert ? demanda-t-elle d'un ton presque normal en priant pour que Drake accepte afin d'avoir une excuse pour partir.

— Ce serait génial, merci, admit-il. Mais dis-lui de nous accorder une vingtaine de minutes. Les autres vont bientôt nous rejoindre.

— OK.

— Merci, ma puce, dit Drake qui se pencha et lui embrassa la tempe avant de se tourner vers ses amis et son invité. On y va ? demanda-t-il.

Les trois hommes se dirigèrent vers la salle de thérapie, mais Drake s'attarda un moment.

— Qu'est-ce qui ne va pas ? demanda-t-il, sourcils froncés.

Pendant un instant, Alaska fut tentée de lui avouer qu'elle n'aimait pas M. Choo, mais elle se ravisa vite. Drake était déjà assez stressé comme ça. La dernière chose dont il avait besoin, c'était de s'inquiéter pour elle alors qu'il était au milieu d'une négociation importante. Même s'il lui avait déjà confié qu'ils pensaient décliner l'offre de M. Choo, l'affaire n'était pas réglée. Ses amis et lui pourraient changer d'avis après cette visite. Alaska ne voulait pas ruiner toute chance pour Drake de développer le Refuge. Il aimait cet endroit et elle ne s'opposerait pas à ce qu'il aide plus de gens s'il le pouvait.

— Rien, répondit-elle avec un sourire forcé et un petit haussement d'épaules. Je suis juste inquiète pour toi. Tu as l'air fatigué et stressé.

— C'est le cas, admit-il. Mais pas parce que les choses ne vont pas bien. Au contraire, elles vont mieux que je ne le pensais. M. Choo a de bonnes idées et il aime ce qu'il a vu jusqu'à présent.

Alaska comprit.

— Ce qui rend la décision de refuser son offre d'autant plus difficile.

— Exactement, convint Drake avec un hochement de tête.

— Je suis sûre que tes amis et toi prendrez la bonne, commenta Alaska.

Il sourit, apparemment un peu plus détendu qu'en arrivant.

— De l'argent frais serait certainement le bienvenu, admit-il. Mais on n'est en aucun cas prêts à franchir le pas pour le moment. On a beaucoup de choses à discuter cet après-midi... et on attend un appel téléphonique d'une amie qui doit nous fournir plus d'informations sur M. Choo. On ne prendra aucune décision tant qu'on n'aura pas tous les renseignements voulus.

— Tous les renseignements ? demanda Alaska.

Drake haussa les épaules.

— Oui. On est juste prudents : on veut savoir tout ce qu'il y a à savoir sur l'homme avant de faire affaire avec lui.

— Une sorte de vérification des antécédents ?

— Quelque chose comme ça. Cela prend plus de temps que prévu parce que, jusqu'à présent, il est parfaitement propre, ce qui est un soulagement, avoua Drake. Bon, assez parlé de ça. Tu as déjà déjeuné ?

Alaska sourit.

— Oui, j'avais fait une pause juste avant que vous n'arriviez.

— Tu as fait le check-out des clients en partance ?

— Oui. Un nouveau couple est attendu vers 13 heures et un dernier client doit arriver avant que je quitte le service vers 15 heures.

— Bien. Si tu as besoin de quoi que ce soit, préviens-moi.

— Drake, je ne vais pas interrompre votre réunion. Si quelque chose se présente, je gèrerai.

Il sourit.

— Oui, je sais.

— C'est pour ça que tu me paies, plaisanta-t-elle.

— Tu es incroyable !

Alaska leva les yeux au ciel. Elle n'était pas incroyable, elle faisait son travail... Chose que leurs assistantes administratives précédentes n'avaient pas été capables de faire, certes, mais quand même. Elle n'allait pas intervenir dans une réunion aussi importante. Si un imprévu survenait, elle s'en occuperait. Elle en était capable.

— Vas-y, lui dit-elle. Va botter des fesses.

Drake sourit.

— Oui, madame. Pour info, je vais être rassasié d'humains avant la fin de la réunion cet après-midi. Tu veux faire une autre randonnée avec moi ? Ou tu es trop endolorie ?

— Je n'ai mal nulle part, répondit-elle.

Du moins, pas dans le sens où il le demandait. Elle le sentait encore entre ses cuisses – il n'était pas vraiment petit –, mais les muscles de ses cuisses ne lui faisaient pas mal après la randonnée de la nuit dernière. Elle était en bien meilleure forme depuis qu'elle vivait ici.

— Très bien. Peut-être juste une petite randonnée pour cette fois. On pourra dîner en rentrant, si ça te va.

— Bien sûr. Je prendrai une collation avant d'aller t'attendre au chalet.

— Parfait. (Drake s'approcha et lui enroula une main dans la nuque.) Je ne te mérite pas, susurra-t-il.

— Bien sûr que si, répliqua-t-elle. Nous nous méritons mutuellement.

Il lui lança un petit sourire, puis se pencha pour lui donner un baiser passionné, mais bref.

— À plus tard.

Elle hocha la tête et le regarda s'éloigner en se passant la langue sur les lèvres pour prolonger la sensation de son goût.

Qu'elle vive ici, que ce soit sa vie, c'était tellement fou. Elle n'avait cessé de penser à Drake pendant toutes ces années, se demandant où il était, ce qu'il faisait. Après qu'il avait quitté la Marine et lancé le Refuge, si elle avait été soulagée qu'il ne mette plus sa vie en danger, elle s'était quand même inquiétée pour lui.

Et maintenant, elle était ici. Avec lui ! C'était un rêve devenu réalité.

Les années avaient été généreuses envers Drake. Il était plus beau maintenant qu'à dix-huit ans et sa maturité le rendait plus attirant à ses yeux, pas moins. Dans vingt ans, il serait définitivement un renard argenté. Elle serait toujours ordinaire, passerait toujours au second plan, mais avec Drake à ses côtés, elle s'en moquait. Seule l'opinion de son homme lui importait.

Or, il avait été plus que clair : il ne la trouvait pas ordinaire et l'aimait exactement comme elle était. La sensation était grisante.

— Excusez-moi ? demanda une femme à côté d'elle.

Alaska faillit sursauter, mais gloussa en se tournant vers la cliente.

— Je suis désolée, j'étais distraite. Que puis-je faire pour vous ?

— Je ne voulais pas vous effrayer, mais je ne vous blâme pas. Si j'avais un homme comme lui, je resterais à le reluquer pendant qu'il s'éloigne.

Alaska rit sans se sentir offensée. Comment l'aurait-elle pu ? La femme n'avait pas tort.

— Il est aussi beau de dos que de face, c'est sûr, convint-elle. Bon, en quoi puis-je vous aider ?

— Je me demandais si vous pouviez nous recommander un des sentiers, à mon ami et moi ? Je ne suis pas une randonneuse émérite et je ne veux rien de trop éprouvant, mais cet endroit est tellement beau que je m'en voudrais de rester assise à ne rien faire de la journée.

Alaska sourit et fit de son mieux pour détourner son attention de Drake. Elle était toujours inquiète pour ses amis et lui. Ils étaient stressés et elle n'aimait pas les voir dans cet état, mais la visite de M. Choo serait bientôt terminée et ils pourraient se détendre à nouveau.

* * *

Brick soupira de soulagement pendant qu'Owl raccompagnait M. Choo hors de la pièce. Il s'était porté volontaire pour ramener leur visiteur à son hôtel de Los Alamos. Brick avait côtoyé l'homme toute la journée et c'était un énorme soulagement que de passer la responsabilité à quelqu'un d'autre.

— Alors ? demanda Stone. Qu'est-ce que vous en pensez ?

Il y eut un long moment de silence dans la pièce avant que Tiny ne prenne la parole :

— Il a de très bonnes idées. Et même si je pense qu'on pourrait en réaliser la plupart sans son argent, il nous faudrait plusieurs années avant de pouvoir les mettre en œuvre.

Les autres acquiescèrent.

— J'étais prêt à n'aimer aucune de ses suggestions, mais il paraît être un homme d'affaires avisé, convint Spike.

Les vingt minutes suivantes furent consacrées à l'examen des avantages et des inconvénients des propositions discutées avec M. Choo.

Tonka resta silencieux tout au long de la conversation comme il l'avait fait toute la journée. C'était un taciturne qui préférait laisser les autres parler quand il en avait la possibilité. Il n'était pas aussi réticent en présence des animaux. Quand il se pensait seul, il jacassait comme une pie avec Melba, les chèvres et les autres animaux de la grange. Personne ne prenait la mouche, ses amis savaient que c'était dans sa nature, que leurs passés les affectaient chacun de manières différentes.

Mais il prit soudain la parole :

— Je ne l'aime pas, déclara-t-il.

— Pourquoi ?

— Simplement une intuition, répondit-il.

Brick sentit un poids s'envoler de ses épaules. Il y avait quelque chose chez cet homme qui lui déplaisait également sans qu'il parvienne à mettre le doigt dessus. Il n'avait rien dit ni fait d'inapproprié au cours des heures que Brick avait passées avec lui. Il s'était montré poli, curieux et enthousiaste à propos du Refuge en général.

Pourtant, une petite voix agaçante au fond de son esprit

lui répétait que quelque chose clochait chez cet homme. Et il avait bien remarqué la réaction d'Alaska quand elle l'avait rencontré. Elle avait prétendu s'inquiéter pour Drake. Mais à présent, il n'en était plus si sûr.

Si ses amis s'étaient trouvés dans une salle de réunion normale, ailleurs qu'au Refuge, ils auraient peut-être considéré les paroles de Tonka comme de la paranoïa. Mais ils s'étaient tous retrouvés dans des situations où une intuition leur avait sauvé la vie.

— Je suis d'accord, lâcha Brick au bout de quelques secondes.

— Des nouvelles d'Elizabeth ? demanda Spike sans s'adresser à personne en particulier.

— Non, répondit Tiny. Aux dernières nouvelles, elle n'avait toujours rien trouvé.

— Ce qui est une bonne chose, non ? insista Stone.

— Oui : si elle n'a rien trouvé, il y a plus de chance qu'il soit réglo. Mais Elizabeth n'avait pas l'intention de se contenter de ces premiers résultats. Selon elle, plus une personne est maléfique, mieux elle dissimule ses traces. Elle est déterminée à vérifier avec cent pour cent de certitude s'il est exactement celui qu'il prétend être, à savoir un homme désireux d'accroître ses investissements aux États-Unis.

La pièce resta silencieuse pendant un long moment.

— Je ne peux pas parler pour vous, mais je suis crevé, lâcha finalement Pip'. Je ne sais pas ce qui me vide autant quand je suis sur le pont, mais c'est comme ça.

— Pareil, convint Tiny.

— Choo revient demain après le déjeuner pour nous rencontrer une fois de plus. Qu'est-ce que vous diriez de prendre le reste de l'après-midi et de la soirée pour réfléchir à tout cela ? Demain matin, on se réunit et on discute à tête reposée de ce qu'on compte faire, comme ça, on pourra lui faire part de notre décision à son arrivée, suggéra Tiny.

Tout le monde accepta et se leva pour nettoyer la pièce et partir.

Tonka et Brick furent les derniers à quitter la pièce et Brick arrêta son ami.

— Qu'est-ce qui te met mal à l'aise chez Choo à ton avis ?

Tonka haussa les épaules.

— Honnêtement, je ne sais pas trop. En apparence, tout semble parfait. Mais il est presque trop parfait. Il a approuvé chacune de nos suggestions. Si on n'aimait pas une de ses idées, il faisait tout de suite marche arrière. Il n'a jamais insisté et ça ne m'a pas plu. Pas de la part d'un homme censé vouloir tirer profit d'un investissement.

Brick réalisa qu'il avait raison.

— Je ne l'avais pas remarqué, mais maintenant que tu le dis, c'est évident.

— Sauf qu'il y a plus que ça, ajouta Tonka. J'ai observé le gars pendant que tu lui faisais visiter les lieux. Il a dit tout ce qu'il fallait, mais ses yeux n'ont jamais cessé de fureter partout.

— Ce n'était pas ce qu'il était censé faire ? s'étonna Brick.

— Oui, mais ce n'était pas... normal. On aurait dit qu'il repérait les lieux. (Brick fronça les sourcils.) Tu te souviens du jour où on a eu Bubba ? Il avait été horriblement maltraité, il était d'une maigreur terrible. Il ne voulait rien avoir affaire avec moi ni avec un autre humain.

— Je m'en souviens, répondit Brick. Tu as été incroyable avec lui en lui apprenant d'abord à faire confiance aux autres chevaux, puis non seulement à toi, mais aussi à nous autres.

— Certes, mais entre-temps, quand il était dans le corral, je le surveillais. Il était constamment en alerte pour trouver le moyen de s'échapper. Ses yeux scrutaient la zone à la recherche d'un point faible dans la clôture. Il aspirait à s'échapper d'une situation qu'il pensait probablement identique à celle d'où il venait. J'ai vu le même intérêt intense dans les yeux de Choo aujourd'hui.

— Tu penses qu'il cherchait quoi ? demanda Brick.

— Aucune idée. Mais ça m'a mis mal à l'aise.

Brick soupira. Sa tête l'élançait. Autrefois, il aurait désespérément voulu être seul pendant quelques heures afin de recouvrer son équilibre. Mais aujourd'hui ? Tout ce qu'il voulait, c'était voir Alaska. Elle était son roc. Son refuge.

— J'apprécie que tu en aies parlé parce que j'ai ressenti la même chose, mais sans vraiment le réaliser avant que tu n'en parles.

— J'ai appris à mes dépens qu'il est plus important de parler lorsque j'ai des doutes au lieu de rester silencieux et de suivre le courant, déclara Tonka d'une voix morne.

Ce n'était pas la première fois que Brick se demandait ce que son ami avait bien pu traverser, mais il savait qu'il partagerait son vécu quand il serait prêt à le faire. Brick n'allait certainement pas le pousser.

— Encore une fois, j'ai apprécié.

— Et histoire que tu saches... poursuivit Tonka.

Brick attendit la suite : cela faisait un moment qu'il n'avait pas entendu Tonka en dire autant.

— Alaska... Je l'aime bien. C'est un atout pour toi. Pour le Refuge. Elle convient parfaitement à cet endroit. Elle te correspond.

Le cœur de Brick se dilata. S'il n'avait pas besoin de l'approbation de son ami, elle lui faisait un immense plaisir.

— Elle me convient parfaitement, convint-il.

Tonka hocha la tête, puis pivota brusquement sur ses talons et se dirigea vers la porte.

— Melba est probablement en train de manger son étal

à l'heure qu'il est, marmonna-t-il. Il faut que j'aille la nourrir.

Il se retourna en arrivant à la porte. Brick s'arma de courage en prévision de ce qu'il allait ajouter.

— Sois prudent, le prévint Tonka. Choo a un projet, mais on n'a pas la moindre idée de ce que c'est.

Brick hocha la tête bien que son ami se soit déjà retourné pour partir. Il le regarda s'éloigner tandis qu'un sombre pressentiment l'envahissait au point de le faire frissonner, même si la pièce n'était pas froide du tout. Sans savoir pourquoi, il se sentait soudain si claustrophobe et anxieux qu'il voulut absolument sortir. De la pièce, du bâtiment et de la terre qui l'avait toujours apaisé.

Il envisagea d'appeler Alaska et de lui dire qu'il allait finalement prendre Mutt et s'enfoncer tout seul dans la forêt. Avant de rejeter aussitôt cette idée. Il ne serait pas capable de marcher aussi fort et aussi vite que s'il était seul, mais il ne voulait pas la laisser derrière lui. C'était irrationnel, sauf qu'il aimait être avec elle et ne voulait pas l'abandonner.

Prenant une profonde inspiration, Brick sortit alors de la pièce. Tout en se dirigeant vers la porte, il s'efforça de sourire et de saluer d'un signe de tête les hôtes qui se détendaient dans le pavillon d'entrée. Décidant d'oublier Choo, ses investissements et tout le reste pour l'instant, il fonça vers son chalet. Vers Alaska.

* * *

Yong faisait les cent pas dans sa chambre d'hôtel, sur les charbons ardents. Il avait enfilé un pantalon cargo noir, une chemise noire, des chaussures de randonnée, et préparé le pistolet récupéré auprès d'un contact à son arrivée aux États-Unis. Il était très facile de se procurer des armes à feu ici, c'en était ridicule. Mais puisque cela servait ses projets, il n'allait pas s'en plaindre.

Il n'avait pas l'intention de tirer sur qui que ce soit, si cela pouvait être évité. L'arme avait pour but d'inciter Alaska à se montrer docile et silencieuse. Et après cet après-midi, il était doublement heureux d'être en possession de cette arme. Yong n'avait pas manqué les regards protecteurs que Vandine avait lancés sur cette femme. Il savait déjà que l'homme n'était pas son mari comme elle l'avait raconté au Russe. Un des gars avait laissé échapper qu'aucun d'entre eux n'était marié. C'était toujours une complication qu'elle baise avec son sauveteur, mais pas vraiment inattendu.

S'il avait été à la place de Vandine, il aurait profité de la situation et l'aurait baisée lui aussi. Les femmes étaient prévisibles et faciles. Alaska lui était si reconnaissante de son geste qu'elle avait probablement écarté les jambes avant même qu'ils ne soient rentrés aux États-Unis.

Mais les sentiments de Vandine à son égard n'avaient aucune importance. Ceux d'Alaska non plus, car elle était à lui. À lui, bon sang ! Il avait payé pour elle, rubis sur l'ongle. Elle viendrait avec lui ce soir d'une façon ou d'une autre.

Quand il avait finalement eu l'occasion de la toucher aujourd'hui, il avait presque grillé sa couverture. Il aurait voulu la faire sienne en cet instant précis. Sa main était d'une douceur exquise et la façon dont elle avait tremblé dans la sienne l'avait tellement excité qu'il avait eu beaucoup de mal à dissimuler son érection.

Au fond d'elle, cette femme savait qu'elle lui appartenait. Qu'il était son maître ! Il s'était délecté de sa peur et il la ferait grimper en flèche une fois qu'il l'aurait conduite là où il en avait l'intention. Elle résisterait au début, il n'avait aucun doute là-dessus, mais elle ne tarderait pas à se soumettre. Elles en venaient toutes là.

Vandine serait peut-être un problème, mais pas un que

Yong ne saurait gérer. La visite d'aujourd'hui avait été parfaite. Il avait pu étudier la zone sans éveiller de soupçons. Il savait dans quelle cabane Alaska logeait, où se trouvaient les autres cabanes, et il avait découvert que les animaux de la propriété ne poseraient pas non plus de problème. Ils étaient aussi dociles que possible et ne donneraient pas l'alerte s'ils le voyaient se promener.

Il devait attendre qu'il fasse nuit, puis il passerait à l'action. Il avait emprunté un véhicule à un homme qui avait payé une somme astronomique pour avoir la primeur d'Alaska... après Yong, bien sûr. L'homme qui avait fourni la voiture avait même effectué des repérages sur la propriété. Il y avait un chemin de terre, une sorte de vieille route forestière à l'écart de l'artère principale qui menait à Los Alamos. Yong se garerait là, traverserait la forêt, créerait des diversions pour occuper tout le monde, puis récupérerait son bien.

Et si c'était absolument nécessaire, il utiliserait l'arme pour tuer quiconque oserait se mettre en travers de son chemin.

Plus il y pensait, plus il songeait à éliminer complètement Brick. Celui-ci était manifestement obsédé par cette garce et le tuer serait l'option la plus sensée. Les autres seraient tellement choqués et alarmés par la mort de leur ami qu'il leur faudrait probablement des heures pour découvrir la disparition d'Alaska. Si tant est qu'ils s'en soucient.

Elle était plus ordinaire qu'il ne l'avait cru. Le Russe avait un peu enjolivé son portrait. Mais ça n'avait pas d'importance. Yong l'avait payée et il avait bien trop de clients en attente et trop d'argent en jeu pour annuler son plan maintenant. Si nécessaire, il lui mettrait un sac sur la tête pour que ses clients ne puissent pas voir à quel point elle était quelconque.

Yong sourit. Il avait travaillé très dur pendant très long-temps et le moment du triomphe était presque arrivé. Il avait été scandalisé en découvrant qu'on lui avait subtilisé son bien. Mais il vivait maintenant les heures les plus amusantes depuis des années.

— Bientôt... murmura-t-il en faisant les cent pas. Bientôt tu seras à moi.

<h1 style="text-align:center">CHAPITRE 18</h1>

Il était plus tard que Brick ne l'aurait voulu quand Alaska et lui purent sortir dans la forêt. À peine avait-il posé un pied chez lui que Spike avait appelé pour lui annoncer qu'il y avait une fuite d'eau dans l'une des cabanes. Brick s'en était occupé, puis un client avait signalé un ours près du complexe. C'était possible, car des ours noirs habitaient les hauteurs où se trouvait le Refuge, mais depuis qu'ils avaient ouvert, aucun ours n'avait été aperçu.

Tonka et Brick allèrent tout de même enquêter, puis passèrent un bon moment à rassurer le client en lui disant qu'il ne serait pas dévoré, que l'ours ne s'introduirait pas dans sa cabane et que même si les clients n'étaient pas autorisés à avoir des armes sur la propriété, Brick et les autres propriétaires en avaient et pourraient faire face à la menace, le cas échéant.

Quand Brick regagna son chalet, c'était presque l'heure du dîner. Il ne voulait pas emmener Alaska en randonnée, même courte, sans manger avant. Elle se porta donc volontaire pour leur préparer un repas rapide pendant qu'il se douchait.

C'était idiot de sa part de prendre une douche juste avant de partir en randonnée, mais Alaska avait sans doute deviné qu'il avait besoin d'un moment à lui pour décompresser, il accepta donc volontiers son offre et disparut dans la salle de bains.

Il prit son temps, laissant l'eau chaude pleuvoir sur son dos, son cou et ses épaules. Il se sentit beaucoup mieux après et sourit même un peu, sachant combien Alaska aimait l'odeur qu'il dégageait juste après s'être douché.

Ils mangèrent les patates douces qu'elle avait réchauffées au micro-ondes et les brocolis rôtis avant de sortir dans l'air frais du soir. Le soleil commençait tout juste à se coucher lorsqu'ils se mirent en route.

L'une des choses qu'il appréciait le plus chez sa femme, c'était qu'elle semblait toujours partante pour tout. Faire de la randonnée dans le noir ? Aucun problème. Essayer une position sexuelle dont elle n'avait jamais entendu parler ? Allons-y. S'attaquer à un problème avec le site web ? Elle était prête à relever le défi. Brick n'avait jamais été avec une femme aussi disponible aux nouvelles expériences.

— Tu sais, la plupart des autres femmes rechigneraient à partir en randonnée en sachant que la nuit va tomber bien avant qu'elles ne rentrent chez elles, constata-t-il.

Alaska rit.

— Tu oublies qu'on a fait de la randonnée dans le noir la nuit dernière.

— C'est vrai, mais tu n'as pas tiqué hier soir non plus.

— Parce que j'étais encore sous l'emprise du sexe, ironisa-t-elle. (Brick ricana.) Mais pour info, sache que j'irais n'importe où et ferais n'importe quoi avec toi à mes côtés.

L'émotion empêcha Brick de répondre pendant de longues secondes. Finalement, il dit :

— Je suis terrifié à l'idée que tu te blesses alors que tu te trouves à mes côtés.

Mais Alaska ne se crispa pas pour autant. Brick, qui lui tenait la main pendant qu'ils marchaient, ne vit ni ne sentit de changement dans son comportement.

— Tu ne devrais pas. Tu crois que je n'ai pas remarqué l'œil que tu gardes constamment sur moi ? Que tu glisses une orange dans mon sac après le déjeuner quand tu penses que je risque d'avoir besoin d'une collation ? Que tu interviens comme médiateur quand j'ai affaire à un hôte difficile ? Que tu t'assures que j'aie assez chaud quand on s'assoit sur ta terrasse ? Drake, tu es plus à l'écoute de mes besoins que moi. Bien sûr que je te fais confiance, conclut-elle avant de baisser la voix. Tu es venu quand j'avais le plus besoin de toi. Tu n'avais pas à le faire. Tu ne me connaissais même pas vraiment. Et pourtant tu n'as pas hésité. Je t'aime pour ce que tu es, mais je n'oublierai jamais ton geste aussi longtemps que je vivrai. Tu as prouvé que tu avais mes intérêts à cœur de la manière la plus extraordinaire qui soit.

Brick resserra sa main autour de la sienne.

— Je n'ai pas été là pour mon équipe, marmonna-t-il au bout de quelques instants.

— Conneries, répliqua férocement Alaska. Et ce qui est arrivé n'était pas ta faute. Je sais que mes paroles n'y changent rien mais, sérieusement, Drake, survivre à cette explosion a été un cadeau. Et chacun de tes amis dirait la même chose. On sait toi et moi que tu aurais fait n'importe quoi pour sauver ne serait-ce qu'un seul d'entre eux.

Elle n'avait pas tort. Et Brick avait abordé encore et encore la question avec ses thérapeutes. La culpabilité du survivant était un sentiment insidieux. Juste au moment où il pensait l'avoir vaincue, elle se manifestait à nouveau.

Alaska s'arrêta au milieu du sentier et s'avança vers lui. Elle posa les mains sur ses joues et le força à baisser la tête pour qu'il n'ait pas d'autre choix que de croiser son regard.

— Tu me mérites, murmura-t-elle. Tout comme je te

mérite. Cet endroit, le Refuge, est ton hommage à Vador, Monster, Bones, Rain et Mad Dog. Ils seraient très fiers de toi. Tout comme je le suis.

Qu'elle connaisse les noms de ses amis et n'ait pas peur d'en parler lui fit chaud au cœur. Ils ne devaient pas être oubliés.

Il hocha la tête, trop ému pour parler.

Mais elle ne semblait pas s'attendre à ce qu'il le fasse. Dressée sur la pointe des pieds, elle l'embrassa avec une tendresse immense, puis lui reprit la main pour continuer sa progression sur le sentier. Après quoi, ils marchèrent d'un bon pas sans se parler.

Brick était soulagé qu'elle ne ressente pas le besoin de remplir le silence avec des bavardages. Il avait besoin du calme de la forêt, de la main d'Alaska dans la sienne qui le soutenait tacitement. Une partie de la culpabilité serait toujours là au fond de lui, mais il ferait de son mieux pour la garder à distance autant que possible. Elle avait raison. Ils se méritaient l'un l'autre.

Ils marchaient sans réelle destination. À un moment donné, Brick leur fit quitter le chemin principal pour un sentier moins fréquenté. Il y aurait moins de panoramas, car il les emmenait à travers une partie plus dense de la forêt, mais Alaska ne semblait pas s'en soucier.

Ils devaient se trouver à trois kilomètres du Refuge, dans les dernières lueurs du jour, lorsque le téléphone de Brick vibra dans sa poche.

Il soupira de frustration. Il aurait pu laisser son téléphone au chalet ou l'éteindre, mais il se sentait trop de responsabilités envers ses amis. Baissant les yeux, il vit que c'était Tiny qui appelait.

— Qu'est-ce qui se passe ? demanda-t-il en décrochant.

— Où es-tu ? demanda Tiny au lieu de le saluer.

Le ton de son ami mit aussitôt Brick en alerte. Il s'arrêta, non sans sentir le regard inquiet d'Alaska sur lui. Mais sa conversation avec Tiny avait toute son attention.

— Sur le sentier n° 4. À environ trois kilomètres. Pourquoi ?

— On a reçu des nouvelles d'Elizabeth à propos de Choo, expliqua Tiny. Tout d'abord, son nom n'est pas Bolin Choo, mais Yong Chen. Et c'est lui, Brick.

— Lui qui ? demanda-t-il, confus.

— Lui. Le type qui a acheté Alaska au Russe.

Le monde entier devint noir pendant une seconde ou deux. Puis la fureur monta en Brick, si intense qu'il crut sa peau en feu.

— Quoi ? lâcha-t-il.

— Le gars est un bon. Il avait vraiment bien couvert ses traces. Mais Elizabeth est encore meilleure. Sa ténacité a payé et elle l'a trouvé. Apparemment, il utilisait le nom de Bolin Choo quand il s'est lancé dans le trafic sexuel. Il a changé plusieurs fois de nom depuis, mais cela a suffi pour qu'Elizabeth le repère. C'est lui qui a acheté Alaska au Russe et ce n'était pas son premier achat. Pour l'instant, Elizabeth a pu relier ce type à une vingtaine de femmes disparues. Partout dans le monde. Elles ont littéralement disparu sans laisser de trace et on n'a plus jamais entendu parler d'elles. Je suppose que Choo – pardon, Chen – a piqué une crise quand Alaska lui est passée sous le nez et il a immédiatement commencé à concocter des plans pour la récupérer.

— Il est là pour elle, comprit Brick. Autrement dit, c'était une ruse.

— On dirait bien. Mais ce n'est pas le pire, répliqua Tiny.

— Quoi ? aboya Brick.

— Il s'est déjà fait payer trois millions de dollars par des clients désireux de l'avoir. D'après les messages et les chats qu'Elizabeth a trouvés, il a vendu du temps avec elle à plus d'une trentaine d'hommes. Il semble qu'il projette de l'emmener à Los Angeles, d'y rester un mois environ, puis de retourner tout heureux en Chine avec un compte en banque bien garni et... sans Alaska.

Brick n'avait pas besoin de poser la question pour savoir ce que cela signifiait. Ce connard avait vendu Alaska à d'autres hommes et, quand l'heure serait venue pour lui de rentrer chez lui, il s'en débarrasserait sans arrière-pensée. Alaska lui posa une main sur le bras.

— Drake ? demanda-t-elle d'une voix tremblante.

— Donne-moi une seconde, répliqua-t-il, luttant pour contrôler sa colère.

Il s'en voulut, car elle recula d'un pas tant il s'était montré brusque. Mais pour l'instant, il avait bien du mal à ne pas perdre la tête. Son pire cauchemar devenait réalité.

— Où est-il maintenant ? demanda-t-il à Tiny.

— On ne sait pas. C'est pour ça que je t'ai appelé. Il n'est pas à l'hôtel, mais il n'a pas réglé sa note.

— Il est donc en route pour la récupérer, en déduisit Brick d'une voix presque neutre.

Ayant fini par refouler ses émotions, il fonctionnait purement à l'instinct pour le moment.

— C'est ce qu'on s'est dit, convint Tiny.

— C'est pour cela qu'il était si intéressé par la visite de la propriété, poursuivit Brick. Il repérait l'endroit.

— Tout à fait. Donc il faut que tu reviennes te cacher ici. On va...

La voix de Tiny fut coupée par un énorme « BOUM » qui retentit sur la ligne.

— Putain, c'était quoi ça ? Tiny ? cria Brick.

— Putain de merde ! Putain ! Il y a eu une explosion près de la cabane réservée aux prisonniers de guerre. Elle est en feu. Heureusement qu'il n'y a personne dedans pour le moment, répondit Tiny.

Le ventre de Brick se serra. Ce Chen ne plaisantait pas. Puis il entendit de nouveaux bruits sur la ligne.

— C'était quoi, ça ?

— Des feux d'artifice. Une tonne de ces merdes qui explosent partout dans le camp.

— Une diversion, commenta Brick qui, tout à coup, se sentit parfaitement calme.

— Ouais. Les hôtes sont en train de flipper.

— Enfermez-les en sécurité, ordonna Brick.

— C'est ce qu'on est en train de faire. Stone a lancé les procédures d'urgence. Mais les hôtes perturbés par les feux d'artifice vont être difficiles à calmer.

Brick ne doutait pas que Chen en était parfaitement conscient.

— On ne va pas revenir au complexe, indiqua-t-il à son ami.

Il entendait les halètements de Tiny qui devait se rendre quelque part au pas de course.

— Très bien.

Brick était soulagé que son ami ne l'interroge pas.

— Je l'emmène au bunker 1-11, annonça-t-il.

— Bien reçu.

Ce que personne ne savait, à l'exception des propriétaires du Refuge, c'était que le complexe comptait sept bunkers souterrains cachés sur la propriété du Refuge. Dans les bois. Ils leur avaient donné des numéros pour pouvoir s'y référer en cas d'urgence. Si le pavillon était à six heures sur un cadran d'horloge standard, les cabanes étaient situées de neuf heures à trois heures sur la propriété. Elles étaient nommées en fonction de leur position. Le bunker 1-0-1 se trouvait à une heure, juste au nord-est du pavillon. Le bunker 1-0-9 était à la position neuf heures. Ils étaient tous dissimulés dans la forêt entourant les cabanes principales.

Chaque bunker contenait environ un mois de nourriture et d'eau. Ils étaient rudimentaires, conçus pour que les propriétaires du domaine puissent s'y réfugier si nécessaire. Et ils étaient si bien cachés qu'il était impossible que quelqu'un tombe dessus par hasard. En fait, on pouvait marcher au-dessus sans se douter de leur présence. Quand le Refuge avait été construit, ces bunkers leur avaient permis de gagner en tranquillité d'esprit. Au bout de trois ans, ils n'y pensaient presque plus.

Jusqu'à maintenant.

Brick n'avait jamais été aussi heureux d'avoir un abri qu'en ce moment.

— Soyez discrets. Le type est armé, le prévint Tiny. Je viens d'entendre un coup de feu. Il a trois millions de dollars en jeu. Il est évident qu'il veut Alaska et qu'il fera tout pour l'avoir. Y compris t'éliminer.

— Ça n'arrivera pas, rétorqua Brick. Tiens-moi au jus. Vous avez la situation sous contrôle ?

— Oui.

Brick ne savait pas si son ami mentait ou non, mais il ne pouvait rien faire pour l'aider en cet instant : son unique sujet de préoccupation était de protéger Alaska.

— Tu as Mutt avec toi ? demanda Tiny.

Cillant, Brick baissa les yeux. Son chien, loyal et fidèle, semblait déchiffrer son humeur, car il était assis aux côtés d'Alaska, pratiquement sur son pied, sans quitter du regard le visage de son maître.

— Oui.

— OK, je m'assurerai que Tonka sache qu'il est en sécurité.

En cas d'urgence, lorsqu'ils devaient mettre en place des

procédures de verrouillage, Tonka était en charge des animaux, bien sûr. Et il prenait son travail très au sérieux.

— Une fois que j'aurai tout vérifié, je viendrai vous retrouver, ajouta Tiny. J'amènerai l'un des autres aussi. On va trouver ce type. C'est notre territoire. Chen vient de commettre la plus grosse erreur de sa vie.

— J'emmène Alaska au bunker 1-11 et on se retrouve, répliqua Brick.

— Tu vas la laisser là-dedans toute seule ? On n'a pas vérifié les piles des lampes de secours depuis un moment. On s'est montrés négligents, avoua Tiny.

— Putain.

— On s'en occupe, le rassura Tiny.

Mais Brick n'était pas rassuré. Il avait vu ses compagnons de combat mourir une fois ; il ne pensait pas être capable de rester assis et de laisser ses nouveaux amis s'occuper à sa place de ce qu'il estimait être son problème. Mais en même temps, il n'était pas sûr de pouvoir quitter Alaska. Surtout si les lumières du bunker d'urgence ne fonctionnaient pas. Il avait une torche puissante, mais il doutait que ce soit suffisant pour leur confort à tous les deux.

— Tiens-moi au courant, demanda Brick sans se prononcer sur la suggestion de Tiny.

— Bien reçu. Surveille tes arrières.

Brick coupa son téléphone, le glissa dans sa poche et se tourna vers Alaska.

La lumière du jour avait presque complètement disparu et il ferait bientôt nuit noire dans les bois. La veille au soir, cela ne l'avait pas inquiété. Il savait pouvoir les ramener au chalet en toute sécurité. Mais maintenant ? Quand un homme les pourchassait ? L'obscurité n'était pas aussi réconfortante.

— Qu'est-ce qui ne va pas ?

Brick n'avait pas le temps d'expliquer tout ce qui se

passait, mais il respectait trop Alaska pour ne pas la mettre au courant.

— Pour faire court, Choo est en réalité Yong Chen, l'homme qui t'a achetée au Russe.

Alaska vacilla, en état de choc. Brick en fut malade. Oui, malade, putain, mais mieux valait qu'elle connaisse l'existence d'une menace plutôt que de rester dans l'ignorance.

— Oh, mon Dieu ! chuchota-t-elle avant de frotter frénétiquement sa paume droite sur sa cuisse. Il m'a touchée !

Brick se sentait mal. Lui attrapant la main, il la serra fort même lorsqu'elle essaya de la lui arracher.

— Il ne te touchera plus jamais, grogna-t-il.

Il fallut plusieurs secondes à Alaska, mais lorsqu'il la regarda, elle s'était ressaisie.

— Alors quel est le plan ? Je suppose qu'il est ici ?

— Il a mis le feu à la cabane réservée aux prisonniers de guerre et tiré des feux d'artifice près du pavillon, lui expliqua Brick.

— Oh non ! Nos pauvres hôtes ! Ils doivent être complètement bouleversés !

Elle était plus préoccupée par les autres que par la présence dans la propriété de l'homme qui l'avait achetée comme un morceau de viande.

— Il est armé et je suppose qu'il est là pour te récupérer, déclara Brick sans s'embarrasser de circonvolutions. Mais il ne va pas t'avoir.

Alaska, qui se mit à trembler, demanda :

— Et maintenant ? Il sait où on est ? Il va venir me dénicher ici ?

— Je suppose qu'il va aller au chalet. En découvrant qu'on n'est pas là, il comprendra qu'on est quelque part dans les bois. On a eu une longue conversation aujourd'hui sur mon amour de la randonnée et sur les sentiers que je préfère. Il a même vu une carte de la propriété entière. Il va supposer que tu es ici avec moi.

— Où peut-on aller ? Se cacher ? demanda-t-elle d'une voix plus forte.

Conscient du fait qu'un homme désireux de capturer Alaska pour satisfaire ses désirs tordus était probablement en train de rôder en cet instant dans la forêt, Brick s'approcha d'elle et l'attira contre lui pour qu'ils soient plaqués l'un contre l'autre.

— Je m'en occupe. Je te protège. Je ne viens pas de te trouver pour te perdre aussitôt. Ce trou du cul ne mettra pas la main sur toi. Pas moyen, putain.

Ses mots parurent la calmer. Brick la sentit prendre une grande inspiration, puis la relâcher lentement.

— OK.

— OK, convint Brick.

Il lui prit la main d'une poigne inébranlable, puis quitta le sentier et se dirigea vers l'est. Il savait exactement où il se trouvait et où se situait le bunker le plus proche, celui qu'ils appelaient le 1-11. Mutt marchait sur leurs talons, jamais à plus de quelques pas.

Brick aurait bien aimé ne pas utiliser sa torche, mais il n'avait pas le choix. Ce serait un faisceau lumineux braqué sur eux si Chen était dans les parages, mais il en avait aussi besoin pour les mettre en sécurité.

Il marchait rapidement, soutenant Alaska quand elle trébuchait. Mais elle ne se plaignit pas une seule fois.

Lorsqu'ils arrivèrent à l'emplacement du bunker, il conduisit Alaska jusqu'à un arbre et lui souffla :

— Reste là. Je reviens tout de suite.

— OK.

Brick hésita.

— On s'occupe du problème, Al. Promis.

Elle hocha courageusement la tête.

— Mutt, reste, ordonna Brick à son chien.

L'animal, obéissant, s'assit une fois de plus presque sur le pied d'Alaska.

Brick éteignit la torche et ferma les yeux un instant, le temps qu'ils s'adaptent à l'obscurité. Il entendit Alaska haleter brièvement, mais elle réussit à contrôler sa peur.

Quand il rouvrit les yeux, il ne distinguait que les arbres autour de lui. Il se dirigea vers un petit bosquet à proximité. Juste au nord se trouvait la surface plane qui cachait le bunker. Il se pencha et, après quelques secondes de recherche, trouva l'anneau sur le couvercle circulaire du bunker. Il se souleva directement.

Ce bunker-ci était l'un des plus petits de la propriété, ce qui n'était pas idéal, étant donné les circonstances. Brick aurait préféré le bunker 1-0-7, plus spacieux, qui ne rappelle-rait pas autant de mauvais souvenirs à Alaska. Mais il ne voulait pas non plus rester plus longtemps que nécessaire à découvert. Une fois qu'elle serait à l'intérieur, Chen ne la trouverait pas. Et Brick pourrait aller le pourchasser.

Alors qu'il regardait fixement dans l'obscurité de ce qu'il savait être une boîte de trois mètres sur deux, il eut son premier doute sur la capacité d'Alaska à gérer la situation. Les bunkers n'avaient pas été construits pour qu'on y vive à long terme. C'étaient plutôt des cachettes au cas où leurs démons prendraient le dessus. Ils étaient conçus comme des endroits temporaires où l'on recouvrait son équilibre et gardait les autres en sécurité, si nécessaire.

— Drake ? chuchota Alaska derrière lui.

Brick se retourna immédiatement vers elle.

— Je suis là, dit-il dans un souffle.

— Qu'est-ce qui se passe ? Je ne comprends pas pour-quoi on reste là.

Brick lui passa un bras autour de la taille et l'entraîna vers le trou dans le sol de la forêt.

— Je vais te confier quelque chose que nous sommes seulement sept personnes à connaître. Il y a des espaces sûrs ici. Des endroits que nous avons construits pour nous échapper en cas de besoin. Des bunkers.

— Oh ! C'est très intelligent, approuva Alaska, ce qui le surprit.

Il avait redouté qu'elle soit en colère, offensée ou blessée qu'il ne lui en ait pas encore parlé. Mais il aurait dû s'en douter. Son Alaska comprendrait pourquoi ses amis et lui devaient garder le secret.

— Où est... Oh ! s'exclama-t-elle en fixant le petit trou dans le sol, de la taille d'une bouche d'égout, avant de lever les yeux vers lui. C'est sous terre, murmura-t-elle.

— Oui, ma puce.

Il n'avait pas mentionné qu'un bunker se devait d'être souterrain.

Elle recula d'un pas, hors de son emprise.

— Je... Non. Drake... Je ne peux pas.

— Si, tu peux, répliqua-t-il en s'efforçant de paraître complètement détendu.

Mais il ne parvenait pas à être désinvolte à ce sujet. Il savait à quel point c'était problématique pour elle et devinait la difficulté de la tâche.

Elle secoua frénétiquement la tête.

— Non, je ne vais pas y arriver ! On pourrait juste se cacher derrière des rochers ou autre. Ou aller au Rocher assis ?

Les petits cheveux dans la nuque de Brick se hérissaient. Il fallait cacher Alaska. Il n'aimait pas rester planté à l'air libre comme ça quand un pervers aux abois les pourchassait. Mais il devait la calmer. Il ne pouvait pas juste la faire descendre dans le bunker et l'y laisser. Elle ne le lui pardonnerait jamais et sa santé mentale n'y résisterait pas.

Il s'approcha et murmura :

— Respire, Al.

— J'essaie, fit-elle, haletant presque.

— Respire plus lentement, ordonna Brick.

Puis, tout s'éclaircit. Il n'allait pas la quitter. Impossible.

S'il réussissait à la faire entrer dans le bunker, il ne la quitterait pas. Cela allait à l'encontre de tout ce qu'il était, mais il laisserait ses amis pourchasser Chen. Ils veilleraient à ce qu'Alaska et lui soient en sécurité. Ils n'avaient peut-être pas collaboré sur des missions, ils étaient peut-être un peu cabossés aux entournures, mais ils formaient tout autant une équipe que ses coéquipiers des SEAL.

Brick attira Alaska contre lui, surpris de constater qu'il avait autant besoin de ce contact qu'elle. Elle se cramponna à lui, les doigts enfoncés dans son dos.

— C'est ça. Ça va. Je suis là pour toi, la rassura Brick. Je ne te laisse pas. On va rentrer dans le bunker et rester là jusqu'à ce que Tiny me contacte et me dise qu'ils ont Chen. Tout va bien se passer. Je te le promets.

Le corps d'Alaska continua de trembler et Brick se força à lui accorder du temps. Plus vite qu'il ne l'aurait cru possible, elle releva la tête et prit une profonde inspiration.

— Tu ne me quitteras pas ?

— Non. Jamais.

— OK. Je vais y arriver alors, déclara-t-elle, plus pour elle-même que pour lui.

Brick n'avait jamais été aussi fier de quelqu'un. Il n'eut pas le manque de tact de lui demander si elle était sûre, il les rapprocha simplement du trou.

— J'envoie Mutt en premier, puis on descend ensemble.

Alaska regarda fixement dans le trou.

— C'est possible ?

Brick eut un petit rire.

— Bon, tu vas descendre quelques échelons, puis je te suivrai juste derrière. Je ne t'envoie pas en bas toute seule, je ne te laisse pas non plus toute seule à la surface. Une étape à la fois. OK ?

Alaska hocha la tête.

— Mutt, descends, va vérifier.

Comme s'il l'avait fait cent fois, son chien s'aplatit et descendit patte après patte les larges échelons qui disparaissaient dans le trou. Il n'y avait que six marches jusqu'au fond. Allumant sa torche, Brick braqua le faisceau dans le trou.

— OK, Al, à toi.

Il vit ses mains trembler alors qu'elle s'asseyait sur le sol et posait les pieds sur la première marche. Puis elle pivota et fit face au bord. Après quoi, elle commença à reculer dans le trou.

Brick était juste derrière elle. Il lui faisait face, même si la position s'avérait gênante, avec la tête d'Alaska au niveau de son ventre. Levant le bras, Brick tira le couvercle rond derrière eux. Le claquement métallique de la fermeture se répercuta dans le petit espace.

Inquiet, Brick regarda Alaska dans les yeux. Elle paraissait à deux doigts de perdre la tête. La fermeture de la trappe avait peut-être été trop pénible à supporter pour sa psyché. Il effectua rapidement les deux derniers pas et la prit une fois de plus dans ses bras.

— Ça va. Tout va bien. Je te tiens, murmura-t-il alors qu'elle tremblait comme une feuille contre lui.

Brick s'agenouilla, car le bunker n'était pas assez haut pour qu'il puisse se tenir debout. Puis il se déplaça jusqu'à avoir le dos appuyé contre la paroi métallique du bunker.

— Ne me lâche pas ! supplia-t-elle. Oh, mon Dieu ! Je ne pense pas être capable d'y arriver, chuchota-t-elle.

— Si, tu le peux, rétorqua-t-il. Tu es très courageuse. Alaska, tu peux faire tout ce que tu veux. Je le sais.

— Pas ça. Et s'il me trouve ? Il va me faire du mal. Je ne peux pas... Je ne vais pas y arriver !

— Il ne te trouvera pas. Ce bunker est indénichable. (Brick inventait des mots, mais il s'en fichait.) Sauf que les gars, eux, ils savent où nous sommes. Je l'ai dit à Tiny qui en informera les autres. Ce n'est pas ta saleté de conteneur, Al. On a de la nourriture, de l'eau, de l'air... Il y a un trou d'air à l'arrière qu'on peut ouvrir et fermer selon nos besoins. Tu crois que je vais laisser quelque chose t'arriver ? Jamais de la vie.

Brick avait placé sa torche de façon à ce que le faisceau soit orienté vers le haut. Elle éclairait assez bien l'espace et il espérait que, lorsqu'elle serait capable de penser plus clairement, Alaska mesurerait toute la différence entre cet espace et le conteneur où elle avait été retenue captive.

Cela prit plusieurs minutes, mais Alaska cessa finalement de trembler. Elle tourna même la tête et posa la joue sur son épaule au lieu d'enfouir le visage dans son cou. Elle observa les lieux sans le lâcher.

Brick s'efforça de voir le bunker à travers ses yeux traumatisés. L'endroit était plutôt austère. Des bidons d'eau et des conteneurs de rations alimentaires étaient empilés contre un mur. Un sac de couchage était enroulé dans un récipient hermétique. Des toilettes sèches se trouvaient également près des autres fournitures. Brick tressaillit. Putain, Alaska pourrait mal le prendre quand elle aviserait la chose.

Mais à sa grande surprise, il sentit qu'elle se détendait encore contre lui.

— Comment ça va ? demanda-t-il.

— Je suis... Je n'aime pas ça. Mais... la lumière, la nourriture, le fait que tu sois là, tout ça m'aide.

Mutt choisit ce moment pour se faufiler entre eux et

ramper pratiquement sur les genoux d'Alaska pendant qu'elle se blottissait contre Drake.

À sa grande surprise, elle gloussa.

— Je suppose qu'il veut des câlins lui aussi.

Brick avait entraîné Mutt à reconnaître les signes de stress chez lui. Le chien devait être sacrément submergé par ces sentiments en cet instant, qui émanaient aussi bien de lui que d'Alaska, et il faisait ce qu'il pouvait pour aider.

À chaque minute qui passait, Alaska se détendait davantage, mais Brick était de plus en plus tendu, obnubilé par ce qui se passait au-dehors. Ses amis avaient-ils localisé Chen ? Était-il toujours dehors à les traquer ? Avait-il tiré sur l'un de leurs hôtes ou sur ses copains ?

Rester assis et laisser les autres se mettre en danger le mettaient mal à l'aise. Mais il n'allait pas bouger d'un pouce tant qu'Alaska avait besoin de lui.

CHAPITRE 19

Le cœur d'Alaska battait si fort qu'elle se crut sur le point d'avoir une crise cardiaque. La seule chose qui la soutenait était Drake.

Quand elle avait réalisé qu'il voulait la voir descendre dans ce trou au sol, elle avait paniqué. La situation ressemblait trop à ce qu'elle avait connu en Russie quand elle avait été enfermée dans ce conteneur en métal et compris ce qui se passait.

Mais ce n'était pas la Russie et elle n'était pas seule. Elle n'était pas expédiée vers un homme maléfique à des fins infâmes. Elle était au Nouveau-Mexique. Avec Drake, l'homme qu'elle aimait depuis toujours. Et Mutt. Et elle avait de la nourriture et de l'eau. Et même un endroit confortable où dormir si nécessaire. Elle ignora les toilettes qu'elle avait aperçues dans le coin, refusant d'y penser. C'était bien trop semblable à la dernière fois pour qu'elle se sente à l'aise.

Plus elle restait assise sur le sol, les bras de Drake autour d'elle, le poids chaud de Mutt sur son ventre, plus la situation devenait facile. Elle n'aimait pas se retrouver enfermée ici, pas le moins du monde, mais avec la lumière et Drake, c'était supportable.

Cependant, à mesure que les minutes passaient, elle remarqua que Drake ne se détendait pas. Pas même un peu. Il était raide comme une planche. Un muscle de sa mâchoire tressautait et, de temps en temps, il laissait échapper un soupir de frustration.

Elle réalisa lentement qu'il détestait tout autant être ici, mais pas parce qu'il s'agissait d'un espace clos.

Drake était un SEAL. Certes, plus en service actif, mais c'était toujours ce qu'il était. Un guerrier. Un redresseur de torts. Et elle savait, sans avoir à le demander, qu'être ici, planqué pendant que ses amis se mettaient en danger, allait à l'encontre de tout ce en quoi il croyait. Tout ce qu'il était.

Après avoir été impuissant à aider ses coéquipiers lorsqu'il était blessé et avoir dû les regarder mourir... La situation devait être encore plus atroce pour lui que pour Alaska.

Drake lui avait dit qu'il l'aimait. À présent, elle comprenait qu'elle ne l'avait pas tout à fait cru.

Mais en ce moment ? L'amour qu'il lui portait s'insinuait jusque dans la moelle de ses os. Il voulait être dehors. À traquer l'homme diabolique qui pensait normal d'acheter et de vendre des êtres humains. De les violer. De se livrer à toutes les perversités qui lui passaient par la tête.

Son Drake était un héros qui faisait taire ses propres besoins et ses instincts pour veiller à ce qu'elle se sente en sécurité.

Elle savait ce qu'elle devait faire, mais elle n'était pas sûre d'être assez forte pour y parvenir. Il fallut une dizaine de minutes à Alaska pour trouver le courage de parler.

— Tu dois y aller, déclara-t-elle aussi fermement qu'elle le put, même si elle était bien loin de la femme forte et confiante qu'elle voulait représenter.

— Quoi ?

— Je vais bien. Personne d'autre que tes amis et toi ne connaît cet endroit. Ce type ne va pas me trouver. Tu as besoin d'être dehors à sa recherche pour t'assurer qu'il ne blesse personne au Refuge.

— Pas question que je te quitte, répliqua résolument Drake.

Ses paroles faisaient du bien à Alaska, mais elle savait aussi que ce n'était pas la meilleure chose à faire pour la tranquillité d'esprit de Drake. Prenant une profonde inspiration, elle se retourna entre ses bras et secoua la tête.

— C'est bon, Drake. Ça va.

Il la fixa si longtemps qu'elle se sentit piégée. Comme s'il scrutait son âme et pouvait en quelque sorte lire dans son esprit. Jauger son besoin de le voir rester avec elle. Il savait que, même si elle avait prononcé les mots, elle était toujours terrifiée à l'idée de rester seule dans ce cube de métal.

Mais même si elle était vraiment terrifiée, elle savait sans l'ombre d'un doute qu'elle devait laisser Drake être l'homme qu'il était, le SEAL qu'il s'était entraîné à être pendant tant d'années. Il n'était pas le genre de personne à se cacher quand tout partait en vrille. Il aurait voulu être au milieu du chaos. Il n'avait pas été capable de sauver ses coéquipiers SEAL, et ça le rongeait toujours, des années après. Se cacher ici avec elle, pendant qu'un homme qui les avait dupés, ses amis et lui, rampait dans la forêt pour tenter de la trouver, n'était pas dans son ADN.

Et sa guérison serait d'autant plus compromise s'il restait.

— Je vais appeler un des autres gars pour qu'il reste avec toi, dit-il au terme d'une longue pause.

Mais Alaska secoua la tête.

— On n'a pas le temps. On ne sait pas où est ce type. La dernière chose que tu veux, c'est qu'un de tes amis soit blessé ou qu'il mène le gars droit sur moi. En plus, ils doivent être débordés au pavillon avec tous les hôtes reclus à l'intérieur. Je m'occupe de Mutt. Et je sais que tu reviendras vers moi dès que tu le pourras.

— Je n'aime pas ça, dit-il férocement.

Alaska ne put étouffer un petit ricanement.

— Tu crois que j'aime ? À cause de moi, ce type a terrorisé tous nos clients. Je suis coincée dans une boîte en métal, terrifiée, et un trafiquant sexuel rôde dans les parages pour m'attraper. Ça craint. Mais tu n'es pas seulement un propriétaire d'hôtel, Drake. Tu es un SEAL. Si je ne peux pas te faire confiance pour me protéger, à qui d'autre ?

Elle vit presque les rouages s'animer dans son cerveau.

— Tu es sûre ? chuchota-t-il.

— Oui, répondit Alaska, même si ce n'était pas du tout le cas.

La seule chose qu'elle savait, c'était qu'elle aimait Drake exactement tel qu'il était. Et l'obliger à rester avec elle le tuait. Elle ne doutait pas qu'il resterait volontiers à l'écart de la bataille juste pour la garder en sécurité. Mais son besoin inné de réparer ce qui n'allait pas, d'attraper le gars maintenant pour l'empêcher de disparaître et de réapparaître plus tard, était plus important que son besoin à elle d'être dorlotée.

— Très bien. Mais je te laisse la torche. Et Mutt. Et tu ne dois pas sortir, quoi qu'il arrive. Je sais que ce sera difficile, mais c'est important. Tant que je te sais en sécurité ici, je peux faire ce que j'ai à faire. Si je m'inquiète de savoir où tu es, si tu vas être prise dans la merde qui se passe au-dehors, je ne pourrai pas être aussi efficace.

Alaska s'empressa d'acquiescer. Elle s'interdisait de penser à ce qui pourrait arriver, mais c'était pour cette raison qu'elle envoyait Drake là-bas, non ?

— Je t'aime tellement, fit-il d'une voix pleine d'angoisse. Tu n'en as pas idée. Tu es la personne la plus forte que je connaisse. Tu vas y arriver.

Ce discours d'encouragement alors qu'elle restait ici sans rien faire et qu'il partait là-bas pour traquer un homme armé parmi des hectares de forêt était presque risible.

— Je vais y arriver, répéta-t-elle.

Drake l'embrassa. Un baiser long et profond qui lui disait l'intensité de son amour sans qu'il ait besoin de parler.

S'il restait, ne serait-ce qu'un instant de plus, Alaska risquait de perdre son sang-froid et le supplierait de rester. Elle lui dirait qu'elle ne supportait pas la situation. Que ce bunker lui rappelait trop le conteneur russe !

— Pars, chuchota-t-elle. Mais s'il te plaît, ne m'oublie pas.

— Jamais, jura Drake. Dès que c'est fait, dès que ce trou du cul est attrapé, je reviens directement ici. C'est une promesse. Mutt, reste ici. Garde.

Alaska acquiesça et ravala le cri qui faillit quitter ses lèvres lorsqu'il se leva et se dirigea vers la courte échelle. Les yeux écarquillés, elle le regarda pousser la trappe circulaire et s'extirper du bunker.

Mutt posa la tête sur les jambes d'Alaska et laissa échapper un faible gémissement.

— Je t'aime, lança Drake avant de refermer la trappe.

Et Alaska se retrouva seule. Au moins avait-elle la lumière de la torche. C'était une sacrée saloperie qu'elle doive se retrouver dans une nouvelle boîte de métal. Mais bon, elle n'était pas en route vers un destin pire que la mort, c'était toujours ça.

— Drake sait ce qu'il fait, chuchota-t-elle. Il sera de retour en deux temps, trois mouvements.

Mais ces mots ne l'aidèrent pas à se sentir mieux. À

chaque seconde qu'elle passait là, seule, les souvenirs se pressaient plus nombreux, lui donnant l'impression que les murs se refermaient sur elle.

Puis Mutt se pressa contre sa main et Alaska bondit. Bon, non, elle n'était pas dans un train. Elle était au Nouveau-Mexique. Drake l'aimait et il allait revenir dès qu'il le pourrait.

Alaska se répéta ces mots sans relâche.

Drake m'aime et il reviendra me chercher dès qu'il le pourra.

Le silence qui l'entourait était sinistre. Elle s'efforça de distinguer un son, n'importe lequel, mais n'entendit que sa respiration rapide et les soupirs de Mutt.

Drake m'aime et il reviendra me chercher dès qu'il le pourra.

Drake m'aime et il reviendra me chercher dès qu'il le pourra.

Ces mots devinrent son mantra. Alaska agrippa la fourrure de Mutt et se cramponna à la vie. Elle allait y arriver. C'était elle qui avait dit à Drake de partir, elle ne pouvait pas s'effondrer maintenant. Pas question qu'il revienne et découvre qu'elle avait perdu la tête.

Chaque pas éloignant Brick du bunker était douloureux. Il savait qu'Alaska souffrait. Elle avait été si courageuse, mais il lui en coûtait.

Pourtant, même en sachant cela, il était quand même parti.

Elle n'avait pas tort. Se cacher pendant que ses frères d'armes cherchaient Chen tout en sachant qu'ils pouvaient être en danger sans qu'il fasse rien pour les aider, ça lui était physiquement douloureux. Non seulement physiquement, mais aussi mentalement : cette situation menaçait de le renvoyer dans l'endroit sombre où il se trouvait juste après la mort de ses coéquipiers.

Sauf que cette fois-ci, c'était différent. Il devait aider à traquer Chen, non seulement parce que sa psyché l'exigeait, mais aussi parce qu'il savait sans l'ombre d'un doute que Chen ne cesserait jamais de persécuter Alaska.

Pour une raison ou pour une autre, il était obsédé. Et les hommes obsédés étaient les plus dangereux. S'il ne la débusquait pas aujourd'hui, il s'échapperait et mettrait au point un nouveau plan. Il enverrait quelqu'un d'autre à sa poursuite. Peut-être un *client* du Refuge. Elle devrait constamment regarder par-dessus son épaule. Pas question qu'elle soit obligée de vivre ça.

Sans même parler de la possibilité qu'elle soit utilisée comme jouet sexuel par Chen et ses pervers du dark web.

Non, le type devait être envoyé au tapis et Brick devait y contribuer.

Le problème, c'était que, dès qu'il eut quitté le bunker, tout en lui cria d'y retourner. Alaska avait besoin de lui, elle était probablement en train de flipper, seule entre ces quatre murs de métal.

Il était déchiré et ça l'énervait encore plus. C'était la faute de Chen si Alaska avait peur. C'était la faute de Chen si Brick avait dû la quitter. C'était la faute de Chen si elle risquait de faire une rechute et de se réfugier dans ses névroses pour se protéger.

Cet homme allait payer. Pour avoir terrorisé Alaska, effrayé les hôtes du Refuge. Pour être un être humain maléfique.

Mais pour commencer, Brick devait le trouver.

Pour calmer son inquiétude au sujet d'Alaska, Brick repensa à ce dont Chen et lui avaient discuté pendant la journée. Ils avaient passé beaucoup de temps ensemble à faire la causette, du moins était-ce ce que Brick avait cru. Il réalisait maintenant que l'homme lui avait soutiré des informations pour comprendre sa routine, son emploi du temps.

Une conversation dont il avait parlé à Alaska lui revient à l'esprit. Chen lui avait demandé quels étaient ses endroits préférés sur la propriété. À l'époque, il avait supposé que l'homme essayait simplement d'en savoir plus sur le Refuge afin de suggérer des améliorations, mais maintenant il se demandait...

Il avait expliqué à Chen que Table Rock était l'un des meilleurs endroits de pique-nique.

Il avait décrit le sentier sans difficulté qui permettait d'y accéder, la paix et le calme qui plaisaient tant à leurs hôtes, la vue. Un endroit idéal pour décompresser.

Chen l'avait bombardé de questions. À quelle distance se trouvait-il du pavillon ? Les personnes peu habituées à l'effort physique pouvaient-elles s'y rendre facilement ? Était-il accessible dans l'obscurité ?

Plus important encore, Brick avait admis sans hésiter qu'Alaska et lui s'y rendaient sans cesse en excursion, y compris la nuit, car c'était l'un des meilleurs endroits pour observer les étoiles.

Était-il possible que Chen ait pensé qu'ils s'étaient rendus là ce soir avec Alaska ? Qu'ils n'aient pas entendu ou su ce qui se passait au pavillon et aux cabanes ? Était-il aussi stupide ?

Après toutes les démarches furtives que cet homme avait entreprises – dark web, voyage aux États-Unis, prévente d'Alaska à d'innombrables clients –, allait-il vraiment se dire, en ne trouvant pas Alaska dans leur chalet, qu'ils passaient la soirée à Table Rock ?

Ça valait le coup d'essayer de le découvrir. Sinon, sans aucun autre point de départ, Brick pourrait fouiller ces bois pendant des heures et revenir bredouille.

Il s'arrêta brièvement, tendant l'oreille, tout en s'efforçant de déceler le moindre signe de vie humaine dans les arbres autour de lui. Il n'entendit rien d'autre que les sons habituels de la forêt la nuit.

Sachant qu'il prenait un risque, mais désireux de savoir ce qui se passait à la station, Brick composa le numéro de Tiny.

— C'est Brick. Comment ça se passe ?

— Le feu de la cabane des prisonniers de guerre est éteint. Trois de nos hôtes ont aidé Stone et Owl qui ont pu maîtriser l'incendie avant qu'on perde tout.

— Bien. Comment se portent les clients ?

— Nerveux, mais ils tiennent le coup. Beaucoup de nos hôtes se sont postés à leur fenêtre pour guetter ce connard. Depuis le feu d'artifice et les coups de feu, tout est calme. Tonka est à la grange avec les animaux... et Henley.

— Qu'est-ce qu'elle fait ici ? demanda Brick.

La thérapeute n'avait pas l'habitude de s'attarder autant au Refuge.

— Elle venait d'entamer une séance impromptue avec l'un des hôtes quand tout a commencé. Dès qu'elle a compris ce qui se passait, elle a filé aider Tonka.

— Hum... Tonka n'a pas besoin d'aide, ne put s'empêcher de commenter Brick.

— On le sait bien, toi et moi, mais pas Henley apparemment. Ou bien elle s'en moque. Je suppose que tout va bien là-bas parce que je n'ai pas reçu de ses nouvelles.

— Bien. Aucune nouvelle sur la localisation de Chen ? Attends, où tu es, là ?

— Avec Spike et Pip'. On commence à quadriller le terrain pour dénicher ce connard. Il doit avoir une voiture quelque part par ici. Il n'est certainement pas venu à pied de Los Alamos.

— Je suis d'accord.

— Comment va Alaska ?

Brick se crispa.

— Elle est effrayée, admit-il. Pas à cause de Chen, mais parce que je l'ai laissée seule dans le bunker I-II.

— Putain, souffla Tiny.

— Tu l'as dit ! Elle m'a pratiquement poussé dehors. Elle sait que j'ai besoin de participer aux recherches.

— Tu as une idée de l'endroit où il pourrait aller ? demanda Tiny. Tu as passé plus de temps avec lui que le reste d'entre nous.

— Je vais commencer par Table Rock.

— Table Rock ? Sérieusement ?

— Il était étrangement intéressé par cet endroit aujourd'hui pendant que nous parlions : j'ai mentionné Alaska et le fait que je passais pas mal de temps là-bas.

— OK. Bon, on est de l'autre côté de la propriété, mais on peut changer de direction et bifurquer maintenant.

Brick n'était pas contre du renfort, mais il était hors de question qu'il attende ses amis.

— Je ne suis pas trop loin.

— Il est armé, lui rappela Tiny.

— Je sais. Ce trou du cul ne me fera rien, jura-t-il. Mais… au cas où quelque chose arriverait, il faut que tu ailles trouver Alaska le plus vite possible. N'attends pas, Tiny. Va la chercher et sors-la de là.

— Promis, répondit son ami sans hésiter.

L'étau qui enserrait le cœur de Brick se desserra un peu. Pas complètement – cela ne se produirait pas tant que la menace pesant sur Alaska n'aurait pas été éliminée et qu'elle ne serait pas dans ses bras. Après quoi, il pourrait s'assurer qu'elle n'était pas traumatisée de façon permanente par sa planque forcée dans le bunker.

— Merci. J'éteins mon téléphone pour qu'il ne prévienne pas ce connard de ma présence en cas de sonnerie ou de vibration.

— Compris. On sera là dès que possible. Terminé.

Brick éteignit son téléphone et le mit en mode avion avant de le ranger dans une poche de son pantalon. Puis il se dirigea vers Table Rock. Chen pensait probablement que son plan était infaillible. Il avait lancé plus d'un commentaire éloquent ce jour-là à propos des clients qui venaient au Refuge. Il était clair qu'il les pensait souffrant de problèmes mentaux sans le dire ouvertement. En fait, il avait suggéré de changer le nom du Refuge afin de ne plus donner l'impression qu'il s'agissait d'un endroit réservé aux personnes souffrant de TSPT.

Brick et ses amis avaient rejeté la suggestion d'emblée, mais il était clair maintenant que Chen ne pensait pas que leurs hôtes constituaient une quelconque menace pour ses plans ou lui. Il avait tort. Ils avaient peut-être été surpris par l'incendie de la cabane, les feux d'artifice et les coups de feu, mais ils avaient fait preuve d'une force immense... et ils étaient très probablement énervés que quelqu'un se moque délibérément d'eux.

Plus Brick se rapprochait de Table Rock, plus sa détermination se renforçait. Il ne devait pas laisser Chen s'échapper. L'homme allait payer très cher les méfaits qu'il avait commis envers les femmes dans le passé... et ce qu'il avait prévu pour Alaska. Il était une menace pour la société et personne n'était en sécurité s'il était en liberté.

Brick n'avait pas vraiment de plan. Il lui fallait d'abord trouver l'homme. Et il n'y avait que vingt pour cent de chances que Chen se trouve près de Table Rock. Le seul point positif de cette situation, c'était qu'il n'y avait aucune chance, absolument aucune, que le Chinois mette la main sur Alaska. Elle était en sécurité là où elle était.

Tant qu'elle ne bougeait pas.

Il n'y avait aucune garantie qu'elle ne panique pas et ne quitte pas le bunker. Brick pria pour que ça n'arrive pas. Il fallait qu'elle reste à l'abri pour que Chen échoue à mettre la main sur elle. La seule chose qui empêcherait Brick de lui régler son compte, c'était que ce misérable utilise Alaska comme bouclier, comme monnaie d'échange.

Brick tâcha de respirer plus lentement alors qu'il approchait de la zone de Table Rock. Il n'avait suivi aucun des sentiers déjà tracés, choisissant plutôt d'utiliser les arbres et les sous-bois comme couverture. Chacun de ses pas était délibéré et silencieux. À un moment, il s'accroupit et écouta comme il l'avait fait plus tôt, guettant le moindre signe qui lui indiquerait qu'il n'était pas seul.

Ça y était.

Faible, mais la brindille qui se brisa produisit le même effet qu'un énorme projecteur pointé vers son objectif.

Brick se déplaça lentement et méthodiquement vers l'endroit d'où il avait entendu le bruit. La lune donnait juste assez de lumière pour qu'il puisse voir où il marchait.

En entrevoyant Chen, il se raidit.

Il s'attendait à voir l'homme avec qui il avait passé la journée, un citadin incongru en pleine forêt. Mais d'après ce qu'il put voir, Chen était bien préparé. Il était vêtu de noir de la tête aux pieds et avait ce qui ressemblait à des lunettes de vision nocturne sur les yeux. Il tenait également un pistolet, le doigt sur la gâchette. Les poches de son pantalon étaient gonflées par tout un attirail et Brick en conclut que l'homme était plus qu'équipé pour un enlèvement. Il devait notamment avoir de quoi immobiliser Alaska : des colliers de serrage, des menottes, peut-être même une sorte de drogue pour l'assommer une fois qu'il l'aurait ramenée à sa voiture, où qu'il l'ait garée.

Il n'avait peut-être pas son arme sur lui, mais Brick était loin d'être sans défense. Et Chen n'avait pas prévu que la forêt serait bruyante, que chacun de ses pas révélait sa trajectoire.

Gardant un œil sur l'homme, Drake le suivit furtivement alors qu'il se dirigeait vers l'énorme rocher plat.

Brick savait que sa meilleure chance était de prendre Chen au dépourvu. De le surprendre. Ce qui serait difficile puisque l'homme avait des lunettes de vision nocturne. Pendant un bref instant, il regretta sa torche qui aurait été bien utile. Mais il était hors de question qu'il laisse Alaska sans lumière dans le bunker.

Il pouvait attendre que Tiny et les autres le rejoignent, ce qui leur permettrait d'encercler Chen, de le forcer à déposer son arme et à se rendre.

Il repoussa rapidement ce plan : Chen n'allait pas rester à attendre qu'on le déniche. Il continuerait à chercher Alaska, finirait probablement par revenir au pavillon... et qui sait ce qu'il entreprendrait alors. Les hommes désespérés agissaient sans réfléchir et la dernière chose que Brick voulait, c'était impliquer leurs clients plus qu'ils ne l'étaient déjà.

Une idée germa dans son esprit pendant qu'il se cachait parmi les arbres. Ce ne serait pas aussi efficace sans sa torche, mais devrait lui donner assez de temps pour mettre Chen hors d'état de nuire sans que l'homme ait la possibilité de tirer.

Se déplaçant lentement pour ne pas faire de bruit, Brick sortit à nouveau son téléphone de sa poche. Il pressa sur le bouton d'allumage et attendit impatiemment que l'appareil revienne à la vie. Il ne disposerait au mieux que d'un avantage d'une fraction de seconde.

Juché sur Table Rock, Chen scrutait l'obscurité. Sauf qu'avec ces lunettes de vision nocturne, il pouvait sans doute profiter encore de la même vue magnifique que les hôtes du Refuge en journée.

L'homme lui tournant le dos, Brick bougea.

Il surgit de derrière les arbres et courut vers Chen.

Lequel pivota sur lui-même dès qu'il entendit qu'on bougeait dans son dos, mais Brick était prêt. Alors que Chen levait la main tenant le pistolet, Brick brandit son téléphone : la lumière de l'application Torche frappa son adversaire en plein visage. Avec les lunettes de vision nocturne, elle devenait quatre cents fois plus lumineuse que la normale.

Comme s'il détournait instinctivement la tête pour se protéger de l'éblouissante lumière, Chen appuya sur la détente. Une fois. Deux fois. Trois fois. À l'aveuglette, rapidement.

La douleur fusa dans le bras de Brick, mais il ne ralentit pas sa progression. Il était à une fraction de seconde de lâcher son téléphone et de plaquer Chen au sol quand l'homme commit une erreur fatale.

Il recula de deux pas de géant.

Peut-être pour échapper à la lumière qui l'éblouissait. Peut-être pour tenter de se cacher. Probablement parce qu'il se savait foutu. Quelle qu'en soit la raison, ce serait son dernier geste sur terre.

Brick regarda les bras de l'homme tournoyer frénétiquement quand son pied ne rencontra que le vide.

Table Rock était un endroit idéal pour s'asseoir et profiter de la tranquillité de la région en raison de son emplacement. Au bord d'un à-pic. Ce n'était pas une falaise aussi spectaculaire que celle où se trouvait le Rocher assis, mais c'était tout de même une sacrée hauteur.

Brick entendit les grognements sonores de l'homme qui rebondissait contre les pointes rocheuses. Le bruit que fit son corps lorsqu'il heurta la première corniche, puis la seconde, avant d'atterrir dans un champ de rochers pointus en contrebas, probablement cinq-six mètres plus bas, était sans équivoque.

L'adrénaline pulsait dans le sang de Brick alors qu'il

courait vers le bord du rocher et scruta ce qui se trouvait en dessous. Il ne distingua rien d'autre que les ténèbres.

— Putain, marmonna-t-il.

Il était à peu près sûr que personne ne pouvait survivre à une chute pareille, mais il avait été témoin de plus d'une situation où une personne, qui aurait dû être tuée sur le coup, ne l'avait pas été, à commencer par lui.

L'obscurité l'empêchait de voir quoi que ce soit. Réalisant qu'il avait toujours son téléphone dans la main, Brick le braqua par-dessus le bord du rocher vers les ombres en dessous. La lumière n'était pas assez puissante pour éclairer plus loin que la première corniche.

Brick éprouva une satisfaction glaciale en repérant une tache sombre sur la roche, mais un homme blessé pouvait toujours représenter un danger. Il était bien placé pour le savoir.

Alors qu'il s'interrogeait sur ce qu'il devrait entreprendre – aller jusqu'au fond pour s'assurer que Chen ne serait plus jamais une menace pour Alaska ou qui que ce soit d'autre ou retourner au bunker –, il entendit un bruit dans son dos.

Sans réfléchir, Brick plongea sur la gauche pour s'éloigner de la corniche et se tapit dans les buissons. Sa première pensée fut que Chen avait réussi à remonter et s'apprêtait à lui tendre une embuscade.

Mais il entendit alors qu'on lui ordonnait, dans un chuchotement, de « tenir sa position ».

Les renforts étaient arrivés.

— Tiny ? murmura-t-il, car il n'était toujours pas certain que Chen soit vraiment mort.

— C'est nous, répondit son ami. Où es-tu ?

Brick sortit des buissons.

— Ça va ? demanda Pip'. On a entendu des coups de feu.

— Ça va, dit-il.

— Il s'est enfui ? De quel côté ? demanda Spike d'une voix anxieuse.

En réponse, Brick se retourna et désigna le bord de Table Rock.

— Merde, souffla Tiny.

Brick expliqua rapidement ce qui s'était passé.

— Tu as une torche ? L'application de mon téléphone n'est pas assez puissante pour éclairer jusqu'en bas.

Tiny s'avança jusqu'au bord du rocher où il s'agenouilla, par sécurité, avant d'allumer sa torche à forte puissance. Les quatre hommes l'imitèrent.

Brick soupira de soulagement.

Yong Chen gisait au pied de la falaise, le corps contorsionné de manière peu naturelle, le dos manifestement brisé de façon irrémédiable. Il portait toujours ses lunettes de vision nocturne et son pistolet gisait à une dizaine de mètres de son corps parmi les rochers.

Ils attendirent un peu, cherchant à voir si l'homme bougeait ou faisait un quelconque bruit. Au bout d'une minute environ, Pip' conclut :

— Il est mort.

— Il faut qu'on descende là-bas pour être sûrs, nuança Spike.

— Je contacte le shérif, proposa Tiny en se relevant pour se tourner vers Brick. Putain, mec, tu saignes, constata-t-il en fronçant les sourcils.

Brick baissa les yeux sur son bras et, à la lumière de la torche de Tiny, vit que la manche de sa chemise était trempée. Maintenant qu'il l'avait remarqué, la douleur commençait à se faire sentir. Il l'ignora.

— Il faut que je retourne auprès d'Alaska.

— Tu dois faire examiner ton bras, objecta Pip'.

— Ma femme est assise dans une boîte en métal en tout point semblable à celle où on l'a forcée à entrer et à séjourner pendant des jours lorsqu'elle a été kidnappée. Il faut que j'aille la retrouver.

— Bon, laisse-moi au moins bander rapidement ta blessure, suggéra Spike d'un ton calme.

Il était déjà en train d'attraper le bas de son t-shirt, dont il coupa une large bande avec le couteau KA-BAR qu'il avait toujours sur lui et l'enroula autour du bras de Brick en moins de deux minutes.

— Voilà. Au moins, comme ça, tu ne te videras pas de ton sang en retournant auprès d'elle, lâcha-t-il d'un ton sinistre.

— Je t'accompagne, proposa Pip'.

— Non, répondit Brick. Je ne sais pas dans quel état elle sera quand j'arriverai.

— Raison de plus, insista Pip'.

— Elle ne voudra pas que tu la voies si elle flippe. Elle a beaucoup de fierté et, même si c'est à mon avis la personne la plus courageuse de ma connaissance, je ne veux pas faire quoi que ce soit qui puisse l'amener à avoir honte de sa réaction par la suite.

Pip' soupira.

— Bien. Mais tu dois nous tenir au courant. Appelle-nous dès que tu arrives et quand tu es sur le chemin du retour.

Brick remarqua que Pip' n'avait pas insisté pour qu'ils reviennent à Table Rock. Il serait impossible de ne pas mentionner le nom d'Alaska ou le rôle de Brick dans ce qui s'était passé ce soir. Ils devraient expliquer les raisons de la présence de Chen sur les lieux, ses plans. Mais grâce à Elizabeth et à ses recherches très approfondies sur le dark web – et au fichier de tout ce qu'elle avait trouvé, dont Brick ne doutait pas qu'il se trouvait déjà dans leur messagerie –, ils avaient plus qu'assez de preuves pour prouver que Chen n'était pas l'investisseur au-dessus de tout soupçon pour lequel il s'était fait passer.

De plus, tous les hommes qui avaient payé Chen pour passer du temps avec Alaska devaient être retrouvés et punis. Il était probable que les événements de cette soirée aient des retombées pendant un certain temps et, malheureusement, Alaska devrait sans doute raconter plusieurs fois son histoire dans les jours et les semaines à venir.

Mais Tiny et les autres veilleraient à ce que le shérif voie la situation telle qu'elle était. Les lunettes de vision nocturne, l'arme, la façon dont le corps de Chen avait atterri, la blessure de Brick... Tout indiquait qu'il s'était trouvé en état de légitime défense.

Il adressa un signe de tête à ses amis, heureux qu'ils soient là pour assurer ses arrières, et se fraya un chemin dans les bois pour aller retrouver Alaska. Utilisant cette fois la torche de son téléphone, il emprunta les sentiers, ce qui lui permit de se déplacer beaucoup plus rapidement qu'à l'aller. Lorsqu'il parvint aux environs du bunker, Brick prit le temps d'éteindre la lumière et d'étudier la zone en se servant de ses cinq sens.

Tout était comme il l'avait laissé. Le sol autour du bunker n'avait pas été remué. Aucun son n'en provenait, pas davantage d'ailleurs que de la forêt environnante. Mais le nœud dans l'estomac de Brick ne se dénouait pas : il ne serait pas satisfait tant qu'il n'aurait pas Alaska dans ses bras et la certitude qu'elle allait bien mentalement comme physiquement.

Il se précipita vers la trappe et l'ouvrit. La première chose qu'il vit dans le trou, ce fut le visage d'Alaska qui le regardait.

Le soulagement qui courut dans ses veines le rendit momentanément incapable de bouger ou de parler.

Heureusement, Alaska ne connut pas le même

problème. Elle se releva et grimpa si vite l'échelle que Brick ne put que la rattraper quand elle se jeta sur lui. Il recula sur un pied, puis ses jambes s'effondrèrent.

Il entendit vaguement les griffes de Mutt cliqueter sur les barreaux, puis courir autour d'eux avec excitation un moment plus tard, mais l'attention de Brick était focalisée sur Alaska.

— Ça va ? demanda-t-il en essayant de l'obliger à lever les yeux.

Le visage enfoui dans le creux de son cou, elle le serrait comme si sa vie en dépendait.

— Al ? Parle-moi. C'était affreux ? Merde, bien sûr. Je suis vraiment désolé. Je ne voulais pas te quitter, mais tu avais raison. Je devais le faire. Dis-moi que tu n'es pas traumatisée à vie. Je crois que Henley est toujours au Refuge, on va aller la chercher et tu pourras lui parler. Ça ne va pas te briser, tu es trop forte pour ça.

Il la sentit plus qu'il ne l'entendit prendre une longue inspiration, puis elle releva la tête et le regarda dans les yeux.

— Tu m'aimes et tu es revenu pour moi dès que tu as pu.

— Putain, directement, souffla-t-il.

Le soulagement qu'il éprouva était presque écrasant. Il voyait à ses yeux qu'elle avait paniqué, mais le sentiment refluait à vue d'œil.

— Je n'arrêtais pas de me le répéter. Je ne dis pas que j'ai envie de repasser du temps dans un de vos bunkers secrets, mais plus le temps s'écoulait, plus je me rappelais que tu n'allais pas tarder, mieux je me sentais. Je n'étais pas dans un wagon en direction d'on ne sait où. J'étais dans un endroit sûr. Ton endroit sûr. La situation était complètement différente.

Oui et non, mais Brick n'allait pas la contredire.

— Tu es incroyable, dit-il. Je suis baba d'admiration.

Elle lui lança un petit sourire et secoua la tête.

— Non, non. Plus d'une fois, j'ai envisagé de partir à ta recherche. Une fois, j'ai même grimpé à l'échelle et ouvert la trappe.

— Mais tu ne l'as pas fait.

Elle secoua la tête.

— Non. Primo, parce que Mutt n'était pas du tout content de moi. Il n'arrêtait pas de tirer sur mon pantalon et de grogner pour que je me rasseye.

— Il prend sa mission de gardien très au sérieux, confirma Brick en tendant la main pour caresser le chien pour la première fois depuis son retour.

Mutt se pencha et lécha le visage de Brick, ce qui fit glousser Alaska. Il se tourna vers elle.

— Et quelle est la deuxième raison ?

— La possibilité d'ouvrir le couvercle du bunker, répondit-elle. Quand j'étais dans le train, derrière la fausse cloison, il n'y avait pas d'issue. J'étais piégée même si je donnais des tas de coups de pied et de coups de poing. Dès que j'ai soulevé la trappe, j'ai réalisé que je n'étais pas coincée. C'est avoir la possibilité de partir si je le voulais qui m'a assez calmée pour que je me rassoie. Encore une fois, je ne prétends pas vouloir camper régulièrement dans ce truc, mais savoir que je pouvais en sortir a changé la donne.

Brick ferma les yeux et posa son front contre le sien. Elle était dans ses bras. En sécurité. Et il ne semblait pas qu'elle ait perdu les pédales d'avoir été laissée seule. Il ne pouvait pas exprimer ce que cela signifiait pour lui.

— Que s'est-il passé ? demanda-t-elle doucement. Tu l'as trouvé ?

Brick prit une grande inspiration et releva la tête.

— Oui. Il ne sera plus jamais une menace pour toi ou pour qui que ce soit d'autre.

Elle ferma les yeux et retint son souffle un instant, mais

elle reprit rapidement le contrôle de ses émotions. Ouvrant les yeux, elle fronça les sourcils.

— Tu vas avoir des problèmes ?

— Des problèmes ? demanda-t-il, confus.

— Pour l'avoir tué ?

— Non. D'abord, ce connard était armé et pas moi. Deuxièmement, il est entré par effraction avec l'intention de te kidnapper. Troisièmement... je ne l'ai pas tué.

Alaska fronça les sourcils.

— Ah bon ?

— Non. Il est tombé du bord de Table Rock. En arrière. Je ne l'ai même pas touché.

— Waouh ! Hum... Tu es sûr qu'il est mort ?

Brick ne fut pas surpris de son insistance. Il s'était posé la même question.

— Sûr et certain, répondit-il. Mais pour en être sûr à cent pour cent, Tiny et les autres vont descendre là-bas et vérifier.

— OK.

Impossible de ne pas entendre le soulagement que trahissait ce simple mot.

Elle l'enlaça une fois de plus, mais se figea en effleurant le haut de son bras.

— Qu'est-ce que c'est ? demanda-t-elle, intriguée par l'humidité de son bandage de fortune.

— Une écorchure. Ça va, la rassura Brick.

— Quoi ? Il t'a tiré dessus ? insista-t-elle.

— Oui. J'ai utilisé la torche de mon téléphone pour l'aveugler, puisqu'il portait des lunettes de vision nocturne, et il a tiré quelques coups de feu pour tenter de m'échapper. C'est comme ça qu'il est tombé par-dessus bord. Mais un seul de ses tirs m'a frôlé.

À sa grande surprise, Alaska descendit ses genoux et se leva.

— Lève-toi ! On y va ! On retourne au chalet et on appelle une ambulance. Tu dois te faire examiner !

Son cœur fondit.

— Ça va, répéta-t-il pour la rassurer.

— Non. On t'a tiré dessus. Tiré dessus ! Ça ne va pas du tout. Tu saignes, Drake. Je l'ai senti. On y va. Tout de suite ! On rentre à la maison. Allez, lève-toi !

Brick s'exécuta lentement mais, au lieu de bouger, il posa les mains sur son visage et l'obligea à lever la tête vers lui.

— Je te promets que je vais bien, mon amour. Je le sens à peine. J'étais trop impatient de revenir ici vers toi.

— Ce qui est une autre raison pour laquelle on doit y aller. Tu pourrais réagir à retardement. Ou t'évanouir sur le sentier. Je ne peux pas vraiment te faire une transfusion sanguine au milieu de la forêt, Drake. Je vais bien, moi. Est-ce qu'on peut juste partir ?

— Oui, Al, d'accord.

Apparemment, l'inquiétude qu'il lui inspirait semblait lui avoir fait oublier toute peur résiduelle concernant son séjour dans une grande boîte en métal sortie de ses cauchemars. Brick se pencha et l'embrassa doucement. Il savait qu'une fois de retour au pavillon, la nuit serait longue. Le shérif voudrait leur parler à tous les deux, il devait s'assurer que leurs hôtes allaient bien et Brick ne doutait pas qu'Alaska voudrait aussi s'occuper d'eux.

Il devait vérifier les dégâts causés à la cabane réservée aux prisonniers de guerre et prendre des nouvelles de ses amis. Et pour qu'Alaska se sente mieux, il laisserait même les urgentistes examiner son bras... après s'être assuré qu'elle allait bien.

Alors il profita de cette ultime minute de tête-à-tête avec Alaska. Il la serra contre lui et la tint longtemps, plus heureux qu'il ne pourrait jamais l'exprimer que tout se soit bien terminé.

Ce fut Alaska qui remua la première.

— Allez, Drake, je suis sérieuse, il faut rentrer.

Il acquiesça, referma la trappe du bunker, s'assura qu'il était de nouveau indétectable, puis enroula ses doigts autour des siens et reprit la direction du Refuge.

CHAPITRE 20

Il était 4 h 30 le lendemain matin quand Alaska et Drake purent se glisser dans leur lit au chalet.

Drake ne s'était pas trompé. Ils avaient été accaparés dès leur retour au camp. Elle avait appris tous les plans diaboliques de Chen en écoutant la déposition de Tiny au shérif. Drake était au courant, mais il ne lui avait rien dit pendant qu'ils étaient dans les bois et dans le bunker. Il avait essayé de la protéger, comme toujours.

Elle se rendit alors compte qu'il s'en était vraiment fallu de peu. Elle avait du mal à se faire à l'idée que des hommes et des femmes dans le monde n'hésitaient pas à vendre d'autres êtres humains. Non seulement à les vendre, mais en sachant quel sort horrible les attendait. Cela la laissait pantoise.

Elle aurait plongé dans une profonde dépression s'il n'y avait pas eu les sept hommes du Refuge. Ils avaient passé une grande partie de leur vie à se battre pour le bien. À faire tout ce qui était en leur pouvoir pour empêcher les forces du mal de gagner. Et maintenant, même après avoir subi d'importants traumatismes, ils essayaient d'aider les autres à avancer dans leur vie. Et cela marchait. Énormément.

Après que le bras de Drake avait été examiné par un urgentiste, Alaska s'était retrouvée seule avec Henley. C'était Drake qui avait arrangé cette entrevue, aucun doute là-dessus. Il ne semblait pas pouvoir détacher ses yeux d'elle et cela lui réchauffait le cœur de le voir si inquiet.

Elle ne pouvait pas lui en vouloir. Pendant un moment, elle s'était crue à deux doigts de perdre la tête. Elle était allée jusqu'à ouvrir la trappe de ce cube de métal, mais ensuite, comme elle le lui avait expliqué, elle avait réalisé qu'elle n'était pas enfermée, pas prisonnière. Elle pouvait partir quand bon lui semblait. Ce constat lui avait suffi pour contrôler ses émotions, dépasser le traumatisme qui tentait de la submerger et attendre le retour de Drake.

Henley avait voulu parler de ce qui s'était passé pour s'assurer qu'elle allait bien. Mais Alaska s'était rendu compte qu'elle n'avait pas besoin d'en parler. Du moins pas avec la thérapeute. Plus tard, peut-être, mais pour l'instant, elle n'avait besoin que de Drake.

Les hôtes semblaient sur les nerfs, mais ils géraient remarquablement bien la situation. Ils étaient heureux de rapporter au shérif ce qu'ils avaient vu... y compris Chen rôdant autour des cabanes juste avant que les coups de feu ne retentissent et que le feu d'artifice ne soit tiré.

Quand ils regagnèrent enfin leur chalet, Mutt s'effondra aussitôt d'épuisement dans son panier au salon. Il était resté toute la nuit à côté d'Alaska, refusant de bouger, quoi qu'il arrive.

Elle avait aidé Drake à se doucher pour que son bras ne soit pas mouillé et, à présent, ils étaient enfin au lit ensemble. Aucun des deux ne s'était rhabillé après s'être séché et la sensation de son corps chaud et dur contre le sien était un baume pour son âme comme tout le reste.

— Je suis désolé d'avoir dû te quitter, chuchota Drake.

— Pas moi, répliqua-t-elle. Je veux dire, voilà le truc : tu ne peux pas être à mes côtés chaque seconde de chaque jour. J'avais besoin de savoir que je pouvais gérer la situation toute seule. Bien sûr, j'aurais préféré que tu sois là avec moi, mais savoir que je pouvais le faire par moi-même était... un soulagement. Je ne veux pas être un fardeau pour toi, Drake. Jamais. Si ce moment arrive, j'attends de toi que tu me laisses partir.

— Je ne te laisserai jamais partir, protesta-t-il férocement. Et tu ne seras jamais un fardeau pour moi. Je ne doute pas que tu puisses faire tout ce que tu veux, tu n'as pas besoin de moi. C'est un cadeau d'être à tes côtés. Ton amour est un cadeau que je me pince encore d'avoir reçu.

— Drake, balbutia Alaska au bord des larmes.

— Pas de pleurs, lui ordonna-t-il doucement. On est en train de vivre un moment de bonheur.

— Désolée, fit-elle en s'essuyant la joue sur son épaule.

Drake lui glissa une main dans la nuque pour la maintenir contre lui alors que, de son autre main, il lui effleurait le bras qu'elle avait jeté en travers de son corps.

— Tu avais raison... Je te mérite, Alaska. Après tout ce que j'ai dit, fait et traversé, tu es ma raison de vivre par-delà l'explosion que j'ai subie. Je vais passer le reste de mes jours à prouver que ma vie n'a pas été épargnée en vain. Pour Vador, Monster, Bones, Rain et Mad Dog, et pour moi-même.

— Et moi aussi, je te mérite, renchérit Alaska. Nous nous méritons l'un l'autre.

— Tu as raison, convint-il. Et maintenant, sur un sujet légèrement différent... Je vais devoir appeler ma mère demain, histoire de l'informer de ce qui se passe. Je ne voudrais pas qu'elle découvre par elle-même la merde qui s'est déroulée ici. Je veux être celui qui lui apprend toute l'affaire afin qu'elle ne s'inquiète pas. Mais je suppose qu'elle voudra venir voir par elle-même qu'on va bien, toi et moi.

— Oh, waouh ! Je n'ai pas vu ta mère depuis le jour de la remise des diplômes.

— Je sais. C'est pour ça que je voulais te prévenir. Mais toi, tu n'as pas essayé d'entrer en contact avec ta propre mère. Tu en as envie ?

— Non, répondit-elle aussitôt. Je n'ai aucune idée de ce que je lui raconterais... Si elle ne s'est pas souciée de l'endroit où je vivais ni de ce que je faisais depuis vingt ans, elle ne va pas commencer maintenant. Par-dessus le marché, si je réussis à la trouver, elle essaiera juste de me soutirer de l'argent. C'est ce qui s'est passé la dernière fois où je l'ai retrouvée.

Drake soupira.

— C'est ce que je pensais, mais il fallait quand même que je te pose la question.

— C'est bon, Drake, le rassura Alaska. Je me suis résignée depuis longtemps. Je suis mieux, je te le garantis.

— Très bien. Mais si jamais tu changes d'avis, tu n'as qu'un mot à dire et je demanderai à Elizabeth de la localiser.

— Elle est assez étonnante, commenta Alaska. Je suis impressionnée qu'elle ait pu pêcher toutes ces informations sur Chen. C'est quoi son histoire ?

— Elle travaille avec Tex... que tu vas sûrement rencontrer un de ces jours. Bref, elle a elle-même été victime d'un enlèvement. Un tueur en série les a attrapées, une autre femme et elle. Il a torturé Elizabeth physiquement et l'autre femme mentalement. Ça s'est passé en Californie. Elle a déménagé au Texas pour essayer de gérer tout ça, mais elle est devenue agoraphobe, puis pyromane... avant d'épouser enfin un pompier. C'est l'une des toutes meilleures hackeuses, un génie de l'informatique, appelle-la comme tu veux, avec qui j'ai eu l'occasion de travailler... à l'exception peut-être de Tex.

— Waouh ! OK, dit Alaska. Je m'attendais à ce que tu me dises que c'était juste une nana qui travaillait avec la police ou quelque chose comme ça.

— Ou quelque chose comme ça, concéda Drake.

— On lui doit beaucoup.

— Tu m'étonnes. Elle a déjà une invitation ouverte pour venir au Refuge quand elle veut.

— Super. Drake ?

— Oui, Al ?

— Je suis heureuse.

Il ricana.

— Il n'y a que toi pour dire ça après la journée – ou la nuit ou le matin, peu importe – que tu viens de vivre.

— Je suis vivante. Je suis nue avec l'homme que j'aime. Je n'ai pas complètement perdu la tête en affrontant mon pire cauchemar et je vais bientôt revoir ta mère... Je l'ai toujours admirée et appréciée. Comment ne pas être heureuse ?

— Un de ces jours, je vais te demander de m'épouser, lâcha Drake.

Alaska releva la tête pour le fixer.

— Quoi ?

Il resserra la main qui fourrageait dans ses cheveux, puis il appuya doucement la tête contre son épaule.

— Pas maintenant. Pas demain. Mais ça va arriver. Je te préviens juste pour que tu te fasses à l'idée.

— Oui ! s'écria-t-elle.

Ce fut au tour de Drake de relever la tête.

— Quoi ?

— Oui, répéta-t-elle avec un petit sourire. Ce sera ma

réponse quand tu me poseras la question. Juste pour que tu saches et que tu puisses te faire à l'idée.

Drake eut un petit rire.

— D'accord. C'est bon à savoir.

Alaska ouvrit la bouche pour ajouter quelque chose, mais un énorme bâillement en sortit à la place.

— Dors, Al.

— On a des choses à faire demain matin. Ne nous laisse pas dormir trop longtemps, marmonna-t-elle.

— OK.

Elle soupira.

— Tu vas nous laisser dormir jusqu'à midi, je parie.

— Oui, avoua Drake sans la moindre gêne. Ça a été une putain de longue nuit, Al. C'est déjà presque l'aube. On est tous les deux épuisés. Tout ce que je veux, c'est dormir avec toi dans mes bras et ne pas penser à toutes les merdes qui nous attendent, ne serait-ce que pendant quelques heures. Quand on se réveillera, je veux faire l'amour à la femme que j'adore et admire plus que quiconque au monde. Ensuite, on se douchera, on mangera, puis on ira au pavillon pour voir ce qui se passe.

Alaska soupira de contentement.

— OK.

— OK, confirma Drake. Et pour info... je suis heureux aussi.

Ces mots revêtaient une grande importance pour Alaska. Parce qu'elle savait qu'il n'avait pas été heureux depuis longtemps, dévasté comme il l'avait été par la perte de ses amis. Après quoi, il avait été trop occupé à combattre ses démons et à faire fonctionner le Refuge pour penser à ses propres désirs et envies. Savoir qu'il était heureux, avec elle, cette bonne vieille Alaska, était un sentiment qu'elle ne pouvait même pas mettre en mots.

— Bonne nuit. Merci d'être toi, chuchota-t-elle.

Drake lui effleura le front de ses lèvres.

— Merci d'être toi, répéta-t-il en écho.

À sa grande surprise, Drake s'endormit presque immédiatement. Il fallut un peu plus de temps à Alaska, car les événements de la soirée repassaient en boucle dans sa tête. Mais elle finit par se laisser aller contre Drake et sentit qu'elle s'endormait.

Si quelqu'un lui avait dit quatre ans plus tôt – et que dire de vingt-cinq ans plus tôt ? – qu'elle en serait là aujourd'hui, elle ne l'aurait jamais cru. Elle avait placé Drake sur un piédestal pendant si longtemps qu'elle l'avait toujours perçu comme totalement inaccessible. Mais le temps avait le don de modifier les perspectives et Alaska savait que l'homme dans ses bras avait besoin d'elle autant qu'elle de lui.

* * *

Henley McClure prit une profonde inspiration et se força à retourner à la grange. La nuit avait été longue pour tout le monde et elle avait fait de son mieux pour être là pour les hôtes victimes de résurgences de leurs troubles après les incidents de la soirée.

Au plus fort de la confusion, elle s'était rendue dans la grange, ce qui était contraire aux procédures, elle le savait : elle était censée rester dans le pavillon. Mais la pensée que Tonka – non, Finn – était seul à la grange, à essayer de calmer les animaux, ne l'avait pas laissée en repos. Alors elle était partie l'aider.

Bien sûr, Finn n'avait jamais voulu de son aide. Ni d'un point de vue professionnel ni d'un point de vue personnel. Mais traitez-la de stupide, elle refusait de baisser les bras à son sujet.

Finn était différent des autres propriétaires du Refuge. Il était plus... brisé... que les autres.

Cependant, en dépit de tout le temps passé à travailler au Refuge, elle n'avait pas réussi à faire avancer sa thérapie, même s'il participait plus ou moins régulièrement à des séances de groupe. C'était déchirant parce que c'était un homme éminemment bon. Quand le chaos avait éclaté ce soir-là, il avait foncé vers les animaux pour s'assurer qu'ils étaient en sécurité et calmes. Oui, c'était son travail, mais Henley savait que l'activité représentait plus que cela à ses yeux. Il avait tissé un lien avec chaque quadrupède du Refuge qui allait au-delà de ce qui unissait la plupart des gens avec les animaux de compagnie et ceux des fermes.

Attirée par Finn, elle n'avait pas pu s'empêcher d'aller vers lui. En tant que thérapeute, elle savait que c'était un terrain glissant. Il n'était pas professionnel d'avoir des sentiments pour un patient... mais là encore, Finn n'avait jamais, pas une seule fois, participé à l'une de ses séances. Il y assistait, mais n'ouvrait pas la bouche, se contentant de la regarder avec des yeux qui voyaient tout. Être le centre de son attention était inconfortable... et excitant à la fois.

Dès qu'elle entra dans la grange, elle constata que Finn avait du pain sur la planche. L'incendie de la cabane des prisonniers de guerre avait mis tous les animaux sur les nerfs. Et les pétards n'avaient rien arrangé. Les chevaux s'ébrouaient et trépignaient dans leurs stalles, donnant même des coups contre les portes pour tenter de sortir.

Melba meuglait sans arrêt, son terrifiant qui lui fit instantanément monter des larmes aux yeux. Les poules, agitées, couraient dans tous les sens, les chèvres bêlaient et elle vit même un chat filer à travers la grange pour essayer de trouver une cachette sûre.

Elle plongea sans hésiter dans le chaos, désireuse d'aider de toutes les manières possibles. Elle se rendit d'abord à la stalle de Melba où elle commença à caresser la vache pétrifiée. Elle connaissait l'histoire de la bête aussi bien que quiconque, savait qu'elle avait été piégée dans un incendie de grange. Caressant sa tête, elle passa un bras autour de son cou géant, puis lui murmura des paroles apaisantes en veillant à garder une voix basse et posée. À sa grande surprise, l'un des chiens que Finn et le reste des gars du Refuge avaient adoptés la rejoignit dans la stalle. Tout comme deux des chèvres. Ils s'y pelotonnèrent les uns contre les autres afin de se réconforter.

Pendant ce temps, Finn déambulait dans la grange et faisait de même avec les chevaux et les autres animaux. Henley entendait sa voix grave rassurer les bêtes anxieuses en leur disant que tout allait bien. Qu'elles étaient en sécurité. Qu'il ne laisserait rien ni personne leur faire du mal.

Le bruit des pétards finit par s'estomper et le crépitement de l'incendie voisin cessa.

Elle venait de se lever quand Finn apparut devant le stand de Melba. Mais au lieu d'avoir l'air calme et en pleine maîtrise de ses moyens, comme elle l'avait supposé d'après sa voix, il avait les yeux écarquillés, respirait difficilement et semblait au bord de la crise de nerfs.

Elle agit avant même de réfléchir à ce qu'elle faisait. Lui prenant le bras, elle le fit sortir de la stalle en veillant à verrouiller la porte derrière elle pour éviter que Melba ne décide de partir en balade nocturne dans la propriété.

Elle entraîna Finn jusqu'à un petit bureau, surprise qu'il se laisse guider, le fit asseoir sur le petit canapé et, sidérée, le vit aussitôt se pencher sur elle pour enfouir son visage dans son cou et la tenir comme s'il n'avait aucune intention de la lâcher.

Henley enroula les bras autour de lui et se contenta de le tenir ainsi tandis que son grand corps tremblait.

Quelque chose avait ravivé ses angoisses, ce soir, mais elle ne savait pas exactement quoi. Les pétards, l'incendie et les coups de feu ? Possible... Mais elle ne le pensait pas.

Aucun de ces sons ne l'avait fait tressaillir. Il était complètement concentré sur les animaux.

Depuis deux ans qu'elle travaillait au Refuge, elle avait étouffé son attirance pour cet homme. Tout comme lui à son égard, le soupçonnait-elle. Malgré cela, quand ils se trouvaient dans la même pièce, leurs yeux semblaient toujours se croiser. Lorsqu'il assistait à des séances, elle avait l'étrange impression qu'il était là pour la protéger de toute agression verbale ou physique potentielle. Il lui était même arrivé d'escorter hors d'une séance un hôte ou deux, trop en colère ou énervé.

Et les quelques fois où elle avait raconté ce qui lui était arrivé dans son enfance, il avait serré les bras de sa chaise si fort que Henley avait redouté qu'il n'en casse le bois.

Mais aucun d'entre eux n'avait jamais fait entrer leur attirance en ligne de compte. Ils n'avaient pas franchi cette ligne. Ils étaient collègues et, bien que le constat afflige cruellement Henley, elle comprenait que Finn n'était pas prêt pour une relation. S'il avait de nouveau besoin de compagnie, un jour, il n'entamerait probablement rien avec elle. Non seulement parce qu'ils travaillaient ensemble, mais aussi parce qu'elle était psychologue. Il ne serait pas le premier homme à avoir peur qu'elle ne sonde sa psyché et ne veuille connaître tous ses secrets.

Oui, elle voulait les connaître... mais seulement parce que le sort de Finn lui importait.

Et maintenant, ils étaient là, cramponnés l'un à l'autre comme s'ils étaient leur bouée de sauvetage respective.

Combien de temps Finn resta-t-il à trembler, agrippé à elle avec l'énergie du désespoir ? Henley l'ignorait. Elle ne chercha pas à le faire parler, à lui faire dire ce qui n'allait pas. Elle se borna à le tenir dans ses bras.

Quand il lâcha finalement prise, elle se prépara à une rebuffade de sa part. À sa grande surprise, il ne s'écarta pas brusquement ni ne partit sans un mot comme elle s'y attendait. Il la dévisagea fixement pendant un long moment avant de lâcher :

— Merci. J'avais… besoin de ça.

— Moi aussi, convint Henley en hochant la tête.

— Ça va ? murmura-t-il.

— Oui. Et toi ?

Il réfléchit à sa question pendant quelques secondes avant de répondre :

— Je pense que oui maintenant. Je dois aller voir les autres. M'assurer que Brick et Alaska vont bien.

Henley hocha encore la tête.

Finn se leva et lui tendit la main pour qu'elle la prenne.

Elle s'exécuta, frissonnant quand un courant électrique crépita le long de son bras. Il lui lâcha la main dès qu'elle fut sur ses pieds, mais Henley le sentait encore.

Le reste de la nuit fut épuisant, car Finn partit voir ses amis et Henley fit ce qu'elle put pour aider les hôtes encore sur les nerfs.

Elle était heureuse que tout se soit bien passé, que personne n'ait été gravement blessé, animal ou humain, et que l'homme qui en avait après Alaska ne soit plus une menace. À présent, elle était fatiguée. Vidée, vraiment.

— Tu as l'air crevée, constata Pip'. Pourquoi ne pas passer la nuit ici ? On a un lit de camp qu'on pourrait installer dans l'une des salles de réunion du pavillon.

Elle lui sourit.

— Merci, mais je dois rentrer chez moi.

— Tu es sûre ? Il est très tard.

— Sûre et certaine. Ma fille est chez une voisine qui est infirmière et doit partir travailler à 5 heures du matin.

Pip' la dévisagea pendant quelques secondes.

— Tu as une fille ? (Henley opina.) Je l'ignorais. Tu étais

au courant, Stone ? demanda Pip' en se tournant vers son ami qui se tenait à proximité.

— Non.

Henley se contenta de hausser les épaules.

— On n'a jamais abordé le sujet, leur dit-elle.

— Très bien, dans ce cas... conduis prudemment. Et sache que tu seras payée en heures supplémentaires pour tout le temps que tu as passé ici ce soir. On apprécie tout ce que tu as fait, plus qu'on ne pourra jamais te le dire, ajouta Pip'.

— Il n'y a aucun endroit où j'aurais préféré me trouver, les rassura Henley.

Ses yeux balayèrent la pièce une fois de plus, s'assurant que tous les hôtes avaient regagné leur cabane et que plus personne n'avait besoin d'une oreille attentive. Son regard rencontra celui de Finn. Il se tenait près du bureau de l'accueil et la regardait droit dans les yeux. Elle ne parvint pas à déchiffrer l'expression de son regard. Si seulement le temps passé dans la grange ce soir-là les avait rapprochés, qu'il soit au moins disposé à lui parler...

Quand il se retourna et se dirigea vers la porte, elle sut que ce ne serait pas le cas et poussa un gros soupir.

— Conduis prudemment, répéta Stone.

— Envoie-nous un message quand tu seras chez toi, s'il te plaît, ajouta Pip'.

Henley ne put s'empêcher de regretter que cette demande, que ces inquiétudes n'aient pas été le fait d'un autre homme, mais elle hocha quand même la tête.

— Je n'y manquerai pas. Merci.

Elle ramassa son manteau et son sac à main et se dirigea vers la porte. La journée avait été longue et difficile, mais elle était satisfaite de l'aide qu'elle avait pu apporter aux hôtes du Refuge. Être une mère célibataire et travailler selon des horaires irréguliers lui rendaient la vie difficile, pourtant elle ne changerait rien à son existence. Sa fille était tout pour elle et elle ferait tout ce qui était nécessaire pour lui offrir une vie sûre, heureuse et stable.

* * *

Tonka était si fatigué qu'il avait le plus grand mal à y voir clair, mais il ne pouvait s'empêcher de penser à Henley. Elle avait été parfaite ce soir. Elle était intervenue pour l'aider avec les animaux sans pour autant lui poser un million de questions. Son instinct s'était simplement manifesté et elle avait fait ce qu'il fallait.

Et une fois que les animaux avaient été calmés... Quand il s'était souvenu d'un autre animal – à un autre moment et dans un autre lieu – qu'il n'avait pas pu aider... Qu'il avait laissé ses démons s'insinuer en lui... Un animal qu'il avait dû regarder souffrir... Elle l'avait simplement laissé digérer en silence ses pires souvenirs tout en le tenant fermement pour qu'il n'explose pas en mille morceaux.

Dès qu'il avait rencontré la psychologue que Brick avait engagée pour travailler avec les hôtes, Tonka avait su qu'elle était spéciale. Elle ne forçait personne à raconter son histoire. Elle ne donnait pas l'impression aux gens qu'ils étaient brisés ou fragiles. Elle traitait ses patients comme des amis proches, créant un sentiment de calme, d'intimité paisible dans ses séances, si bien que les gens se sentaient assez en sécurité pour parler librement. Pour admettre les peurs et les traumatismes de leur passé.

Et quand il avait entendu ce qu'elle avait subi dans son enfance, Tonka avait eu le plus grand mal à ne pas exiger des informations sur l'identité des connards qui avaient tué sa mère. Il brûlait de s'assurer qu'ils ne feraient plus jamais de mal à personne. Des décennies s'étaient écoulées depuis qu'elle avait été cette petite fille de dix ans, terrifiée et cachée sous son lit, et pour ce qu'il en savait, les coupables étaient morts ou en prison. Mais cet événement l'affectait toujours. Tonka le voyait bien.

Il se sentait attiré par elle. Probablement parce qu'ils avaient vécu un traumatisme étonnamment similaire. Ils avaient tous deux dû regarder et entendre un être cher se faire torturer et tuer. Mais alors que Tonka avait laissé cette expérience le briser, Henley avait fait de la sienne la croisade de toute une vie.

Il avait du mal à se lier aux humains désormais, préférant la compagnie des animaux. Mais en apprenant que Henley avait une fille, quelque chose en lui avait changé.

Sans comprendre pourquoi, il n'aimait pas que Henley leur ait caché quelque chose d'aussi important qu'une enfant. Elle n'était pas mariée, il le savait. Il n'y avait pas non plus d'ex dans le tableau : sa fille étant chez une voisine, cela signifiait qu'elle était probablement le seul parent dans la vie de cette enfant.

Est-ce qu'elles s'en sortaient sans problème ? Est-ce qu'elle gagnait assez d'argent ? Avaient-elles des difficultés ? Avait-elle une baby-sitter régulière ? Ses heures de travail au Refuge n'étaient pas vraiment stables.

Quel âge avait sa fille ? Quel était son nom ?

Sa curiosité était à deux doigts de le submerger. Tout à coup, Tonka voulait tout savoir sur Henley McClure. Tout ce qu'elle avait gardé pour elle.

C'était un sentiment étrange cette curiosité. Depuis qu'il avait quitté les garde-côtes, Tonka ne se souciait plus de rien. Il vivait sa vie au jour le jour et se concentrait sur la gestion du Refuge avec ses amis.

Mais ce soir-là, Henley s'était faufilée entre les murs très hauts et très épais qu'il avait érigés autour de lui. Il ne savait pas si c'était bien ou mal, en tout cas il se rendait compte que quelque chose avait changé.

Il voulait se sentir concerné à nouveau. Il voulait agir en réponse à l'intérêt qu'il décelait dans les yeux de Henley et qu'il avait fait de son mieux pour ignorer pendant deux ans. Il voulait admettre que cet intérêt n'était pas unilatéral.

Il devrait y aller lentement. Pour leur bien à tous les deux. Il n'était pas du tout sûr d'être prêt pour une relation amoureuse. Elle voudrait qu'il s'ouvre. Qu'il parle de son passé.

Il avait le sentiment que Henley comprendrait mieux que quiconque pourquoi il ne pouvait pas parler de ce qui s'était produit en ce jour fatidique il y avait tant d'années. Cependant, il ne serait pas juste de vouloir connaître tous ses secrets à elle sans rien partager. N'empêche, il ne savait pas s'il en serait capable.

Tout en s'allongeant enfin dans son lit, Tonka ne cessait de gamberger. Il ne serait pas facile pour lui de s'ouvrir à Henley, pourtant il ne pouvait étouffer son envie de se rapprocher d'elle, de voir si le lien qu'ils semblaient partager pouvait s'avérer assez fort pour résister aux traumatismes de son passé.

Pour la première fois depuis ce qui lui semblait une éternité, Tonka envisageait l'avenir avec une curiosité prudente. Il s'endormit... en attendant impatiemment le lendemain.

* * *

Ne ratez pas le prochain tome de la série Le Refuge:
Un soutien pour Henley

DU MÊME AUTEUR

<u>Autres livres de Susan Stoker</u>

<u>Le Refuge</u>

Un soutien pour Alaska

Un soutien pour Henley (3 Jan 2023)

Un soutien pour Reese

Un soutien pour Cora

Un soutien pour Lara

Un soutien pour Maisy

Un soutien pour Ryleigh

<u>Sauvetage à Eagle Point</u>

Un sauveteur pour Lilly

Un sauveteur pour Elsie

Un sauveteur pour Bristol (15 Nov)

Un sauveteur pour Caryn

Un sauveteur pour Finley

Un sauveteur pour Heather

Un sauveteur pour Khloe

<u>Delta Force Deux</u>

Un refuge pour Gillian

Un refuge pour Kinley

Un refuge pour Aspen

Un refuge pour Jayme

Un refuge pour Riley (15 Sept)

Un refuge pour Devyn

Un refuge pour Ember

Un refuge pour Sierra

Hawaï : Soldats d'élite

Un paradis pour Élodie

Un paradis pour Lexie

Un paradis pour Kenna

Un paradis pour Monica

Un paradis pour Carly (11 Oct)

Un paradis pour Ashlyn

Un paradis pour Jodelle

Mercenaires Rebelles

Un Défenseur pour Allye

Un Défenseur pour Chloé

Un Défenseur pour Morgan

Un Défenseur pour Harlow

Un Défenseur pour Everly

Un Défenseur pour Zara

Un Défenseur pour Raven

Ace Sécurité

Au Secours de Grace

Au Secours d'Alexis

Au Secours de Bailey

Au Secours de Felicity

Au Secours de Sarah

Forces Très Spéciales Series

Un Protecteur Pour Caroline

Un Protecteur Pour Alabama

Un Protecteur Pour Fiona

Un Mari Pour Caroline

Un Protecteur Pour Summer

Un Protecteur Pour Cheyenne

Un Protecteur Pour Jessyka

Un Protecteur Pour Julie

Un Protecteur Pour Melody

Un Protecteur pour l'avenir

Un Protecteur Pour Les Enfants de Alabama

Un Protecteur Pour Kiera

Un Protecteur Pour Dakota

Forces Très Spéciales : L'Héritage

Un Sanctuaire pour Caite

Un Sanctuaire pour Brenae

Un Sanctuaire pour Sidney

Un Sanctuaire pour Piper

Un Sanctuaire pour Zoey

Un Sanctuaire pour Avery

Un Sanctuaire pour Kalee

Un Sanctuaire pour Jane

Delta Force Heroes Series

Un héros pour Rayne

Un héros pour Emily

Un héros pour Harley

Un mari pour Emily

Un héros pour Kassie

Un héros pour Bryn

Un héros pour Casey

Un héros pour Wendy

Un héros pour Mary

Un héros pour Macie

Un héros pour Sadie

Un héros pour Annie

Autre

Un moment suspendu : Recueil de nouvelles

AUDIO

Un paradis pour Élodie

À PROPOS DE L'AUTEUR

Susan Stoker est une auteure de best-sellers aux classements du New York Times, de USA Today et du Wall Street Journal. Elle a notamment écrit les séries Badge of Honor: Texas Heroes, SEAL of Protection et Delta Force Heroes. Mariée à un sous-officier de l'armée américaine à la retraite, Susan a vécu dans tous les États-Unis, du Missouri jusqu'en Californie en passant par le Colorado, et elle habite actuellement sous le vaste ciel du Tennessee. Fervente adepte des fins heureuses, Susan aime écrire des romans où les sentiments laissent place au grand amour.

http://www.StokerAces.com

facebook.com/authorsusanstoker

twitter.com/Susan_Stoker

instagram.com/authorsusanstoker

goodreads.com/SusanStoker